Sara Gran

DIE STADT DER TOTEN

Sara Gran

DIE STADT DER TOTEN

Ein Fall für die
beste Ermittlerin der Welt

Aus dem Amerikanischen
von Eva Bonné

Droemer

Die amerikanische Originalausgabe erschien 2011 unter dem Titel
»Claire DeWitt and the City of the Dead«
bei Houghton Mifflin Harcourt Publishing Company.

Besuchen Sie uns im Internet:
www.droemer.de

FSC
www.fsc.org
MIX
Papier aus verantwortungsvollen Quellen
FSC® C019821

Redaktion: Maria Hochsieder
Umschlaggestaltung: ZERO Werbeagentur, München
Umschlagabbildung: FinePic®, München
Satz: Adobe InDesign im Verlag
Druck und Bindung: Druckerei C.H.Beck, Nördlingen
Printed in Germany
ISBN 978-3-426-22609-4

4 5

DIE STADT DER TOTEN

1

Es geht um meinen Onkel«, sagte der Mann am Telefon. »Er ist weg. Wir haben ihn im Sturm verloren.«
»Weg?«, fragte ich. »Sie meinen, er ist ertrunken?«
»Nein«, erwiderte der Mann bekümmert, »weg. Ja, natürlich ist er aller Wahrscheinlichkeit nach tot und ertrunken. Ich habe einfach nichts mehr von ihm gehört. Ich kann mir nicht vorstellen, dass er noch am Leben ist.«
»Wo liegt das Problem?«, fragte ich.
Während wir telefonierten, flog eine Krähe über mich hinweg. Ich war in Nordkalifornien, in der Nähe von Santa Rosa. Ich saß neben ein paar Riesenmammutbäumen an einem Picknicktisch. Irgendwo schrie ein Blauhäher. Früher einmal galten Krähen als schlechtes Omen, aber inzwischen kommen sie so häufig vor, dass man sich nicht mehr sicher sein kann.
Die Omen ändern sich. Die Zeichen ändern sich. Nichts ist von Dauer.

In jener Nacht träumte ich, ich wäre zurück in New Orleans. Ich war seit zehn Jahren nicht mehr dort gewesen. In meinem Traum war die Stadt überschwemmt. Ich saß in der kalten, dunklen Nacht auf einem Dachfirst. Das Wasser ringsum glitzerte im Mondlicht. Es war so still. Alle waren weg.
Auf der anderen Straßenseite saß ein Mann in einem Lehnstuhl auf dem Dach. Das Bild flimmerte, der Mann war mal scharf, mal unscharf, wie in einer alten, vom Licht versengten Filmaufnahme. Er war fünfzig oder sechzig Jahre alt, weiß, blass und nur etwas kleiner als der Durchschnitt, und er hatte graumeliertes Haar und buschige

Augenbrauen. Er trug einen dreiteiligen, schwarzen Anzug mit Stehkragen und eine schwarze Krawatte. Er schaute finster drein.
Sein strenger Blick galt mir.
»Wenn ich Ihnen geradeheraus die Wahrheit erzählen würde«, sagte er, »würden Sie mich nicht verstehen.« Seine Stimme klang verzerrt und heiser, so als käme sie von einer alten Schallplatte. Trotzdem konnte ich einen hauchfeinen französischen Akzent heraushören. »Die Antworten wären bedeutungslos, würde ich sie Ihnen einfach präsentieren. Ein Detektiv muss selbst auf Spurensuche gehen und das Rätsel lösen. Niemand kann das Geheimnis für Sie aufklären, ein Buch kann Ihnen dabei nicht helfen.«
Jetzt erkannte ich den Mann. Er war Jacques Silette, der berühmte französische Detektiv. Die Sätze stammten aus seinem ersten und einzigen Buch *Détection.*
Ich schaute mich um und sah in der Ferne ein Licht auf dem Wasser tanzen. Als es sich näherte, erkannte ich ein Ruderboot, an dessen Bug eine Laterne hing.
Ich dachte schon, man käme, uns zu retten, aber das Boot war leer.
»Niemand wird Sie retten«, rief Silette von seinem Dach herüber. »Niemand wird kommen. Auf Ihrer Suche sind Sie ganz allein. Kein Freund, kein Geliebter und kein allmächtiger Gott wird Ihnen zu Hilfe eilen. Sie müssen Ihre Rätsel alleine lösen.«
Silette flackerte und flimmerte im Mondlicht. Das Bild verschwamm.
»Ich kann nicht mehr tun als Ihnen Hinweise geben«, sagte er. »Und darauf hoffen, dass Sie nicht nur das Rätsel lösen, sondern die Spuren, die Sie selbst hinterlassen, mit Bedacht wählen. Treffen Sie die richtigen Entschei-

dungen, Mademoiselle. Die Geheimnisse, die Sie hinterlassen, werden Menschenalter überdauern. Sie werden noch da sein, wenn Sie es schon längst nicht mehr sind. Und vergessen Sie eins nicht: Sie sind die einzige Hoffnung all jener, die nach Ihnen kommen.«
Ich wachte hustend auf und spuckte Wasser.

Am selben Vormittag besprach ich den Traum mit meinem Arzt. Dann rief ich den Mann zurück und nahm den Auftrag an.

2

2. Januar 2007

Der Auftraggeber kennt die Lösung des Rätsels bereits. Aber er sträubt sich dagegen. Er beauftragt den Detektiv nicht, um das Rätsel zu lösen. Er beauftragt ihn, um sich bestätigen zu lassen, dass es keine Lösung gibt.

Ich ließ mich von einem Taxi vor dem Napoleon House im French Quarter absetzen. Der Auftraggeber war schon da. Ich setzte mich an seinen Tisch und hörte zu, wie er so tat, als solle ich sein Rätsel für ihn lösen. Er wusste nicht, dass er nur schauspielerte. Keiner von ihnen weiß das je.

Mein Klient hieß Leon Salvatore. Männlich, Ende vierzig, mit angegrauter Zottelfrisur und einer Art Bart, der womöglich nur das Resultat einiger Wochen ohne Rasur war. Leon sah aus wie ein alter Hippie, der nie in seinem Leben ein echter Hippie gewesen war. Er trug Jeans und ein T-Shirt mit dem Aufdruck *Cameron Parish Crawfish Festival 2005.* Darüber leuchtete ein roter, breit grinsender Flusskrebs, der sich in einen Kochtopf warf.

Es sollte das vorerst letzte Crawfish Festival bleiben.

Leon bestellte ein Bier. Ich wollte einen Pimm's Cup und einen Teller Jambalaya.

»Also gut«, sagte ich, »wann haben Sie Ihren Onkel das letzte Mal getroffen?«

»Getroffen?«, sagte Leon. *»Getroffen?«* Ich sah vor meinem geistigen Auge, wie er seinen Onkel mit einer Axt traf und in zwei Teile hieb. »Tja, das weiß ich nicht mehr. Vielleicht ein paar Monate davor.«

»Schön«, versuchte ich es noch einmal, »wann haben Sie das letzte Mal mit ihm gesprochen? Oder anderweitig seine Position in Raum und Zeit bestimmen können, Sie verstehen schon.«

»Oh, okay«, sagte Leon erleichtert. »Ich habe Sonntag mit ihm telefoniert, am Abend vor dem Sturm. Er war in seiner Wohnung und sagte, er werde zu Hause bleiben.«

»Und zu Hause wäre ...«

»Nur ein paar Blocks von hier. Vic hat an der Lower Bourbon gewohnt. Er wollte da bleiben. Ich habe ihm gesagt, dass ich das für keine gute Idee hielte. Ich habe ihm angeboten, ihn abzuholen und mitzunehmen. Ich bin damals zu meiner Freundin – zu meiner Ex-Freundin – nach Abita Springs gefahren. Das war ein bescheuerter Fehler, aber wenigstens hatten wir eine Anlaufstelle. Am Sonntag habe ich Vic also angerufen, um zu hören, ob er seine Meinung geändert hätte. Ich hatte ihn schon am Freitag angerufen und am Samstag und am Sonntag auch wieder. Ich wollte ihn überzeugen, sich evakuieren zu lassen. Ganz offensichtlich vergeblich. Am Montag sind die Telefonleitungen zusammengebrochen und ...«

Was dann kam, war klar, und er beendete seinen Satz nicht.

»Also«, fuhr er fort, »wissen Sie. Ich habe mir erst nach einer ganzen Weile Sorgen gemacht. Wir kamen erst nach ein paar Tagen aus Abita Springs raus. Da oben waren wir in Sicherheit, aber wir hatten weder Strom noch Wasser und nicht viel zu essen, deswegen sind wir fort, sobald die Straßen freigeräumt waren, zumindest von den großen Hindernissen. Trotzdem haben wir bis Memphis fast zehn Stunden gebraucht, weil wir alle paar Kilometer Zeug von der Straße schaffen mussten. Zuerst waren wir also in Memphis, für etwa eine Woche, aber da war es echt voll, und wir haben nur ein winziges Hotelzimmer in der Nähe von Graceland gefunden. Überall waren die Superdome-Leute, Sie wissen schon, und die waren echt sauer. Sie wissen schon. Da konnte man wirklich Angst bekommen. Deswegen sind wir nach ... Austin geflogen. Genau, nach Austin. Wir haben da Freunde, und wir durften für eine Weile in deren Wohnwagen im Vorgarten schlafen. Aber dann haben sie Besuch bekommen, und wir mussten weiter, deswegen haben wir uns für ein paar Wochen bei Freunden in Tampa einquartiert. Dann sind wir für eine Weile zurück nach Abita Springs. Und dann ...«

Der Kellner brachte die Getränke und mein Essen. Er stellte alles übervorsichtig auf dem Tisch ab, man konnte sehen, dass es sein erster Tag als Kellner war.

»Wie dem auch sei«, sagte Leon, als der Kellner weg war. »Wo war ich stehengeblieben?«

»Ihr Onkel«, sagte ich.

»Ach ja«, sagte er. »Vic. Es hat also eine ganze Weile gedauert, bis ich gemerkt habe, dass er weg war. Ich meine, *wirklich* weg. Nicht bloß abgetaucht, sondern richtig verschwunden. Ich wusste ja, dass sein Telefonanschluss nicht mehr funktionierte, und ich dachte mir, sein Handy sei verloren oder kaputt oder so. Deswegen habe ich mir keine Sorgen gemacht, als er sich so lange nicht gemeldet hat. Tagelang nicht. Ich war mir ziemlich sicher, dass er nicht im Superdome und auch nicht im Convention Center war. Man hatte die Leute gezwungen, dahin zu gehen, aber Vic war ein cleverer Bursche, und ich nahm an, er sei darum herumgekommen. Außerdem hatte er, na ja, Beziehungen. Er war nicht bloß irgendjemand.«

Nein, das war er nicht. Ich hatte Vic Willing nie kennengelernt, aber ich wusste, wer er war. Er hatte mehr als zwanzig Jahre für die Staatsanwaltschaft von New Orleans gearbeitet. Zum Zeitpunkt des Hurrikans war er

sechsundfünfzig Jahre alt gewesen. Er hatte gegen Mörder, Vergewaltiger und Drogendealer ermittelt. Wie die meisten Strafverfolger in New Orleans war er dabei nicht sonderlich erfolgreich, aber immerhin erfolgreicher als seine Kollegen gewesen. Er war als aufrechter, einigermaßen intelligenter Staatsanwalt bekannt, der in einer anderen Stadt – in der die Staatsanwaltschaft und die Polizei miteinander kommunizierten, in der weniger als drei bis vier Morde pro Woche begangen wurden, in der die Staatsanwälte eigene Sekretärinnen und Kopiergeräte und Telefone hatten – womöglich sogar den einen oder anderen Fall gewonnen hätte.
Ich hatte zwar nie mit ihm gesprochen, aber ich hatte ihn im Gerichtssaal erlebt. Vic stammte aus einer wohlhabenden Gegend irgendwo in Uptown. Die meisten seiner Juristenkollegen hatten sich in lukrativeren Geschäftszweigen etabliert. Egal, an welchem Tag man das Gericht betrat – immer war Vic der Mann mit dem teuersten Anzug. Falls das jemals Anstoß erregt hatte, war nichts davon laut geworden. In New Orleans ging es ein wenig zu wie in England. Die Leute hatten mit Klassenunterschieden kein Problem.
Vic war irgendwann nach dem 28. August 2005 verschwunden. Seine Wohnung im French Quarter war nicht überflutet worden. Das gesamte Viertel hatte nur Sturmschäden sowie eine leichte, von einem Rohrbruch unter dem Wachsmuseum verursachte Überschwemmung erlitten. Er hätte sich problemlos in einem der vielen umliegenden Restaurants, von denen einige geöffnet geblieben und alle geplündert worden waren, mit Wasser und Lebensmitteln eindecken können. Im Gebäude gab es sogar ein kleines Notstromaggregat, keine Seltenheit in New Orleans, wo abhängig von Jahreszeit und jewei-

ligem Wohnbezirk mindestens ein Mal im Monat, wenn nicht gar ein Mal pro Woche, der Strom ausfiel. Leon hatte Vic gesucht, und Vics Freunde hatten Vic gesucht, sogar die Polizei hatte nach Vic gesucht. Sie hatten nichts gefunden.

Er war verschwunden.

»Und dann, am *darauffolgenden* Samstag«, fuhr Leon fort, »nachdem die Stadt geräumt worden war, habe ich angefangen, mir Sorgen zu machen. Ich meine, ich habe mir ernstlich Sorgen gemacht. Denn in der Zwischenzeit hätte es ihm möglich sein müssen, an ein Telefon zu kommen. Es gab Schwarze Bretter für Vermisstenanzeigen. Webseiten, über die man Kontakt aufnehmen konnte. Ich habe die Schwarzen Bretter abgeklappert, alle Hotlines angerufen und so weiter. Ich habe die Notunterkünfte, die Pflegeheime und Krankenhäuser angerufen. Nichts.«

»Irgendwelche Hinweise?«, fragte ich.

Leon schüttelte den Kopf. »Nein. Keine Spur von ihm. Ich bin jedem Hinweis auf eine ›weiße, männliche Person mittleren Alters‹ nachgegangen. Und von denen gab es eine Menge. Wissen Sie, manche Leute sind einfach durchgedreht. Besonders die älteren. Viele von denen haben die Strapazen nicht verkraftet und sind einfach zusammengebrochen, psychisch. Manche Leute wussten plötzlich nicht mehr, wer sie waren. Gott sei Dank gibt es das Internet. Wissen Sie, die Krankenhäuser haben Fotos von alten Leuten veröffentlicht in der Hoffnung, irgendjemand würde sie erkennen und abholen. Und auch von jüngeren Leuten. Besonders, wenn sie, na ja, Sie wissen schon, behindert waren oder krank oder schon vor dem Sturm geistig gestört.« Er hielt inne. »Wie ein Fundbüro, nur für Menschen.«

Wir schwiegen für eine Weile. Zum ersten Mal an diesem Tag zeigte sich die Sonne. Sie schien lange genug auf Leons Gesicht, um mich auf seine Narben aufmerksam zu machen, dann verschwand sie wieder hinter einer Wolke. Leons Haut war unter der Oberfläche vernarbt. Das waren Wunden, die nur das geschulte Auge erkennen konnte.
Leon runzelte die Stirn und sprach weiter. »Jedenfalls habe ich alles versucht. Ich habe Krankenhäuser und Pflegeheime angerufen und alle Hilfsorganisationen, einfach alle. Vergeblich. Keine Spur von ihm. Ich habe sogar in der Rechtsmedizin angerufen, weil ich dachte, vielleicht liegt er da. Nichts. Und dann habe ich mehr oder weniger aufgegeben und Sie angerufen.«
»Okay«, sagte ich. »Was, glauben Sie, ist passiert?«
»Ich weiß es nicht«, sagte Leon. »Ich meine, bei dem Sturm ... manche Leute sind auf Nimmerwiedersehen verschwunden. Es war ja nicht wie im Krieg, wo einer klingelt und einem die traurige Nachricht überbringt, dass ein Angehöriger gefallen ist. Es war völlig unorganisiert, die Leute waren einfach weg.«
Wir sahen einander an.
»Wie groß war er?«, fragte ich.
»Wie groß?«, fragte Leon. »Wie groß? So etwa eins achtzig.« Das sagen die Leute immer, wenn sie nicht wissen, wie groß jemand ist. Für Frauen lautet die Standardantwort eins siebzig. Aber vermutlich traf die Größenangabe ungefähr zu. Der Wasserpegel im French Quarter hatte nicht ansatzweise diese Höhe erreicht. Falls der Mann ertrunken war, musste er sich dabei große Mühe gegeben haben.
»Wäre denkbar, dass er unter die Helfer gegangen ist?«, fragte ich. »Dass er in einem der Rettungsboote unterwegs war?«

»Na ja«, sagte Leon, »denkbar wäre alles. Vielleicht ist er irgendwo anders ertrunken. Vielleicht ist er in das überschwemmte Gebiet gegangen, um zu helfen, aber ehrlich gesagt, glaube ich das nicht. Das sah Vic nicht ähnlich. Nicht, dass er ein schlechter Mensch gewesen wäre«, fügte er eilig hinzu, »er war nett und so. Aber ich kann mir beim besten Willen nicht vorstellen, dass er sich in die Fluten stürzt und dreckig macht, um irgendwelchen Fremden zu helfen. Im Sommer trug er immer diese Hirschlederschuhe, und wenn ihm da jemand drauftrat, wurde er wirklich sauer. Also nein, das kann ich mir nicht vorstellen. Wie dem auch sei. Vielleicht hat er die Wohnung verlassen, um sich was zu essen zu besorgen oder um sich umzusehen, was weiß ich, und ist dabei ertrunken. Man hörte damals ja ständig von diesen Springfluten – schwer zu sagen, was wann wo passiert ist. Aber es ist ziemlich unwahrscheinlich. Tja. Mehr kann ich nicht dazu sagen.«

Wir starrten einander minutenlang an. Ich zitterte. Es war grau und um die vier Grad kalt, und die Luft roch nach Schnee. Aber hier im Süden war es unwahrscheinlich, dass es so weit kommen würde.

»Erzählen Sie mir von Ihrem Onkel«, sagte ich.

»Er war Jurist«, sagte Leon, »das wissen Sie ja schon.«

»Ja«, sagte ich. »Das weiß ich. Was war er für ein Mensch?«

»Hm«, sagte Leon, als denke er zum ersten Mal darüber nach. »Tja. Wissen Sie … Er machte einen netten Eindruck. Wir standen einander nicht besonders nah. Man hat sich regelmäßig getroffen, an Weihnachten und an Thanksgiving, zu Geburtstagen und Beerdigungen und so weiter. Nach dem Tod meiner Mutter war ich Vics einziger Angehöriger hier in der Stadt, deswegen habe ich versucht, regelmäßig nach ihm zu sehen. Nicht oft genug wahrscheinlich. Aber er war immer sehr beschäftigt. Die Arbeit hielt ihn auf Trab, außerdem hatte er ein reges Sozialleben, er war ständig zu irgendwelchen Bällen eingeladen und so. Das Leben der Reichen. Er war Mitglied in ziemlich vielen Clubs und hat sich auch für den Mardi Gras engagiert. Hm. Er hat sein gesamtes Leben in New Orleans verbracht. Ich glaube, das ist Ihnen alles nicht neu.«

»Wo ist der Rest der Familie?«, fragte ich.

»Nun ja, meine Eltern sind gestorben. Vor langer Zeit. Vic war der Bruder meiner Mutter. Ich habe zwei Schwestern, eine wohnt in New York und die andere in L. A. Meine Familie väterlicherseits wohnt größtenteils hier in der Stadt, aber mit der hatte Vic natürlich nicht so viel zu tun. Man traf sich an den Feiertagen und so weiter, aber darüber hinaus hatte man keinen Kontakt. Und Vic hatte keine Kinder. Er hat sich hin und wieder mit einer Frau getroffen, aber daraus hat sich nie was entwickelt. Ich glaube, er wollte das nicht. Ich glaube, er hat lieber allein gelebt.«

»Dann waren also von dem Zweig der Familie, vom mütterlichen Zweig, nur noch er und Sie übrig?«

Leon nickte. »Ja, hier in der Stadt waren wir zu zweit. Außer Vic hatte meine Mutter keine Geschwister. Es gab Cousinen und Cousins, aber die waren älter und sind längst alle gestorben.«

»Haben Sie Ihren Onkel geliebt?«, fragte ich.

»Na ja«, sagte Leon und runzelte die Stirn, »er war mein Onkel.«

»Denn Sie müssen wissen«, erklärte ich, »dass meine Arbeit viel Zeit und Geld kosten wird und Sie möglicherweise nicht erfreut sein werden über das, was ans Licht kommt. Falls Sie ihn also nicht geliebt haben, sollten Sie es sich vielleicht noch einmal überlegen, nun, da es noch nicht zu spät ist. Es handelt sich um eine große Sache, die, einmal angestoßen, nicht mehr aufzuhalten ist.«

Leon schwieg einen Augenblick, bevor er antwortete. Ich aß meine Jambalaya. Der Kellner kam und entfernte Teller, Löffel und Serviette ebenso vorsichtig, wie er sie plaziert hatte.

»Vic hat mir alles vererbt«, sagte Leon schließlich. »Das hätte er nicht tun müssen. Er verfügte über Immobilien und kleine Grundstücke, überall in der Stadt. Er hatte sie von seinem Vater geerbt. Ich wusste, dass die Familie Geld besessen hatte, aber ich wusste nicht, dass es so viel war. Das Erbe wäre ohnehin an mich gegangen, schließlich lebt außer mir keiner mehr. Aber Vic ist eigens zum Notar gegangen, um ein Testament zu machen. Er hat dafür gesorgt, dass ich alles bekomme und darüber informiert bin, was sich wo befindet.« Wieder hielt er inne und runzelte die Stirn. »Ich dachte, na gut. Aber dann habe ich die Wohnung ausgeräumt. *Seine* Wohnung. Und da habe ich gemerkt, das ist nicht richtig. Es ist nicht richtig, ihn einfach so aufzugeben. Ich habe wohl das Gefühl, ihm was schuldig zu sein. Vielleicht bin ich es ihm schuldig, herauszufinden, was passiert ist. Ehrlich gesagt … na ja, er ist mein Onkel. Es ist ja nicht so, dass ich ihn *nicht* lieben würde. Oder dass ich ihn *nicht* mag oder so. Es ist bloß. Na ja. Ich weiß auch nicht.«

»Ich verstehe«, sagte ich.

»Sie wissen ja, was in der Bibel steht«, sagte Leon resigniert. »*Liebe deinen Onkel wie dich selbst.* Oder so ähnlich.«

»Ich glaube, das steht so nicht in der Bibel«, sagte ich. »Aber die Vorstellung ist schön.«

Leon zuckte die Achseln.

»Ach, noch etwas«, sagte er. »Es ist nicht ganz unwichtig. Auch wenn ich nicht weiß, ob es stimmt.«
»Was denn?«, fragte ich.
»Es gibt einen Zeugen, der behauptet, ihn getroffen zu haben.«
»Er hat ihn *getroffen?*«, fragte ich.
»Ein Verrückter«, sagte Leon. »Jackson. Ich glaube, so heißt er nicht wirklich, aber so nennen ihn die Leute. Ich glaube auch gar nicht, dass er so verrückt ist, wie er tut. Er lebt auf der Straße. Treibt sich auf dem Jackson Square rum. Ein Obdachloser. Ich glaube, früher war er Musiker, aber genau weiß ich das nicht. Jedenfalls bin ich ihm nach meiner Rückkehr begegnet, und wir haben uns ein bisschen unterhalten. Und da hat er behauptet, er habe Vic getroffen. Er wusste, dass Vic mein Onkel war. Jackson hat gesagt, er hätte Vic am Donnerstag in der Nähe des Convention Center getroffen.«
»Am Donnerstag«, sagte ich. »*Nach* der Flut?«
»Hat er behauptet«, sagte Leon vorsichtig. »Er hat gesagt, sie hätten sich unterhalten, und Vic hätte ihm ein paar Dollar gegeben.«
»Am Donnerstag«, sagte ich. »Das würde bedeuten, dass er das Schlimmste überstanden hatte. Keine Springflut, nichts in der Richtung.«
»Tja, das würde es wohl bedeuten«, sagte Leon achselzuckend. »Ich weiß auch nicht. Jackson ist ein netter Kerl, aber, na ja, ich bin mir nicht sicher, ob er einen genauen Überblick über die Wochentage hat.«
Wir schwiegen für eine Weile.
»Darf ich Sie was fragen?«, sagte Leon.
»Ja«, sagte ich, »bitte.«
»Wie alt sind Sie?«
»Zweiundvierzig«, sagte ich. Ich war fünfunddreißig, aber

niemand traut einer Frau unter vierzig. Ich gab mich seit meinem neunundzwanzigsten Geburtstag für vierzig aus.
»Wow«, sagte Leon. »Sorry. Aber wissen Sie, Sie sehen echt jung aus. Wow. Haben Sie … haben Sie was machen lassen?«
»Wasser«, antwortete ich. »Ich trinke viel Wasser. Und ich esse viel Obst. Außerdem mache ich Yoga.« Nie im Leben hatte ich Yoga gemacht, und Wasser trank ich selten. »Das hilft wirklich, die Kollagenproduktion anzukurbeln.«
»Ich glaube, ich habe gehört, Sie wären in einer Klinik gewesen«, sagte Leon zögerlich. »Sie hätten Probleme gehabt mit …«
»Oh, nein«, sagte ich. »*Das* meinen Sie. Nein. Keine Klinik. Verrückt, wie schnell Gerüchte sich verbreiten. Das war eher so eine Art Wellness-Seminar. Ein Ashram.« Nie hatte ich einen Ashram besucht. Vielmehr hatte ich eine Art Nervenzusammenbruch erlitten und war in einer Klinik gelandet. »Darf ich Sie auch etwas fragen?«
»Ja«, sagte Leon, »natürlich.«
»Warum ich?«, fragte ich. »Denn, wissen Sie, ich bin eine der teuersten Detektivinnen der Welt. Dann noch die Reisekosten und sonstigen Spesen, dazu die seltsamen Gerüchte …«
Leon zuckte seufzend die Achseln. »Na ja, ich habe mich umgehört, und alle sagten, Sie wären die Beste.«
»Das stimmt«, sagte ich.
»Und jetzt?«, fragte Leon. »Ich meine, ich weiß ja nicht, wie so was funktioniert. Müssen Sie seine Freunde befragen oder so?«
»Nein«, sagte ich, »noch nicht.«
»Wollen Sie mit der Polizei reden?«, fragte er. »Immerhin haben die versucht …«

»Nein«, sagte ich.
»Dann brauchen Sie also eine Liste der Verdächtigen? Denn wie Sie wissen müssen, hat er sich als Staatsanwalt viele Feinde gemacht. Aus diesem Grund dachte ich mir …«
»Nein danke«, sagte ich. »Nein. So arbeite ich nicht.«
»Oh. Wie arbeiten Sie denn?«
»Ich werde warten«, erklärte ich. »Ich werde abwarten und sehen, was passiert.«
Leon runzelte die Stirn.
»Oh«, sagte er. »Okay.«

Als der Kellner die Kunstledermappe mit der Rechnung brachte, rutschte sie ihm vor unserem Tisch aus der Hand und fiel zu Boden. Als er sie aufhob, klebte ein schmutziges Stück Papier daran. Eine Visitenkarte. Ich griff danach. Auf der Karte war ein schlecht gezeichneter Vogel über einem Hausdach abgebildet.
Bauen im Neunten Bezirk, stand darauf. *Wir schaffen das!*
Darunter war eine Adresse im Neunten Bezirk angegeben. Da wurde längst nichts mehr gebaut.
Ich drehte die Karte um. Auf die Rückseite hatte jemand mit Kugelschreiber einen Namen und eine Telefonnummer gekritzelt, und darunter eine Botschaft.

Frank. 555-1111
RUF AN ICH KANN HELFEN!

Ich ließ die Karte vorsichtig in meiner Brieftasche verschwinden.
Der erste Hinweis.

3

Als ich am selben Abend in meinem Zimmer saß, überflog ich die Akte, die ich zu Vic Willing angelegt hatte. Auf den Innendeckel des Ordners hatte ich ein Bild von ihm geklebt, das ich auf der Webseite des Anwaltsvereins gefunden und ausgedruckt hatte. Vic war sechsundfünfzig, männlich, weiß, früher blond, heute grauhaarig, einen Meter siebenundsiebzig groß – womit er in San Francisco oder New York kleiner gewirkt hätte als hier in New Orleans –, körperlich fit, recht attraktiv, blauäugig. Auf dem Bild trug er eine teure, schwarze Krawatte. Vermutlich hatte er ausschließlich teure Krawatten getragen.

In meinem Ordner befanden sich außerdem seine letzten drei Kreditkartenabrechnungen, die Kontoauszüge von sechs Monaten, Ausdrucke seines allzu leicht zu hackenden E-Mail-Kontos und seine Krankenakte. Vic hatte unter hohem Blutdruck und erhöhten Cholesterinwerten gelitten, was in dieser Gegend nicht ungewöhnlich war. Der PSA-Wert hätte Anlass zur Sorge geben können, aber im Moment war Prostatakrebs nicht Vics größtes Problem.

Was sein Konsumverhalten betraf – tja, seine Krawatten waren in der Tat teuer gewesen, einhundert Dollar das Stück. Ähnlich sah es mit seinen Hüten, Anzügen und Schuhen aus. Selbst seine Unterwäsche war aus Seide. Er verbrachte mehrere Abende pro Woche in teuren Restaurants und Hotelbars, wahrscheinlich, um sich mit anderen Anwälten zu treffen. Sein E-Mail-Verkehr war ebenso vorhersehbar und drehte sich ausschließlich um die Arbeit, um Meetings und gelegentliche Zusammenkünfte mit Freunden. Er war nicht verheiratet und war es nie gewesen. Manchmal tauchte er in den Klatschspalten auf, weil er in Begleitung von Bekannten oder deren Ehefrauen Wohltätigkeitsveranstaltungen besuchte. Wahrscheinlich war er schwul.

Vor ein paar Tagen hatte ich E-Mails an alle Privatdetektive in der Stadt geschrieben sowie an alle Anwälte und an alle mir bekannten Leute in New Orleans. Wie sich herausstellte, kannten viele meiner Bekannten Vic Willing entweder persönlich oder über Dritte. Alle Mailantworten lagen ausgedruckt im Ordner.

Ein Gentleman, sagten die meisten. Ein echt netter Kerl. *Echt* nett. Großzügig. Und immer nahm er sich Zeit, ein bisschen zumindest, dabei war seine Zeit so kostbar. Einmal hatte er zum Beispiel seinen Erzfeind, den Strafverteidiger Hal Sherman, gegen Kaution aus dem Orleans Parish Prison geholt. Im Fall Shimmel hatte er sich als unbezahlter Rechtsbeistand angeboten, und er hatte Harry Terrebone einen Job besorgt, als der aus der Reha-Klinik kam und alle ihm die kalte Schulter zeigten. Wenn sein Terminkalender es zuließ, arbeitete er sogar als ehrenamtlicher Bewährungshelfer, um die männliche Jugend von New Orleans von ihrem mörderischen Tun abzubringen. Macht den Schulabschluss. Lasst die Finger von den Drogen. Mord ist verboten. Et cetera.

Er war mein Ansprechpartner bei der Staatsanwaltschaft, schrieb ein pensionierter Cop aus dem New Orleans Police Department mir zurück. *Der Einzige, der mit sich reden ließ. Sie kennen die ja. Aber Vic war anders. Mit dem konnte man wirklich reden.* Die Polizei und die Staatswanwaltschaft der Stadt waren seit langem verfeindet. Es war wie bei der Fehde zwischen den Hatfields und den McCoys, außer dass bei den Schießereien in

New Orleans immer auch Unbeteiligte zu Schaden kamen.
Gerüchte von bestechlichen und korrupten Staatsanwälten hielten sich hartnäckig. Derlei Vorwürfe gab es natürlich in jeder Strafverfolgungsbehörde, schließlich unterlaufen selbst den ehrlichsten Gesetzeshütern einmal Fehler, und außerdem bekennt sich kaum ein Verbrecher freiwillig zu seiner Tat. Schwarze Schafe gab es überall. Aber in New Orleans waren fast alle Schafe schwarz und fast alle Vorwürfe berechtigt. Bestechung und Korruption gehörten hier zum Alltag.
Nur Vic Willing hatte eine weiße Weste. *Ein ehrlicher Anwalt,* hatte mir einer der Ermittler zurückgeschrieben. *Falls es so was überhaupt gibt.*
Als Polizistin hätte ich versucht, Leon den Mord an Vic nachzuweisen. Aber ich war keine Polizistin. Wahrscheinlich wäre Leon in der Lage, aus Notwehr einen anderen umzubringen. Wer wäre das nicht? Aber die gezielte Planung und Durchführung einer solchen Tat traute ich ihm nicht zu.
Vics Kontoauszüge waren umfangreich und langweilig. Viele Aus- und Einzahlungen. Als Staatsanwalt verdiente er mäßig gut, seine teuren Krawatten finanzierte er mit Hilfe seines Erbes. Sein Vater Tolliver Willing hatte erfolgreich in Immobilien investiert und sein gesamtes Vermögen dem Sohn hinterlassen. Leons Mutter Vivian, Vics Schwester, hatte einen Musiker geheiratet und war ob ihrer schlechten Wahl enterbt worden. Vic hatte die Immobilien in weiser Voraussicht nicht verkauft, sondern bis zu seinem Tod die Mieten für fünf Wohngebäude im Garden District und im French Quarter eingestrichen. Nun gehörten sie alle Leon. Sie waren hoch gelegen und nicht überflutet worden und hatten in den

letzten Jahren ihren Wert nahezu verdoppelt. Schon vor der Katastrophe hatten die Immobilienpreise angezogen und danach noch mehr, weil nur wenige Immobilien übrig geblieben waren.

Ich beschäftigte mich mit Vics Gerichtsverhandlungen, zumindest mit denjenigen, die ich in Erfahrung bringen konnte. Falls nötig, würde ich seine Fälle später einer genaueren Prüfung unterziehen. Vic war Staatsanwalt gewesen. Wie fast alle Ankläger in New Orleans hatte er viele kleinere Fälle gewonnen und fast alle großen verloren. Es war nahezu unmöglich, Zeugen zu finden, die gegen Drogenhändler oder Mörder aussagten, denn den Zeugen war klar, dass sie die Aussage, unabhängig vom Gerichtsurteil, nicht überleben würden. Keiner der wichtigen Drogendealer arbeitete allein. Selbst, wenn der Angeklagte verurteilt und weggesperrt wurde – was unwahrscheinlich war –, würde einer seiner Geschäftspartner ihn rächen. Zudem war die Polizei von New Orleans, ebenso wie die Staatsanwaltschaft, für ihre Inkompetenz und mangelnde Kooperationsbereitschaft weltweit berühmt. Die beiden Behörden schafften es einfach nicht, gemeinsam eine handfeste Anklage auf die Beine zu stellen. Dass das labyrinthische Rechtssystem von New Orleans immer noch auf dem Napoleonischen Code basierte, machte das Ganze nicht besser. All diese Faktoren zusammen ergaben die höchste Mordrate und gleichzeitig niedrigste Aufklärungsrate des Landes.

Von den hunderteinundsechzig Morden, die im Vorjahr in New Orleans begangen worden waren, konnte nur in einem Fall der Täter angeklagt und verurteilt werden. Man stelle sich die Ungerechtigkeit vor: einhundertsechzig Kollegen kommen frei, und nur du wanderst in den Knast.

»Nein, ich käme niemals auf die Idee zu fragen: ›Warum ich?‹«, hatte Silette in seinem letzten Interview nach dem Verschwinden seiner Tochter Belle gesagt. »Denn mein ganzes Leben lang habe ich mich gefragt: ›Warum nicht ich?‹ Es ist nur logisch, dass mir ebenso viel Leid widerfährt wie jedem anderen auch.«

Ich legte alles in den Aktenorder zurück und schloss ihn weg. Aus meinem Koffer holte ich einen kleinen Musselinbeutel mit vier I-Ging-Münzen. Ich warf die Münzen aufs Bett. Meine Lehrerin Constance Darling hatte mich vor langer Zeit gelehrt, das Münzorakel zu deuten.
Hexagramm fünfundzwanzig. Ich schlug den Wurf in dem alten, zerfledderten Taschenbuch nach, das Constance mir gegeben hatte, eines von fünf Büchern, die ich auf die Reise mitgenommen hatte: Das Fünf-Münzen-I-Ging, Silettes *Détection, Sibirische Giftorchideen: Eine visionäre Deutung,* dazu ein Buch über Hexerei in Nordmexiko und einen Roman, den ich im Flugzeug las.

> Hexagramm fünfundzwanzig: Schlange auf dem Berg. Die Schlange verschluckt ihren eigenen Schwanz und wird nie satt. Wenn die Königin weint, weint der Reis mit ihr. Ein guter Mann füttert die Schlange mit Reis, bis sie gesättigt ist. Ein Haus ohne Reis ist ein freudloses Haus.

Ich griff zum Telefon und rief Leon an.
»Ich würde mir gern Vics Wohnung ansehen«, sagte ich. »Wäre das morgen möglich?«
»Nein«, sagte Leon, »morgen muss ich einem Bekannten helfen, sein Haus in der Innenstadt auszuräumen. Aber übermorgen wäre möglich. Klar. Prima.«

»Prima«, sagte ich.
»Prima«, sagte Leon. »Ach, übrigens. Noch etwas. Könnten wir uns auf einen zeitlichen Rahmen für Telefonate einigen? So bis zweiundzwanzig oder dreiundzwanzig Uhr?«
Ich sah auf die Uhr. Es war ein Uhr elf.
»Sorry«, sagte ich. »Aber nein, das wird leider nicht möglich sein.«

Nachdem ich mit Leon telefoniert hatte, rief ich Frank von *Bauen im Neunten Bezirk* an. Die Nummer stand auf der Visitenkarte, die ich im Napoleon House gefunden hatte.
Wir schaffen das! Ich kann helfen!
Vielleicht. Wäre möglich.
Der Anschluss existierte nicht mehr.

Ich holte eine Lupe aus meiner Handtasche und studierte das Bild von Vic, das ich in den Ordner geklebt hatte. Sah man genauer hin, erkannte man die winzigen, grünen Tupfer auf seiner Krawatte. Mit Hilfe der Lupe konnte ich sehen, dass es sich um Tiere handelte. Ich holte eine zweite, stärkere Lupe heraus.
Die Tupfer waren grüne Papageien, Hunderte davon.
Fall Nr. 113, schrieb ich auf den Aktenordner. *Der Fall des grünen Papageien.*

4

Es gibt keine unschuldigen Opfer«, schrieb Jacques Silette. »Das Opfer wählt seine Rolle ebenso sorgfältig und unbewusst wie der Polizist, der Detektiv, der Auftraggeber und der Bösewicht. Ein jeder wählt seine Rolle und vergisst es dann, manchmal für Ewigkeiten – bis ihm jemand begegnet, der ihn an seine Wahl erinnert. Heute sind Sie Opfer oder Täter, aber schon beim nächsten Mal sind die Rollen möglicherweise vertauscht.
Es ist nur eine Rolle. Vergessen Sie das nicht.«

Silette schrieb sein einziges Buch *Détection* im Jahr 1959. Jacques Silette war ein Genie. Wenigstens hielt ich ihn dafür. Und ein paar tausend andere auf diesem Planeten auch. Die meisten hielten ihn jedoch für einen Lügner, einen Idioten und einen Betrüger, oder sie hatten nie von ihm gehört. Jenen, die nie von ihm gehört hatten, konnte ich vergeben. Bei den anderen war ich mir nicht sicher.
Silettes eigene Biographie ist undurchsichtig. Er war kein Geheimniskrämer, doch allseits bekannte Tatsachen langweilten ihn. Er verbrachte fast sein ganzes Leben in Paris. Er kam irgendwann zwischen 1900 und 1920 auf die Welt, und irgendwann zwischen 1920 und 1940 begann er, als Privatdetektiv zu arbeiten. Überliefert ist, dass er im Jahr 1945 den berühmten Überfall auf die *Banque Française* aufklärte und außerdem eine unschätzbar wertvolle und äußerst seltene Erstausgabe von Vidocqs Memoiren barg, die seit dem Jahr 1929 als verschollen gegolten hatte. US-amerikanische Schnüffler haben es gut, haben sie doch täglich die Wahl zwischen Dutzenden von Mordfällen. Die Franzosen hingegen

müssen sich mit Banküberfällen und Bücherraub begnügen.
Ich war 1995 nach New Orleans gekommen, um für die Detektivin Constance Darling zu arbeiten. Sie hatte bei Silette gelernt, war seine Studentin, Freundin, Komplizin und Geliebte gewesen. Als sie knapp drei Jahre später ermordet wurde, verließ ich die Stadt. Constance hatte die fünfziger und den Anfang der sechziger Jahre bei Silette in Paris verbracht, bevor sie die Liaison aus mir unbekannten Gründen abrupt abgebrochen hatte und nach New Orleans zurückgekehrt war. Nach ihrer Abreise wandte sich Silette einer anderen Studentin zu, die noch jünger als Constance war. Für ein Genie war er recht glücklich, oder wenigstens sah es danach aus. Doch sein Glück sollte nicht von Dauer sein. Wie das eines jeden Menschen.
»Glück ist das vorübergehende Ergebnis der Verleugnung bekannter Tatsachen«, schrieb Silette. »Sobald man weiß, was man weiß – sobald man die Lösung des Rätsels kennt –, verkommt das Glück zur Nebensache. In Ausnahmefällen kommt etwas viel Besseres zum Erblühen.«
Nicht jedoch für Silette. Während einer USA-Reise im Jahr 1973 kam Silette eines Abends nach einer Lesung ins Hotel zurück, um seine erst vierundzwanzigjährige Frau Marie betäubt vorzufinden. Seine Tochter Belle war verschwunden. Die kleine Belle, zwei Jahre alt, war Silettes einziges Kind gewesen, und er hatte sie vergöttert. Wenige Jahre später starb Marie, die immer schon labil gewesen war, an einem, wie die Ärzte es nannten, »ungeklärten Leiden« – am Kummer.
Belle ward nie wieder gesehen. Sein eigenes Rätsel konnte Silette nicht lösen. Er fand keinen noch so kleinen Hinweis, nicht den Hauch einer Spur. Der große Detektiv

hielt durch, wenn auch nicht mehr lange. 1980 starb auch er an gebrochenem Herzen, dem von allen Seiten zugesetzt worden war – seine Tochter verschwunden, die Ehefrau tot, das Werk selbst von den wenigen vergessen, die es gelesen hatten.

Das alles hatte Constance mir erzählt, spät am Abend in New Orleans, wo wir in ihrer großen Villa im Garden District am Küchentisch saßen und Kaffee tranken. Constance behielt ihre Gefühle für gewöhnlich für sich, aber sie hatte Tränen in den Augen, als sie mir vom Verlust der geliebten Menschen berichtete. Wie sie sagte, hatte Silette Feinde. Kriminelle, die er hinter Gitter gebracht hatte, konkurrierende Detektive, Philosophen und Psychoanalytiker, die seine Theorien ablehnten.

»Wenn ein Mensch verschwindet«, schrieb Silette in *Détection,* »muss der Detektiv beachten, was dieser Mensch beim Verschwinden mit sich genommen hat – nicht nur die materiellen Dinge, sondern alles, was mit ins Schattenreich gegangen ist und nun fehlt: ungesagte Worte und anderes, das ohne diesen Menschen nicht mehr existiert.«

Etwa zwanzig Jahre nach *Détection* wurde Silette in seinem letzten Interview mit seiner eigenen Frage konfrontiert: Was war mit seiner Tochter verschwunden?

»Mein Glück«, sagte er. Silette äußerte sich nie wieder öffentlich.

5

An meinem zweiten Tag in New Orleans hatte ich mir immer noch keinen Mietwagen besorgt. Ich hatte vorgehabt, ihn schon am ersten Tag zu mieten, hatte aber den Flug von San Francisco nach New Orleans verpasst und einen späteren buchen müssen. Zwar war ich überpünktlich am Flughafen gewesen, war aber von der Flugsicherheit aus der Warteschlange gezogen, durchsucht und befragt worden. Ich sage nur: Finger weg von Fällen, deren Protagonisten in der Lage sind, einen auf die Flugverbotsliste zu setzen.

»Niemand wird dem Detektiv für seine Arbeit danken«, schrieb Silette. »Man wird ihn verachten, in Frage stellen, verabscheuen, bespucken. Für ihn gibt es keine Triumphmärsche, keine Blumen und keine Orden. Sein Lohn ist nichts als die hässliche, unerträgliche Wahrheit. Genügt ihm das nicht, hat er den falschen Beruf gewählt und sollte seine Berufung überdenken.«

Ich versuchte, in einer Autovermietung am Convention Center einen Wagen zu mieten. Am Ende gab man mir einen Kleinlaster. Einen riesigen, weißen Pick-up mit Zwillingsreifen hinten für den Fall, dass ich die Straße verlassen und ins Gebirge wollte, um Wildtiere zu überfahren, oder steile Abhänge in brennende Täler hinunter, um Waldbrände zu löschen. Was in Gretna sicher dauernd vorkam.

»Das ist unser beliebtestes Modell«, leierte die Frau hinterm Tresen mit monotonem Südstaatenakzent herunter. »Alle wollen den Pick-up.«

»Ich möchte keinen Pick-up«, sagte ich. »Ich möchte ein Auto.«
»Autos sind aus«, sagte sie, ohne mich anzusehen. »Wir haben nur den Pick-up. Möchten Sie den?«
In San Francisco fuhr ich ein dreitüriges Mercedes-Coupé Baujahr 1978. Es hätte locker auf die Ladefläche des Pick-ups gepasst.
»Nein«, sagte ich, »aber ich nehme ihn trotzdem.«
Ich stellte das Radio meines riesigen Monstertrucks auf den Folksender WWOZ ein und kurvte durch die Stadt. Fünfzehn Blocks hinter dem »Sliver of the River«, wie die Leute die höher gelegene Gegend am Mississippi nannten, begann die Verwüstung. Der Sliver zählte zu den ältesten Teilen der Stadt, er zog die Touristen an, und hier sah New Orleans aus wie früher. Dem Durchschnittsbesucher würde der Unterschied kaum auffallen. Ich sah ein paar eingefallene Veranden, hier und da ein abgedecktes Dach oder ein ausgebranntes Autowrack, das als Müllcontainer diente. Einige Trümmerhaufen waren Sturmschäden, andere einfach nur Schäden.
Hinter dem hoch gelegenen, trockenen Sliver begann eine Übergangszone, jene Gegend, die das Wasser nur kurz heimgesucht und schnell wieder verlassen hatte, ohne allzu hoch anzusteigen. Städtische Dienstleistungen gab es hier offenbar nur stellenweise; viele Straßenlaternen blieben dunkel, überall stapelte sich der Müll. Einige Häuser neigten sich dem Verfall entgegen, andere waren auf dem Weg der Besserung. Schilder mit fehlenden Buchstaben sagten alles: viele OTELs und FRISCHER FLU KREBS und ANDLEIHHAU. In der Übergangszone fielen mir die an Hauswände gesprühten Markierungen auf, Kreise mit einem Kreuz darin und mit Buchstaben in den Kreisvierteln. Einige der Sprühbilder

waren leicht zu deuten – *1 Toter, 2 Katzen, 3 Überlebende* –, andere blieben rätselhaft: *1x3. TC5.*
Vielleicht stammten die Buchstaben von den Schildern. Vielleicht käme alles wieder in Ordnung, wenn man sie wieder einsetzte.
Ein paar Straßen weiter entdeckte ich die ersten Gebäude mit fehlenden Wänden, die möblierte Zimmer zur Schau stellten wie Puppenhäuser. Hier ein Schlafzimmer, dort eine Küche, da ein Wohnzimmer, in dem die Zeit stehengeblieben war. Dazwischen enge Reihen schmaler Holzhäuser, jedes vierte oder fünfte davon zu einem Schutthaufen zusammengefallen oder in diese oder jene Richtung sich neigend, als werde es jeden Augenblick aufgeben und einstürzen. Ganze Straßenzüge waren mit Brettern vernagelt und standen leer, einige wegen der Überflutung, andere seit Jahren schon.
Menschen sah ich kaum und nur aus der Ferne. Wenige setzten ihre Häuser instand oder waren unterwegs in die besser erhaltenen Stadtviertel. Viele saßen auf der Veranda und taten, was völlig überforderte Menschen tun. Allein das Nachdenken darüber, wo man anfangen sollte, nahm einem alle Kraft. Bei den meisten Einwohnern der Übergangszone handelte es sich um Drogendealer und ihre Kunden. Die jungen Männer, die aus den Ruinen traten oder darin verschwanden, trugen eine Schusswaffe im Hosenbund, kaum verborgen von den übergroßen Jeans, weiten Sweatshirts und dünnen, weißen, sich blähenden T-Shirts. Was sie taten, war kein Geheimnis.
Die Kundschaft war recht gemischt, viele Weiße, viele Schwarze, wenige Latinos, und die meisten davon kamen in riesigen Pick-ups mit vier Reifen am Heck, so wie ich einen fuhr. Fast alle Autos hatten texanische Nummernschilder. Ich war mir nicht sicher, ob es sich

um Texaner handelte, die hier vom Bauboom profitieren wollten, oder um Einheimische, die sich nach der Evakuierung in Houston neue Autos gekauft hatten. Oder vielleicht hatten die Leute ihr Fahrzeug in Texas angemeldet, weil die Versicherungsprämien in Louisiana so exorbitant hoch waren? Vermutlich konnte man sich hier mit allem eindecken: Kokain in allen Varianten, Heroin und vielleicht Meth, möglicherweise auch Hasch, obwohl das eventuell anderswo und nicht unter freiem Himmel verkauft wurde.

Der Verkäufertypus war weniger heterogen. Es handelte sich ausnahmslos um junge Schwarze zwischen dreizehn und fünfundzwanzig mit weißen T-Shirts oder Unterhemden und zu großen Jeans, die tief auf der Hüfte hingen und den Blick auf ein, manchmal zwei Paar schicke Boxershorts freigaben. Manche Dealer trugen einen Parka oder einen Kapuzenpullover, um sich vor der Kälte zu schützen. Die meisten trugen goldene Kronen auf einigen, manchmal auf allen Zähnen. Fast alle trugen das zehn bis fünfzehn Zentimeter lange Haar eingedreht oder zu Zöpfen geflochten, die Träger von gepflegten, langen Dreadlocks bildeten eine Minderheit. Die Männer sahen so einheitlich aus wie in graue Flanellanzüge gekleidete Börsenmakler an der Wall Street oder wie Ärzte in weißen Kitteln oder Marinesoldaten – und wie bei allen Berufsgruppen in Uniform war die Gleichförmigkeit ein Akt der Unterwerfung, bei dem sie sich selbst ein Stück weit vergaßen. Ihrem Blick fehlte etwas, ihre Augen waren leer.

Ich fuhr zum See, durch Broadmoor und Mid-City bis nach Lakeview. In den Straßen wurde es immer stiller, bis die Stille irgendwann auf unheimliche Art zu tosen und zu röhren anfing. Die Gebäude trugen einen Ring dort, wo das Wasser seinen Höchststand erreicht und tagelang gestanden hatte, bevor es sich zurückzog. Die gelblich braune Linie stieg in jeder Straße höher, von Verandatreppen über Veranden bis zu den Fenstern und noch höher, bis das Wasser seine Markierung irgendwann nur noch auf den Bäumen hatte zurücklassen können.

Die Schäden nahmen kein Ende. Sobald man dachte, man hätte das Schlimmste gesehen, entdeckte man in der nächsten Straße etwas noch Schlimmeres: Häuser ohne Wände, von der Wucht der Flut ineinandergeschobene Gebäude, gestapelte Autos, komplett eingestürzte Häuserreihen, Boote auf Gehwegen, Parkplätze voll mit Autos, die von der weißen Staubschicht des zurückgegangenen Schmutzwassers überzogen waren. Die Katastrophe lag mehr als ein Jahr zurück, aber in manchen Straßen sah es aus, als sei seither buchstäblich nichts und niemand hier gewesen, nicht einmal ein Windstoß oder ein Regenguss oder ein Vogel oder ein Atemzug.

Ich fuhr zurück nach Carrolton. Neben dem Highway entdeckte ich ein von der Flut zerstörtes Einkaufszentrum. Ich fuhr auf den Parkplatz und konnte mir nur schwer vorstellen, dass es hier einmal wesentlich weniger trostlos ausgesehen hatte als heute. Ich sah einen Restpostenladen, einen Kosmetikgroßhandel, ein Hühnchenschnellrestaurant und ein Scheck- und Kreditbüro (»Zahltag«). An den Parkplatzenden standen noch die Betonsockel der Straßenlaternen, die vermutlich lange vor dem Sturm umgerissen worden waren.

Seit meiner Ankunft in New Orleans war mir aufgefallen, dass fast alle Autos so aussahen wie meins: riesige, funkelnde, neue Pick-ups und Geländewagen mit weißer oder silberner Lackierung – allesamt Nachkommen abgesoffener Gebrauchtwagen, Resultate der staatlichen

Soforthilfe und allgemeinen Hysterie. Dabei wies jedes Auto mindestens einen Schaden auf: eine eingedrückte Stoßstange, ein zerschlagenes Rücklicht, eine dicke Beule in der Seitentür, der Motorhaube oder dem Kotflügel. Die Leute fuhren immer noch, als sei Gefahr im Verzug, sie wechselten panisch die Spur, fuhren zu schnell und bremsten noch schneller, wie um dem Sturm zu entkommen. Mein makelloser Truck stach unangenehm ins Auge. Meiner Einschätzung nach hielt sich im Umkreis von einem knappen Kilometer niemand auf. Ich überprüfte meinen Sicherheitsgurt, zurrte ihn fester. Dann ließ ich den Motor an und fuhr auf dem Parkplatz große Achten und schließlich Kreise. Ich wurde immer schneller, aber nie schneller als dreißig Stundenkilometer, um die Airbags nicht auszulösen. Ich fuhr einen letzten Kreis, ließ das Lenkrad los und krachte gegen einen der Betonsockel in der Parkplatzecke. Anstatt mich anzuspannen, hielt ich meinen Körper locker, und als ich den Sockel rammte, war es, als schwämme ich auf einer brechenden Welle. Ich hörte das befriedigende Knirschen von Stahl und Glas und Beton.

Das Auto löste seine Alarmanlage aus, um allen mitzuteilen, dass man es verletzt hatte. Ich schaltete den Alarm ab und stieg aus, um den Schaden zu begutachten. Vom Laternensockel war ein großes Betonstück abgebrochen, so dass die Stromkabel herausragten wie Knochen und Blutgefäße. Die Beule in der Stoßstange war so groß wie ein Reh und gesäumt von vielen kleinen Minibeulen und Kratzern.

Jetzt sah mein Auto normal aus. Oder wenigstens so normal wie möglich.

Ich hielt an einer Tankstelle an der Kreuzung von Magazine Street und Washington Avenue, um Wasser und Knabberzeug fürs Hotel zu kaufen. Ich parkte vor der Tankstelle, an der Washington. Als ich mit meiner Wasserflasche und Nüssen und Chick-O-Sticks zurückkam, lehnten zwei Jungen an der Fahrertür meines Trucks. Sie waren etwa achtzehn Jahre alt und trugen die Standarduniform aus zu großer Jeans und schwarzem Kapuzenpulli. Der eine hatte die Ärmel hochgeschoben, so dass ich die Tätowierungen an seinen Unterarmen und Händen sehen konnte, Zahlen- und Buchstabenkombinationen, die, das wusste ich, für bestimmte Viertel und Gangs und soziale Wohnbauprojekte standen und doch genauso willkürlich wirkten wie die Markierungen an den Häusern: 3MP, 7WB.

Der größere Junge hatte kurzes Haar und ein hübsches Gesicht mit großen, traurigen, samtbraunen Augen. Der kleinere hatte ordentliche Dreadlocks, die ihm bis auf die Schultern fielen, und sehr dunkle Haut. Sein Gesicht hätte im entspannten Zustand sanft und friedlich ausgesehen, aber der Junge gab sich große Mühe, fies zu wirken, was ihm nicht ganz gelang. Unter seinem Kapuzenpullover trug er ein weißes T-Shirt mit dem Bild eines Jungen, der die Hände hob wie zu einer Mudra der Gangsymbolik. Das Bild wurde von Tausenddollarscheinen gerahmt. *Kwame »Peanut« Sinclair, 1990–2006,* stand darunter. *Love U 4-EVER.*

»Verzeihung«, sagte ich, »das ist mein Auto.«

Der Junge mit den Dreadlocks lächelte selbstzufrieden und trat zur Seite.

Er wollte bedrohlich rüberkommen, wirkte aber nur linkisch. Ein lustiger, ungeschickter Junge mit Neunmillimeterknarre unter dem T-Shirt.

Der Große trat nicht zur Seite. Er blieb wie angewurzelt stehen und sah mich an, ohne das Gesicht zu verziehen. Ich betrachtete ihn genau. Er war so groß wie ich, aber viel, viel kräftiger. Unter seinen zu weiten Klamotten zeichnete sich sein junger, sehniger, muskulöser Körper ab. Dabei hätte es mich überrascht, wäre er in der Lage gewesen, einen Faustschlag zu landen. Er war so schlaff wie ein Schlafwandler.

Offenbar war er auf der Suche nach jemandem, der ihn von seiner Qual erlöste. Ich hatte kein Interesse.

Wir starrten einander an.

»Sie sollten ihm dankbar sein«, sagte der Dreadlockjunge mit leuchtenden Augen. Sein Akzent war so breit, dass ich ihn kaum verstand.

Wieder starrten ich und der Selbstmordjunge einander an. Die grauen Wolken über uns hingen tief.

»Wirklich?«, fragte ich. »Warum?«

»Er hat Ihren Truck bewacht«, sagte der Dreadlockjunge.

Der Selbstmordjunge sah mich an. *Schluss, aus,* sagten seine Augen. *Mach schon. Los jetzt.*

Ich sagte nichts. Ich kannte diesen Blick.

»Es stimmt«, insistierte der Dreadlockjunge, »er hat es getauft. Jetzt ist es so was wie geweint.«

Wahrscheinlich meinte er *geweiht,* aber *geweint* gefiel mir noch besser. Heilige Tränen!

Ich betrachtete mein Auto und entdeckte eine Pfütze unter dem Vorderreifen. Der Reifen war nass. Wahrscheinlich hatte der Selbstmordjunge dagegen gepinkelt. *Das* nannte ich eine Weihe.

Der Dreadlockjunge lächelte. Der Selbstmordjunge lächelte nicht. Er starrte mich weiter an in der Hoffnung, seinem Leiden würde ein Ende gemacht.

Da konnte er lange warten. Zumindest, was mich anging.

»Hey«, sagte Dreadlockjunge, »was bedeuten die Tattoos?« Ich habe über ein Dutzend Tätowierungen, aber sehen konnte er nur zwei: das *T* auf meinem linken Handgelenk, das *K* auf dem rechten.

»Keine Ahnung«, sagte ich. »Ich war betrunken.«

Ich ging um den Wagen herum zur Beifahrertür, schloss sie auf und stieg ein. Endlich stieß sich der Selbstmordjunge von der Fahrertür ab und trat einen Schritt zurück. Ich kletterte auf den Fahrersitz, ließ den Motor an, fuhr los, ohne die beiden eines weiteren Blickes zu würdigen, und ließ den kleinen Zwischenfall eines natürlichen Todes sterben.

Im Rückspiegel sah ich die beiden Jungen auf der Straße stehen. Dreadlockjunge lachte, Selbstmordjunge lachte nicht.

Auf dem Rückweg nach Downtown rief ich einen Bekannten an, der als Polizeireporter bei der Picayune Times arbeitete. Vielleicht wusste er etwas über Vic Willing.

»Hey, Jimmy«, sagte ich, »hier spricht Claire DeWitt.«

Er lachte. »Du liebe Güte. Im Ernst, wer ist da?«

»Claire«, wiederholte ich. »Jimmy, hier spricht Claire. Ich bin in der Stadt.«

»Nein, im Ernst«, sagte er, »ich bitte Sie. Wer ist da?«

»Wirklich«, sagte ich, war mir aber selbst nicht mehr sicher. »Ich bin's. DeWitt.«

»O Gott«, sagte er, »wirklich? Im Ernst. Du rufst mich an? Spreche ich wirklich mit Claire DeWitt?«

»Ja«, sagte ich, unsicherer denn je, ob ich tatsächlich Claire DeWitt war. »Ich bin's. Hör mal, ich weiß, dass wir nicht unbedingt …«

»O mein GOTT«, wiederholte er. »Das ist ein Ding. Das ist ja nicht zu fassen. Claire DeWitt. Ach du Scheiße.«

»Na ja, ehrlich gesagt brauchte ich deine ...«

»O nein. Nein. Auf keinen Fall. Ich weiß gar nicht, wieso ich mit dir rede. Nein. Tut mir leid, nein. Ich sollte nicht mal mit dir reden. Das weißt du doch? Genau genommen rede ich auch nicht mit dir.«

Er legte auf.

Es war besser gelaufen, als ich erwartet hatte.

6

Das Hotel hatte mir kostenlosen W-LAN-Zugang zugesichert. FREE WI-FI, hatte es auf der Webseite geheißen. Bei der Zimmerreservierung hatte ich besonders darauf geachtet.

»Sie haben doch W-LAN?«, hatte ich gefragt.

»Natürlich«, hatte der Rezeptionist gesagt. »Alle unsere Zimmer bieten einen drahtlosen Internetzugang an.«

Seit meinem Einzug war ich kaum länger als drei Minuten am Stück im Internet gewesen.

»Das ist die Schuld von Cox«, sagte der Rezeptionist.

Zuerst dachte ich, dass er von dem Idioten sprach, der das Netzwerk kaputt gemacht hatte. Dann merkte ich, dass er Cox meinte, den Internetanbieter. »Die machen es dem Kunden nicht leicht. Cox. Die lassen einen hängen.«

Am nächsten Morgen machte ich nach ein paar erfolglosen Versuchen ein Café in der Frenchman Street ausfindig, das seinen Gästen kostenlosen Internetzugang anbot – nicht über den eigenen Router, sondern über den des benachbarten Fahrradladens.

»Cox *liebt* die«, sagte die junge Frau hinterm Tresen verbittert, als sie meinen Espresso zapfte. »Bei denen wird immer alles *sofort* repariert.«

Um drei Uhr wollte ich mich mit Leon in Vics Wohnung treffen. Ich war schon um halb drei vor Ort, parkte auf der gegenüberliegenden Straßenseite und beobachtete das Haus. Vics Wohnung lag am südlichen Ende der Bourbon Street am Rand des French Quarter in einem alten Apartmenthaus im spanischen Stil, das Anfang des neunzehnten Jahrhunderts gebaut worden war. Die Gegend war ruhig; der Lärm und die Menschenmassen und die Kotze der Upper Bourbon schwappten nicht bis hierher. Ich hatte vergessen, dass in New Orleans jeder Häuserblock wie eine eigene Welt war; die Einheimischen teilten ihre Stadt blockweise in gute und schlechte Wohngegenden ein. Dieser Teil der Bourbon Street war ruhig und zumindest dem Anschein nach ein reines Wohngebiet, wenn man auch wetten konnte, dass sich hinter den spanischen Fassaden mehr als ein illegales Geschäft versteckte. Sogar das Hufgeklapper der Pferdekutschen schien weit entfernt. Die Teerdecke war ausgebessert, die Bürgersteige sauber gefegt.

Ich lief ein Stück die Straße hinauf und dann wieder zurück zu Vics Wohnhaus. Durch das vergitterte Tor konnte ich einen Innenhof mit Pool sehen. Drum herum standen ein paar gusseiserne Tische und Stühle, und das Ganze war von Bougainvillea und Bambussträuchern gesäumt. An einem sonnigen Tag war es hier vermutlich nett, heute aber wirkte der Innenhof kalt und verlassen.

Um zwanzig nach drei tauchte Leon auf. Wir trafen uns am Tor, er hatte einen Schlüssel. Vics Wohnung lag im ersten Stock.

Häuser sind wie Menschen, nur weniger anstrengend. Um sie zu verstehen, musste man erst die groben Eindrücke auf sich wirken lassen und dann die Wahrnehmung verfeinern. Zunächst einmal lief ich durch die Wohnung, Leon immer im Nacken. Die Einrichtung war protzig. Antike Möbel, alles tadellos sauber (sah man von der siebzehn Monate alten Staubschicht ab), geschmackvoll, ordentlich und vorzeigbar. Recht neue Küchengeräte und ein Loch dort, wo der Kühlschrank gestanden hatte. Wie Leon erklärte, war er mit dem Aus-

räumen der Wohnung nicht weiter gekommen. Zum Glück. Schlimm genug, dass der Kühlschrank fehlte.
Ich besichtigte das Schlafzimmer, das Arbeitszimmer, das Wohnzimmer, das Esszimmer und die Küche. Nur das Arbeitszimmer strahlte eine persönliche Note aus. Sie lautete: Ich arbeite viel. Auf dem Schreibtisch stapelten sich ordentlich arrangierte Papiere. Ich blätterte darin herum. Geldangelegenheiten und Berufliches, nichts von Interesse.
Ich lief durch die ganze Wohnung. Dann noch einmal, nur langsamer, und dann noch langsamer. Nichts passierte. In der Küche gab es zwei Sorten Geschirr, eine für besondere Anlässe und eine für den Alltag. Ich fragte Leon, wo die Vorräte wären.
»Tja, das meiste haben wir mit dem Kühlschrank ausgeräumt«, sagte er. »Und sonst …« Er runzelte die Stirn. »Ich weiß es nicht. Wahrscheinlich ist er oft essen gegangen.«
»Keine Suppendosen?«, fragte ich. »Keine Kräcker?« Jeder hat irgendwo eine Dose Suppe herumstehen. Jeder hat irgendwo irgendeine Dose herumstehen, von der er dachte, dass er sie essen würde, und die er dann doch nicht wollte, die er aber nicht wegschmeißt, weil sie noch völlig in Ordnung ist.
Leon zuckte die Achseln.
Ich lief noch einmal durch die Wohnung. In den Badezimmerschränken entdeckte ich eine ganze Reihe von Medikamenten, die ältesten aus dem Jahr 1995, darunter auch eine recht neue und fast volle Flasche Codein, die ich zusammen mit einer Packung Penicillin und einem fast leeren Valiumfläschchen in meiner Handtasche verschwinden ließ. Alle Medikamente waren von einem Zahnarzt verschrieben worden.

»Nichts«, sagte ich zu Leon und schluckte eine Valium. Manchmal reicht es nicht, Schubladen und Schränke aufzureißen und in Medikamentenschränken zu wühlen. Jeder weiß, das steht auf dem Programm. Jeder weiß, dass sein Medikamentenschrank irgendwann durchforstet wird. Jeder weiß, dass eines Tages die abgeschlossene Schreibtischschublade, der Safe, die Kiste unter dem Bett geöffnet werden. Ich konnte alle Verstecke in Vics Wohnung durchsuchen, aber ich wusste, ich würde dort nur finden, was Vic selbst wichtig erschienen war. Und die meisten Leute irren, wenn es darum geht, was wichtig ist. Wollte ich etwas wirklich Wichtiges entdecken, musste ich an den Stellen suchen, die Vic vergessen hatte. Was war ihm so vertraut, dass er nicht auf die Idee kam, es zu verstecken? Was war in den Ritzen der Wohnung verschwunden – zwischen den Sofakissen, hinter dem Herd? Was lag im Spülbecken? Und neben dem Bett? Was war mit den Büchern? Es gab Millionen Bücher auf der Welt, warum hatte Vic ausgerechnet diese im Arbeitszimmer stehen? Je kleiner die Büchersammlung eines Menschen war, desto weniger ließ sich daraus erschließen. Zu wenig Material, um ein Muster zu erkennen. Ein Kochbuch zwischen vier anderen Büchern war weniger aussagekräftig als zwanzig Kochbücher zwischen achtzig Romanen.

Vic war ein klarer Fall. Zwei Bücherregale, eines für Romane und eines für Sachbücher, fast alle fest gebunden. Ich überflog die Titel. Das meiste von Dickens, alles von Flaubert und Zola, alles von Poe und der komplette Mark Twain, und alles in anständigen Ausgaben. Ich zog *Thérèse Raquin* aus dem Regal. Der Einband klebte links an *Nana* und rechts an *Germinal* fest. Das Buch ließ sich nur unter lautem Knacken öffnen. Vic hatte nichts davon

gelesen. Ein Inneneinrichter oder ein Buchhändler hatte die Regale in seinem Auftrag bestückt.
Im Sachbuchregal fand ich eine Gebrauchsanleitung für Vics Computer, eine für sein Auto und etwa hundert Bücher über New Orleans, die so aussahen, als hätte sie tatsächlich jemand gelesen. Sie waren grob nach Themen geordnet: Küche, Geschichte, Politik, Architektur. Ganz unten standen zehn Bücher über die Mardi-Gras-Indianer, auch Schwarze Indianer oder Indianergangs genannt.
Bei diesen Indianern handelte es sich um Gruppen von zumeist schwarzen Männern aus New Orleans, die zum Mardi Gras, am Josefstag und anderen Feiertagen zusammenkamen, um zu musizieren, zu tanzen und in ihrer eigenen merkwürdigen Sprache zu singen. Mit den amerikanischen Ureinwohnern hatten sie nichts zu tun. Manche der Musiker, Bo Dollis zum Beispiel, waren so talentiert, dass sie von ihren Auftritten leben konnten. In Amerika waren sie so gut wie unbekannt, aber in Europa und Asien – und in ihrer Heimat New Orleans – galten sie als Stars. Die Indianer schlossen sich zu Stämmen zusammen, sogenannten *Krewes,* die Namen trugen wie *Wild Magnolias* oder *White Hawks.* Die Stämme waren hierarchisch geordnet, es gab festgelegte Zeremonien, Aufgabenbereiche und Rangfolgen. Jeder Stamm schickte seinen *Spy Boy* los, um Treffen mit anderen Stämmen einzufädeln oder zu vermeiden. Der *Witch Doctor* war der spirituelle Führer des Stammes und der *Big Chief* – natürlich – der oberste Anführer. An Feiertagen zogen sie ihre Kostüme an, die ein wenig an Indianer erinnerten und noch mehr an Las Vegas – Pailletten, Perlen, Federn. Solange ich in New Orleans war, hatten die Indianer mich immer fasziniert, aber verstanden hatte ich sie nie.

Constance hatte indianische Freunde gehabt, sich aber geweigert, sie mir vorzustellen.
»Die sind kompliziert«, hatte sie gesagt, »und empfindlich.«
Einmal hatte ich Indianer in Aktion erlebt, weit entfernt von den Touristen und Monate vor dem Mardi Gras, eine Gruppe von Männern in einem verdreckten Park, die sangen und ihre Instrumente spielten. Das war zehn Jahre her. Ich hatte gerade erfahren, dass Constance ermordet worden war, war ziellos durch die Stadt gefahren und hatte versucht, vor meiner Abreise so viele Eindrücke wie möglich aufzunehmen. Ohne Constance gab es keinen Grund zu bleiben. In der Nähe des Shakespeare Park hatte ich Trommeln gehört. Ich war auf die Bremse gestiegen in der Hoffnung, einen Blick zu erhaschen.
Die Männer kauerten beieinander, manche hatten Kuhglocken und Klanghölzer und Tamburine dabei und schlugen einen Rhythmus zum Gesang. Der Mann in der Mitte hatte himmelwärts verdrehte Augen und flatternde Lider, unter denen man das Weiß blitzen sah. Er stieß einen Singsang aus.
Aber dann bemerkten die Männer mich und brachen ab. Der Gesang erstarb, und die Männer gingen in verschiedene Richtungen auseinander. Als ich aus dem Auto gestiegen war, schien es, als wäre nichts passiert.
Die Männer hatten in ihrer eigenen Indianersprache gesungen, aber dazwischen hatten sie ein paar englische Brocken eingestreut.

Schwester Constance,
Schwester Constance,
Du bist zu früh gegangen …

Anscheinend hatten die Indianer auch Vic fasziniert oder wenigstens interessiert. Ich zog einen Stuhl heran und sah auf dem Regal nach. Nichts. Wo ich schon einmal da oben stand, schaute ich mich im Zimmer um. Nichts als Staub.
Unter der Anrichte befand sich ein Safe. Ich bückte mich unter den Schreibtisch und verdrehte den Hals. Die Kombination war mit einem Stück Klebeband auf der Unterseite der Tischplatte befestigt: 8–18–85. Ich sah mir die Seriennummer des Safes an. Der Zahlencode entsprach dem Kaufdatum.
Im Safe eine weitere Enttäuschung. Ein lausiger, vom Rost starrer .22er Revolver und nicht einmal tausend Dollar in bar. Ich ließ den Safe für Leon offen stehen.
Ich setzte mich an Vics Schreibtisch. Vor mir lagen ein paar noch nicht abgeheftete Dokumente, die ich mir ansah. Uninteressant. Ich schaltete den Computer ein. Der Desktop war fast leer. Der Browserverlauf zeigte Wetterseiten, das Fernsehprogramm, noch mehr Wetter und die Homepages dreier verschiedener Mardi-Gras-Krewes. Vics E-Mails waren beruflich und langweilig oder privat und langweilig. Er wurde zu vielen Dinnerpartys eingeladen. Er sagte nur selten zu.
So viel zum Büro. Ich fragte Leon, ob ich mir kurz die Wohnungsschlüssel ausleihen könne. Er sah mich irritiert an, sagte aber ja.
Ich nahm die Schlüssel, verließ das Haus und ging zur nächsten Straßenecke. Ich blieb stehen, drehte mich um und lief zurück. Nette Straße, viele hübsche Häuser, protzige Apartmentgebäude wie das von Vic, mit Bougainvillea und Bananenstauden bepflanzte Vorgärten, viele frisch gestrichene Fassaden. Zum Haus gehörte kein Parkplatz, deswegen hatte Vic sicher des Öfteren in

einer der Nebenstraßen geparkt. Jeden Tag war er diesen Weg gegangen, hatte die Vorgärten gesehen und die hübschen Fassaden. Sein Wohnhaus war größer als die meisten in der Gegend und so hübsch wie alle anderen auch.
Ich schloss das Gittertor auf. Am Pool blieb ich stehen, um mit unsichtbaren Nachbarn zu plaudern. Ich betrachtete den Betonboden des Innenhofs. Keine Einschusslöcher.
Ich verabschiedete mich von den unsichtbaren Nachbarn und stieg die Treppe hoch. Ich schloss die Wohnungstür auf und legte die Schlüssel auf das antike Tischchen, das zu genau diesem Zweck im Flur aufgestellt war.
Ich sah Leon, der den Fernseher eingeschaltet hatte.
»Erschießen Sie mich«, sagte ich.
Leon hob die zu einem Revolver geformte Hand in die Höhe und erschoss mich. Ich taumelte rückwärts. Ich fiel zu Boden und betrachtete die Stelle, an der ich lag. Nichts. Keine Einschusslöcher, keine Schäden im Teppich, kein Blut.
»Könnten Sie mir einen Gefallen tun?«, fragte ich.
Leon wirkte unsicher. »Natürlich. Klar. Kommt drauf an.«
»Könnten Sie mal nach draußen gehen und klingeln?«
Leon machte ein erleichtertes Gesicht und ging hinaus. Ich setzte mich aufs Sofa. Es klingelte an der Tür. Ich blieb sitzen. Es klingelte noch einmal. Ich schaltete ein anderes Programm ein. Leon klingelte wieder. Diesmal stand ich auf, ging zur Tür und öffnete sie.
»Mein Gott«, sagte ich, »Sie sind es!«
Leon lächelte und spielte mit. Jeder liebt Ratespiele.
»Und ich habe eine Waffe!«, sagte er.

»Sie bedrohen mich?« Ich wich ein paar Schritte zurück.
»Ja«, sagte Leon. »Ich bedrohe Sie mit meiner Pistole. Eine *echte* Bedrohung mit einer *echten* Pistole.«
Ich überlegte kurz. Leon reckte mir seine Pistolenhand entgegen.
»Er hätte sich umgedreht«, sagte ich, »um seinen Revolver zu holen.«
Ich lief ins Arbeitszimmer.
»Peng!«, rief Leon hinter mir her.
»Peng«, wiederholte ich. Ich ging auf die Knie und untersuchte den Teppich. Keine Löcher, keine Kratzer.
»Haben Sie einen Metalldetektor?«, fragte ich.
»Äh … nein«, sagte Leon.
Manchmal verstehe ich die Leute nicht. Für Menschen wie Leon war es wohl selbstverständlich, dass ein anderer den Metalldetektor mitbrachte oder die Lupe, dass ein anderer die Fingerabdrücke nahm. Jedenfalls war Vic höchstwahrscheinlich nicht in seiner Wohnung erschossen worden. Kein Blut, keine Patronenhülsen, keine Unordnung.
Ich verließ die Wohnung, lief einmal um den Block und dachte an nichts. Ich kam mit freiem Kopf zurück. Ich schloss die Wohnungstür auf und fing von neuem an. Leon saß auf dem Sofa und schaute sich eine Kuppelshow an.
»Sie bezahlen weiterhin fürs Kabelfernsehen?«, fragte ich.
»Nein«, sagte Leon, »nur für den Strom. Das Fernsehen wurde einfach nicht abgeschaltet.«
Ich legte meine Schlüssel und die unsichtbare Post auf das kleine Tischchen, das zu diesem Zweck neben der Eingangstür aufgestellt worden war. Ich zog meine Schuhe aus und ging ins Bad. Ich ging in die Küche und tat so,

als suchte ich nach etwas Essbarem. Ich nahm meinen unsichtbaren Imbiss mit ins Wohnzimmer.
Da fiel es mir auf. Irgendetwas stimmte nicht im Wohnzimmer. Ich blieb stehen und schaute mich minutenlang um, bevor ich merkte, was es war.
Die Möbel. Die Möbel standen am falschen Platz. In einem klassisch protzig eingerichteten Apartment wie diesem hätten die Wohnzimmermöbel symmetrisch angeordnet sein müssen. Doch das waren sie nicht.
Das Sofa stand wie zu erwarten in der Mitte. Ein Lehnsessel stand im passenden Abstand daneben, aber der andere war um einen knappen Meter verrückt.
»Haben Sie den Sessel umgestellt?«, fragte ich Leon.
»Äh, nein«, antwortete er. »Hätte ich das tun sollen?«
Ich schob den Sessel beiseite und betrachtete den Teppichboden darunter. Die Eindrücke waren tief; der Sessel stand schon immer hier.
Ich setzte mich. Schaute Leon geradeaus, sah er den Fernseher. Schaute ich geradeaus, sah ich das Schlafzimmer.
Nein, nicht das Schlafzimmer, sondern das Schlafzimmerfenster.
Ich sah mich um, veränderte meine Haltung. Nein, von diesem Sessel aus war nichts zu sehen als das Schlafzimmerfenster.
Ich stand auf und ging hinüber. Das Fenster ging auf einen kleinen Balkon über der Bourbon Street hinaus. Er war kaum groß genug für zwei oder drei Personen. Direkt davor ragte eine Lebenseiche in die Höhe. In der Balkonecke stand eine abgestorbene Flaschenpalme in einem Blumentopf.
Ich trat auf den Balkon hinaus. Ich blieb ganz ruhig stehen und schloss die Augen. Es war kalt, und ich zitterte,

aber ich atmete ruhig weiter, bis das Zittern nachließ und ich nur noch war.
In der Ferne hörte ich Autos. Polizeisirenen. Drei Straßen weiter bellte ein Labrador-Dalmatiner-Mischling zwei Mal. Ich hörte Babys weinen. Einen basslastigen Rap, der ein Auto durchschüttelte. Einen Pistolenschuss auf der North Rampart Street. Alltägliche Stadtgeräusche.
Hier versteckte sich ein Hinweis. Ich konnte ihn fühlen wie einen Schwindel, wie einen Sonnenflecken.
Die meisten Fehler bei der Detektivarbeit unterlaufen bei der Spurensuche. Berufsanfänger glauben, es ginge darum, Hinweise zu *finden.* Dabei geht es darum, sie als solche zu *erkennen.*
Spuren sind überall, aber nicht jeder kann sie sehen.
Ich atmete tief durch die Nase ein. Ich nahm den Essensgeruch des benachbarten Restaurants wahr und den Qualm eines Kaminfeuers ganz in der Nähe, außerdem roch es nach Tod, nach der Pflanzenerde im Blumentopf … und nach noch etwas. Ich sog die Luft ein. Ihr Duft war körnig und angenehm und erdig, aber auch ein bisschen muffig, moschusartig.
Ich öffnete die Augen. Ich schob die eingetopfte Palme in der Balkonecke beiseite. Dahinter stand ein hölzernes Vogelhäuschen, vor dem ein schwarzes Häuflein lag. Ich nahm eine Prise und schnüffelte daran.
Das hatte ich gerochen – verfaulte Sonnenblumenkerne. Das Vogelhäuschen war von der Eiche auf den Balkon gefallen.
»Ark.«
Ich hob den Kopf. Im Baum, kaum einen Meter von mir entfernt, saß ein kleiner, grüner Papagei. Er war etwa zwanzig Zentimeter groß, hatte dschungelgrün leuch-

tendes Gefieder und einen cremeweißen Schnabel. Unter seinen Flügeln sah ich jeweils eine blaue Feder. Seine kleinen Krallen hielten den Zweig umklammert, und er schwankte, als wäre er betrunken. Aber sein Blick war klar und nüchtern.

Er legte den Kopf schief und sah mich an.

»Ark?«, machte er.

Wir sahen einander an.

»Das Restaurant ist geschlossen, Kumpel«, sagte ich. »Such dir Arbeit.«

Aber der Vogel rührte sich nicht. Er sah mich weiter an und wackelte lustig mit dem kleinen Kopf. Er sah aus wie ein Clown in einer kleinen, aufgeblähten Clownshose.

Jede neue Spur ist wie ein neues Augenpaar. Ich sah mich in der Straße um und entdeckte die Vögel in den Nachbarbäumen: Finken, Tauben, ein Rotkardinalweibchen, eine Purpurgrackel auf dem Gehsteig vor dem Hauseingang. Ich hatte sie vorher nicht bemerkt, aber sie waren da.

Ich ging wieder in die Wohnung.

»Er hat Vögel gefüttert«, sagte ich zu Leon. Leon saß immer noch auf dem Sofa. Aus der Kuppelshow war ein Familienduell geworden.

Leon verzog angewidert das Gesicht. Die Einwohner von New Orleans haben ein Problem mit Vögeln.

»Ach, das hatte ich ganz vergessen«, sagte er. »Diese Papageien. Ich glaube, die Stadt hat eine Aktion gestartet, um sie loszuwerden. Eine invertierte Art oder wie das heißt.«

»Invasiv«, sagte ich, »so wie wir.«

»Ja. Die fressen Saatgut«, sagte Leon.

»Wir nicht«, sagte ich.

Er runzelte die Stirn. »Sie sind dreckig«, sagte er. »Sie verbreiten Krankheiten.«
Ich sah ihn an.
»Die kommen aus …«, sagte er und unterbrach sich dann. »Sie leben in …«
»Ich habe gehört, es sind auch Kommunisten darunter«, sagte ich. »Also Vorsicht! Wäre es in Ordnung, wenn ich Fingerabdrücke nehme?«
»Fingerabdrücke?«, sagte Leon irritiert. »Die haben Finger?«
»Äh, nein«, sagte ich. »Na ja, vielleicht. Nicht von den Papageien. Aus der Wohnung.«
»Oh«, sagte Leon. »Klar. Bitte sehr.«
Ich kramte ein schwarzes Lederetui von der Größe eines Taschenkalenders aus meiner Handtasche. Ich legte es auf den Sofatisch und holte ein kleines Fläschchen mit schwarzem Pulver, einen Kamelhaarpinsel und einen kleinen Block mit Klebestreifen heraus, die einen weißen, kartonierten Rücken hatten.
Zunächst brauchte ich einen Kontrollabdruck von Vic Willing. Vermutlich hätte ich online fündig werden können, immerhin mussten Anwälte in den meisten Bundesstaaten einen Fingerabdruck bei der einen oder anderen Sicherheitsbehörde hinterlegen. Aber da kein internetfähiger Computer in der Nähe war und sich die Prozedur ohnehin mühevoll gestaltet hätte, benutzte ich Vics Zahn- und Haarbürste. Ich trug sie zum Sofatisch, wobei ich darauf achtete, sie nur mit meinen Fingernägeln zu berühren, und bestäubte sie mit dem schwarzen Puder. Unter dem Staub blühten die Fingerabdrücke auf wie Rosen. Ich rupfte ein paar Blätter von meinem Klebeblock ab. Vorsichtig zog ich die transparente Folie von der weißen Pappe ab und presste sie auf den Griff der

Haarbürste, bevor ich sie zurück auf die Pappe drückte. Viele verschmierte Flecken und ein makelloser Abdruck. Ich wiederholte den Vorgang an der Zahnbürste und sicherte einen zweiten perfekten Abdruck.
Dann nahm ich Abdrücke von jenen Gegenständen in der Wohnung, die ein Besucher höchstwahrscheinlich berührt hätte, und beschriftete sie entsprechend. Türknäufe. Die Küchenschränke. Der Safe. Das Fernsehgerät – erstaunlich, wie viele Mörder vor oder nach der Tat den Fernseher einschalten! Und das Vogelhäuschen. Zum Schluss steckte ich alle Pappestückchen in einen Umschlag und den Umschlag in meine Handtasche.
Mich beschlich das Gefühl, dass es in der Wohnung noch etwas zu entdecken gab. Vic hatte etwas zu verbergen. Die Leute verstecken Dinge bei sich zu Hause, Dinge, von denen sie sich nicht trennen, die sie aber genauso wenig mit sich herumtragen können. Immaterielle Dinge, aber dennoch vorhanden. Jeder Ort war von etwas heimgesucht. Manchmal von der Vergangenheit oder Zukunft, manchmal von der Gegenwart.
Ich ging ins Schlafzimmer, knipste das Licht aus und legte mich in Vics Bett. Die Laken waren frisch, vermutlich gestärkt, und nicht sonderlich bequem. Ich verlangsamte meine Atmung und ließ meine Gedanken auslaufen, bis ich fast eingeschlafen war.
Dann setzte ich mich ruckartig auf und stieg aus dem Bett. Ich hatte keine Ruhe, keine Entspannung gefühlt, sondern einen inneren Kampf.
Vic hatte mit sich gerungen. So wie die meisten von uns. Das war unschön, aber als Hinweis taugte es wenig.
Ich bat Leon, die Schlüssel behalten zu dürfen, um mich nötigenfalls noch einmal in der Wohnung umzusehen.
Er lehnte ab.

»Ich habe nur diesen einen Satz«, erklärte er und scharrte mit den Füßen. »Nicht, dass ich Ihnen nicht vertrauen würde …«, fügte er hinzu.
»Aber Sie vertrauen mir einfach nicht«, ergänzte ich.
Er druckste herum, bis ich ihn vom Haken ließ.
»Schon okay«, log ich, »so was braucht Zeit.«
»Klar«, sagte er, »das kommt noch.«
Auch er hatte gelogen.

7

Constance Darling war eine ungewöhnliche Lehrerin gewesen. In mondlosen Nächten setzte sie mich in den Sümpfen aus, und ich musste allein und nur mit der Hilfe des Windes und der Sterne den Weg nach Hause finden. Sie warf einen Zeitungsausschnitt von 1973 über einen Mord in Manhattan auf meinen Schreibtisch und befahl mir, den Fall aufzuklären. Sie lehrte mich, Fingerabdrücke zu deuten wie Kaffeesatz und Blicke zu lesen wie Landkarten. Sie lehrte mich, Ärger im übertragenen wie im wörtlichen Sinn zu riechen. Sie schickte mich zu Lamas und Tulkus, zu Swamis und Sehern. Wie die meisten Detektive hörte sie den Polizeifunk ab, und wenn wir nichts zu tun hatten, fuhren wir zum Tatort und klärten den Fall auf, noch bevor das NOPD zur Stelle war. Nicht, dass unsere Hilfe erwünscht gewesen wäre. Meistens ignorierte man uns. Aber Constance lag immer richtig.

»Es gibt zwei Arten von Detektiven«, hatte sie mir vor langer Zeit erklärt. Wir saßen in der Bibliothek ihrer Villa im Garden District. »Die einen haben irgendwann beschlossen, als Detektiv zu arbeiten. Die anderen haben keine Wahl.«

Wir alle werden auf unterschiedliche Arten berufen, erklärte sie. Manche haben einen Traum, andere sehen ein Omen, andere erinnern sich an einen besonderen, einschneidenden Moment – eine Nahtoderfahrung, ein Herzinfarkt, der Tod eines Angehörigen. Und danach weiß man, man muss seinem Herzen folgen und eine Detektei eröffnen. Egal, ob man fünfzehn ist oder fünfzig – wenn die Berufung zuschlägt, muss man ihr folgen.

Constance war Detektivin von Geburt an. Ich hätte dasselbe gern über mich gesagt, dabei war mein Weg vom kleinen Mädchen mit Fingerabdruck-Experimentierkasten bis zur Mitgliedschaft im Berufsverband der Privatdetektive lang und steinig gewesen.
Ich war elf oder zwölf Jahre alt, als meine beste Freundin Tracy den offiziellen *Cynthia Silverton Experimentierkasten für kleine Detektivinnen* geschenkt bekam. Als wir den Kasten erblickten, passierte etwas mit uns; es war wie bei einem Déjà-vu, als ein ungeahnter Schauer der Erkenntnis uns durchströmte.
Zusammen mit unserer Freundin Kelly sicherten wir wochenlang Fingerabdrücke von sämtlichen Oberflächen in meinem riesigen, verfallenden Brooklyner Elternhaus, sogar im Südflügel, der eigentlich wegen eines Lochs im Dach abgesperrt war. Kelly lebte mit ihren Eltern in einer engen Wohnung, Tracy bei ihrem Vater im sozialen Wohnungsbau gegenüber. In meinem Haus gab es mehr zu erkunden.
Der Einbruch in den Südflügel lieferte uns einen ersten Vorgeschmack auf Kriminalität, die Zwillingsschwester der Detektivarbeit.
Tracy, eine geborene Verbrecherin, hatte es irgendwie geschafft, das seit Jahren vor sich hinrostende Schloss zu knacken. Wir schnappten nach Luft, als die Tür sich öffnete und den Blick auf das kaputte, sonnenüberflutete Parkett und die morschen Möbel freigab. Tauben hatten sich hier eingenistet, aber als ich die Tür aufdrückte, flatterten sie nicht auf, sondern starrten uns an. *Was wollt ihr hier?* Wenige Minuten zuvor hatten meine Eltern uns mit demselben Blick bedacht, als wir durch das Wohnzimmer getobt waren, wo sie mit ihrem »Berater« Dr. Oliver am Ouijabrett saßen. *Bald kommt Geld her-*

ein, versprach der Doktor wie üblich. *Ich kann einen unverhofften Geldregen sehen!*
Im Südflügel aber waren meine Eltern und der Rest der Welt meilenweit entfernt. Wir schlichen vorsichtig und lautlos herum. Uns fehlten die Worte dafür, aber wir konnten es fühlen: einen Druckabfall, einen Geruch, ein Beben der *Nadis,* das Aufspringen einer inneren Tür.
Hier lag ein Geheimnis verborgen.
Ich legte das Fingerabdruckset beiseite und prüfte jedes Dielenbrett mit den Händen, bevor wir es betraten. So krochen wir durchs Zimmer. Die Tauben schauten gurrend zu, wie wir unter die Bettlaken linsten, die man über die Möbel gebreitet hatte, und vorsichtig die Schränke voll angeschlagenem Porzellan und sich auflösender Leinentücher öffneten. Soweit ich erkennen konnte, glich der Südflügel dem Rest des Hauses, verstaubt und vollgestopft mit altem Krempel.
Nur Tracy wusste es besser. Tracy brachte genug Mut auf und kroch an den Fußleisten entlang, um das morsche und brüchige Parkett in der Mitte zu vermeiden. Tracy entdeckte den Speisenaufzug am hinteren Saalende. Tracy stemmte die verrostete Klappe auf, Tracy zog an den uralten, seit Jahrzehnten nicht bewegten Seilen. Tracy entdeckte das Geheimnis.
Im Speisenaufzug lag eine Ausgabe von Silettes *Détection*, so als hätte sie auf uns gewartet.
Drei Jahre später verschwand Tracy. Kelly und ich waren die Letzten, die sie gesehen hatten. Niemand sah Tracy jemals wieder.
Wo immer sie hingegangen, was immer ihr zugestoßen war, sie hatte unsere Ausgabe von *Détection* mitgenommen.

8

Als ich zurück im Hotel war, knipste ich alle Lampen im Badezimmer an, dem hellsten Ort. Ich breitete einen einigermaßen sauberen Kopfkissenbezug auf einem Brett aus, das ich auf der Straße gefunden hatte, und plazierte es über dem Waschbecken wie eine Tischplatte. Links legte ich einen sauberen, fast kompletten Kontrollabdruck von Vics Fingern hin, rechts davon einen der Abdrücke, die ich in der Wohnung gefunden hatte. Ich untersuchte beide Abdrücke mit der Lupe. Sie stimmten überein. Ich wählte einen zweiten Abdruck und verglich erneut. Ebenfalls übereinstimmend. Noch einmal – Übereinstimmung. Und noch einmal – keine Übereinstimmung.

Ich war mir dennoch sicher, dass es sich um einen Abdruck von Vics linker Hand handelte – dieselbe Größe, der gleiche, weit nach unten gerutschte Wertschätzungswirbel. Ich machte mir eine Notiz und legte den Abdruck beiseite. Ein neuer Abdruck – wieder eine Übereinstimmung. Abdruck – Übereinstimmung.

Fünfzehn Proben später entdeckte ich einen Abdruck, der zu keiner von Vics Händen passte. Er war groß und stammte vermutlich von einem Mann. »UNBEKANNTER«, beschriftete ich ihn.

Ich ging die restlichen Abdrücke durch. Die meisten waren verschmiert und wertlos. Wahrscheinlich hatten verschiedene Besucher Vics Wohnung aufgesucht, aber immer nur kurz und keinesfalls kürzlich. Sie hatten die Wohnungstür berührt und kaum mehr. Der Unbekannte hingegen hatte alle Küchenschränke geöffnet. Er war im Bad und im Schlafzimmer gewesen. Der Unbekannte

hatte sich am Bücherregal abgestützt, und sein Zeigefinger hatte den Rücken von *Nana* berührt.
Der Unbekannte hatte die Vögel gefüttert.

Es klopfte an der Tür. Der Rezeptionist war heraufgekommen.
An meinem ersten Tag im Hotel in der Frenchman Street hatte ich die Tür zu meinem Zimmer aufgestoßen und war gleich übers Bett gestolpert. Vom Bett aus hatte ich den Lichtschalter ertasten und das Licht anknipsen können. Alles war in Reichweite gewesen, der Fernseher, der Schrank, die Badezimmertür, die Kommode.
Ich war zur Rezeption gegangen. Der Angestellte war weiß und Mitte zwanzig und sah aus wie ein Student oder Studienabbrecher. Er trug einen Wollpullover, Shorts, Socken und Sandalen. Sein Anblick verriet mir, dass er *echt gern feiern ging, ey.*
»Hi«, sagte ich, »hallo. Mein Zimmer ist ein bisschen klein.«
Der Angestellte sah mich verständnislos an.
»Ihr Zimmer.«
»Ja. Genau. Mein Zimmer. Ich bin gestern angekommen. Zimmer …« Ich sah auf meinem Schlüssel nach. »Hundertacht.«
Der Angestellte schüttelte langsam den Kopf. Er sah mich an, als fürchte er, mich zu verärgern. »Äh, ich weiß nicht, *Ma'm,* aber ich glaube, das Zimmer ist belegt.«
»Ja«, erklärte ich, »von mir. Ich belege dieses Zimmer. Ich wollte fragen, ob Sie vielleicht ein größeres für mich hätten?«
Er musterte mich lange und eindringlich, bis schließlich der Funke des Wiedererkennens in seinen Augen aufblitzte und sein Gesicht erhellte.

»Ach jaaaaa«, sagte er lächelnd, »ich erinnere mich an Sie. Zimmer hundertacht, richtig?«
»Richtig«, sagte ich. Ich gab die Angelegenheit mit dem Zimmer auf und wandte mich der nächsten Frage zu. »Du gehst echt gern feiern?«

Ich öffnete die Tür, und er schaute sich um. »Ey, das Zimmer ist echt klein.«
»Ja«, sagte ich, »darum sollte sich wirklich jemand kümmern. Verstanden?«
Er reichte mir einen großen, weißen, mit dem Hotellogo bedruckten Umschlag.
Ich schloss die Tür. Ich hatte im Voraus bezahlt. Ich setzte mich aufs Bett, riss den Umschlag auf und roch das Gras. Ein mexikanischer Verschnitt und gar nicht so übel. Wobei mir noch nie im Leben wirklich übles Gras untergekommen ist. Jedenfalls legte ich es für später beiseite und wandte mich wieder den unbekannten Fingerabdrücken zu. Im nächsten Schritt galt es zu klären, von wem sie stammten.
In meinem Zimmer lag ein Telefonbuch aus dem Jahr 2005.
Ich ging zur Rezeption und bat um ein anderes. Der Angestellte überreichte mir die gleiche Ausgabe.
Ich sah ihn an.
»Bitte sehr«, sagte er. »Ein neueres gibt es nicht.«
Ich sah ihn weiter an.
»Kann schon sein, dass es veraltet ist«, sagte er.

Im Telefonbuch fand ich eine Reihe von Kopierläden. Ich steckte die geheimnisvollen Abdrücke ein und fuhr zum nächstgelegenen an der Elysian Fields Avenue. Ich würde die Abdrücke einscannen, mir eine Berechtigung

zusammenbasteln, ein Passwort knacken und die Abdrücke mit den Datenbanken abgleichen.
An der Tür des Kopiergeschäfts hing ein Zettel:

Bin in einer Fiertelstunde zurück.

Ich wartete eine Fiertelstunde. Ich wartete fast zwei Fiertelstunden. Niemand kam zurück. Ich schaute im Telefonbuch nach und fuhr zum nächsten Laden in den Central Business District. Der junge Mann hinterm Tresen wusste nicht, was ein Scanner ist, bot mir aber an, später wiederzukommen, wenn die Managerin da wäre, später oder morgen oder vielleicht auch nie. Die wüsste vielleicht Rat. Der dritte Laden war geschlossen. Im Fenster hing ein riesiges Leuchtschild, auf dem GEÖFFNET stand, aber der Laden war geschlossen. Der vierte Laden im Telefonbuch befand sich in einem verfallenen, verschimmelten Haus, vor dem sich Müllberge stapelten, und war offensichtlich nach dem Sturm nicht wiedereröffnet worden. Hier würde in absehbarer Zeit niemand irgendetwas scannen. Ich fuhr zurück zum ersten Laden, der inzwischen geöffnet hatte. Leider war der Strom ausgefallen.
»Am besten gehen Sie erst mal einen Kaffee trinken und entspannen sich«, sagte der Mann hinter dem Tresen. »Das hier wird eine Weile dauern.«
Ich ging ins nächstbeste Café. Auch hier war der Strom ausgefallen. Ich bestellte ein Wasser und entspannte mich nicht.
Als der Strom wieder da war, kehrte ich zum Kopierladen zurück.
Schließlich scannte ich die Fingerabdrücke aus Vic Willings Wohnung ein. Nach einigen Kniffen und Umwe-

gen gelang es mir, sie durch den örtlichen Polizeicomputer laufen zu lassen.
Der Unbekannte war der Polizei bestens, allerbestens bekannt: Andray Fairview, unglücklicher Träger eines falsch geschriebenen Vornamens, verfügte über ein langes Vorstrafenregister und über eine noch längere Jugendakte. Die eigentlich unter Verschluss lag, aber problemlos einzusehen war, wenn man Claire DeWitt hieß, beste Privatdetektivin der Welt. Fairview war zurzeit Bewohner des Orleans Parish Prison. Ein Gerichtsverfahren wegen Drogenbesitzes stand bevor. Man hatte ihn ausgerechnet gestern Nachmittag verhaftet. Mein Pech.
Ich druckte alles aus, was ich über Andray Fairview in Erfahrung bringen konnte, seinen ganzen langen, traurigen, öffentlichen Lebenslauf. Andray Fairview, das gibt einen Eintrag in Ihre Strafakte. Ich überflog die Dokumente, wie sie aus dem Drucker kamen. Andrays Mutter war die Stadtverwaltung, sein Vater die Bundesbehörde. Viele Verhaftungen, die meisten wegen Drogenbesitzes und Drogenhandels, manche wegen Diebstahls, wenige wegen Körperverletzung und jede Menge wegen unerlaubten Waffenbesitzes. Die Schulakte war beinahe leer, und das wenige, das sich darin finden ließ, klang jämmerlich. Zwei fallengelassene Anklagen wegen Mordes. Das ließe sich in Kürze richtigstellen.
Als ich die Blätter zusammenschob und einheftete, entdeckte ich ein Bild von Andray Fairview. Ich ließ das Papier fallen.
Er war der Junge, der gegen mein Auto gepinkelt hatte. Der Selbstmordjunge.

»Es gibt keine Zufälle«, schrieb Silette. »Nur ungelöste Rätsel, unerkannte Hinweise. Die meisten Menschen sind taub für den Gesang des Vogels, blind für das Blatt auf dem Weg, sie denken sich nichts dabei, wenn die Nadel an immer derselben Stelle der Schallplatte springt oder ein Fremder am Telefon ist. Sie übersehen die Omen. Sie wissen die Zeichen nicht zu deuten. Für sie stellt sich das Leben als Buch mit lauter weißen Seiten dar. In den Augen des Detektivs hingegen ist es gefüllt mit einer leuchtenden, geheimnisvollen Schrift.«

9

Détection wurde schon lange nicht mehr verlegt und war so gut wie unauffindbar. Ich kaufte jede Ausgabe, die ich in Ramschläden und Antiquariaten fand, deren Betreiber nicht wussten, was sie da besaßen. Ein Exemplar hatte ich mit nach New Orleans genommen. Ich war abergläubisch und verreiste nie ohne das Buch, obwohl ich es auswendig konnte.

Détection war unerträglich. Das Buch ist für seine Unverständlichkeit berüchtigt. Es ist teilweise sinnlos, immer widersprüchlich. Es reitet auf dem Schlechten herum und unterschlägt das Gute, und nie bekommt man gesagt, was man gerne hören möchte. Es entzieht sich immer ganz knapp.

Daran hatte ich erkannt, dass es die Wahrheit sagte.

Bei dem Buch, das Tracy im Haus meiner Eltern gefunden hatte, handelte es sich um die US-amerikanische Erstausgabe, ein billiges, gelbes Taschenbuch mit Silettes Porträt auf dem Umschlag. Er schaut mürrisch drein und trägt einen schwarzen Anzug. Seltsamerweise hatte der Verlag beschlossen, es im Rahmen einer Krimireihe zu veröffentlichen. *Ein echter Einblick in die AUFREGENDE Gedankenwelt von Frankreichs führendem Kriminalisten!* Nichts war der Wahrheit ferner. Es sei denn, man definierte *AUFREGEND* als: »Wie aufregend, wenn man nach der Lektüre nicht einmal ahnt, worum es geht!« Aufregend in der Art.

Wenn man Silette einmal gelesen hat, gibt es kein Zurück mehr, heißt es. Etwas verändert sich, und man ist nie wieder derselbe Mensch. Wie sehr man sich auch wünscht, das Gelesene zu vergessen – es gelingt einfach nicht.

Wenn man die Wahrheit erfahren hat, gibt es keine zweite Chance. Keine Nachbesserung, keine Korrekturen, keine Umkehr. Die Tür fällt zu, das Schloss rastet ein.
In den Monaten nach dem Buchfund im Speisenaufzug teilten Kelly, Tracy und ich uns *Détection.* Wir lasen etappenweise und reichten das Buch herum, bis wir es praktisch auswendig konnten. Wir lasen in dem kleinen, gelben Taschenbuch, bis der Rücken brach, die spröden, vergilbten Seiten einrissen und der Umschlag abfiel.
Wir verstanden so gut wie nichts davon. Was uns nicht daran hinderte, das Buch zu lieben.
Détection war eine Tür zu einer anderen Welt; einer Welt, deren Wahrheiten wir nicht verstanden, von der wir aber glaubten, dass wir sie irgendwann verstehen könnten. Eine Welt, deren Bewohner aufmerksam waren, zuhörten, nach Anhaltspunkten forschten. Die Welt der lösbaren Rätsel. Wenigstens glaubten wir das.
Als wir begriffen, dass wir uns täuschten und alles falsch verstanden hatten, war es längst zu spät. Silette hatte uns infiziert. Wir waren nicht mehr dieselben Mädchen, ob wir wollten oder nicht.

10

Nachdem ich in Broadmoor ein paarmal falsch abgebogen war, erreichte ich doch noch das College of New Orleans. Es war schlimm überflutet worden. Ich konnte mich noch erinnern, wo die Kriminologie untergebracht war, aber als ich davorstand, war die Tür geschlossen, und alles wirkte sehr heruntergekommen. Ich spähte durch ein Fenster hinein und sah gedämpftes Sonnenlicht: Das Dach fehlte.

Auf einem handgeschriebenen Zettel an der Tür stand: *Kriminologie, Literaturwiss. und Beschäftigungstherapie finden Sie in der Doublewide Hall.* Der Pfeil zeigte geradeaus.

Ich lief um das Gebäude herum. Dahinter sah ich eine Reihe von Wohnwagen, manche davon miteinander verbunden, andere frei stehend. Als ich näher kam, entdeckte ich das Banner, das am ersten Wohnwagen hing: *Doublewide Hall.*

Ich öffnete die Tür von Doublewide Hall. Als ich sie hinter mir wieder zuzog, wackelte der ganze Wohnwagen. In dem Wagen standen ein paar Schreibtische, auf denen sich Pappkartons stapelten. An einem der Tische saß eine Blondine. Auf dem an den Tisch gehefteten Schild stand EMPFANG.

Ain't no sunshine when she's gone, sang eine Männerstimme aus dem Computerlautsprecher. *I know I know.*

»Hi«, sagte die Blondine mit aufgesetzter Freundlichkeit. Sie war hübsch und aufgeweckt und etwa einundzwanzig Jahre alt. Dafür konnte sie nichts. Womöglich verbarg sich hinter der fröhlich-blonden Fassade ein Herz voller Bosheit. »Kann ich Ihnen helfen?«

»Ja«, sagte ich, »können Sie. Von wem ist das Lied?«

»Keine Ahnung«, sagte sie und lächelte gequält.

»Von Aaron Neville?«, fragte ich.

»Weiß nicht«, sagte sie knapp.

»Hmm«, sagte ich, »könnte es vielleicht von Al Green sein?«

»Ich habe wirklich keine Ahnung«, sagte sie mit Nachdruck. »Kann ich Ihnen anderweitig helfen oder …«

»Tja, schön, also dann«, sagte ich. »Wäre es möglich, Mick Pendell zu sprechen? Ich war gerade in der Gegend und dachte mir …«

»Haben Sie einen Termin?«, fragte die Blondine.

»Nein«, sagte ich. »Sagen Sie ihm einfach, Claire DeWitt ist hier.«

Die Blondine machte ein bedauerndes Gesicht. »Tut mir leid, ich darf wirklich niemanden ohne Termin durchlassen.«

»Sie sollen mich gar nicht durchlassen«, erklärte ich, »Sie brauchen sich kein bisschen durchlässig zu machen. Rufen Sie ihn einfach an.«

»Tut mir leid, er hat wirklich keine Zeit für Besucher ohne Termin.«

»Würden Sie ihm einfach sagen, dass ich hier bin?«

»Leider …«

»Würden Sie es ihm bitte sagen?«

»Ich kann …«

»Sagen Sie es ihm.«

»Ich …«

»Sagen Sie es ihm.«

»Wir …«
»Sagen Sie es ihm. Sagen Sie es ihm. Bitte. Sagen Sie es ihm einfach.«
»Okay«, sagte sie endlich. Sie versuchte gar nicht, ihre Abscheu zu verbergen. Ich nahm es ihr nicht übel. Sie griff zum Hörer und wählte. Sie murmelte eine Entschuldigung und sprach dann meinen Namen, *Claire DeWitt,* aus wie einen Fluch. So wie üblich. Die Person am anderen Ende der Leitung antwortete. Die Blondine bedankte sich und legte lächelnd auf.
»Er sagt, er würde Sie zu gern treffen«, sagte sie, *»mit Termin.* Wie wäre es am …«
»Nein«, sagte ich, »tut mir leid, aber so wird das nicht gehen.«
Ich griff in meine Handtasche und zog Notizblock und Stift heraus. »Wie wäre es, wenn ich Mr. Pendell eine Nachricht hinterlasse? Würden Sie ihm die geben?«
»Natürlich«, sagte sie, »liebend gern!«
Ich schrieb: *Du bist tot.*
Ich faltete den Zettel zusammen und reichte ihn der Blondine.
»Vielen Dank«, sagte ich. »Marvin Gaye?«
Diesmal antwortete sie nicht. Stattdessen setzte sie ein starres Lächeln auf und glotzte, ohne zu blinzeln, auf den Computermonitor, bis ich ging.

Auf dem Rückweg in die Innenstadt klingelte mein Handy.
»Claire?«
»Ja.«
»Claire, hier spricht Mike. Mike Yablonsky. Wie fühlen Sie sich?«
»Hungrig«, sagte ich. »Dünn. Ausgemergelt. Da Sie mir

die fünfhundert Dollar nicht gezahlt haben, die Sie mir schulden, habe ich nichts zu essen, Mike. Ich bin am Verhungern.«

»Klar«, sagte er. »Sicher steht es Ihnen gut, Claire! Hören Sie, ich habe Ihre E-Mail bekommen. Die wegen Vic Willing. Wer hat Sie auf den Fall angesetzt?«

»Sein Neffe«, sagte ich. »Der Mann ist während des Sturms verschwunden. Kannten Sie ihn?«

Damals, als ich noch hier wohnte, war Mike Polizist gewesen. Inzwischen arbeitete er als Privatdetektiv. Constance hatte ihn darauf gebracht. Er war nicht sonderlich gebildet, aber er war ein cleveres Kerlchen und hatte Talent. Ich vertraute ihm. Zumindest vertraute ich ihm nicht weniger als allen anderen.

»Ja«, antwortete Mike, »er hat mich ein paar Mal angeheuert. Wir sind uns auch sonst hin und wieder über den Weg gelaufen, Sie wissen schon, im Gericht, bei Spendengalas und so.«

Ich war auf der Claiborne unterwegs, hoch oben in Uptown. Vor mir fuhr ein riesiger, weißer Kranwagen, einer von diesen Lastern mit Hydraulik-Arm, der einen Mann zehn oder fünfzehn Meter in die Höhe heben kann, um einen Telefonmast zu reparieren oder eine Fensterscheibe zu putzen. Der Kranwagen hielt an der nächsten Straßenkreuzung neben einem Geflecht aus Stromkabeln. Ich hielt ebenfalls. Ich konnte gleichzeitig fahren und telefonieren, aber in dem Fall gelang mir beides nicht besonders gut.

»Und?«, fragte ich.

»Und«, sagte Mike, »ich weiß auch nicht.«

»Was wissen Sie nicht?«

Zwei Männer in weißen Overalls stiegen aus dem Kranwagen, schauten an dem Mast hoch, an dem die Strom-

kabel zusammenliefen, und berieten sich. Ich sah mich um. Augenscheinlich funktionierte die Stromversorgung hier tadellos.
»Ich weiß auch nicht«, sagte Mike, »ich meine, ich will nicht behaupten, er sei ein schlechter Mensch gewesen.«
»Natürlich nicht«, sagte ich und dachte, dass er wahrscheinlich genau das behaupten wollte. »Aber?«
»Na ja, er war in Ordnung«, sagte Mike wie zu seiner Verteidigung, »er war immer fair, wenigstens zu mir.«
»Aber?«, fragte ich.
Die Männer kletterten auf den Kranwagen. Der eine hüpfte in den Transportkorb, der andere stellte sich an die Schalttafel.
»Aber da stimmte was nicht«, sagte Mike. »Nicht, dass er irgendwas gesagt oder getan hätte. Es war so ... es war, als würde manchmal eine Wolke über ihm hängen.«
»Eine Wolke?«, fragte ich.
»Eine schwarze Wolke«, sagte Mike. »Irgendwas stimmte nicht mit ihm.«
»Was denn?«, fragte ich.
»Keine verdammte Ahnung«, sagte Mike.
Mehr hatte er zum Thema Vic nicht zu sagen. Er lud mich zum Abendessen mit seiner Familie ein, draußen in Metairie. Ich sagte, ich würde kommen, falls ich Zeit hätte. Ich hatte nicht vor zu kommen.
Eine schwarze Wolke. Ich hatte sie in der Wohnung gefühlt, einen Augenblick lang.
Eine ganze Weile beobachtete ich die Männer im Kranwagen. Ich konnte mir nicht erklären, was sie taten.
Ich fuhr weiter.

»Der Detektiv glaubt, er kläre einen Mord auf oder die Entführung eines Mädchens«, schrieb Silette. »Aber in

Wahrheit beschäftigt er sich mit etwas völlig anderem, das er nicht benennen kann. Befriedigung stellt sich nur selten ein. Unsicherheit wird ihm zur zweiten Natur. Jede Gewissheit ist flüchtig. Der Detektiv umkreist immerzu das eigentliche Objekt der Begierde, ohne es je ganz zu sehen.

Wir machen nicht trotz alledem weiter, wir machen wegen alledem weiter.«

11

Abends lag ich im Bett und las mir die Unterlagen über Andray Fairview durch. Er war gestern Nachmittag verhaftet worden; man hatte ihn und fünf andere beim Herumlungern hochgenommen. Vermutlich hatte er eine oder zwei Stunden vorher gegen meinen Truck gepinkelt. Bei der Durchsuchung stellte man – Überraschung! – eine halbautomatische Neunmillimeterpistole sicher, dazu ein Tütchen mit Crack oder Kokain, eine größere Tüte Marihuana (der Inhalt beider Tüten würde noch genauer untersucht werden) und nicht weiter benanntes Drogenzubehör. Von Bargeld war nicht die Rede, was die Anklage erschwerte, aber, davon war ich überzeugt, die Cops ein bisschen reicher gemacht hatte. Wahrscheinlich hatte es sich eher um Raub in Uniform gehandelt als um eine echte Verhaftung. Andray würde höchstens ein paar Tage einsitzen.

Andray war achtzehn Jahre alt, Afroamerikaner und in New Orleans zur Welt gekommen. Vater unbekannt, Mutter abgetaucht, nachdem sie Andray im Alter von drei Jahren mit einem falsch geschriebenen Vornamen und einer angeborenen Crack-Abhängigkeit in einem Krankenhaus abgegeben hatte. Offiziell war Andray der staatlichen Fürsorge erst seit sechs Monaten entwachsen, hatte aber zuletzt vor sechs Jahren in einer Pflegefamilie gelebt. Danach war das St.-Josephs-Kinderheim in St. Roch für ihn zuständig gewesen, das seit 2002 geschlossen war. Niemandem war aufgefallen, dass Andray sich selbst überlassen blieb. Sein Vorstrafenregister war länger als mein Hotelzimmer breit und auch auf den zweiten Blick für keine Überraschungen gut: mehr Fälle von Drogenbesitz, mehr Körperverletzung. Es brauchte nicht viel, sich solche Anklagen zuzuziehen, wenn man schwarz, arm und männlich war. Vermutlich hatte ich mehr Körper verletzt, mehr Waffen besessen und mehr Drogen konsumiert und weitergegeben als Andray, und dennoch war mein Vorstrafenregister nur halb so lang. Andererseits hatte ich nie eine Neunmillimeterpistole oder eine AK-47 benutzt, um Leute zu überfallen, Andray hingegen schon.

Man hatte ihn zwei Mal wegen Mordverdachts festgenommen. Er war beide Male nach sechzig Tagen wieder freigelassen worden. So lief es hier immer. Die Einheimischen nannten das einen Sechzig-Tage-Mord oder einen Kavaliersmord oder eine 701 – wobei 701 der Code für die Regelung war, derzufolge die Polizei nach der Verhaftung sechzig Tage Zeit hatte, eine Anklage einzuleiten oder den Verdächtigen laufenzulassen. Sechzig Tage waren viel Zeit, um eine Mordanklage auf die Beine zu stellen. Sechzig Tage waren eine lange Schonfrist, aber in dieser Stadt waren sechzig Tage nicht genug. In New Orleans kommen über neunzig Prozent aller Mordverdächtigen innerhalb der sechzig Tage wieder frei.

Aber ein 701er war auch für den Verhafteten kein Zuckerschlecken. In New Orleans wurde ein Mordverdächtiger eher selbst ermordet, als dass er vor Gericht landete. Genauso gut hätten die Cops den – schuldigen oder unschuldigen – jungen Männern, die sie sechzig Tage lang festhielten, eine Zielscheibe auf den Rücken malen können, bevor sie sie wieder auf die Straße jagten. Kontakt zur Polizei konnte in jedem Fall mit der Todesstrafe geahndet werden, wobei die Richter und Geschworenen der Straße keine sechzig Tage brauchten, um ein Urteil zu fällen.

Überall brachten Menschen einander um. Der Unterschied war nur, dass in New Orleans keiner etwas dagegen unternahm. Polizei und Staatsanwaltschaft schoben sich gegenseitig die Schuld zu. Die Schulen machten die Eltern, die Eltern die Schulen verantwortlich. Die Schwarzen beschuldigten die Weißen und die Weißen die Schwarzen. Und unterdessen brachten sie einander munter um.

Ich legte die Polizeiberichte beiseite und untersuchte nochmals die Fingerabdrücke. Wie die meisten Kriminellen hatte Andray einen starken Räuberwirbel und eine verkürzte Temperamentskurve. Kein Wunder, dass er einsaß. Bei Vic konstatierte ich eine überentwickelte Verleugnungslinie und eine kleine Narbe, wo eigentlich die Gewissenswindung hätte sein müssen. Typisch Anwalt. Im Daumenabdruck beider Männer entdeckte ich eine kräftige, ausgeprägte Herzmitte. Damit hatte ich nicht gerechnet.

Vor langer Zeit hatte Constance mich die esoterische Deutung von Fingerabdrücken gelehrt. Es gab nur noch wenige Menschen auf der Welt, die diese Kunst beherrschten, und keiner von ihnen lebte in den Vereinigten Staaten. Einige kamen aus Europa, die meisten aus Indien. Nach Constances Tod hatte ich mich allein und unter Zuhilfenahme von Büchern und Eingebungen weiterbilden müssen.

»Fürchte dich niemals davor, vom Äther zu lernen«, hatte Constance gesagt. »Dort lebt das Wissen, bevor es gejagt, erlegt und in Buchform präpariert wird.«

Ich war mir sicher, den Fall gelöst zu haben. Andray Fairview war in Vics Wohnung eingebrochen, hatte sich Essen geschnappt und auch Vic selbst. Vermutlich hatte er geplant, Vic zum nächsten Bankautomaten zu schleppen und ihn zum Geldabheben zu zwingen. Als sich herausstellte, dass die Automaten nicht mehr funktionierten, hatte er Vic getötet und in die Fluten geworfen. Das Verbrechen war nicht perfekt, aber schon verdammt gut. Und da Teenager für gewöhnlich keine kriminellen Superhirne sind, rechnete ich damit, den Fall in wenigen Tagen abzuschließen. Das Geheimnis um Vic Willing war so gut wie gelüftet.

Dachte ich zumindest, bis ich einschlief.

12

Ich spazierte eine lange Straße entlang, die einmal in einer Stadt gelegen hatte. Nun war sie menschenleer und von weißer Asche und krustigem, grauem Schlamm bedeckt. Am Straßenrand welkten braune Pflanzen vor sich hin. Still und kaputt ragten rechts und links der Straße Häuserruinen und Autowracks empor. Die Luft roch widerlich und süßlich nach Verwesung.
Da entdeckte ich etwas am Ende der Straße – ein Haus, einen Geländewagen oder ein sehr großes Tier. Als ich näher kam, erkannte ich einen Panzer altmodischer Bauart mit einem langen Kanonenrohr.
Aus der Dachluke tauchte Vic Willings Kopf auf.
Vom Kanonenrohr des Panzers baumelte Karnevalsschmuck. *An Tom Benson,* hatte jemand auf die eine Panzerseite geschrieben, *Mittagessen für George Bush* auf die andere.
Auf Vics Schulter hockte ein grüner Papagei, der gleiche, den ich vor seinem Haus gesehen hatte.
»Hier endet die Straße«, sagte Vic. Seine Stimme klang nicht so, wie ich sie mir vorgestellt hatte. Sie war rauher, sonorer, verriet den Südstaatler.
»Ja«, sagte ich, »das sehe ich.«
»Früher einmal gab es hier eine Stadt«, sagte er.
»Das ist lange her«, sagte ich vorsichtig, wobei ich jedes Wort sorgfältig abwägte.
Er nickte.
»Sie hat gesagt, ich sollte es dir sagen«, sagte er. »Dich daran erinnern.«
»Woran?«
»Hier gibt es keine Straßenkarten«, sagte er.

»Wie soll ich dann den Weg finden?«, fragte ich.
Vic lächelte mich an. »Folge den Hinweisen«, sagte er. »Einen hast du schon übersehen. Hier.« Er warf mir etwas zu. Es wirbelte durch die schwere, schwüle Luft und landete in meiner Hand. Ich hielt es fest. Es war eine Ausgabe von *Détection.* Das Buch öffnete sich auf Seite einhundertacht. Der Text war unleserlich.
»Ich soll dir ausrichten«, sagte Vic, »dass du nichts glauben und alles hinterfragen sollst.«
»Wie bitte?«, fragte ich. »Ausrichten von wem?«
Aber da wendete Vic seinen Panzer und rollte mit lautem Tschaka-tschaka die Straße hinunter.
»Ich soll dir sagen«, hörte ich ihn rufen, »du sollst den Hinweisen folgen, nichts glauben und alles hinterfragen. Das ist deine Wegbeschreibung.«

Als ich aufwachte, suchte ich hastig nach meiner Ausgabe von *Détection* und schlug sie auf Seite hundertacht auf.
»Auf dem Weg zur Wahrheit kann man nicht in die Fußstapfen eines anderen treten«, schrieb Silette. »Ein Finger kann in eine Richtung zeigen, aber ein Finger ist keine Lehre. Der Finger, der den Weg zeigt, ist nicht der Weg. Das Rätsel ist ein Land ohne Pfade, und jede Detektivin muss sich einen eigenen Weg durch die rauhe Landschaft schlagen.
Glaube nichts. Hinterfrage alles. Folge nur den Hinweisen.«

Ich wusste, der Fall Vic Willing war noch nicht gelöst.

13

Der Besucherwarteraum des Orleans Parish Prison, besser bekannt unter dem Namen OPP, roch nach Angst und Desinfektionsmitteln. Die meisten Wartenden waren Mütter oder Anwälte.

Mir gegenüber saß der Junge mit den Dreadlocks, der dabei gewesen war, als Andray gegen meinen Truck gepinkelt hatte. Er erkannte mich nicht wieder. Er blätterte in einer Telenovela-Zeitschrift, die jemand im Wartezimmer vergessen hatte. In der Ecke saßen zwei weitere Jungs, Weiße, vornübergebeugt, die Ellbogen auf die Knie gestützt. Sie trugen weite, aber kurze Hosen, weiße Kniestrümpfe und Unterhemden und hatten den Schirm ihrer Baseballkappen zur Seite gedreht. Sie schauten finster drein und versuchten, bedrohlich auszusehen. Immerhin gelang es ihnen, ein bisschen bedrohlich auszusehen. Ein ums andere Mal standen sie auf, um draußen eine Zigarette zu rauchen.

Nachdem ich eine Stunde lang gewartet und andere Besucher hatte kommen und gehen sehen, sprach ich den Wärter an.

»Ich glaube, Sie haben mich vergessen«, sagte ich.

»Ich hab Sie nicht vergessen«, verteidigte er sich, »Sie stehen gar nicht auf der Liste!«

»Ich habe meinen Namen auf die Liste gesetzt, gleich nachdem ich hereingekommen bin«, sagte ich.

»Da steht er aber nicht.«

Wir schrieben meinen Namen noch einmal auf. Nun fing das Warten von vorne an. Ich würde frühestens in einer halben Stunde aufgerufen. Ich ging nach draußen, um frische Luft zu schnappen.

Die beiden weißen Jungs saßen rauchend auf der Treppe. Sie sahen mich. Ich sah sie. Der eine hatte braune Haare und war mittelgroß. Der andere hatte rotes Haar und war klapperdürr. Beide trugen ähnliche Tätowierungen an den Armen wie die anderen jungen Männer – Zahlen, Buchstaben, Codes, Daten. Der Rotschopf hatte sich zusätzlich einen Rosenkranz um den Hals tätowieren lassen.

Es gab keine Zufälle. Nur Hinweise, die man übersah, Türen, zu denen man keinen Schlüssel besaß.

»Für einen Detektiv, dem die Augen wahrlich aufgegangen sind«, schrieb Silette, »ist die Lösung eines jeden Rätsels immer nur wenige Zentimeter entfernt.«

Ich ging rüber und setzte mich neben die Jungs, im Abstand von wenigen Zentimetern.

»Hi«, sagte ich, »ich bin Claire DeWitt, Privatdetektivin aus Brooklyn, New York.«

Sie setzten sich auf und starrten mich an. Egal, wie tief Brooklyn ins Yuppietum abgerutscht war – die Leute ließen sich immer noch damit beeindrucken. Das, in Kombination mit der Detektivsache, garantierte mir bei Leuten unter vierzig, die mindestens eine Hip-Hop-Platte besaßen, einen guten Einstieg.

»Ich bin hier, weil ich an einem Fall arbeite«, erklärte ich. »An einem *sehr wichtigen* Fall.«

Die Jungen nickten und versuchten, vertrauenswürdig und seriös zu wirken.

»Ich möchte wissen«, sagte ich, »ob einer von euch diesen Mann kennt.«

Ich holte das Foto von Vic Willing heraus und zeigte es ihnen.

Sie betrachteten das Bild. Dabei ging im Rothaarigen eine Veränderung vor sich. Es war, als würde eine Klappe zufallen. Er blinzelte nicht mehr. Er runzelte nicht die Stirn und bewegte die Augen nicht, was jeder normale Mensch beim Betrachten eines Fotos tat. Stattdessen stellte er den Betrieb ein wie ein Auto, dem das Benzin ausgegangen war.

Der Braunhaarige betrachtete das Foto kopfschüttelnd.

»Nee«, sagte er, »sorry.« Er sagte die Wahrheit.

Der Rothaarige schüttelte den Kopf und murmelte: »Sorry.«

Er log. Ich starrte ihn an. Er fing an, nervös zu werden. Er wippte mit dem Fuß. Unvermittelt stand er auf.

»Was soll die Scheiße«, sagte er wütend zu dem anderen Jungen und warf seine Zigarettenkippe weg. Der Braunhaarige wirkte überrascht. »Das ist doch eine Riesenscheiße«, rief der Rothaarige, »den ganzen verdammten Tag hier rumzuhocken, nur um den Nigger zu sehen. Als ich im Charity lag, hat er mich nicht besucht, kein einziges Mal! Blöde Scheiße.«

Er drehte sich um und ging weg, ohne mich noch einmal anzusehen. Der Braunhaarige lief ihm verwirrt hinterher.

Möglicherweise war ich bis auf wenige Zentimeter an die Wahrheit herangekommen, aber nicht nah genug, um danach zu greifen.

Ich ging wieder hinein und las in einem Buch über mexikanische Hexerei, das ich mitgebracht hatte. Als ich aufgerufen wurde, durchschritt ich zwei Türrahmen mit Metalldetektoren, die sämtliches Metall, das ich bei mir trug, ignorierten, und fand mich in einem quadratischen Raum mit dem gleichen Geruch und mehr Anwälten und weniger Müttern wieder. Der Wärter zeigte auf einen runden Tisch in der Mitte, an den man Andray Fairview gesetzt hatte.

Ich setzte mich auf den Plastikstuhl ihm gegenüber. Er schaute nicht auf.
»Hi«, sagte ich. Er hob den Kopf, sah mich und ließ den Kopf wieder hängen. Ich war mir nicht sicher, ob er mich erkannt hatte. Wahrscheinlich nicht.
Seine großen Augen waren blassbraun, das Weiß darin von roten und rosa Äderchen durchzogen. Unter der Gefangenenkleidung blühte die Narbe einer Schusswunde auf seiner Brust. Er richtete den Blick starr auf den Linoleumboden und atmete flach und langsam. Er hing so schlaff da, als koste es ihn alle Energie, nicht vom Stuhl zu rutschen.
»Ich bin Claire DeWitt«, sagte ich. »Ich bin Privatdetektivin.«
Normalerweise reagieren die Leute darauf positiv. Jeder kann sich für ein anständiges Rätsel begeistern. Andray hingegen sah mich an, zog die Augenbrauen hoch und ließ sie nach und nach wieder auf Keilbeinhöhe absacken.
»Ich habe deine Fingerabdrücke in einer fremden Wohnung gefunden«, sagte ich. »Sie gehört einem Mann namens Vic Willing.«
Ich ließ Andray Zeit zu antworten. Er sagte nichts. Aber trotz der bemühten Ausdruckslosigkeit seines Gesichts sah ich etwas – Angst vielleicht oder einfach nur Ablehnung. Er konnte mich nicht leiden, so viel hatte ich verstanden. Ich wusste aber nicht, ob er zudem Angst vor mir hatte.
Andray hatte zwei tiefe Falten im Gesicht, die sich von seiner Nasenwurzel über seine Augenbrauen zogen. Darüber waren drei feine Linien horizontal in seine Stirn eingraviert. Für einen Achtzehnjährigen machte er sich ganz schön viele Gedanken. Entweder war er besonders intelligent oder ängstlich veranlagt oder beides.

Normalerweise kann ich Gesichter deuten. Meistens ist es ganz einfach. Eine Hand im Gesicht heißt, dass jemand lügt. Überflüssiges Blinzeln verrät Nervosität, eine hochgezogene Augenbraue Überraschtheit. Aber bei Andray war es nicht einfach. Alle Hinweise waren da, aber ich wusste sie nicht sinnvoll einzuordnen.
Ich wusste nur eins. Er war nicht erfreut, mich zu sehen. Und was immer er über Vic Willing wusste, wäre nicht so leicht aus ihm herauszubekommen.
An seinen Unterarmen prangte eine Reihe von Tattoos. Die meisten nahmen in fetter Frakturschrift und codierter Form auf Wohnviertel, Gangzugehörigkeiten sowie verschiedene andere historische Meilensteine Bezug. Eine Tätowierung stach hervor. Sie befand sich auf dem Rücken seiner rechten Hand. Die verschnörkelten, filigranen Buchstaben ergaben das Wort *Lali.*
»Wer ist Lali?«, fragte ich.
»Niemand«, antwortete er. Zum ersten Mal hatte er etwas gesagt; seine Stimme war tief, sein Akzent schwer. Das Wort kam als knappe, feindselige Silbe heraus: *nimmd.*
»Niemand«, wiederholte ich. »Das Tattoo habe ich auch!«
Er ignorierte meinen Versuch, witzig zu sein. Für den Bruchteil einer Sekunde sah ich etwas in seinem Gesicht. Eine Frage, eine Bitte. *Rette mich,* vielleicht, oder *Töte mich.*
»Deine Freundin?«, fragte ich.
Er wandte den Blick ab und schwieg.
»Vic Willing verschwand während des Sturms«, sagte ich. »Ich will herausfinden, was ihm zugestoßen ist.« Mir war aufgefallen, dass die Einwohner von New Orleans, wenn sie von dem Sturm sprachen, nicht den Hurrikan an sich meinten, der nur für wenige Stunden gewütet hatte.

Sie meinten die ganze Woche, einen Zeitraum, der mit den Evakuierungen begann und etwa sieben oder acht Tage andauerte.
Andray schwieg.
»Wo warst du?«, fragte ich. »Während des Sturms?«
»Convention Center«, murmelte er.
»Lass uns davor anfangen«, schlug ich vor. »Am Freitagabend. Der Freitag vor dem Sturm. Was hast du an dem Freitag gemacht?«
Er atmete tief ein, setzte sich auf und schaute mich zum ersten Mal an.
»Freitagabend«, sagte er. »Freitag war ganz normal. Am *Sonntagabend,* da fing es an. Wir sind zum Superdome gegangen. Wir waren ganz fix wieder draußen. Die wollten keinen rauslassen, aber wir haben einen Weg gefunden.«
»Wir?«, fragte ich.
Andray nickte. »Ich und Terrell«, sagte er.
»Wer ist Terrell?«, fragte ich.
Andray schien sich darüber zu wundern, dass ich nicht wusste, wer Terrell war. Nicht ungewöhnlich in New Orleans, wo jeder jeden kannte.
»Ach, niemand«, sagte Andray, »so ein Bekannter von mir. Sie kennen den nicht. Ich, er und Trey waren zusammen. Trey ist weg, also von dem bekommt keiner mehr ein Alibi. Also, ich habe mich auf die Suche nach meiner Freundin gemacht, Lali. Seit dem Sturm will sie nichts mehr mit mir zu tun haben, aber damals war sie noch meine Freundin. Ich bin also zu dem Haus, wo sie gewohnt hat, um sie zu holen. Dann haben ich und Terrell und Lali und Trey uns auf die Suche nach meiner Mutter gemacht.«
»Habt ihr sie gefunden?«, fragte ich. Ich hatte gar nicht

gewusst, dass er Kontakt zu seiner Mutter hatte; in den Akten hatte nichts darüber gestanden.
Er schüttelte den Kopf und lebte auf, was in diesem Fall bedeutete: Er wurde wütend.
»Also bin ich zum Superdome, um sie zu suchen«, erzählte Andray, »aber inzwischen hatten sie schon angefangen, die Leute ins Convention Center zu bringen, also schauten wir auch da nach, und wissen Sie, da war echt die Hölle los. Also sind ich und mein Kumpel Peanut los – der ist tot, Sie brauchen sich nicht die Mühe zu machen, nach ihm zu suchen –, um Autos für alle zu organisieren und die Stadt zu verlassen. Also fahren ich, Terrell, Peanut, Pee Wee, Lali, Peanuts kleine Schwester und deren Kinder, Pee Wees Freundin und *deren* Kinder alle zusammen nach Houston. Direkt bis zum Astrodome, aber die Penner lassen uns glatt nicht rein! Angeblich hätten wir keine Berechtigung oder so einen Scheiß. Aber dann waren da diese Leute, die gesehen haben, wie man uns hat abblitzen lassen. Die haben uns mitgenommen zu sich nach Hause, in das Haus, wo sie selbst gewohnt haben, haben uns Essen gekocht und uns einen Schlafplatz organisiert und so weiter. Nelson, so hießen die. Tom und Mary Nelson. Also, wissen Sie«, fügte er sicherheitshalber hinzu, »da draußen gibt es auch nette Leute.«
»An welchem Tag war das?«, fragte ich.
Andray zuckte die Achseln. »Ich hab nicht mitgezählt. Ein Tag war wie der andere.«
Ich versuchte es anders.
»Woher kanntest du Vic Willing?«, fragte ich.
»Ich habe ein paar Mal den Pool in seinem Innenhof gereinigt«, sagte Andray. »Für so eine Firma. Die haben mich da hingeschickt.«

Ich hatte in seiner Akte gelesen, dass Andray sich im letzten Jahr bei einer gemeinnützigen Organisation namens Southern Defense beworben hatte. Die hatten ihn an einen Arbeitgeber namens Supirior Pools (sic!) weitervermittelt, fragliche Firma. Er war etwa zehn Mal zur Arbeit erschienen und dann nicht mehr hingegangen.

»Und dennoch finden sich deine Fingerabdrücke überall in der Wohnung«, sagte ich.

»Manchmal bin ich rein«, sagte Andray. Er schien empört darüber, ich könnte anderes im Sinn haben. »Sie wissen schon, um aufs Klo zu gehen oder was zu trinken. Der war in Ordnung. Hat mir was zu trinken gegeben und zu essen, solche Sachen.«

»Was hast du getrunken?«, fragte ich.

»Wasser«, kam es wie aus der Pistole geschossen.

»Was hast du gegessen?«

»Sandwich.«

»Welche Sorte?«

Er zuckte die Achseln.

»Hm«, sagte ich, »worüber habt ihr euch unterhalten?«

Wieder zuckte er die Achseln. »Alles Mögliche.«

»Entschuldige«, sagte ich und beugte mich vor. »Ich hätte mich deutlicher ausdrücken sollen. Worüber hast du geredet, als er dir Wasser und geheimnisvolle Sandwiches serviert hat?«

Wieder zuckte Andray die Achseln. »So Zeug halt.«

»Entschuldige«, sagte ich und lehnte mich zurück, »mein Fehler. Ich glaube, ich habe mich unklar ausgedrückt. Weißt du, ich glaube nicht, dass du gut mit Vic Willing befreundet warst. Ich glaube, dass du Vic Willing höchstwahrscheinlich ermordet hast, mindestens aber hast du seine Wohnung geplündert. Also gebe ich dir hier Gelegenheit, die extrem unwahrscheinliche Möglichkeit zu erklären, dass du und Vic Willing tatsächlich so etwas wie eine persönliche Beziehung gepflegt habt, indem du mich über die Grundlagen dieser Beziehung aufklärst und mir sagst, *worüber du geredet hast, wenn du mit Vic Willing geredet hast.*«

Andray sah mich an.

»Vögel«, verteidigte er sich. Die Furchen in seinem Gesicht wurden tiefer, und er runzelte die Stirn. »Wir haben über Vögel geredet.«

»Vögel?«, fragte ich.

»Ja«, sagte Andray. »Er hat sie gefüttert. Die haben ihm den ganzen Balkon eingesaut. Überall Körner und Vogelscheiße und so ein Dreck. Er hat was draufgelegt, damit ich seinen Balkon putze, wenn ich mit dem Pool fertig war. Ich hielt Vögel immer für eine Art, na ja, Ratten. Dreckig. Nutzlos. Aber wissen Sie, wenn man einmal anfängt, sie zu beobachten, sind sie ... ich weiß auch nicht. Die sind cool. Die sind einfach ...« Er zuckte die Achseln.

»Vögel?«, schlug ich vor.

»Ja«, sagte Andray. »Einfach Vögel. Er hat sie mir gezeigt, wissen Sie, die verschiedenen Arten und so.«

»Vic?«, fragte ich skeptisch. »Vic hat dir die Vogelarten erklärt?«

»Schauen Sie«, sagte Andray wütend und griff in die Hosentasche seiner Jeans. »Das hat er mir gegeben. Ein Buch. Über die verschiedenen Arten.«

Er zeigte mir ein kleines Taschenbuch. Ein Schauder lief mir über den Rücken, als ich die vertraute Amsel auf dem Umschlag sah.

Détection von Jacques Silette. Auf dem Einband der britischen Ausgabe war eine fliegende Amsel abgebildet.

»Das Rätsel lässt sich nicht lösen, indem man Fingerabdrücke oder Verdächtige oder Tatwaffen sammelt«, schrieb Silette. »Derlei ist nur gut, um bei dem Detektiv Erinnerungen zu wecken. Der Detektiv und der Auftraggeber, das Opfer und der Täter – ihnen allen ist die Lösung längst bekannt. Sie müssen sie sich nur in Erinnerung rufen und wiedererkennen, wenn sie sich zeigt.«

14

Am nächsten Morgen frühstückte ich im Clover Grill. Bei Eiern und Maisgrütze überflog ich Andrays Akte ein weiteres Mal. Nachdem er mir seine Ausgabe von *Détection* gezeigt hatte, hatte er dichtgemacht, und ich war gegangen.

Ich wusste nicht, woher er das Buch hatte. Ich bezweifelte, dass Vic Willing es ihm geschenkt hatte, um ihn über Vogelarten aufzuklären, da es in dem Buch nicht wirklich um Vögel ging.

Aber wie war er daran gekommen? Und warum trug er es mit sich herum? Als ich ihn gefragt hatte, war er zu seiner Einsilbigkeit zurückgekehrt. *Weiß nicht. Keine Ahnung. Kein Grund.*

Détection, schrieb ich in meinen Block. *Andray. Warum?*

Ich wandte mich wieder seinem Strafregister zu. Aus einer Pflegefamilie hatte man ihn genommen, weil der Pflegevater ihn vermutlich sexuell missbraucht, aus einer anderen, weil die Pflegemutter ihn vermutlich vernachlässigt hatte. Danach war er reif für die Gangs gewesen, die in New Orleans das Sagen hatten.

In anderen Städten warteten Hilfsprogramme und Heilsarmeen und Sozialarbeiter nur darauf, einen so formbaren Klumpen Mensch wie Andray in die Finger zu bekommen. Sie hätten ihm beigebracht, seinem Chef und seiner Ehefrau zu gehorchen statt Zuhältern und Gangbossen. Das war zwar fragwürdig, aber immerhin hätte er eine Chance gehabt. In New Orleans gab es solche Programme nicht, beziehungsweise waren die wenigen, die es gegeben hatte, nach dem Sturm eingestellt worden. Selbst wenn er ein Hilfsprojekt ausfindig gemacht hätte, wäre er gegen zwanzig andere Bewerber angetreten, allesamt Kinder, die vermutlich noch schlechter dran waren als er. Außerdem war ich sicher, dass Andray die Möglichkeit, erschossen zu werden, als echtes Plus betrachtete.

Als ich vom Frühstück zurückkam, wartete Mick Pendell in der Lobby meines Hotels auf mich. Er saß steif auf einem Lehnsessel und blätterte in einer Ausgabe des *Detective's Quarterly.* Er sah ungefähr so gelassen aus wie ein Patient, der wegen eines ungewöhnlichen Gewebeknotens einen Spezialisten aufsucht.

Ich hatte Mick seit fast zehn Jahren nicht mehr gesehen. Ich erkannte seine Tattoos noch vor seinem Gesicht wieder, insbesondere das Sternchen in seinem linken Augenwinkel. Ich spürte eine Gefühlswelle, die ich nicht benennen konnte – Nostalgie vielleicht, oder auch Freude. Ich riss mich zusammen.

»Na so was«, sagte ich. »Heute muss mein verdammter Glückstag sein.«

Mick hörte meine Stimme und sprang auf. Er sah gut aus. Er war an den Schläfen ergraut, aber es stand ihm ausgezeichnet. Er trug einen alten, schwarzen Pullover, ein T-Shirt und schwarze Jeans, alles verwaschen und nicht allzu sauber. Er hatte die Ärmel seines Pullovers hochgeschoben, so dass ich die traditionellen japanischen Symbole sehen konnte, die seine Unterarme inzwischen komplett bedeckten. Wasser, Blumen, schwarze Wirbel. Auf seinen Fingerknöcheln thronten Runen, um seine Handgelenke schlangen sich Wörter: HASS links und LIEBE rechts.

Ehrlich gesagt – wenn man das eine nicht vom anderen unterscheiden konnte, sollte man lieber zu Hause bleiben.

»Leider«, sagte ich, »hast du keinen Termin vereinbart. Na ja. Du weißt schon. Auf Wiedersehen.«
Mick lachte, als hätte ich einen Witz gemacht. »Claire«, sagte er lächelnd. Seine Stimme klang tief und gealtert. »Claire. O Gott, ich freu mich ja so, dich zu sehen!«
Man musste keine Privatdetektivin sein, um zu merken, dass er log. Kein Mensch hat sich je gefreut, mich zu sehen. Es sei denn, ich war ihm Geld schuldig. Aber selbst das funktionierte nicht immer.
Ich sah ihn an.
»Tut mir leid, dass ich dich nicht empfangen konnte«, sagte Mick, zog die Hände aus den Taschen und steckte sie wieder hinein, »tut mir leid wegen der Sache mit dem Termin, aber ich …«
»Du hattest schlicht was Besseres zu tun«, ergänzte ich. »So wie ich jetzt.«
Ich drehte mich um und durchquerte den Innenhof, um zu meinem Zimmer zu gelangen. Mick lief mir nach.
»Es ist so …«, fing er an.
Ich ging schneller. Er holte mich ein.
»Es ist bloß so …«, wiederholte er.
Wir waren die Treppe hinaufgestiegen und vor meinem Zimmer angekommen. Ich holte den Schlüssel heraus und schloss auf.
»Tut mir echt leid«, sagte ich, »ich würde dich ja reinbitten, aber weißt du, ich will einfach nur, dass du verschwindest.« Ich fuchtelte mit der Hand. »Geh.«
»Claire«, sagte Mick und bemühte sich, Augenkontakt herzustellen. »Claire, die Sache mit dem Termin tut mir so leid.«
»Nein«, sagte ich. »Du bist hier, weil du etwas von mir willst. Was immer es ist, du wirst es nicht bekommen. Also kannst du jetzt gehen.«

»Ach, ich bitte dich!«, rief Mick und zwängte sich in die Tür. »Ich war mitten im Gespräch mit einem Studenten! Ich …«
»Du lügst«, sagte ich. »Und gleich wirst du mir erzählen, wie wichtig dir unsere Freundschaft ist und wie oft du an mich denkst und wie schade, dass wir uns aus den Augen verloren haben. Und zuletzt wirst du mich um das bitten, wofür du gekommen bist. Du kannst es also genauso gut hinter dich bringen und es mir gleich sagen.«
»Unsere Freundschaft …«, fing er an.
»Mensch, die Zeit!«, schrie ich und tippte auf mein armbanduhrloses Handgelenk. »Abgelaufen! Nix mehr übrig!«
Mick seufzte. »Also gut«, sagte er und setzte das falsche Lächeln ab. »Hör mal, ich brauche tatsächlich deine Hilfe.«
»Ooooh«, sagte ich langsam. »Du brauchst meine Hilfe. Was für eine verdammte Überraschung! Darauf wäre ich nie gekommen. Ich bin ja so was von …«
»Okay«, sagte er leise, »ist schon gut.«
Wir schwiegen eine endlose Minute lang. Wir zitterten beide.
»Mir ist kalt«, sagte Mick. »Nun komm schon.« Ich musterte ihn noch einmal. Nun, da er sich nicht mehr bemühte, konnte ich sehen, wie müde er war. Er sah älter aus als erwartet. Wenn ich fünfunddreißig war, musste er um die vierzig sein. Er sah zehn Jahre älter aus.
Ich öffnete die Tür und hinderte Mick nicht daran, mir ins Zimmer zu folgen. An einer Wand hing ein Heizlüfter, den ich voll aufdrehte. Ich stellte meine Tasche hin, warf meinen Mantel ab und setzte mich im Schneidersitz aufs Bett. Ich fischte einen halb gerauchten Joint aus dem

Aschenbecher auf dem Nachttisch, zündete ihn an und inhalierte tief.
Mick setzte sich ans Fußende. Er nahm den Joint entgegen, zog ein paarmal daran und reichte ihn mir zurück.
»Ich habe gehört, dass du gestern bei Andray Fairview im OPP warst«, sagte er.
Ich blinzelte langsam. Nie im Leben hätte ich gedacht, dass Micks Besuch etwas mit Vic oder Andray zu tun haben könnte.
»Das ging aber schnell«, sagte ich.
»Ich bin da in so einer Gruppe«, erklärte Mick, als wisse er selbst, wie lächerlich es war. »Southern Defense. Wir bieten Leuten, die sich keinen Anwalt leisten können, eine kostenlose Rechtsberatung an. Leuten wie Andray.«
»Du betätigst dich ehrenamtlich?«, staunte ich. »Mick, das ist ja so verdammt unglaublich! Du hättest einen verdammten Orden verdient! Denk bloß nicht, du würdest mich nicht zutiefst beeindrucken, denn …«
»Ob du es glaubst oder nicht, ich bin nicht gekommen, um dich zu beeindrucken, Claire«, sagte er verbittert. »Ich …«
»Ich glaube es nicht«, sagte ich. »Aber wozu machst du das? Jeder hat Anspruch auf einen Pflichtverteidiger.«
Mick legte sich aufs Bett und nahm noch einmal den Joint entgegen. Er seufzte wieder. »Ja, aber nur auf dem Papier«, sagte er.
»Hör mit dem Geseufze auf«, sagte ich. »Das nervt.«
Er inhalierte tief, verkniff sich aber diesmal den Seufzer und atmete stattdessen lautlos aus. »Also. Auf dem Papier bekommt man einen Verteidiger, aber der erscheint nicht. Diese Organisation, Southern Defense, hat es sich zur Aufgabe gemacht, allen einen Verteidiger zu stellen. Aber es gibt nicht genug Verteidiger. Die Organisation

hat vierzehn Anwälte, und die sind total überlastet. Aus dem Grund haben sie Leute wie mich angesprochen. Kriminologen …«

»Kriminologieprofessoren«, berichtigte ich ihn. Früher hatte Mick als Privatdetektiv gearbeitet, aber dann hatte er den Beruf an den Nagel gehängt, um zu unterrichten und sich ehrenamtlich zu engagieren.

Ich hatte ihm den Schritt immer noch nicht verziehen, und ich hatte es auch in der nächsten Zeit nicht vor. Das Unterrichten war reine Zeitverschwendung. Nirgendwo lernte man weniger als an der Uni, wenigstens war ich nach meiner Stippvisite dort zu dieser Ansicht gelangt. Wenn er den Menschen wirklich helfen wollte, sollte er draußen in der Welt unterwegs sein und Rätsel lösen.

»Wie auch immer«, sagte er, verkniff sich einen weiteren Seufzer und verdrehte die Augen. »Die meisten von uns arbeiten in der zweiten Reihe. Wir dürfen nicht vor Gericht auftreten, aber wir können beraten und Kontakte vermitteln. Ich war heute bei Andray, der gerade wegen einem Bagatelldelikt einsitzt, und da erzählt er mir doch glatt, eine verrückte weiße Lady wäre bei ihm gewesen, um ihm einen Mord anzuhängen. Tja, und du …«

»Und ich bin immer noch die erste verrückte Weiße, die dir einfällt«, beendete ich den Satz. »Mick, das ist ja geradezu *rührend.* Wirklich. Ich bin praktisch zu Tränen gerührt.«

Mick setzte sich auf.

»Hör mal«, sagte er. »Claire. Andray Fairview hat Vic Willing nicht umgebracht.«

»Woher weißt du das?«, fragte ich.

»Ich kenne ihn«, sagte Mick. »Er hat Vic Willing *nicht* umgebracht.«

Er klang nervös. Er hoffte inständig, die Wahrheit zu sagen, war sich aber selbst nicht sicher.
Was die Leute hören wollen, ist egal. Ob die Leute einen mögen, ist egal. Egal, wenn die ganze Welt einen für verrückt hält. Egal, wessen Herz man bricht. Einzig die Wahrheit ist nicht egal.
Ich streckte mich auf dem Bett aus und starrte die Zimmerdecke an. Mick lag neben mir und versuchte, Blickkontakt aufzunehmen. Wir lagen da und teilten den Joint. Eine Kutsche klapperte durch die Frenchman Street. Zwei betrunkene Streithähne liefen am Hotel vorbei und lallten unverständlich.
»Wirst du die Polizei einschalten?«, fragte Mick schließlich.
»Nein«, sagte ich. »Ich werde gar nichts tun, solange ich nicht sicher weiß, dass er es war. Und selbst in dem Fall werde ich die Entscheidung wahrscheinlich dem Auftraggeber überlassen.«
»Er ist ein guter Junge«, sagte Mick. »Du würdest ihn mögen.«
»Ich mag niemanden«, sagte ich, »auch keine Jungen. Und die guten schon gar nicht.«
»Er ist anders«, sagte Mick.
»Niemand ist anders«, sagte ich, »höchstens schlechter. Nur in der Richtung kommt es zu Abweichungen.«
Mick rollte sich auf die Seite, um mich zu betrachten. Seine Schläfen fingen an, faltig zu werden, die feinen Linien durchzogen seine Tätowierung. Aber er sah immer noch gut aus. Ich sagte nichts.
»Du kennst mich doch«, sagte Mick. »Gib ihm eine Chance, okay?«
Ich setzte mich auf, tat so, als sei ich an meinen Fingernägeln interessiert, und schwieg.

Ich wusste nicht mehr, seit wann Mick und ich nicht mehr befreundet waren. Wir hatten beide bei Constance gelernt, er noch vor mir. Wir waren keine Konkurrenten gewesen, eher so etwas wie Bruder und Schwester.
Aber als Constance starb, war eine ganze Welt untergegangen. Und in der Welt, die übrig blieb, waren Mick und ich plötzlich zwei Fremde, die einander früher gekannt hatten. In Constances Augen waren wir eine bessere Claire und ein besserer Mick gewesen, aber als sie starb, starben diese beiden Personen ebenfalls. Soweit ich wusste, vermisste niemand die zwei.
Niemand außer mir.
»Okay«, sagte ich. »Ich werde mich drum kümmern. Ich kann dir nichts versprechen, aber ich werde mich damit befassen.«
»Verdammt, Claire!«, sagte Mick und setzte sich auf. »Danke! Ehrlich. Vielen Dank.« Er lächelte nicht, er sah einfach nur ein kleines bisschen weniger unglücklich aus.
»Aber«, fügte ich hinzu, »du wirst mir helfen. Und du wirst die Aufgaben übernehmen, die keinen Spaß machen.«
Mick nickte. Er wusste, wovon ich sprach. Bankunterlagen, Polizeiakten, Beweise – falls es welche gab –, all das musste unter die Lupe genommen werden. Eine langweilige Arbeit, die Mick aber lag.
»Also schön«, sagte ich. »Dann erzähl mir, was du über Vic Willing weißt.«
Mick zuckte die Achseln. »Die Leute sagen, er war in Ordnung. Ich habe ihn ein paar Mal getroffen. Ich hatte zwar nie mit jemandem zu tun, gegen den Vic Willing ermittelte, aber man macht sich ja trotzdem ein Bild. Er war schon eine Type, du weißt schon, ein echtes Original. Hat viel geredet, laute Stimme, besuchte Galatoire's

und ähnliche Läden. Trug Seersuckeranzüge. Gab sich so überselbstbewusst, wie es nur die Reichen tun. Ein typisches weißes Alphamännchen. Charmant. Du kennst die Sorte Mann.«

Ich zuckte die Achseln. Ich wusste nicht, ob ich die Sorte Mann kannte.

Wir redeten noch ein bisschen über Vic. Mick hatte nichts Interessantes mehr zu erzählen. Wir beschäftigten uns mit Andrays recht dünnem Alibi. Ich fragte Mick nach den Leuten, in deren Begleitung Andray angeblich die Woche nach dem Sturm verbracht hatte.

»Hm«, sagte Mick und runzelte die Stirn, »hm, Trey ist verschwunden. Ich glaube nicht, dass er tot ist, aber ich weiß nicht, wo er steckt. Peanut ist leider nicht mehr unter den Lebenden, das weiß ich zufällig ganz genau. Terrell – tja, der ist noch da, aber ich weiß nicht, ob er als Alibi so viel taugt. Er hängt selber zu tief drin. Lali könnte in Ordnung sein.«

Er sagte mir, wo ich Lali finden konnte. An der alten Tankstelle rechts abbiegen. Am eingestürzten Haus links. Vorsicht an der nächsten Kreuzung, da gibt's derzeit viel Stress.

»Ich hab gehört, du warst im Krankenhaus«, sagte Mick. »Geht es dir gut?«

»Klar«, sagte ich. »Nein. Ich weiß gar nicht, woher die Leute das haben. Ich habe ein paar Wellness-Wochen eingelegt, das war alles.«

Ich fragte Mick, ob er sich erklären könne, wie Andray zu einer Ausgabe von *Détection* gekommen war.

»Andray?«, sagte Mick. »*Détection?* Das Buch von Silette?«

»Ja«, sagte ich, »das Buch von Silette.«

Mick war kein Anhänger von *Détection.* Er hatte Constances Lehre angenommen, ohne sich für den theoretischen Überbau zu interessieren. Er hielt das Buch für verrückt, eines von vielen irren Büchern, über die Constance sich mit mir austauschte. Für Mick war ein Buch bloß ein Buch.

Er schüttelte den Kopf. »Ich habe keinen blassen Schimmer«, sagte er. »Ich bin mir nicht mal sicher, ob Andray richtig lesen kann. Ich meine, er kommt zurecht, aber dieses Buch ist wirklich anspruchsvoll.«

Ich setzte mich auf und bat Mick zu gehen. Er lud mich für den nächsten Tag zum Mittagessen ein, und ich sagte zu. Dann ging er.

Ich erinnerte mich an seinen Geruch, nach Holz und Schweiß. Ich rollte übers Bett bis zu der Stelle, an der er gelegen hatte.

Er roch anders. Heute roch er nach Hasch und Gipsstaub und Rauch und Schimmel. Er roch wie die Traurigkeit. Wie New Orleans.

15

Vor einigen Monaten, nach einem besonders komplizierten Fall, hatte ich zu fasten angefangen, um mich vom krank machenden Einfluss meiner Arbeit zu reinigen. Ich aß nicht mehr. Ich schlief nicht mehr. Ich reduzierte meinen Drogenkonsum nicht. Eine Woche verging, dann zwei, dann ein ganzer Monat. Nach vierzehn Tagen konnte ich die Codes auf Supermarktquittungen und Werbetafeln dechiffrieren. Nach dreißig Tagen konnte ich Zeichen im Wind deuten und in den Wolken lesen. Am zweiunddreißigsten Tag brach ich nur wenige Blocks von meiner Wohnung in Chinatown entfernt zusammen. Der Unfallarzt des Chinesischen Krankenhauses setzte sich neben mein Bett und studierte meine Krankenakte. Er machte sich Notizen auf Kantonesisch. Ich bin keine Chinesin, daher konnte er nicht ahnen, dass ich seine Aufzeichnungen zu lesen vermochte. *Apathisch. Lustlos.*

»Dr. Chang sagt, Sie sind seine Patientin«, sagte er. Der Arzt war jung und sah selbst recht lustlos aus. Aber wenn man Chang kannte, bekam man hier eine Sonderbehandlung, deswegen schützte er Interesse vor.

Ich nickte. Ich studierte das Muster im Lakenstoff. Ich sah Fraktale in den Kettfäden und quadratische Gleichungen in den Schussfäden.

»Chang sagt, Sie sind Privatdetektivin. Sie lösen Kriminalfälle?«

Ich nickte. Ich richtete den Blick auf das Wasser in dem Plastikbecher neben meinem Bett. Wenn ich mich bewegte, zitterte das Wasser und verschoss Quantenpartikel auf der Zeitachse. Ich hatte von dem Phänomen gehört, es aber nie mit eigenen Augen gesehen. Auf einmal konnte ich sehen, was mir vorher verborgen gewesen war, Sachen, von denen ich gelesen, von denen ich geträumt hatte.

»Falls Sie sich umbringen wollen«, sagte der Arzt vorsichtig, »haben Sie sich eine denkbar ungeeignete Methode ausgesucht. Außerdem wird es sehr, sehr unangenehm werden. Wir werden Sie zwingen zu essen, und wir werden Sie zwingen zu schlafen. Und ich kann mir vorstellen, dass Sie nicht unbedingt über einen Schlauch im Hals ernährt werden wollen.«

»Was wird einem da verabreicht?«, fragte ich, von plötzlicher Neugier erfasst. »So was wie zermatschtes Essen? Flüssignahrung? Glukose? Tun Sie da Vitamine rein, damit …«

»Ja, es handelt sich um eine Lösung«, sagte der Arzt.

»Eine Lösung«, wiederholte ich. Jedes Rätsel hat eine Lösung. Vielleicht war das meine Lösung?

Der Arzt redete weiter, aber ich hörte nicht mehr zu. Etwas Zeit verstrich, wenigstens kam es mir so vor. Der Arzt war nicht mehr da. Mein Hausarzt, Nick Chang, kam herein. Dr. Chang kannte sich aus mit traditioneller chinesischer Heilkunde, Chi Gong, yogischem Fliegen, Ayurveda und den Schriften von Edgar Cayce. Unter anderem.

Ich hatte erwartet, er würde mehr Verständnis für mich aufbringen.

»Ich kann alles sehen«, rief ich, »ich bin nicht krank! Ich mache eine Fastenkur.«

»Eine Fastenkur plant man«, widersprach Nick. »Du hast einfach mit dem Essen aufgehört.«

»Ich bin spontan«, sagte ich, »das weißt du doch.«

»Du hast drei Möglichkeiten, Claire«, sagte er und versuchte, Blickkontakt zu mir herzustellen. »Du bleibst freiwillig im Krankenhaus. Du bleibst gegen deinen Willen im Krankenhaus. Oder du kommst mit mir.«

Ich sah eine Fliege vorbeisurren, sie bewegte ihre Flügelchen in einem Tempo von genau einhundertacht Schlägen pro Sekunde. Ich las ihre Gedanken. Sie hatte nichts weiter im Sinn, als ihren Lieben daheim etwas zu essen zu bringen. Fliegen! Was hatte ich sie unterschätzt!

Ich betrachtete Nick, dessen Atem durch seine Nase ein- und ausströmte, dessen Herz schlug, dessen Lunge sich füllte und leerte. Ich sah durch seine Haut hindurch, wie seine Blutzellen sich teilten, abstarben, sich teilten.

»Mein Auto steht draußen«, sagte er.

Er wusste, ich war scharf auf sein Auto, einen giftgrünen Karmann Ghia.

»Darf ich fahren?«, fragte ich.

»Nein«, sagte Nick, »auf keinen Fall.«

Ich sagte nichts mehr. Die Zeit schritt voran, oder zurück; ich war mir nicht sicher.

»Es ist nicht wie beim letzten Mal«, sagte ich, »es hat nichts damit zu tun.«

Nick antwortete nicht.

Nick fuhr. Wir waren Richtung Norden unterwegs, und ich achtete nicht auf die Strecke, bis wir bereits mitten auf der Golden Gate Bridge waren. Marin County zog als undeutliches Grün vorüber. Die Schilder vor Santa Rosa kamen in Sicht. ORT DER WUNDER, stand darauf. Auf einem waren Zwillinge abgebildet. Der Kopf des einen berührte die Zimmerdecke, während der andere einen halben Meter kleiner war. WIE KANN ES SEIN?, fragte das Schild.

Der Ort der Wunder war eine Touristenattraktion. Das

Haus war auf wundersame Weise abgerutscht, und nun waren alle physikalischen Gesetze auf den Kopf gestellt. Schiefe Wände und schiefe Böden, auf denen Bälle bergauf rollten, während der Führer versicherte, es handele sich garantiert nicht und keinesfalls um eine optische Täuschung. Außerdem gab es eine kleine Herde von Zwergziegen zu bestaunen, zwei heiße Quellen, mehrere Mammutbäume sowie einen Souvenirladen. Dahinter lagen die Ferienhäuser. Das Ganze wurde von einem Privatdetektiv aus San Francisco namens Jake betrieben, der sich hier zur Ruhe gesetzt hatte. Seit Jahren erzählte man mir von diesem Ort. Ich hatte ihn nie aufgesucht. Es war nicht nötig gewesen.

»Claire wird sich um die Ziegen kümmern«, hatte Nick bei unserer Ankunft zu Jake gesagt. Jake nickte. Ein junger Mann, der vielleicht Nicks Sohn war, vielleicht auch nicht, zeigte mir das Grundstück und meine Hütte. Die Ziegenherde zu versorgen machte eine Menge Arbeit. Vor allem musste man darauf achten, dass die Tiere nicht zu dick wurden. Neben dem Gatter stand ein Verkaufsautomat für Trockenfutter, und die Ziegen hatten gelernt, ausgehungert dreinzuschauen. Die übergewichtigen Ziegen wurden in ein separates Gehege gebracht, wo niemand sie füttern konnte.

An diesem Abend, ich hatte stundenlang Ziegenmist geschaufelt, schlief ich erstmals wieder. Und ein paar Tage später, nachdem ich geschaufelt, Zäune repariert und mit den Ziegen geschimpft hatte, fing ich wieder zu essen an. Nick kam ein oder zwei Mal wöchentlich vorbei, verabreichte mir Kräuter in wechselnden Dosen, füllte die Löcher in meiner Aura und besprach meine Behandlung mit dem verstorbenen Dr. Cayce. Nach drei Wochen schüttete ich ihm mein Herz aus.

»Es war ein Mädchen«, sagte ich. Ich saß im Bett und schaute aus dem Fenster. Draußen brach fast der Frühling an. »Ein Fall. Eine vermisste Frau. Eine junge Frau. Ich habe sie in der Bucht gefunden. Sie war ...«

Ich konnte nicht weitersprechen.

»Du siehst ständig Leichen«, sagte er.

»Sie war wie ich«, sagte ich. »Sie sah aus wie ich.«

»Und?«, sagte Nick.

»Sie ähnelte nicht mir«, sagte ich, »sie ähnelte jemandem, den ich kannte.«

»Das verschwundene Mädchen?«, fragte er. »Deine verschwundene Freundin?«

Ich nickte.

»Aber sie war es nicht«, sagte er. »Das alles ist lange her.«

»Ich weiß«, sagte ich. »Heute weiß ich das.«

»Du willst zu ihr«, sagte Nick.

Das traf es nicht genau, aber fast.

Abends trafen sich alle Mitarbeiter des Ortes der Wunder zum Essen im Haupthaus hinter den Blockhütten. Ich hörte, wie die anderen sich über Pläne und ihre Zukunft austauschten. Ich hielt mich raus und den Kopf gesenkt. Die anderen taten so, als wüssten sie nicht, wer ich war. Alle wussten, wer ich war. Aus irgendeinem Grund hatte sich die Kunde von meinem Krankenhausaufenthalt weit und schnell verbreitet. Jetzt wussten alle Privatdetektive des Landes, dass Claire DeWitt verrückt war. Die meisten hatten es immer geahnt.

Ich konzentrierte mich ganz auf die Ziegen. Sie waren angenehme Gesellschafterinnen. Sie übersahen die meisten meiner persönlichen Schwächen und Fehler und den Nahrungsentzug, den ich den Dicken antat, sowie meine Unfähigkeit, Ziegisch zu sprechen. Es war eine heilsame Kur. Nach vier Wochen konnte ich in den Wolken keine

Zeichen mehr erkennen, dafür war ich selbst gemästet, ausgeruht und einigermaßen geerdet. Wenige Wochen später war ich wieder in der Lage zu arbeiten. Und dann rief Leon an. Ich wollte ablehnen. Ich hatte keine Lust, nach New Orleans zu fliegen. Ich war seit Constances Tod nicht mehr dort gewesen.

»Sag zu«, meinte Nick bei seinem letzten Besuch. Seine Finger ruhten auf meinem Handgelenk, denn er nahm meinen Puls. »Nimm den Job an. Irgendwann musst du mit deiner Vergangenheit abschließen.«

»Ich habe nichts abzuschließen«, sagte ich, »da schon gar nicht.«

»Du lügst«, sagte er.

»Nein«, widersprach ich.

»Du weißt es nicht«, sagte Nick, »aber du lügst.«

Ich vertraute Nick.

Ich nahm den Job an.

16

Keiner ist unschuldig«, schrieb Silette. »Die Frage ist nur: Wie wirst du deinen Teil der Schuld tragen?«

Am nächsten Morgen rief Mick an. Andray war aus dem OPP entlassen worden. Ich hatte mir ausgerechnet, dass es allein an Polizeigehältern, Gefängniswärterlohn, Unterbringungs- und Transportkosten sowie Spesen etwa zehn Riesen gekostet hatte, Andray Fairview für drei Tage von der Straße zu holen. Mick erzählte mir, das NOPD verfüge über kein eigenes Labor. Es war beim Sturm zerstört worden. Wegen eines Auftragsstaus, der Jahre vor dem Sturm eingesetzt hatte, würde es Monate dauern, die sichergestellten Drogen auswärts testen zu lassen. Es war einfacher, alle Verdächtigen, die mit weniger als einer Lkw-Ladung Kokain erwischt wurden, einfach laufenzulassen.

Beim Mittagessen – Sushi – versuchte Mick ein weiteres Mal, mich von Andrays Heiligenschein zu überzeugen. Mick machte sich auf schlimmste Weise schuldig; er wollte *helfen.* Ich hatte den Eindruck, dass er gerade dabei war zu erkennen, wie nutzlos und deprimierend sein Job war. Besonders in New Orleans, wo die meisten Leute unter »Hilfe« eine größere Pistole verstanden.

Wie sich herausstellte, hatte Mick Andray Fairview nicht erst im Zuge des Strafverteidigungsprogramms kennengelernt. Mick kannte den Jungen aus einem Jugendzentrum, für das Mick *zusätzlich* ehrenamtlich tätig war.

»Im Grunde«, sagte Mick und stocherte in seinem Algensalat, »mache ich da nur mit, damit es mir bessergeht. Fast alle dieser Kids leiden unter einer posttraumatischen

Belastungsstörung. Im Grunde sind sie Versehrte. Kriegsveteranen. Und das liegt nicht am Sturm allein. Die meisten haben viel Schlimmeres durchgemacht.«
Mick hielt inne und betrachtete seine Algen, als frage er sich, was das war und wie es auf seinen Teller kam.
»Jedenfalls«, fügte er mit einem misstrauischen Blick auf den Salat hinzu, »kenne ich Andray von dort. Er kam regelmäßig vorbei, um zu duschen, was zu essen und sich saubere Kleidung abzuholen. Seit ich dort arbeite, ist er ganz auf sich gestellt, fünf Jahre schon. Diese Jugendlichen – tja. Die Schulen sind kaputt, die Stadt ist kaputt, die Familien sind weg. Aber Andray ist anders. Er ist ein guter Junge. Er ist intelligent. *Richtig* intelligent. Er hat mit Drogen gedealt, und ich kann mir vorstellen, dass er es wieder tun wird, dass er einen kleinen Rückfall erleidet. Aber Mord? Nein, das kann ich mir überhaupt nicht vorstellen.«
»Klar«, sagte ich, »bestimmt ist er ein Heiliger.«
Mick hob den Kopf. »Claire, ich sage es dir …«
Ich nippte an meinem Tee.
»Du sagst eine Menge«, sagte ich. »Du sagst, du bist depressiv. Du sagst, du ertrinkst in Schuldgefühlen. Aber bis jetzt hast du mir keinen einzigen Beweis dafür geliefert, dass Andray Fairview Vic Willing nicht ermordet hat. Seine Fingerabdrücke waren in Vics Wohnung, er hat schon einmal gemordet …«
»Das kannst du gar nicht wissen«, unterbrach mich Mick und versuchte, die Empörung des Liberalen vorzuschützen.
»Du *willst* es gar nicht wissen«, sagte ich. »Aber du weißt es. Er war seit seinem elften Geburtstag in irgendwelchen Gangs. Was, glaubst du, hat er da gemacht?«
Mick sah mich an, als wollte er mich schlagen. Dann

lehnte er sich zurück und schloss die Augen. Ich wartete auf eine geistreiche Erwiderung, aber er rührte sich nicht, lehnte den Kopf gegen die Wand und hielt die Augen geschlossen.

»Was ist mit dir?«, fragte ich schließlich und betrachtete mein Sushi. Die Farben leuchteten so knallig, dass es fast künstlich aussah. Rosa Lachs, roter Thunfisch, grünes Wasabi. »Wie ist es dir ergangen?«

Mick schüttelte den Kopf.

»*So* gut?«, fragte ich.

Er schüttelte den Kopf und kniff sich mit Daumen und Zeigefinger in die Nasenwurzel, so als hätte er Nebenhöhlenschmerzen. Zum ersten Mal fiel mir auf, dass er keinen Ehering trug. »Ich habe in Mid-City gewohnt«, sagte er. »Ich habe alles verloren.«

»Oh«, sagte ich. »Was ist mit …«

»Sie ist weg«, sagte Mick. »Sie ist zurück nach Detroit gezogen.« Er öffnete die Augen und sah mich an. »Niedrigere Kriminalitätsrate.«

»Das ist nicht dein Ernst«, sagte ich.

Er nickte. »Doch.«

Dann schloss er wieder die Augen und lehnte den Kopf an die Wand.

Offenbar waren manche Menschen auf der Stelle ertrunken. Andere ertranken in Zeitlupe, Stück für Stück, was Jahre dauern konnte. Und wieder andere, Leute wie Mick, ertranken, seit sie denken konnten. Sie hatten bis jetzt nur keine Worte dafür gehabt.

17

Ich rollte den Fall Willing neu auf.

Auf dem Jackson Square unter dem grauen Wolkenhimmel saßen drei Handleser und Tarotkartenleger, zwei Leute verteilten Flugblätter darüber, wie man in den Himmel oder die Hölle käme, und ich sah fünf Männer, auf die Leons Beschreibung von Jackson passte. Jackson war der Mann, der Vic Willing am Donnerstag nach dem Sturm gesehen haben wollte. Ein dünner, alter Schwarzer mit Zahnlücke und wirrem, grauem Haar. Trug normalerweise einen langen Mantel und hatte immer eine Plastiktüte mit Pfanddosen und eine mit seinen Habseligkeiten dabei.

Ich musterte die potenziellen Jacksons. Zwei sahen fies aus, einer verrückt. Einer stand auf und ging schnell weg, als er merkte, dass ich ihn beobachtete. Ich konnte mir nicht vorstellen, dass Vic oder Leon mit diesen Leuten etwas zu tun hatten. Demnach konnte nur der übriggebliebene Mann Jackson sein.

Ich ging auf ihn zu.

Er lächelte mich an und streckte mir einen zerdrückten Pappbecher entgegen.

»Haben Sie Kleingeld?«, fragte er mit breitem Südstaatenakzent.

»Klar«, sagte ich und steckte einen Fünfer in den Becher.

Der Mann bedankte sich.

»Sind Sie Jackson?«, fragte ich.

Er bejahte.

Ich stellte mich vor und fragte ihn, ob ich mich kurz zu ihm setzen dürfe. Er erlaubte es.

Ich setzte mich und erklärte ihm, was ich von ihm wollte – eine Schilderung seiner letzten Begegnung mit Vic Willing. Er wiederholte, was er schon Leon erzählt hatte. »Es war Donnerstag. Ich war unten am Convention Center. Die Nationalgarde hatte die Leute zusammengetrieben und dort hingebracht. Etwas Besseres fiel ihnen nicht ein. Ich meine …« Er überlegte kurz. »Man hätte doch erwarten können, dass sie es bleibenlassen, nachdem sie gesehen hatten, was dabei rauskam.« Er schüttelte den Kopf. »Wie dem auch sei. Die Polizei hatte die Leute zusammengetrieben und da hingeschafft. Ich war draußen und habe Vic gesehen. Ich glaube, er kannte da niemanden – ich meine, die meisten Leute waren so wie ich. Nur wenige Leute waren so wie er. Ich glaube, er war froh, mich zu sehen.«

»Vielleicht hat er sich gefreut, dass Sie in Sicherheit waren«, sagte ich.

Jackson runzelte die Stirn und dachte nach. »Kann sein«, sagte er. »Na ja, wissen Sie, Vic war nicht der Typ, der sich besonders für seine Mitmenschen interessierte. Aber wer weiß, kann schon sein, es sah danach aus. Jedenfalls kommt er zu mir rüber und sagt: ›Hey, Jackson‹, und ich sage: ›Hey, Mister Vic, wie schön, Sie zu sehen‹, was ehrlich gemeint war. Egal, wie schlimm es da war, ich war froh um jedes bekannte Gesicht, denn so wusste ich wenigstens, dass derjenige überlebt hatte. Deswegen war ich froh, ihn zu sehen.«

»Hat er gesagt, wo er herkam?«, fragte ich.

Jackson überlegte, bevor er antwortete. Ich mochte den Kerl. Er dachte in fünf Minuten mehr nach als andere Leute in einer ganzen Woche.

»Nein«, sagte er, »nein, hat er nicht. Zumindest kann ich mich nicht dran erinnern.« Er sah mich an. Ich bedankte mich. Er redete weiter. »Ich habe ihn gefragt, ob alles in

Ordnung sei, und er sagte, ja, und dann hat er gefragt, ob bei mir alles in Ordnung sei und ob ich irgendwas brauchte, und ich sagte: ›Nein danke‹, weil ich dachte, er hat sowieso nichts dabei. Ich meine, alles Geld der Welt ist nutzlos, wenn es nichts zu kaufen gibt. Ich habe nicht verstanden, warum die Leute Fernseher und so ein Zeug gestohlen haben, schließlich kann man das nicht essen. Wir brauchten nichts als Essen und Wasser, aber davon gab es nichts. Die Stadt war leergefegt – die Restaurants, Supermärkte, alles. Die Jungs sind losgezogen, Jungs, die sich mit Einbrüchen auskannten, um in Läden und Restaurants einzusteigen und Wasser und alles Mögliche zu holen und an Babys und alte Leute zu verteilen. Ein paar von den Jungs haben nichts davon selbst angerührt, nicht einen Bissen. Aber auch das war schon geschehen. Blieben nur noch die Privathäuser, aber so was käme für mich nie in Frage. In eine Wohnung einzubrechen, meine ich. Jedenfalls. Vic wollte wissen, ob alles in Ordnung sei, und er wollte wissen, wie ich da hingekommen war, und ich erzählte es ihm. Er sah sehr besorgt aus, wissen Sie, so als betrübe ihn alles sehr. Er wollte wissen, von wo das viele Wasser herkam, was los war und so weiter. Ich sagte ihm, dass das Wasser meines Wissens überall war. Er fragte, welche Dämme gebrochen waren, und ich erzählte ihm, was ich wusste. Was nicht viel war. Die Gerüchteküche brodelte. Es wurde verrücktes Zeug erzählt. Angeblich aßen manche Leute Hunde und Babys. Dabei stellte sich hinterher raus, dass die verrücktesten Sachen stimmten, das mit den Leuten auf den Dächern in Lakeview und im Neunten Bezirk zum Beispiel, und dass Arabi und Chalmette praktisch weg waren. Das habe ich Vic erzählt. Ich sagte ihm alles, was ich wusste. Dann schüttelte er mir die Hand und ging. Nein, zuerst hat er mir noch Geld gegeben. Ich sagte ihm, ich brauchte keins, weil es ja nichts zu kaufen gab. Aber er schenkte es mir trotzdem.«

»Und Sie sind sicher«, fragte ich, »dass Sie Vic am Donnerstag gesehen haben?«

»Ja«, sagte Jackson.

»Warum sind Sie so sicher?«

Er sah ein wenig gekränkt aus. »Warum sind Sie sicher, dass heute Donnerstag ist?«, fragte er.

»Donnerstag?«, sagte ich. »Donnerstag? Meinen Sie wirklich? Ich dachte, heute ist Freitag.«

»Donnerstag«, wiederholte Jackson selbstbewusst.

Ich sah mich um. Ein paar Meter entfernt stand eine Gruppe pummeliger Touristen herum und fotografierte das Presbytère.

»Hey!«, rief ich. »Hallo!«

Die Touristen sahen sich ängstlich um, bis sie mich als Geräuschquelle ausgemacht hatten. Was sie nicht beruhigte. Ich hatte mich hastig angezogen und sah nicht gerade wie aus dem Ei gepellt aus. Ich trug Stiefel, Jeans, zwei schwarze Pullis übereinander und einen roten Vintage-Damenmantel mit Hermelinkragen, der seine besten Tage hinter sich hatte. Außerdem litt ich unter einem selbstgemachten Haarschnitt inklusive Bleichversuch, bei dem eine Bastelschere im Spiel gewesen war. Ich sah ein, dass das nicht gerade vertrauenerweckend war.

»Was für ein Tag ist heute?«, rief ich. Die Leute sahen einander fragend an und drehten sich weg. Sie wissen ja, wie das in der Großstadt so ist. Diese schlitzohrigen Hochstapler mit ihren flotten Sprüchen und ihren Fangfragen könnten sonst was im Schilde führen.

Jackson und ich sahen einander kopfschüttelnd an. Touristen.

»Der Tag!«, schrie ich. »Ich will nur wissen, was für ein Tag heute ist.«
Schließlich brüllte ein mutiger, hochgewachsener Mittfünfziger zurück. »Neunter Januar«, rief er.
»Danke. Aber ist heute Donnerstag oder Freitag?«, rief ich.
»Oh«, sagte der Mann. »Donnerstag!« Er lächelte mich mitleidig an und wandte sich seiner Gruppe zu. Dann überlegte er es sich anders, drehte sich wieder um, kam lächelnd herüber und drückte mir einen zusammengefalteten Dollarschein in die Hand, bevor er sich seiner Herde wieder anschloss.
»Gott segne Sie«, sagte er.
»Sie auch«, sagte ich und nahm den Dollar entgegen. Der Mann entfernte sich lächelnd. Jackson starrte den Dollar an. Ich steckte ihn ein. Jackson runzelte die Stirn.
»Also gut«, sagte ich, »es war Donnerstag.« Jackson nickte.
»Woher kannten Sie Vic überhaupt?«, fragte ich.
Jackson zuckte die Achseln. »Ich kenne jeden hier. Und jeder kennt mich. So ist das eben. Beim Dosensammeln kommt man rum. Da sieht man alles.«
Ich fragte ihn, ob er sich an noch etwas erinnern könne, aber er verneinte. Ich fragte ihn, ob ich zurückkommen dürfe für den Fall, dass mir weitere Fragen einfielen, und er bejahte. Ich gab ihm zwanzig Dollar und ging.
Ich glaubte Jackson. Vic Willing hatte am ersten September noch gelebt. Er war nicht in den Fluten umgekommen.
Eine Todesursache ließ sich also ausschließen. Blieben unendlich viele andere übrig.

18

Lali Valentine war von allen Personen, die Andray genannt hatte, die Einzige, die für ein glaubwürdiges Alibi gut war. Ms. Valentines letzte offizielle Adresse war in der Baronne Street in der Innenstadt, nur wenige Häuserblocks vom Garden District entfernt. Andray stammte aus dieser Gegend, die an den Garden District grenzte und hinter der die St. Charles Avenue begann. Zwei Seiten derselben Münze. Sogar die Flutwelle schien den Unterschied gekannt zu haben, war sie doch auf der St. Charles zu einem Rinnsal geschrumpft und in der Prytania Street sanft versickert.

Lalis Adresse gab es nicht mehr. Dort, wo das Haus gestanden hatte, türmte sich ein Haufen fliederfarbener Holzbretter. Zwischen den Brettern sah ich die Überreste eines Zuhauses: eine rosa Socke, eine Dose Tomatensuppe, eine CD von Li'l Wayne, eine Platte von den White Hawks. Am Ende der Straße waren zwei Männer damit beschäftigt, ein Haus auszuräumen. Ich ging hin und fragte nach Lali.

Die Männer waren dreckig und von oben bis unten mit Putz und Staub bedeckt. Einer nahm seine Schutzmaske ab und runzelte die Stirn.

»Lali«, sagte er. »Lali. Ich glaube, die wohnt bei ihren Cousinen in der Magnolia Street. Ich weiß die Hausnummer nicht. Ein blaues Haus, direkt gegenüber von den Sozialwohnungen. Sie können es gar nicht verfehlen, es ist eingeknickt.«

»Eingeknickt?«, fragte ich.

»Sie werden sehen, was ich meine«, sagte der Mann und machte sich wieder an die Arbeit.

Ich bedankte mich, ging zu meinem Truck zurück und hielt inne. An der Kreuzung stand der Kranwagen. Auf der Hebebühne stand ein Mann und werkelte an einem Trafo herum, einem dieser kleinen Kästen, die in etwa acht Metern Höhe am Strommast hingen. In manchen Städten befanden sich die Kästen unter der Erde, in New Orleans oben an den Masten, von denen aus sich die Stromleitungen über die Stadt spannten wie bei einem Fadenspiel.

Der Mann war nicht von Entergy, der Stromgesellschaft mit dem idiotischen Namen. Deren Angestellte trugen blaue Overalls. Dieser Mann war weißgekleidet. Unten im Truck saß ein zweiter Mann, der die Hebel bediente.

»Hey«, rief ich dem Mann auf der Hebebühne zu, »hi!«

Er hörte mich nicht oder gab vor, mich nicht zu hören.

»Hey. Hallo!«

Keine Reaktion. Ich sah, dass er Ohrenschützer trug von der Sorte, wie sie Bauarbeiter tragen, wenn sie den Asphalt aufreißen.

Ich ging zurück zu dem Mann, der mir Lalis Adresse gegeben hatte.

Er lächelte weniger freundlich.

»Verzeihung«, sagte ich, »tut mir leid, Sie noch einmal zu stören. Ich habe mich nur gefragt, was die Männer dahinten tun.«

Der Mann schüttelte den Kopf. »Seltsam, das habe ich mich auch schon gefragt. Von Entergy sind die jedenfalls nicht. Und die Telefongesellschaft hat mit den Strommasten nichts zu schaffen, und da oben hängen nur Trafos. Ich weiß es wirklich nicht. Was glauben Sie?«

Wir betrachteten die weißgekleideten Männer und blickten dann einander an.

»Keine Ahnung«, sagte ich.

»Ich glaube, die führen nichts Gutes im Schilde«, sagte der Mann.
»Ja«, sagte ich, »das glaube ich auch.«
Ich bedankte mich und ging zur Kreuzung zurück. Ich beobachtete den Mann auf der Hebebühne minutenlang, konnte aber nicht erkennen, was er da oben tat. Es sah so aus, als repariere er etwas. Aber Strom gab es in der Straße trotzdem keinen. Vielleicht war er noch nicht fertig? Vielleicht. Andererseits wurden nirgendwo sonst in der Stadt Stromleitungen repariert. Und an einem kleinen Trafo konnte es ohnehin nicht liegen.
Die Rätsel hörten nie auf. Man konnte nicht alle lösen. Zumindest nicht an einem Tag.

Ich fuhr zur Magnolia-Siedlung. Die Sozialwohnungen waren nicht mehr bewohnt. Ich wusste nicht, ob sie vor dem Sturm aufgegeben worden waren oder danach. Wie viele andere Städte auch machte New Orleans die Sozialsiedlungen dicht, um die Mieter mit Gutscheinen ausgestattet auf die Welt loszulassen.
Auf der anderen Straßenseite entdeckte ich ein schmales blaues Haus. Die Rückwand fehlte. Wo die Rückwand gestanden hatte, waren die Seitenwände eingeknickt.
Auf der Veranda saß ein junges Mädchen von etwa siebzehn Jahren mit hübschem Gesicht und schwarzen, zum Pferdeschwanz gebundenen Haaren. Ihre Beine baumelten dort, wo sich früher die Treppe befunden hatte. Neben ihr saß ein etwa zwölf Jahre alter, genauso hübscher Junge. Das Mädchen rauchte eine Zigarette oder einen Joint, den sie an den Jungen weiterreichte, der daran zog und ihn zurückgab.
Ich stellte den Wagen ab, stieg aus und ging auf das Haus zu. Das Mädchen beobachtete mich, der Junge beobach-

tete einen Baum auf der Straße. Der Baum lag auf der Seite und reckte seine Wurzeln in die Höhe wie Arme. Das Mädchen rauchte weiter.

Aus der Nähe sah ich, dass es sich um einen langen, dünnen, selbstgedrehten Joint handelte, der jedoch so braun und zerknittert aussah, als hätte er Wasser abbekommen. Was immer das Mädchen rauchte, roch säuerlich. Definitiv kein Hasch. Das Mädchen ignorierte mich und gab dem Jungen die Zigarette.

»Bist du Lali?«, fragte ich.

Sie sah mich an.

»Lali?«, fragte ich noch einmal.

Sie nickte.

Ich zog dieselbe Masche ab wie immer, stellte mich und meinen Job und mein Anliegen vor. Während ich sprach, starrte sie auf die Erde unter der Veranda. Anscheinend hörte sie gar nicht zu. Die Zigarette wanderte hin und her.

»Mir geht es nicht so gut«, sagte sie, als ich fertig war. »Ich glaube, ich bin krank.«

Ihr Akzent war so stark, dass ich in Gedanken simultanübersetzen musste. Sie sah wirklich krank aus. Sie wirkte matt, ihr Haar war glanzlos und voller Spliss. In Westchester hätte sie dreißig verschiedene Medikamente und drei Arten Therapie bekommen. Hier bekam sie nur ein eingeknicktes Haus.

Ich fragte sie, ob sie sich erinnern könne, Andray an jenem Abend gesehen zu haben.

»Keine Ahnung«, sagte sie, ohne mich anzublicken. »Andray? Scheiße, den habe ich ja seit, ich weiß auch nicht, seit wann nicht mehr gesehen. Ist lange her. Während dem Sturm? Terrell. Den hab ich gesehen. Terrell und Trey. Und Peanut auch. Die habe ich gesehen.«

Ich schwang mich auf die Veranda und setzte mich neben sie.
»Möglicherweise steckt Andray in Schwierigkeiten«, erklärte ich. »Vielleicht bist du sein einziges Alibi.«
Sie lachte. Es klang so, als gäbe es nichts zu lachen und hätte es auch nie gegeben.
»Andray«, sagte sie, *»der* Penner.«
Der Junge griff in seinen Hosenbund und zog eine .44er Magnum heraus. Ich beobachtete ihn. Er richtete die Waffe nicht auf mich oder Lali. Er zielte auf den Baum. Lali schien es nicht zu bemerken.
»Scheiße«, sagte sie, »ich kann mich an nichts erinnern. Das war das reinste Chaos. Ich kann mich nicht erinnern, Andray irgendwo gesehen zu haben.«
»Ich bin nicht von der Polizei«, sagte ich. »Ich versuche, Andray aus dem Knast rauszuhalten, nicht, ihn reinzubringen.«
Ich erklärte ihr die Lage noch einmal. Sie hörte gar nicht zu. Sie nahm einen tiefen Zug von der Zigarette und blies mir den Qualm ins Gesicht. Er roch säuerlich und beißend.
»Was ist das überhaupt?«, fragte ich.
Der Junge schoss in den Baum.
Lali und ich zuckten zusammen. Als das Projektil den Stamm traf, kam ein Haufen Kreaturen aus dem Laub geschossen. Eichhörnchen flüchteten panisch über die Straße, Tauben stoben in Todesangst davon. Der Junge wurde vom Rückstoß nach hinten gerissen, und ein flüchtiges Lächeln huschte über sein Gesicht.
Ich langte hinüber und nahm ihm die Magnum weg.
»Scheiße«, sagte er, »ich brauche die!«
Er sah mich an. Er sah verängstigt aus. Ich gab ihm die Waffe zurück.

»Die Penner haben mich ausgelacht«, sagte er.
»Die Penner im Baum?«
Er nickte.
»Vielleicht«, sagte ich, »haben sie bloß gelacht?«
Der Junge legte die Stirn in Falten, während er die Wahrscheinlichkeiten abwägte.
Ich kritzelte meine Telefonnummer auf einen Zettel und gab ihn Lali.
»Ruf mich an«, sagte ich, »bitte. Falls du dich an irgendwas erinnerst.«
Ich gab ihr und dem Jungen jeweils fünf Zwanziger. Der Junge lachte und sah für eine Sekunde ganz zufrieden aus. Lali faltete die Scheine zusammen und steckte sie ein, ohne hinzusehen.
Bevor ich wieder in mein Auto stieg, drehte ich mich noch einmal nach ihr um. Sie sah mich und zog den Zettel mit meiner Telefonnummer aus der Hosentasche. Ihr Blick war leer. Es war, als wäre keiner zu Hause.
Sie knüllte den Zettel zu einer Kugel zusammen und warf ihn in den Baum. Der Junge zückte die Pistole und schoss darauf.
So viel zu Andrays Alibi. Ich stieg in den Truck und fuhr an die Stelle zurück, wo ich den Kranwagen gesehen hatte. Er war weg, aber die Dinger fuhren selbst mit Rückenwind kaum schneller als sechzig Sachen. Er konnte nicht weit sein.
Ich zog große Achten und kreuzte immer wieder die Dryades Avenue, Hauptverkehrsader des Viertels und ganz in der Nähe des geografischen Stadtzentrums. Central City lag im Herzen der Übergangszone. Früher war die Dryades eine belebte Geschäftsstraße gewesen, wo Schwarze, Juden, Asiaten und alle anderen einkaufen gingen, die für die Canal Street nicht weiß genug waren.

Jetzt war es kaum noch zu glauben. Fast alle Schaufenster waren eingeschlagen oder mit Brettern vernagelt. Auf der ganzen, langgezogenen Straße hatten nur eine Filiale der Credit Union, ein verdreckter Gemüseladen und ein paar Galerien geöffnet, deren Betreiber von den niedrigen Mieten angelockt worden waren, dazu alptraumhafte Kindergärten und Einrichtungen mit Namen wie STARKE GEMEINDE! und AUFWÄRTS! und LEBENSMITTEL-HILFSPROGRAMM. Vor Letzterer hatte sich eine lange Schlange gebildet, die sich bis zur nächsten Kreuzung und um die Hausecke schlängelte und aus bemüht geduldigen Männern, Frauen und Kindern bestand. Es ist nicht leicht, geduldig zu sein, wenn man Hunger hat. Die Jungen hingen zu dritt, zu viert oder fünft an den Straßenecken herum, und Leute in protzigen Autos hielten an, um das Angebot zu begutachten. Manche der Jungen lachten. Immerhin waren sie noch Kinder. Andere versuchten, ernst und erwachsen dreinzuschauen und Eindruck zu machen.

Die Dryades Avenue hatte ihren Namen von den Nymphen, die in den Bäumen wohnten, Schwestern jener Musen, nach denen ein paar Blocks weiter die Straßen benannt waren. Aber die Nymphen waren längst weg, sie waren im French Quarter, um sich zu amüsieren und zu betrinken.

Ich war auf der Danneel Street unterwegs, als hinter mir ein Crown Victoria mit knallblauer Metalflake-Lackierung auftauchte. Im Rückspiegel sah ich, wie der Wagen um die Ecke geschossen kam und vor einer Gruppe von vier oder fünf Jugendlichen hielt, die hier Dienst schoben. Auf der Gehsteigseite beugte sich ein Junge aus dem Fenster.

Er hielt eine AK-47 in den Händen.

Als ich begriffen hatte, was vor sich ging, war es zum Eingreifen zu spät.
Ich trat aufs Gaspedal, als hinter mir Schüsse krachten. Alle schrien. Im Rückspiegel konnte ich sehen, wie die Leute rannten oder sich duckten und versteckten. Die Jungs, die an der Straße gestanden hatten – wahrscheinlich Ziel des Anschlags –, flohen in alle Richtungen. Soweit ich es beurteilen konnte, war niemand getroffen worden. Die Gruppe sah nach einer leichten Beute aus, aber der Fahrer war viel zu schnell gefahren, und der Schütze konnte nicht mit dem Gewehr umgehen.
Ich hielt in der nächsten Straße. Ich wusste, ich sollte weiterfahren. Doch ich tat es nicht. Ich hörte ein *Pling*, als eine Kugel meine Stoßstange ankratzte. Ich war kein Ziel. Der Crown Vic tauchte links von mir auf und rollte vorbei, ohne mich zu beachten. Dann bog er nach rechts ab.
Die waren nicht auf der Flucht. Die kamen für einen zweiten Versuch zurück. Ich sah mich um. Die Jungs waren schon wieder dabei, sich an der Ecke zu versammeln, lachten und freuten sich über ihr Glück.
Ich legte den Rückwärtsgang ein. Ich schaltete mein Gehirn aus und schoss auf die Jungen zu, während ich das Seitenfenster herunterfahren ließ.
Drei von ihnen standen schon wieder an der Ecke und lachten wie Menschen, die sich freuten, dem Tod von der Schippe gesprungen zu sein. Es verwirrte sie, als sie sahen, dass ich im Rückwärtsgang auf sie zukam. Einer rannte los und schrie: »Fünf-Null«, den Code für Cops im Anmarsch.
Zwei blieben stehen und beobachteten, wie ich rückwärts durch die Straße raste. Direkt vor ihnen trat ich auf die Bremse und legte den Gang wieder ein.

Einer der Jungen war Andray Fairview. Der andere hatte ihn im Gefängnis besucht, er war der Junge mit den Dreadlocks. Wahrscheinlich hatte *er* gegen mein Auto gepinkelt.

»Die kommen zurück«, rief ich Andray zu. »Steig ein! Die kommen gleich wieder!«

In diesem Moment tauchte der Crown Victoria an der Straßenecke auf.

Ich stieß die Beifahrertür auf.

»EINSTEIGEN«, schrie ich Andray an. Er schaute sich um und bemerkte, dass außer ihm und seinem Freund alle weggelaufen waren.

Sie sahen einander an. Andrays Blick wanderte zwischen mir und seinem Freund hin und her. Er wirkte flehentlich.

Er würde den anderen nicht da stehenlassen.

»Ihr beide!«, schrie ich. »Los, sofort!«

Ich spürte einen eisigen Hauch in meinem Nacken. Gleich würde jemand sterben.

Andray und der andere Junge legten die paar Meter zum Truck zurück, schmissen sich auf den Beifahrersitz, hielten einander fest. Ich trat das Gaspedal durch und bog mit quietschenden Reifen nach links in Richtung St. Charles ab.

Die Jungs lagen als keuchender Haufen neben mir, alle Gliedmaßen ineinander verschlungen. Sie lösten sich voneinander und setzten sich auf. Andrays Freund zog eine Neunmillimeterpistole aus dem Hosenbund und lehnte sich hinaus, die Waffe in der Hand. Ich warf einen Blick in den Rückspiegel. Der Crown Victoria war mindestens einen Häuserblock entfernt.

»Hol ihn wieder rein«, sagte ich zu Andray, »und zwar sofort!«

Andray zupfte am Hosenbund seines Freundes und murmelte etwas. Der Junge rutschte auf den Sitz zurück. »Gib mir die Pistole«, sagte ich. Der Junge sah mich an, als wäre ich verrückt. Ich warf noch einen Blick in den Rückspiegel; der Crown Victoria holte auf. Bald hätten wir den Garden District erreicht, den einzigen Stadtbezirk, in dem so etwas wie Ruhe und Ordnung herrschte. Aber eigentlich war es nur eine Frage der Zeit, bis es auch dort am helllichten Tag Schießereien gab. Vielleicht war der Tag heute gekommen.

»Los, her damit!«, schrie ich.

Andray riss die Augen auf. Er nahm dem Jungen die Pistole ab und gab sie mir.

»Du übernimmst das Steuer«, sagte ich zu Andray. Ich vergaß zu fragen, ob er Auto fahren konnte. Er konnte es nicht. Er übernahm das Steuer trotzdem und stellte den Fuß aufs Gaspedal, und während der Truck in Schlangenlinien weiterraste, tauschten wir die Plätze.

»Weg da«, sagte ich zu seinem Freund, und auch wir tauschten die Plätze, so dass ich ganz rechts saß.

Andray versuchte zu fahren. Ich versuchte zu schießen. Ich duckte mich, fasste mir ein Herz, lehnte mich blitzschnell aus dem Fenster, zielte auf den Crown Victoria und schoss mehrmals. Als das Magazin leer war, zog ich mich in die Fahrerkabine zurück und hob schützend und gerade noch rechtzeitig die Arme über den Kopf; eine Kugel traf den Seitenspiegel und schleuderte Plastik- und Glassplitter gegen meine Unterarme und in meine Haare.

Aber ich hatte getroffen. Die Vorderreifen des Crown Vic verloren Luft, aus dem Motorblock tropfte Flüssigkeit. Der Wagen geriet ins Schlingern und krachte in ein am Straßenrand geparktes Auto. Der Fahrer bremste

und sprang aus dem Wagen, aber es war zu spät. Er würde uns nicht mehr erwischen. Und der Schütze war beileibe nicht gut genug, um uns aus dieser Entfernung zu treffen.
Ich sah den Fahrer im Rückspiegel. Er war höchstens vierzehn Jahre alt. Er sah sauer aus, ganz im Gegensatz zum Schützen.
Kein Mensch schoss so dermaßen schlecht. Er war bis auf drei Meter an Andray und dessen Freunde herangekommen.
Er war kein Killer. Aber er hatte sich bemüht.
Als wir den Garden District erreicht hatten, nahm Andray den Fuß vom Gas und ließ den Truck ausrollen. Ich beugte mich über den anderen Jungen und legte den Parkgang ein. Die Straße war still und menschenleer. Wir sahen einander an.
Wir lachten. Einem Mordanschlag zu entgehen, löste die seltsamsten Gefühle aus.
Ich wischte die Pistole sorgfältig an meinem T-Shirt ab und gab sie Andrays Freund zurück.
»Scheiße«, sagte er.
Ich nickte zustimmend.
Wir lachten wieder.
In der Ferne hörten wir Sirenen.
»Verdammt«, sagte der Dreadlockjunge, »Scheiße, Scheiße, Scheiße.«
Vermutlich waren beide zur Fahndung ausgeschrieben. Ich tauschte Plätze mit Andray und fuhr in die Magazine Street. Ich kannte die Polizei von New Orleans. Falls sie überhaupt auf die Schießerei reagieren würden, dann nur mit einer kurzen Kontrollfahrt durchs Viertel. Und nach einer Schießerei zwischen verfeindeten Gangs in Central City würden sie kaum eine Weiße verhaften. Und auch

sonst nicht. Ich fragte Dreadlock, wo er abgesetzt werden wollte. Er sah Andray an. Er machte einen verängstigten Eindruck. Da begriff ich, dass *er* die ganze Zeit das Ziel gewesen war.

Schließlich bin ich nicht umsonst die beste Privatdetektivin der Welt.

Nach einem kurzen Halt beim Eisenwarenladen, wo wir einen Schraubenschlüssel kauften, fuhren wir zu einem verlassenen Wohnblock im Irish Channel und tauschten meine Nummernschilder gegen ein neues Paar aus, das wir vom Buick eines alten Mannes geklaut hatten. Wie sich herausstellte, war Dreadlock der berüchtigte Terrell. Er war ein cleveres Kerlchen und ersetzte meinen zerschossenen Seitenspiegel durch einen neuen, den er von einem fremden Truck abmontiert hatte. Mit meiner Erlaubnis zog er ein Kanteisen aus einem Müllhaufen, um damit meine hintere Stoßstange einzudellen. Niemand hätte den Truck jetzt noch wiedererkannt. Nun, da er nicht mehr versuchte, mich zu beeindrucken, kam Terrells sonniges Gemüt zum Vorschein. Mit einem Grinsen im Gesicht verbeulte er meinen Truck.

»Die andere Seite auch?«, fragte er höflich, nachdem er die Beifahrertür eingedellt hatte. »Oder sollen wir es so lassen?«

Wir kamen überein, es so zu lassen.

Die Veränderungen am Auto würden uns Ärger mit den Cops ersparen. Was die Schützen anging, war ich mir weniger sicher. In den meisten Städten hätte ich mir keine großen Sorgen gemacht. Wir weißen Ladys befinden uns in Sicherheit, solange wir in unseren eigenen Vierteln bleiben, die, ob von uns gewünscht oder nicht, vom generationenalten Rassismus profitieren. Niemand ist erpicht auf den Ärger, den man bekommt, wenn man ein fernsehnachrichtentaugliches Opfer erschießt. Meiner Befürchtung nach aber würde in New Orleans nicht einmal ein weißes, weibliches Opfer das besondere Interesse der Polizei wecken. Vor wenigen Tagen war in Bywater eine Weiße ermordet worden. Sie wurde zu Hause erschossen, während sie ihr kleines Baby im Arm hielt. Der Rest des Landes war in Aufruhr, nur hier in New Orleans betrachteten die Leute den Fall als einen von vielen.

Nachdem wir den Truck hergerichtet hatten, fuhr ich zu einem Motel am Airline Highway in Metairie. Motels säumten die Straße, die die Hauptzufahrt in die Stadt gewesen war, bis die Eröffnung des Highway 10 alles ruiniert hatte. Die Motels sahen heruntergekommen und trist aus. Einige waren zu Stundenhotels umfunktioniert worden, während andere auf den Aufschwung warteten, der bestimmt nicht mehr lange auf sich warten ließe.

Die abgesackte Decke blockierte die halbe Lobby, und eine Ecke voller Geröll war mit einem gelben Plastikband mit der Aufschrift »Vorsicht!« abgetrennt.

»Entschuldigen Sie die Unannehmlichkeiten während der Renovierung«, stand auf einem Schild.

Mit einem falschen Ausweis mietete ich unter dem Namen Sylvia Welsch ein Zimmer für mich und meinen Sohn an. Den Schlüssel gab ich Terrell.

Er sah mich misstrauisch an.

»Nimm ihn, bevor ich es mir anders überlege«, sagte ich.

Er lächelte und bedankte sich. Er und Andray gaben einander auf komplizierte Art die Hand und tauschten ein paar Ghettophrasen aus, die ich nicht verstand. Dann gingen wir.

Eine Stunde später ging die Sonne unter. Andray und ich saßen in meinem Truck auf dem verlassenen Parkplatz eines bankrottgegangenen Obstgroßhändlers, direkt hinter den Bahngleisen am Rand des French Quarter. Es war vollkommen still, und die Luft roch nach Benzin. Wir lehnten uns erschöpft zurück. Ich hatte das Radio eingeschaltet, es lief leise WWOZ. Wir teilten uns schweigend eine Literflasche Malt Liquor und einen Blunt. Andray hatte den Fusel beigesteuert und ich das Gras, wobei Andray darauf bestanden hatte, Zigarrenblätter zu benutzen. Dabei ziehen wir älteren weißen Ladys doch eigentlich das gute, alte Zigarettenpapier vor.

»Sie schießen gut«, räumte Andray nach einer Weile widerwillig ein.

»Hab ich dir doch gesagt«, antwortete ich. »Ich bin Detektivin.« Ehrlich gesagt war der Schuss kinderleicht gewesen. Ich hatte Waffen immer schon gemocht und konnte gut damit umgehen, selbst vor meiner Zeit bei Constance. Sie hatte mir jedoch beigebracht, mit geschlossenen Augen zu schießen. Constance hatte mich gelehrt, das Projektil davon zu überzeugen, dass ich auf seiner Seite stand. Constance hatte mir verraten, dass jede Kugel das Ziel treffen will. Man musste sie bloß ermutigen. Manchmal suchten wir uns ein verlassenes Gelände und machten Schießübungen. Niemand störte uns je. Damals, während der ersten Monate mit Constance, hielt ich New Orleans für das Paradies auf Erden.

Andray sah mich an. »Verdammt«, sagte er, »und ich habe Ihnen kein Wort geglaubt.«

»Macht nichts«, sagte ich. »Die meisten Leute lügen.«

Er nickte. »Wie kommt man an so einen Job?«

»Tja«, sagte ich, »man muss zur Schule gehen und fleißig lernen. Man braucht richtig gute Noten, damit man aufs

College gehen darf. Um dort die richtigen Leute kennenzulernen und so weiter.«

»Oh«, sagte Andray und lehnte sich zurück.

Ich musste lachen. »Das war nur Spaß«, sagte ich. »Das war absoluter Unsinn. Ich habe nichts davon gemacht.«

Andray lachte verunsichert. »Wirklich?«

»Ja, wirklich«, sagte ich. »Das war alles Blödsinn. Ich weiß auch nicht. Man fängt einfach an.«

Er musterte mich. »Sie waren nicht auf dem College und so?«

»Nein«, sagte ich, »ich bin mit siebzehn von zu Hause ausgezogen. Ich habe nicht einmal einen Highschool-Abschluss. Hast du eine Zigarette für mich?«

Andray holte eine Packung Newford Lights heraus und bot sie mir an.

Ich nahm eine Zigarette, er ebenfalls, und dann gab er mir Feuer, während der Blunt im Schraubdeckel der Fuselflasche vor sich hinqualmte.

»Wo kommen Sie her?«, fragte er, immer noch verunsichert.

»Aus Brooklyn«, sagte ich.

Andray musste lächeln. »Brooklyn«, wiederholte er. »Sie sind aus Brooklyn.«

»Ja.«

»Ist es da wie hier?«

»Hm, nein«, sagte ich, »selbst zu den schlimmsten Zeiten nicht. Aber fast. Du weißt schon. Perspektivlosigkeit, Armut, Mord. Meine Highschool war die erste im ganzen Land, die Metalldetektoren einführte. Und eine eigene Babykrippe. Aber es gab weniger Morde. Weniger Waffen.«

»Brooklyn«, sagte Andray und nickte bewundernd. Die Tatsache schien ihn ein wenig zu beruhigen. »Kein Witz?«

»Na ja, es verkommt zu einem«, sagte ich. »Da wohnen bald nur noch die Reichen.«
»Hier auch, demnächst«, erwiderte Andray nickend. »Die wollen die Schwarzen von hier vertreiben. Die Weißen wollen alles für sich allein haben.«
Ich sagte nichts. Ich kannte keine Weißen, die New Orleans ganz für sich haben wollten. Traurigerweise schien niemand die Stadt haben zu wollen.
»Fahren Sie manchmal hin?«, fragte er. »Nach Hause?«
»Nach Brooklyn?«, fragte ich. »Selten.«
»Gefällt es Ihnen nicht mehr?«, fragte Andray.
»Nein«, sagte ich, »kein bisschen.«
Wir saßen für eine Weile schweigend da. Ich konnte sehen, dass Andray mich etwas fragen wollte. Ich blieb still sitzen, während er seinen ganzen Mut zusammennahm.
»Waren Sie da?«, fragte er schließlich und starrte auf die Flasche in seiner Hand. »In New York, als … Sie wissen schon.«
»Ja«, sagte ich. »Ich war schon nach Kalifornien umgezogen, aber an dem Tag war ich in New York.«
»Sie waren genau da?«, fragte er.
»In der Nähe«, antwortete ich. »Ich war in Chinatown. Ich arbeitete an einem Fall.«
»Ist das in der Nähe?«, fragte er.
»Ja«, sagte ich. »Und dann bin ich hingelaufen.«
»Scheiße«, sagte Andray. Wir schwiegen für eine Weile.
»Waren da viele Leichen?«, fragte er schließlich.
»Nein«, sagte ich, »bloß Asche. Jede Menge Asche.«
Wir schwiegen wieder. Dann fragte Andray: »Hatten Sie Angst?«
Alle fragen das, immer. Ich weiß nicht, warum.
»Ja«, sagte ich. »Es war beängstigend. Es dauerte lange, bis wir glauben konnten, dass es vorbei war. Es fühlte

sich an, als würde es immer weitergehen. Als wäre Krieg. Als würde es in einen Krieg ausarten. Und eine Zeitlang war es unmöglich, die Stadt zu verlassen. Es gab keine Flüge. Ich musste ein Auto mieten, und dann … ach, das ist eine lange Geschichte.«

»Oh«, sagte er.

Nach einer weiteren Minute sagte er: »Haben Sie schon mal eine Leiche gesehen?«

»Ja«, sagte ich, »schon oft.«

Andray runzelte die Stirn, und die Falten darauf vertieften sich.

»Auch«, fragte er, »jemanden, den Sie kannten?«

Ich nickte. Ich glaube, er wollte noch etwas sagen, aber wir wussten beide nicht, was.

Nach einer Weile sagte er: »Mit Wasser ist es anders. Alle sind, na ja, irgendwie noch da.«

»Ja«, sagte ich. Ich erinnerte mich an das Mädchen in der Bucht. Sie war auf dem Nachhauseweg ertrunken. Beim Schwimmen. Sie war erfroren. Eine schreckliche Art zu sterben.

»Du hast Leute gesehen, die du kanntest?«, fragte ich.

Er nickte.

»Siehst du sie immer noch?«, fragte ich.

Er nickte wieder. »Nicht mehr die ganze Zeit. Aber ja, immer noch. Manchmal.«

»Ja«, sagte ich, »ich kenne das.«

»Eine, die Sie gesehen haben?«, fragte er.

»Ja«, sagte ich. »Nein. Ich habe sie nicht gesehen, aber ich sehe sie ständig.«

Andray nickte, und wieder schwiegen wir. Wir rauchten den Blunt auf.

Danach zog Andray einen langen, dünnen, in Papier gewickelten Joint aus der Tasche, zündete ihn an und nahm

einen tiefen Zug. Es roch merkwürdig, nach Chemie. Lali und der Junge, der in den Baum geschossen hatte, hatten das Gleiche geraucht.
»Was ist das?«, fragte ich.
Andray lachte. »Sie kennen das nicht?«
Ich schüttelte den Kopf.
»Wird *Wet* genannt. Es ist wie ein Joint – also ein Gemisch aus Tabak und Gras und ein bisschen Angel Dust – den kennen Sie doch?«
»Ja«, sagte ich.
Er nickte. »Okay. Also man rollt alles zusammen ein und tunkt es dann in dieses Einbalsamierungszeug, das die Bestatter benutzen.«
»Einbalsamierungszeug?«, fragte ich ungläubig.
Andray nickte und lachte. »Ja.« Er nahm noch einen Zug, und seine Augen fingen zu glänzen an. »Das ist echt guter Stoff.« Er bot mir die Zigarette an.
Ich betrachtete sie. Das Rauchen von Einbalsamierungsflüssigkeit gehörte nicht gerade zu den Dingen, die ich in New Orleans erledigen wollte. Ich war müde und der Tag so gut wie vorbei. Es wäre total vernünftig, ins Hotel zu gehen und sich ins Bett zu legen – total vernünftig, niemand könnte mir daraus einen Strick drehen.
Es gehörte jedoch nicht zu den Aufgaben einer Detektivin, vernünftig zu sein. Die Aufgabe der Detektivin bestand darin, Spuren zu verfolgen, egal wohin. Und in diesem Moment führten sie mich zu dem seltsamen, brennenden Ding in Andrays Hand.
Ich zog vorsichtig daran. Aus der Mischung aus Tabak und Hasch schmeckte ich so etwas wie billiges Kokain oder Nagellackentferner heraus. Nichts passierte.
Im Radio liefen die White Hawks, eine Indianergang, die seit den Siebzigern immer wieder gute Platten aufge-

nommen hatten. Andray summte mit, er sang in der für mich rätselhaften Sprache der Schwarzen Indianer.
»Du verstehst den Text?«, fragte ich Andray, als das Lied vorbei war. »Du weißt, was er bedeutet?«
»Irgendwie schon«, sagte er. Seine Lippen verzogen sich zu einem winzigen Lächeln. »Mein Onkel war bei den White Hawks.«
»Das gibt's ja nicht«, sagte ich. »Hat er das selbst gesungen?«
Andray zuckte die Achseln. »Kann sein. Er ist vor langer Zeit gestorben. Im Jahr 2004. Ich habe zeitweilig bei ihm gewohnt.«
»Wo war das?«, fragte ich und gab ihm den Joint zurück.
»Annunciation Street«, sagte Andray. »Er war wirklich nett. Und seine Freundin Aqualia erst! Die konnte echt gut kochen. Ich war oft da. Er hat bei Hubig's gearbeitet, Sie wissen schon, der Pastetenladen?« Ich nickte. Hubig's Pasteten waren einzeln abgepackte, gefüllte Teigtaschen, die nach Chemie schmeckten und fast überall in New Orleans verkauft wurden.
»Eines Abends kam er nach Hause«, sagte Andray mit zitternder Stimme, »und war … er war …«
Er ließ die Seitenscheibe herunter und spuckte aus dem Fenster. Ich sagte nichts.
Nach ein paar Minuten drehte Andray sich wieder zu mir um.
»Er hat immer diesen Spruch zitiert«, sagte Andray. »›Die Toten soll man ruhen lassen‹, hat er gesagt, ›Lass die Toten ihren Weg allein gehen‹.«
»Es heißt: *Lass die Toten ihre Toten begraben*«, sagte ich. »Es steht in der Bibel.«
Andray runzelte die Stirn.
»Mein Onkel hat immer gesagt, es gibt zwei Bibeln«,

sagte er. »Oder nur eine, aber die wurde geteilt. Er hat gesagt, die eine Hälfte steht auf dem Papier. Die andere Hälfte steckt in den Menschen. Man wird damit geboren, aber rausfinden muss man es selbst. Man muss lernen, es in sich zu finden. Anders geht es nicht.«

»Dein Onkel war ein weiser Mann«, sagte ich.

»Ja, das war er«, stimmte Andray nickend zu. »Das war er. Er wusste auch, was passieren würde. Er hat immer gesagt: ›Keine Rache. Was immer auch geschieht, ich nehme es mit ins Grab. Sollen die Toten sich drum kümmern. Die haben ihre eigenen Probleme. Indianer kämpfen nicht mit Messern und Pistolen. Sie haben ihre Kostüme und ihre Lieder.‹ Als er starb, wollte ich, na ja, Sie wissen schon. Aber ich wusste, was er wollte, und deswegen ...« Er zuckte die Achseln. Ihm waren die Hände gebunden.

Der Joint wanderte hin und her. Der Mond stand tief am Himmel, und mit jedem Zug schien er anzuschwellen und weiter herabzusinken, bis er dicht über dem Auto hing. Wir starrten ihn an.

»Sehen Sie das?«, fragte Andray lächelnd.

»Klar«, sagte ich.

Wir rauchten den Joint und schauten zu, wie der Mond herabsank und sein weißes Licht über uns ergoss wie ein Geschenk. Bald war er so dicht, dass er uns ganz und gar bedeckte und alles ausblendete außer seinen gelbweißen Körper.

»Siehst du das?«, fragte ich.

»Klar«, sagte Andray. »Das ist echt der Wahnsinn.«

Ich wusste nicht, ob wir vom selben Wahnsinn sprachen. Ich merkte, wie mir die Lider herunterklappten.

Als ich aufwachte, stellte ich überrascht fest, dass Andray sich umgezogen hatte. Er war in voller Indianermontur, eine Mischung aus Las-Vegas-Showgirl und Buffalo Bill. Andray trug einen riesigen Kopfschmuck aus Federn und einen schrillen, leuchtend grünen Anzug, der mit ebenso grünen Perlen und Pailletten besetzt war. Er rauchte eine von den braunen Zigaretten und beobachtete mich in aller Seelenruhe. Als er die Beine übereinanderschlug, knisterten und knackten die Perlen und Pailletten. Er atmete ein Meer aus Qualm aus.

Von draußen hörte ich Trommeln und Tamburine und Blechbläser. Ich schaute gerade noch rechtzeitig aus dem Fenster, um die St.-Anne-Parade vorbeiziehen zu sehen – die Societé de Sainte Anne, wie Constance sie nannte.

Mein Blick stellte sich scharf und fokussierte zwei Frauen, die an einer Straßenecke standen und den Umzug beobachteten. Beide trugen ein Kostüm. Die ältere stellte Marie Antoinette dar, die jüngere war eine Vertreterin des niederen französischen Landadels.

Ich zitterte vor Kälte.

»Stillhalten!«, zischte Constance.

»Ich kriege kaum Luft«, jammerte ich, »und mir ist eiskalt.«

Constance schüttelte den Kopf. »Psst«, sagte sie.

»Ist es an Mardi Gras immer so kalt?«, fragte ich und trat von einem Fuß auf den anderen. »Denn in dem Fall …«

Constance packte mich am Arm und drehte mich zu sich um.

»Weißt du eigentlich, zu welchem Zweck die St.-Anne-Parade stattfindet?«

»Zu welchem Zweck?«, fragte ich. »Keine Ahnung. Die Umzüge haben keinen bestimmten Zweck, oder?«

Constance verdrehte die Augen. »Die meisten nicht«, erklärte sie. »Diese hier schon. Wenn der Captain vorbeikommt, wirst du sehen, dass er eine kleine Holzkiste trägt. Übrigens wird kaum jemand sie bemerken, Claire, denn kaum jemand hat deinen scharfen Blick. Aber er wird eine Kiste dabeihaben. Und in der Kiste ist Asche. Eines Tages wird es meine Asche sein da in der Kiste.«

Ich schauderte. Manchmal beschlich mich die seltsame Vorahnung, Constance würde mich umbringen. Ich kannte sie seit zwei Jahren, und sie war immer gut zu mir gewesen. Aber ich traute ihr nicht. Erst nach ihrem Tod erkannte ich, dass sie nichts Böses im Schilde geführt hatte. Ich hatte nicht gewusst, dass es solche Menschen gab; Menschen, die nicht aufrechneten, wie viel sie gaben, Menschen, die keine Rückzahlung verlangten.

»Die Prozession endet am Ufer des Mississippi«, fuhr Constance fort, »und dort wird die Asche in den Fluss gestreut.«

»Wer ist es?«, fragte ich. »Ich meine, wer war ...«

»Mitglieder der Gesellschaft«, sagte sie. »Freunde, Angehörige. Eines Tages ich und hoffentlich auch du.«

Sie lächelte mich an, aber es war ein seltsames Lächeln, melancholisch und geheimnisvoll. Constance hatte sich immer gewünscht, ich würde mich in New Orleans stärker einbringen. Sie wollte, dass ich die Stadt genauso liebte, wie sie es tat. Und eine Zeitlang war es tatsächlich so.

Die Parade zog mit Tanz und Gesang vorbei. Eine Frau hatte sich als Teufel verkleidet, eine andere als Puppe, die Männer gingen als Frauen und Frauen als Männer, ich sah Cowboys und schwarze Indianer und Priester und Nonnen, Leute in Polizeiuniform und andere, die nackt waren. Ich tat es Constance gleich, die sich vor dem Anführer des Umzugs tief verbeugte, und ich sah die kleine Holzkiste in seiner Hand.

Wir schlossen uns der Parade an und reihten uns zwischen einer Gruppe von Kazoo-Spielern und einer Blechbläsercombo aus Tremé ein. Jemand gab mir einen Pilz. Ich vermutete, dass es sich um einen von der guten Art handelte, und aß ihn.

»Du verstehst einfach nicht«, zischte Constance mich an, »dass es nicht alle Geister gut mit uns meinen.«

Constance hatte nichts gegen meinen Drogenkonsum. Im Gegenteil, sie zeigte mir, wie man Traumkraut einsetzte, um prophetisch zu träumen, und wie man sich mit Hilfe von Iboga schlechter Gewohnheiten entledigte. Zwei Mal hatte sie Ayahuasca genommen, und sie gehörte zu den ersten zwölf Menschen auf der Welt, die DMT geraucht hatten.

Sie hatte jedoch auch immer gesagt, das Beste wäre es, sich den Pfad zur Wahrheit selbst freizuschaufeln, statt in die Fußstapfen eines anderen zu treten.

Die Wirkung des Pilzes setzte genau in dem Moment ein, als der Umzug sich auflöste. Constance ging zu einer Freundin, und ich lief durchs French Quarter und suchte Mick, den ich schließlich in der Decatur Street im Rinnstein sitzend fand.

Ich dachte, wenn ich den wundervollsten Ort auf Erden erschaffen könnte, würde er genau so aussehen. Ich hatte nicht zu träumen gewagt, dass es so etwas geben könnte. Ich hatte das Gefühl, den Schlüssel zu einem geheimen Garten zu besitzen, in das größte aller Geheimnisse eingeweiht zu sein. Ich war verliebt in New Orleans.

»Du siehst wunderschön aus«, sagte Mick, als er mich sah. »Wie ein Engel.«

»Was zum Teufel hast du genommen?«, fragte ich.

Ein Jahr später war Constance tot und ihre Asche in der Kiste.

Ich war nicht dabei. Ich verließ New Orleans eine Woche nach ihrem Tod.
Manches kann man nie vergeben.

»Miss Claire«, hörte ich, »yo, Miss Claire!«
Ich öffnete die Augen. Andray sah mich an.
»Ich glaube, Sie sind eingeschlafen«, sagte er.
»Da hast du wohl recht«, sagte ich. »Du wärst ein verdammt guter Detektiv.«
Andray lachte. Ich war müde und hatte Hunger. Der Adrenalinstoß unseres kleinen Abenteuers war verflogen und hatte mir eine Unterzuckerung und Kopfschmerzen beschert. Ich fragte Andray, wo er abgesetzt werden wollte.
»Egal«, sagte er.
»Wo?«, fragte ich.
»Die Stelle, an der ich eingestiegen bin, wäre okay«, sagte er.
»Wo du fast erschossen worden wärst?«, fragte ich. »Da?«
Andray sah mich an, als sprächen wir zwei verschiedene Sprachen. »Miss Claire«, sagte er langsam. Es war die höfliche Anrede, die ein junger Einwohner von New Orleans wählte, wenn er eine ältere Dame ansprach. »Die haben nicht auf mich gezielt.«
Ich brachte ihn zu dem Motel am Airline Highway, dann fuhr ich nach Hause. Unterwegs kaufte ich mir ein Poor-Boy-Sandwich. Ich schlief ein, mit dem Poor Boy auf dem Nachttisch, der mich vorwurfsvoll ansah.

19

In der Nacht träumte ich von Constance. Wir saßen zusammen mit ihrem alten Freund Jack Murray in einem Ruderboot. Sie teilten sich eine Flasche Brandy. Ich glaubte, dass ich mit ihnen im Boot saß, doch sie ignorierten mich, so dass ich nicht ganz sicher sein konnte. Constance trug ihr Lieblingskostüm von Chanel und hatte sich das weiße Haar zu einem Dutt hochfrisiert. Jack trug einen alten Anzug und einen Mantel, kaum mehr als Lumpen. Sie lachten und tuschelten. Ich konnte kein Wort verstehen.

»Hör mal«, sagte Constance plötzlich in scharfem Ton und drehte sich zu mir um. »Jack hat dir etwas Wichtiges mitzuteilen.«

Über unsere Köpfe donnerte eine U-Bahn hinweg. Ich schaute hinauf und erkannte die New Yorker Linie RR. Auf dem Zug war ein Mädchen mit einer Spraydose in der Hand abgebildet, die sich auf dem Waggon verewigte. *Detektivin,* stand da.

»Du hörst ja gar nicht zu«, sagte Constance. »Er erklärt dir, was du wissen musst.«

Ich sah Jack an. Er hatte den Mund geöffnet, aber statt Worte kamen Vögel heraus, Hunderte: Stare, Purpurgrackeln, Krähen, Tauben.

»Mach die Augen auf, Claire«, sagte Constance streng. »Die Hinweise sind da, aber du hast sie alle übersehen.«

20

Am nächsten Morgen, nach einer Tasse Kaffee, rief ich Mick an. Ich erzählte ihm nichts von meinem kleinen Abenteuer mit seinem Schützling. Vermutlich dachte Mick, Andray wäre in der Kirche oder in irgendeinem Jugendheim in Lakeview.

»Du musst mir einen Gefallen tun«, sagte ich.

»Eine Recherche?«, fragte Mick. »Akten prüfen?«

»Vielleicht«, sagte ich, »später.«

»Soll ich Verdächtige befragen?«, sagte Mick. »Augenzeugen auftreiben?«

»Nein«, sagte ich, »wahrscheinlich nicht. Na ja, doch, irgendwann vielleicht. Aber zuerst musst du Jack Murray ausfindig machen.«

»Oh, Claire«, sagte Mick. Die Enttäuschung raubte ihm fast die Stimme. »Ich habe keine Ahnung, wo er steckt. Ich wüsste nicht, wo ich anfangen sollte.«

»Du hast die besseren Voraussetzungen«, sagte ich. »Ich wohne hier nicht mal.«

»Du liebe Güte«, stöhnte Mick, »wer bin ich eigentlich, dein Laufbursche?«

»Willst du, dass dein kleiner Freund in den Knast wandert?«, fragte ich.

Mick schwieg. Wir wussten beide, die Antwort war *nein.*

»Folglich bist du mein Laufbursche«, fuhr ich fort. »Und wo du schon dabei bist, kannst du auch gleich Vics Akten bei der Staatsanwaltschaft überprüfen. Gegen wen hat er prozessiert, gegen wen hat er verloren, gegen wen gewonnen? Der ganze Kram. Verstanden?«

»Verstanden«, knurrte Mick. »Du lieber Gott. Muss denn bei dir alles immer so verdammt kompliziert sein?«

»Ja«, sagte ich, »ja, das muss es wohl.«
Ich legte auf.

»Einfachheit«, schrieb Silette, »ist die Zuflucht der Narren.«

Nach dem Frühstück spazierte ich, immer noch leicht verkatert, zu Vics Wohnung. Ich stellte mich vor sein Haus und sah mich um, als fange der Tag gerade an.
In diesem Teil des French Quarter war es geradezu verdächtig ruhig. Die lautesten Geräusche in Vics Straße waren das Hufgeklapper der Pferdekutschen und die Dampforgeln der Schiffe auf dem Fluss. Niemand war in der Nähe. Gegenüber öffnete sich die Tür eines kleinen Häuschens. Heraus kam eine schwarze Katze, die sich auf der Veranda ausstreckte. Die Tür schloss sich wieder.
Ich machte die Augen zu. Ich kannte das Quarter gut genug, um die Straßenkarte vor meinem geistigen Auge zu sehen. Der nächste Lebensmittelladen war LaVanna's in der Royal Street. Dahin war Vic gelaufen, wenn er Milch oder Klopapier oder Zigaretten benötigte. Ich öffnete die Augen und machte mich auf den Weg. Der Laden war klein und belebt und bis unter die Decke vollgestopft mit Fertiggerichten, Bier und typischen Spezialitäten. In der Fleischtheke lag Blutwurst, im Snackregal stapelten sich Hubig's Pies. Hinter der Theke stand eine ältere, weiße Frau in einem blauen Hauskleid, mit dicker Brille und einem schweren Holzkreuz um den Hals. Ich zeigte ihr das Bild von Vic und fragte sie, ob sie den Mann kenne.
»Vic?«, sagte sie. Sie sprach Yat, einen vom Aussterben bedrohten Akzent, der außer in New Orleans auch in Brooklyn und Boston vorkam. Früher war er in der Stadt

weit verbreitet gewesen, inzwischen hörte man ihn nur noch in Chalmette und North Shore.

»Der Ärmste, ich kannte ihn lange«, sagte die Frau. »Warum fragen Sie? Sind Sie Reporterin?«

Ich erklärte ihr, wer ich war und was ich wissen wollte.

»Warum ist er arm?«, fragte ich.

»Ich dachte, er ist ertrunken«, antwortete sie. »Deswegen habe ich das gesagt. Ich wusste gar nicht, dass er vermisst wird. Wirklich nicht.«

»Was war er für ein Typ?«

»Vic? Ein Prachtkerl.« Sie lächelte. »Und so charmant. Ich kannte ihn sein Leben lang. Seine Mutter stammte von hier, sie nahm ihn immer zum Einkaufen mit. Immer ein Lächeln, ein Kompliment, einen Scherz auf den Lippen. Er war wie ein Licht, wie ein Licht im Dunkeln. Als ich ihn das letzte Mal sah, hat er gesagt, Miss Mary, Miss Mary, hat er gesagt, wann wollen Sie …«

Sie unterbrach sich und fing zu weinen an.

»Vic«, sagte sie und zählte an ihren Fingern ab. »Artie. Micky. Shawn von drüben aus den Sozialbauten – mein Gott, er war noch ein Kind. Angie. Nate. Ferdie. Jesus.« Sie schüttelte den Kopf. »Entschuldigen Sie. Jesus.« Sie schniefte, hörte zu weinen auf. »Jedenfalls, wenn Sie mehr über Vic erfahren möchten, sollten Sie später noch mal kommen und Shaniqua fragen. Sie kann Ihnen alles erzählen.«

»Shaniqua?«

»Eine Farbige, arbeitet abends hier«, sagte die Frau. »Nettes Mädchen, sie arbeitet seit Jahren für mich und hat mir nie Ärger gemacht. Ich kenne ihre ganze Familie und ihre Kinder, von Geburt an. Das sind wohlgeratene Kinder. Einmal hat Vic ihnen aus der Patsche geholfen, das war vor einem oder zwei Jahren.« Sie schüttelte den

Kopf. »Ein Skandal, wie die Polizei mit den Farbigen umgeht. Wissen Sie, auch die haben Rechte! Aber nicht Vic, Vic war nicht so. Er hat Shaniqua und den Kindern geholfen, ohne Geld oder sonst irgendwas dafür zu verlangen.«

»Sie ist jeden Abend hier?«, fragte ich.

»Meistens«, sagte die Frau. »Heute kommt sie um sechs. Kommen Sie wieder, dann erzählt sie Ihnen alles.«

»Ich komme wieder«, sagte ich, »um sechs.«

Die Frau schüttelte den Kopf. »Die Farbigen«, sagte sie traurig. »Inzwischen stellen sie den Bürgermeister, den Oberstaatsanwalt, alles. Alle schwarz. Und trotzdem kommen sie auf keinen grünen Zweig.«

21

»Zunächst einmal sollten Sie wissen«, hatte Constance gesagt, als ich mich bei ihr als Assistentin bewarb, »dass kein Mensch Sie jemals wieder mögen wird. Sie werden alles auf den Kopf stellen, Verbrechen aufklären und Geheimnisse ans Licht zerren, und dafür wird man Sie hassen. Sollten Sie dumm genug sein zu heiraten, wird Ihr Mann Ihnen nie ganz vertrauen. Ihre Freunde werden sich in Ihrer Gegenwart nie entspannen. Ihre Familie wird sich von Ihnen abwenden. Die Polizei wird Sie natürlich verachten. Ihre Klienten werden Ihnen die Wahrheit nie verzeihen. Alle tun so, als wollten sie die Wahrheit wissen, aber tatsächlich stimmt das gar nicht.« Sie beugte sich vor. Ich roch ihr Veilchenparfum und den teuren Gesichtspuder. »Niemand außer uns will die Wahrheit wirklich wissen.«

Ein wohliger Schauer lief mir über den Rücken. Sie hatte natürlich aus Silettes *Détection* zitiert. War sie dabei gewesen, als er das Buch geschrieben hatte? Hatte sie ihm beim Formulieren geholfen?

»Ist schon okay«, sagte ich, »mich kann sowieso niemand leiden.«

Sie sah mich forschend an. »Haben Sie Familie?«

»Ja«, sagte ich. »Aber ich habe sie seit Jahren nicht gesehen.«

»Haben Sie Freunde?«

»Früher ja«, antwortete ich. »Die eine ist verschwunden. Die andere hasst mich.«

Constance lächelte.

»Schön«, sagte sie, »das ist ausgezeichnet.«

Ich hatte Constance 1994 in Los Angeles kennengelernt. Ein Detektiv namens Sean Risling hatte den Kontakt hergestellt, weil er wusste, dass ich einen Job brauchte und Constance eine Assistentin. Sie war wegen des berühmten HappyBurger-Mordes nach Los Angeles gekommen. Ich kannte sie natürlich, die berühmte Detektivin, die Schülerin von Silette, die Exzentrikerin aus New Orleans, bewundert von einigen, verunglimpft von den meisten. Silette und seine Anhänger zählten nie zu den populären Detektiven. Egal, wie viele Fälle wir lösen konnten und wie schnell wir dabei waren, Respekt wurde uns dafür kaum gezollt. Es war wie eine auf fünfzig Jahre ausgedehnte Quincy-Folge. Umso besser, sagte Constance später, als wir befreundet waren. Manchmal wirkten die hohen Erwartungen der anderen lähmend.

Ich rechnete nicht damit, von ihr gemocht zu werden. Ich erlaubte mir nicht, darauf zu hoffen. Ich rief sie an, so wie Sean es mir aufgetragen hatte. Sie wählte Uhrzeit und Treffpunkt, ein kleines, düsteres Restaurant in Little Tokyo.

»Woran werde ich Sie erkennen?«, fragte ich.

»Ich werde *Sie* erkennen«, antwortete sie.

Ich hielt sie für verrückt. Die erste von vielen Eigenschaften, die ich an ihr mochte.

Seit meinem Abschied von Brooklyn hatte ich Stück für Stück das ganze Land bereist. Ein Jahr in Chicago. Sechs Monate in Miami. Zwei Jahre Portland. Ich zog von einem Ort zum anderen und lebte von leicht verdientem oder, falls es nicht leicht zu verdienen war, anderweitig erworbenem Geld. Ich löste den einen oder anderen Fall, bot Detektiven, die allein nicht weiterkamen, meine Hilfe an und hielt mich darüber hinaus zurück. Ich hatte mir

einen Ruf als gute, aber wenig umgängliche Detektivin erarbeitet. Ich war launisch. Ich war ungeduldig.
Ich hatte auf vier Menschen geschossen und zwei getötet, keinen davon aus Notwehr.
Ich saß in dem Restaurant in Little Tokyo und las Bhukerjees *Giftige und heilkundlich wertvolle Orchideen Südamerikas.* Ein kleineres Projekt, an dem ich für Sean arbeitete. Er schrieb damals an der endgültigen Weltenzyklopädie giftiger Pflanzen; soweit ich wusste, saß er auch heute noch daran.
Constance kam herein und setzte sich an meinen Tisch, fast ohne die Umgebung eines Blickes zu würdigen. Ja, sie hatte mich erkannt.
»Bhukerjee«, sagte sie mit einem Blick auf mein Buch. »Nicht schlecht.«
»Wen lesen Sie?«, fragte ich.
»Wenn es um Orchideen geht«, fragte sie, »oder um Gift?«
»Beides«, sagte ich.
Sie überlegte kurz. »Ivan Vesulka«, sagte sie dann. »Er hält sich nicht mit Kleinigkeiten auf, aber was die Theorie betrifft, halte ich ihn für unschlagbar.«
Ich griff in meine Handtasche und zog meine zerfledderte Ausgabe von Vesulkas *Die Giftorchideen Sibiriens: Eine visionäre Deutung* heraus.
Wir lächelten einander an. Ich hatte den Job.
Ich versuchte nie, sie zu beeindrucken. Das hätte nicht funktioniert. Ich erledigte meine Arbeit und hielt den Mund, beobachtete sie verstohlen, wann immer ich Gelegenheit dazu hatte, und bewunderte ihre Pelze und ihre eleganten, mehrfarbigen Pumps, ihre Chanel-Kostüme, die große Tasche, den weißen Dutt am Hinterkopf, die Edelsteine an ihren Fingern und an ihrem Hals.
In den ersten Tagen erledigte ich einfachere Aufgaben

für sie. Bring dieses Buch zum Tibet Center, hol Abendessen vom Koreaner, geh zum Kräutermann und frage nach neuen Teesorten, suche eine Spiritistenkirche in Los Angeles auf und zünde eine Kerze für Black Hawk an. Ich bemühte mich, alles zu ihrer Zufriedenheit zu erledigen, nicht zu vorlaut zu sein und keinen Unfug zu machen. Nach ein paar Wochen gab sie mir anspruchsvollere Aufgaben: Lies dieses Buch über Iridologie und schreibe eine Zusammenfassung, befrag jene Person zur Geschichte des Pokerchips.

Nach vier Wochen durfte ich dabeisitzen, als sie Vishnu Desai interviewte, den Mörder (von dem wir damals noch nicht wussten, dass er einer war). Constance stellte ihm über hundert Fragen in einem Zimmer zwei Stockwerke unter ihren Privaträumen im Chateau Marmont, das sie angemietet hatte, um Zeugen und Tatverdächtige zu befragen.

Desai wankte keinen Millimeter. Er war gut. Am Ende wandte sie sich an mich.

»Möchten Sie noch etwas fragen, Claire?«

Ich verstand, dass sie mir eine Chance geben wollte. Sie hatte die allerwichtigste Frage ausgelassen. Auf keinen Fall konnte das ein Zufall sein; ihr Verstand war so scharf wie eine Rasierklinge.

»Mr. Desai«, begann ich sanft, »Sie sagen, Ihre Frau Sarafina sei um elf Uhr aus dem Haus gegangen, um bei HappyBurger am Ende der Straße etwas zu essen.«

»Ja«, antwortete der erschöpfte Vishnu höflich, »sie hatte Hunger. Wir hatten nichts mehr im Haus. HappyBurger ist das einzige Restaurant in der Umgebung; sie wollte hin, um einen Happen zu essen, und dann ...«

Seine Stimme wurde brüchig, und er brachte die Worte nicht heraus.

»Mr. Desai«, sagte ich, »Sarafina war Sikh, richtig? Sie war eine Anhängerin des Yogi Bhajan, richtig?«

Mr. Desai nickte verwirrt.

»Yogi-Bhajan-Anhänger ernähren sich vegan«, fuhr ich fort. »Sie essen keine tierischen Produkte. Warum sollte Sarafina zu HappyBurger gehen?«

Mr. Desai öffnete den Mund, aber nichts kam heraus. Seine braune Haut verfärbte sich rot.

»Sogar die Pommes frites bei HappyBurger enthalten Rinderfett«, erklärte ich. »Und an den Zwiebelringen ist Speck. *Sogar die Pommes frites,* Mr. Desai, *sogar die Zwiebelringe.*«

Mr. Desai brach in Tränen aus.

»Oh, Sarafina«, schluchzte er, »vergib mir.«

Er legte ein Geständnis ab. Constance löste den Fall. Sie hatte mir eine Steilvorlage geliefert, und ich hatte nichts weiter tun müssen, als nicht die Nerven zu verlieren.

Eine Woche später wurde ich ihre feste Assistentin. Drei Jahre später war sie nicht mehr am Leben.

22

Ich kaufte in der Central Grocery ein Sandwich und begutachtete anschließend das Angebot in einem Plattenladen an der Decatur Street. Ich kaufte einen Vinylimport von den Wild Magnolias: *They Call Us Wild,* dazu eine Best-Of-CD von Shirley & Lee und eine neu aufgelegte CD von T. Rex, *Electric Warrior,* viel zu teuer, aber unwiderstehlich. Ein paar Schritte weiter fand ich einen Buchladen, wo ich mich eine Stunde lang in der Krimiabteilung umsah und schließlich Jamal Verdigris' *Die Kunst des Schlosserhandwerks für Fortgeschrittene* zum Preis von zweihundertfünfzig Dollar erstand, ein wahres Schnäppchen. Kurz nach sechs ging ich zu dem Supermarkt zurück, in dem Vic eingekauft hatte.

Hinter der Theke stand eine Afroamerikanerin in Jeans, einem grauen Kapuzenpulli und einem roten Turban. Ich hätte sie auf Mitte zwanzig geschätzt, wäre mir nicht bekannt gewesen, dass sie einen Sohn hatte, der alt genug war, um Schwierigkeiten mit der Polizei zu bekommen. Ich stellte mich vor. Sie war Shaniqua. Sie sagte, Mary, die alte Dame, habe ihr schon von mir erzählt.

»Dann weiß also niemand, was mit Mr. Vic passiert ist?«, fragte sie. Sie klang ehrlich besorgt. »Das ist furchtbar. Er sollte ein anständiges Begräbnis bekommen. Ich hatte es mir schon fast gedacht, wissen Sie. Traurig, dass er nicht mehr da ist. Er war immer so nett zu uns. Er war immer nett – höflich, lustig, hat immer Trinkgeld gegeben. Einmal ist mein Sohn Lawrence mit dem Gesetz in Konflikt gekommen. Er konnte nichts dafür, er hat nichts verbrochen, bloß seine Freunde.«

»Natürlich«, sagte ich. »Die Freunde.«

»Und Vic«, fuhr sie fort. »Ich meine, eigentlich wollte ich ihm nur ein paar Fragen stellen. Um zu verstehen, wie es weitergeht. Ich war am Ende. Wissen Sie, das ist alles so verwirrend. Zum Beispiel, wofür man ihn anklagen konnte, was davon war echt, und womit wollten sie uns nur einschüchtern? Wissen Sie, am Ende weiß man gar nicht mehr, was man denken soll. Und Vic hat alles für uns geregelt. Einfach so.« Sie schnipste mit den Fingern und hatte einen verwunderten Gesichtsausdruck. »Er hat mit ein paar Leuten gesprochen, und die ganze Sache hat sich in Wohlgefallen aufgelöst.«

»Wow«, sagte ich. »Hätten Sie was dagegen, mir die Anklagepunkte zu verraten?«

»Oh, da muss ich nachdenken«, sagte Shaniqua und zählte die Vergehen an ihren langen Fingern ab: »Drogenbesitz, Verdacht auf Dealerei, Schusswaffenbesitz, Fahren ohne Führerschein, was noch? Das Schlimmste, das, was uns am meisten Angst gemacht hat, war Körperverletzung mit Todesfolge. Aber Mister Vic hat Wunder vollbracht, und mit einem Schlag war der Alptraum vorbei.«

Ich bat, mit ihrem Sohn Lawrence sprechen zu dürfen. Sie stattete mich mit einer langen Liste von Kontaktdaten aus, darunter zwei Handynummern, die Telefonnummer seiner Freundin, ein Pieper sowie die Festnetznummer eines Bekannten, bei dem er sich oft herumtrieb.

»Also«, sagte Shaniqua, »wir sind Mister Vic ja so dankbar. Er hat das Ganze verschwinden lassen wie einen bösen Traum, den ganzen Ärger, einfach so, *puff!*«

»Puff«, wiederholte ich.

»Puff!«, bestätigte Shaniqua. *»Puff!«*

23

Später an dem Abend traf ich Mick zum Abendessen bei einem Libanesen in der Magazine Street. Seit meiner Zeit in New Orleans hatte sich vor allem eines verändert: Plötzlich gab es ein überwältigendes Angebot von Nahost-Restaurants. In jedem Ausgehviertel mindestens ein paar. Es war mir ein Rätsel, das zu ignorieren mir aber keine Bauchschmerzen bereitete.

Nachdem sein Haus in MidCity überflutet worden war, war Mick nach Irish Channel gezogen. Anfangs hatte er noch vorgehabt, das Gebäude in MidCity zu sanieren oder neu aufzubauen. Aber nach ein paar Monaten des Herumärgerns mit Baufirmen, Versicherungsgutachtern und Kupferdieben, nachdem ein Handwerker ihn bestohlen hatte, ein anderer bestohlen worden war und Micks Frau nach Detroit zurückgezogen war, hatte er beschlossen, das Haus zu verkaufen. Der Käufer war ein »fieser, schnöseliger Immobilienhai, der dort wahrscheinlich eine widerliche McDonald's-Filiale eröffnen wird«, wie Mick sagte. »Oder ein Taco Bell.« Andererseits waren das Micks übliche Worte für jeden Mitmenschen, der mehr Geld verdiente als er. Was, wie mir langsam dämmerte, auf fast alle zutraf. Als Detektiv hatte Mick nicht schlecht verdient, aber das Gehalt eines Dozenten und ehrenamtlichen Ritters fiel natürlich magerer aus.

Inzwischen hatte Mick verschiedene Apartments in Irish Channel bewohnt. Im ersten hatte es Löcher im Dach gegeben und Mäuse und Nachbarn, die mit Crack und Waffen dealten. Er hatte etwas Geld von der Versicherung bekommen, aber bei weitem nicht genug, um ein neues Haus und eine komplette Einrichtung zu kaufen.

Er hatte in der Flut *alles* verloren, nicht nur das, was einem spontan einfällt wie das Haus, das Auto, Kleidung, Bücher und das gute Geschirr. Nein, er hatte auch alle Socken und alle Küchengeräte verloren, seinen Dosenöffner und alle Gewürze und fünf Packungen Klopapier, die im Sonderangebot gewesen waren, ein paar wertvolle Füller und alle Kopfkissen und Bettlaken, alle Büroklammern, ein paar Schreibblöcke und eine Sammlung geschnitzter Trinkbecher aus Hawaii, allesamt Dinge, die er bei der Schadensmeldung anzugeben vergessen hatte. Mick hatte Glück gehabt. Das Haus war nicht nur überflutet, sondern vom Wind abgedeckt worden, was bedeutete, dass er, obwohl er wie die meisten Einwohner von New Orleans nicht gegen Wasserschäden versichert war, von der Versicherung für einen Teil der Verwüstung entschädigt wurde.

»Weißt du«, sagte Mick und biss in sein Schawarma, »wenn die ein McDonald's eröffnen, dort, wo mein wunderschönes Haus aus dem Jahr 1911 mit den drei offenen Kaminen stand … mein Haus, das zerstört wurde, weil der Staat unfähig war, anständige Deiche zu bauen … wenn diese Wichser da ein McDonald's eröffnen, sprenge ich alles in die Luft. Ich kann das, es wäre ein Kinderspiel. Da würde ich keinen Moment zögern.«

Wahrscheinlich würde er zögern.

»Weißt du, die haben das von Anfang an so gewollt«, fuhr er fort und stach mit dem Finger in die Luft, »das war von Anfang an der verdammte Plan. Die Armen zu vertreiben, die Reichen anzusiedeln. Raus mit den Schwarzen, rein mit den Weißen.«

»Das verstehe ich«, sagte ich. »So ein armer Schwarzer wie du kriegt ohnehin keinen Fuß auf den Boden. Und nun wirft dir auch noch McDonald's Steine in den Weg.«

Mick funkelte mich an.
»Es geht hier nicht um mich«, zischte er.
»Das sagen sie alle«, sagte ich. »Dabei geht es immer genau darum.«
»Ich bitte dich«, sagte Mick. »Die konnten es gar nicht erwarten, sich die Stadt unter den Nagel zu reißen. Hast du die Pläne gesehen? Die veröffentlichten Pläne? Du kannst sie dir im Internet ansehen. Sie haben die ganze Stadt aufgeteilt und verplant. Arschloch Trump plant was an der Canal Street. Der verdammte Donald Trump!«
»Ja, genau«, sagte ich, »wahrscheinlich hat die dunkle Seite der Macht es auf uns abgesehen. Sicher streiten sich Trump und Rockefeller genau in diesem Moment um die Stadt. Dubai kann einpacken. Nur aus dem Grund haben sie zugelassen …«
»Es ist wie im Irak«, unterbrach mich Mick. »Die haben die Stadt verscherbelt, noch bevor es losging, samt Ölpipeline und allem.«
»Klar«, sagte ich, »alle streiten sich um ein Stück Sumpf. Ein Stück Sumpf mit der landesweit höchsten Mordrate. Was will man mehr?«
Mick verdrehte die Augen.
»Oh, da fällt mir was ein«, sagte er. »Ich habe was rausgefunden, das errätst du nie.«
»Das Geheimnis des Lebens?«, riet ich.
»Nein«, sagte er gekränkt.
»Den Schlüssel zu unbegrenztem Reichtum?«, versuchte ich es ein zweites Mal.
»Nein«, sagte er. Jetzt sah er verärgert aus.
»Ich weiß«, sagte ich, »über mich kann man sich wirklich ärgern.«
»Ja«, sagte Mick, »das ist wahr. Ich meine, deine Art kann einem wirklich an die Nieren gehen, weißt du das?«

»Ja«, sagte ich, »es ist wie ein Zwang. Ich kann einfach nicht damit aufhören.«
»Siehst du, nur deswegen habe ich so getan, als hätte ich keine Zeit für dich«, regte Mick sich auf. »Nur deswegen wollte ich, dass du einen Termin machst. Ich muss mich auf die Treffen mit dir vorbereiten können. Das ist gar nicht so einfach!«
»Ich weiß«, sagte ich. »Ich gebe mir die allergrößte Mühe, so dumm wie alle anderen zu sein, aber noch habe ich es nicht ganz geschafft. Ich vertraue darauf, dass ein verstärkter Drogenkonsum sich positiv auswirkt. Angeblich sterben die Gehirnzellen dabei ab.«
Mick schüttelte betrübt den Kopf. »Drogen sind das Letzte, das du brauchst.«
»Okay«, sagte ich, »was ist es?«
»Also«, sagte Mick, »am schlimmsten finde ich deinen Sarkasmus. Es ist so, als wolltest du mir den Mund …«
»Nein, ich meinte, was hast du rausgefunden?« Jetzt war es an mir, verärgert zu sein.
»Oh«, sagte Mick. »Jack Murray. Er lebt.« Mick zog einen Zettel aus der Hosentasche und gab ihn mir. »Seine letzte offizielle Adresse.«
»Hübsch«, sagte ich, »wie hast du das angestellt?« Ehrlich gesagt hatte ich nicht wirklich mit Resultaten gerechnet. Wie ich aus eigener Erfahrung wusste, konnten Depressionen einen Menschen intellektuell bremsen.
»Ich habe Verbindungen«, sagte er achselzuckend, musste aber beinahe lächeln. Irgendwo in ihm steckte immer noch ein guter Detektiv.
Dem Restaurant gegenüber, auf der anderen Straßenseite, standen drei rundliche, mit Shorts bekleidete Touristen in der grauen Kälte, die dicken, weißen Schenkel von Gänsehaut überzogen, und fotografierten ein mit Farbe

besprühtes Haus. Ich erkannte das vertraute X mit den kryptischen Zahlen und Buchstaben. Darunter stand in neonorangefarbenen Leuchtbuchstaben:

BEWOHNTES HAUS!! FINGER WEG VON DER KATZE!! WIR SCHIEßEN!! KATZENFREUNDE, VERPISST EUCH!! KATZENSCHÜTZER WEG!! HAUT AB, KATZENFREUNDE!!

24

Constance und Silette schrieben sich auch nach der Trennung, und während seiner letzten USA-Reise verbrachten Silette, seine Frau Marie und seine Tochter Belle drei Tage bei Constance in New Orleans. Ich besitze ein Foto, das die vier unter einem Baum im Audubon Park zeigt. Kaum zu glauben, dass es 1973 aufgenommen wurde. Constance sah aus wie aus den fünfziger Jahren, Silettes Stehkragen und Krawatte hätten ins Jahr 1912 gepasst, und Marie trug Pucci und Betsy Johnson und hielt die sich windende Belle auf dem Arm. Sie standen unter einer riesigen Eiche. Der Baum war fotogen und in gewisser Hinsicht berühmt; zwei seiner riesigen Äste berührten den Boden, von wo aus sie wieder gen Himmel ragten, und die merkwürdige Gesellschaft hatte sich vor einem jener Äste versammelt.

Sechs Wochen später war Belle verschwunden.

In meinem Zimmer in Kalifornien hing das Foto neben einem anderen aus dem Jahr 1985: Ich, Kelly und Tracy stehen in Manhattan vor einer mit Graffiti beschmierten Bar an der Ecke von First Street und First Avenue. Wir halten unsere Handgelenke in die Höhe, um die neuen Tätowierungen vorzuzeigen: Die Initialen der jeweils anderen. Vergrößert man das Foto, kann man die Graffiti und Poster im Hintergrund entziffern. *AIDS IST VÖLKERMORD*, steht da, *IM LABOR GEZÜCHTET, UM SCHWARZE ZU TÖTEN. Gott hat Adam und Eva erschaffen, nicht Adam und Peter. Keine Yuppiescheiße in der Lower East Side. ACT UP. SmithSane. Whiteboy. Missing Foundation. 1933. Die Party ist vorbei.*

Zwei Jahre später war Tracy verschwunden.

»Was füllt die Lücke, die eine vermisste Person hinterlässt?«, schrieb Silette. »Wer wird ihre Luft atmen, essen, was sie gegessen hätte, heiraten, wen sie geheiratet hätte? Wer wird den Beruf ergreifen, der dieser Person vorbestimmt war? Wer wird auf ihrem Platz sitzen im Footballstadion, im Hörsaal, im alten Lehnsessel im Wohnzimmer? Wer wird ihre Bücher lesen, ihre Kleidung tragen, ihre Filme sehen? Und vor allem, wer wird sich um die Geheimnisse kümmern, die die ihren gewesen wären, und sie bewahren, bis die vermisste Person zurückkehrt?«

25

Als ich abends in meinem Hotelzimmer war, probierte ich die Telefonnummern von Lawrence aus, die Shaniqua mir gegeben hatte. Von dem Jungen, der von seinen verdorbenen Freunden korrumpiert und von Vic aus den Fängen der Justiz gerettet wurde.
Die erste Nummer gehörte zu einem Fast-Food-Restaurant. Die drei Handynummern existierten nicht mehr. Bei einer der Festnetznummern ließ ich es klingeln und klingeln und klingeln, ohne dass jemand sich meldete, nicht einmal ein Anrufbeantworter.

Ich versuchte es noch einmal mit I Ging. Hexagramm zweiundsechzig: Furchtsamer Reis.

> Hexagramm zweiundsechzig: Furchtsamer Reis. Der verbrannte Reis fürchtet sich vor der Frau, die ihn kocht. Der vertrocknete Reis fürchtet sich vor dem Bauern, der ihn anbaut. Der gelungene Reis nährt. Der gelungene Reis erfreut. Verdorbener Reis verbittert den König. Der verbitterte König verdirbt das Land. Behandle den Reis gut, dann ist der König wohlgenährt.

26

Am nächsten Morgen rief ich Leon an, um ihn auf den neuesten Stand zu bringen. Er hatte ausdrücklich darum gebeten, alle paar Tage eine Rückmeldung zu erhalten. Ich weiß nicht, warum wir Privatdetektive ständig Rückmeldung geben müssen. Wissenschaftler tun das schließlich auch nicht. Soviel ich weiß, verlangt niemand von einem Maler oder Koch, eine Rückmeldung zu geben. Aber wir Privatdetektive müssen uns zwei Mal pro Woche rückmelden, sonst denken die Leute, wir würden faulenzen.

»Sie haben hoffentlich gute Nachrichten für mich?«, fragte Leon.

»Nein«, sagte ich. »Ich habe überhaupt keine Nachrichten für Sie. Was in diesem Fall nichts Gutes bedeutet. Manchmal sind keine Nachrichten gute Nachrichten. In diesem Fall sind sie einfach bloß keine Nachrichten.«

Ich schilderte Leon in knappen Worten, was ich getan hatte, wobei ich mein Vertrauen in Andray Fairviews Unschuld stark übertrieb.

»Ich werde gleich jemanden treffen«, sagte ich. »Im Moment bin ich dabei, einen Detektiv namens Jack Murray ausfindig zu machen. Angeblich hat er zuletzt in einer Pension in Central City gewohnt. Das steht für heute auf dem Programm.«

»Und der weiß etwas über Vic?«, fragte Leon.

»Vielleicht«, sagte ich. »Möglicherweise.«

»Die kannten sich?«, fragte Leon hoffnungsvoll. »Sie waren befreundet?«

»Nein«, sagte ich. »Ich weiß es nicht. Vielleicht.«

»Ich würde Ihnen«, sagte Leon, »gern eine Frage stellen,

ich hoffe, Sie haben nichts dagegen, schließlich will ich Ihnen nicht vorschreiben, wie Sie Ihren Job zu machen haben.«

Wenn die Leute das sagen, haben sie normalerweise genau das vor.

»Ich habe mich bloß gewundert«, fuhr er fort, »dass Sie ständig davon reden, diese oder jene Person treffen zu wollen. Können Sie die Leute nicht einfach anrufen oder ihnen eine E-Mail schicken?«

»Nun ja, Leon«, sagte ich, »wenn ich jemandem eine Frage stelle, habe ich es meistens nicht auf die Antwort abgesehen, sondern auf die Reaktion. Zum Beispiel habe ich Sie bei unserem ersten Treffen nach Ihren Schwestern gefragt, können Sie sich erinnern? Dass ich mich nach Ihren Schwestern erkundigt habe? Sie haben gesagt, das wären tolle Frauen, aber das war gelogen, oder, Leon? Für so toll halten Sie sie nicht, was? Ehrlich gesagt glaube ich sogar, dass Sie Ihre Schwestern nicht besonders mögen, könnte das sein? Wenigstens nicht mehr, seit sie von hier weggezogen sind. Ihr hier in New Orleans könnt es einfach nicht ertragen, wenn jemand wegzieht. Und wissen Sie was, ich glaube, Ihre Schwestern mögen Sie ebenfalls nicht. Wissen Sie, woher ich das weiß, Leon?«

Ich wartete auf eine Antwort.

»Keine Ahnung«, murmelte er.

»Sie haben *keine Ahnung*«, wiederholte ich. Offen gestanden war ich ein wenig verärgert. »Tja, mein lieber Leon, da gab es ein paar Hinweise, die mir das verraten haben. Ich habe es Ihrer Gestik und Körpersprache entnommen. Ich weiß es, weil Sie angefangen haben, mit dem rechten Fuß zu wippen, als das Gespräch auf Ihre Schwestern kam. Das tun Sie immer, wenn Sie sich selbst etwas vormachen. Das habe ich nur durchschaut, weil ich Ihnen persönlich gegenübersaß. So arbeiten Detektive, Leon. Wenn Sie damit nicht umgehen können, sollten Sie sich vielleicht lieber einen Möchtegern-Cop aus New Jersey suchen, der keinem Berufsverband angehört, seinen Detektivausweis im Internet ersteigert und seine Lupe in einer Cornflakesschachtel gefunden hat …«

»Okay«, sagte er, »ist schon gut.«

»Na also«, sagte ich. »Begleiten Sie mich doch einfach, dann sehen Sie selbst, wie ich arbeite. Denn ganz offensichtlich vertrauen Sie mir nicht. Und ich möchte, dass Sie mir vertrauen, Leon«, log ich. »Es ist mir *wichtig*, Ihr Vertrauen zu genießen.«

Ob Leon mir vertraute, war mir egal. Ich wollte jedoch weiterhin von ihm bezahlt werden.

»Okay«, sagte er schließlich, »ich werde Sie begleiten. Nicht, weil ich Ihnen nicht vertraue« – jetzt logen wir beide –, »sondern weil ich neugierig bin. Das Dumme ist nur, mein Auto ist kaputt.«

»Kaputt?«, fragte ich.

»Na ja«, sagte er, »hoffentlich nicht ganz. Aber ich hatte eine Panne, und die Werkstatt, bei der ich sonst immer war, hat geschlossen. Hat nach dem Sturm nicht wieder aufgemacht. Mein Kumpel hat mir von diesem Mechaniker in Metairie erzählt, aber da komme ich nicht hin. Also habe ich mir eine Werkstatt in St. Charles gesucht, aber die schließt leider schon um eins und …«

Ich bot ihm an, ihn abzuholen. Er nahm an. Als ich ankam, saß er schon auf der Veranda und wartete auf mich. Ich suchte mir trotzdem einen Parkplatz. Ich stieg aus und ging zum Haus.

»Darf ich mal Ihre Toilette benutzen?«, fragte ich.

Er runzelte die Stirn. »Ich habe schon abgesperrt«, sagte

er entschuldigend. »Und von hier brauchen wir nur eine Minute bis Uptown, ehrlich.«
»Bitte«, sagte ich. »Ich halte es nicht länger aus. Ehrlich.«
Von außen sah Leons Haus aus wie jedes andere der schmalen Häuser in der France Street. Seufzend schloss er die Haustüre auf und erklärte mir, wo das Badezimmer war. Als ich eintrat, musste ich nach Luft schnappen. Beinahe hätte ich das Gleichgewicht verloren.
Leons Einrichtung war atemberaubend.
Leon sammelte Mardi-Gras-Erinnerungsstücke aus der Goldenen Ära. In den Glaskästen, die die Wände säumten, lagen lithografierte Einladungen zu Bällen, Ketten aus Glasperlen, prächtiger Kopfschmuck, Kostüme der Skull-&-Bones-Gangs, königliche Schärpen und vieles mehr. Selbst ohne das Karnevalszeug hätte die Einrichtung beeindruckt. Die Wände waren in einem satten, dunklen Rot gestrichen. Die Möbel stammten aus derselben Epoche wie das Haus, neunzehntes Jahrhundert, und alles war in Gebrauch und stand einfach so herum, so dass man nicht das Gefühl hatte, in einem Museum zu stehen.
Ich beeilte mich, so viele Informationen wie möglich aufzunehmen. Im zweiten Zimmer stand ein überladener Schreibtisch. Ich wühlte in Kreditkartenabrechnungen, Stromrechnungen und anderen Dokumenten. Nichts davon sagte mir etwas. In einer Schüssel lagen Karten – Visitenkarten, Bonuskarten, Guthabenkarten.
Ich warf einen Blick auf die Uhr. Ich war seit drei Minuten im Haus. Insgesamt blieben mir maximal sieben Minuten Zeit, bis er merken würde, dass ich zu lange brauchte.
Ich lief ins letzte Zimmer, das Leon als Schlafraum diente.

Mein Gott.
Leon hatte sein Bett gemacht.
Auf dem Nachttisch lag ein kleiner Bücherstapel: *Indianer lesen, Rasse schreiben: Der Mardi Gras in New Orleans, Die Comus-Krewe: Eine informelle Überlieferung,* außerdem *Die Mardi-Gras-Traditionen der Cajuns.*
Auf dem anderen Nachttisch lagen Romane: Julie Smith, Poppy Z. Brite, James Lee Burke. Abgesehen davon sah ich im ganzen Haus keine Romane; wahrscheinlich gehörten sie nicht Leon. Ich zog eine Schublade auf. Ein Vibrator, ein Diaphragma, Hustentropfen. Ganz bestimmt nicht von Leon. Er hatte also eine Freundin.
Ich sah auf die Uhr. Acht vergeudete Minuten. Ich hatte eine Menge über Leon erfahren, aber nichts davon half mir im Fall Willing weiter.
Leon saß mit gerunzelter Stirn und voll aufgedrehter Heizung in meinem Truck.
»Tut mir leid«, sagte ich, »Frauenprobleme. Also. Mardi Gras.«
Diese Erwähnung entlockte Leon ein Lächeln. Sein Gesicht blühte auf. Es war, als hätte man einen Schalter umgelegt und ihn angeknipst. Plötzlich ersetzte ein lebendiger Mann die Pappmachéfigur, die hier eben noch gesessen hatte.
»O ja«, rief er begeistert, »ich sammle die Andenken seit meiner Kindheit. Ich war bei so gut wie jedem Umzug dabei – na ja, bei fast jedem Umzug seit meiner Geburt. Außer 1989. Da lag ich im Krankenhaus. Mann, das war blöd. In dem Jahr habe ich den ganzen Karneval verpasst. Ich bin Mitglied in drei Krewes: Krewe du Vieux, Zulu und – oh, das darf ich nicht verraten! Jedenfalls ist es eine von den ganz großen Krewes.«
»Sie sind ein Zulu?«, fragte ich.

Leon lächelte wieder. Plötzlich war er ein anderer Mensch, ein Mensch aus Fleisch und Blut mit Vorlieben und Abneigungen und so etwas wie einer Persönlichkeit. »O ja«, sagte er. »Die nehmen auch Weiße auf. Wir tragen das Make-up, die Röcke, alles. Stört da keinen. Das ist mein Lieblingsverein. Wir haben ein Vereinsheim unten am …«

Er hielt inne. Ich wusste, warum. Das berühmte Vereinsheim war immer noch geschlossen und stand drei Meter unter Wasser.

»Wie dem auch sei«, fuhr er fort und überging die Flut wie eine Plattennadel, die einen Takt überspringt, »ich halte diese Krewe immer noch für die beste von allen. Die Jungs wissen, wie man ein Fest auf die Beine stellt. Da war dieser Typ, John, er war ebenfalls ein Indianer, er war in mindestens hundert Vereinen und trug die Masken und alles. Er war einfach nur …« Leon holte tief Luft, so beeindruckend war John, der Zulu. »Er war der *Größte.* Er hat mich zu den Zulus gebracht. Er sagte, alle Leute tragen eine Maske, was soll's also? Wie dem auch sei, die Zulus sind die Besten. John hat mir geholfen, Kontakte zu den Mardi-Gras-Vereinen zu knüpfen. Im Grunde hat er mich gerettet.«

»Gerettet?«, fragte ich.

Leon runzelte die Stirn. »Na ja, nicht gerettet. Ist ja nicht so, dass er mich *gerettet* hätte. Aber ich war … ich weiß auch nicht. Ich hatte keinen Halt. Ich hatte nichts aus meinem Leben gemacht, ich trank zu viel und war dabei zu ertrinken, falls Sie wissen, was ich meine. Ich kam nicht von der Stelle und war am Ertrinken.«

»Das verstehe ich«, sagte ich.

»Und als ich dann zu den Zulus kam, war es wie …« Leon runzelte die Stirn und senkte den Blick. »John hat mich gesehen und durchschaut. Verstehen Sie? Kennen Sie dieses Gefühl, wenn man von einem anderen gesehen wird? Zum ersten Mal?«

»Ja«, sagte ich, »das Gefühl kenne ich gut.«

Leon schaute zu Boden, und den Rest des Weges nach Uptown legten wir schweigend zurück.

27

Jack Murrays letzte bekannte Adresse war eine Pension in der Jackson Avenue, ganz in der Nähe der St. Charles Avenue. Die Pension war in einem ehemaligen Herrenhaus untergebracht. Die Veranda fehlte, die steinernen Pfeiler ragten nutzlos in die Höhe. Einige schöne Details waren noch erhalten: eine geschnitzte Tür, das charakteristische Südstaaten-Blau an dem morschen Verandadach. An der Ecke lungerten einige Schlägertypen herum, die sich abmühten, mordsgefährlich auszusehen. Der graue Himmel hing tief. Sie glotzten uns misstrauisch an, als wir aus dem Wagen stiegen. Ich lächelte hinüber.

»Hallo!«, rief ich und winkte.

Sie ignorierten mich.

Wir stiegen die provisorische Holztreppe zur Haustür hinauf. Ich stemmte mich gegen das schwere, original erhaltene Ding. Es gab nach.

Leon zögerte. Ich zog die Augenbrauen hoch. Er runzelte die Stirn. Ich schüttelte den Kopf. Schließlich nickte er und folgte mir hinein. Menschen wie Leon musste man hin und wieder nötigen, wollte man etwas erreichen.

Im Haus derselbe, traurige Verfall. Ich entdeckte Überreste von Schönheit wie bei einer alternden Frau, die sich von ihrer Schokoladenseite zeigt. Ich war in einem solchen Haus aufgewachsen, in einer Villa in einer Wohngegend, in der seit hundert Jahren niemand mehr gelebt hatte, der so war wie meine Eltern: reich und faul. Unter der abgekratzten Wandfarbe im Flur kam der Putz zum Vorschein. Der uralte, verstaubte Kronleuchter über der Treppe hing bedenklich schief. Der marmorne Kamin im muffigen Salon nebenan kündete von nobler Herkunft, von einem vorübergehenden Tief, von einem Missverständnis am Bankschalter, das sich jeden Moment aufklären ließe. Ich kannte die Geschichte auswendig, die alte Litanei aus Ausreden und Entschuldigungen. Man war reich geboren, konnte es aber aus irgendeinem Grund nicht bleiben; man war arm und doch nicht arm genug, um etwas dagegen zu tun.

Auf der Treppe, unter dem schwingenden Kronleuchter, erschien die Geschäftsführerin. Zu meiner Überraschung handelte es sich um eine Dame mittleren Alters, barfuß und mit langen, weißen Haaren, die Jeans und ein T-Shirt trug. »Mein Süßer!«, rief sie, als sie Leon entdeckte.

»Marsha«, sagte Leon. Sie umarmten einander.

Das war perfekt.

»Ich bin ja so froh, dich zu sehen!«, rief die Frau. »Ich habe oft an dich gedacht.«

»Ich auch«, sagte Leon. »Ich habe gehört, wie es dir geht, von …«

»Ich auch«, sagte Marsha. »Trotzdem schön, dich zu sehen. Wie ist es dir ergangen?«

»So lala«, antwortete Leon. »Und dir?«

»So lala«, sagte Marsha. Sie lächelten einander traurig an.

»Hallo«, sagte ich.

»Oh«, rief Leon, »das ist Claire. Ich weiß nicht, ob du von der Sache mit meinem Onkel gehört hast?«

»Dein Onkel?«, fragte Marsha. Leon erzählte ihr, was passiert war und warum wir gekommen waren.

»Ah«, sagte Marsha. »Na, dann kommt um Gottes willen herein. Trinkt einen Tee mit mir.«

Wir saßen im Salon auf Plastikstühlen und tranken grünen Tee. Ich erklärte Marsha, was wir wollten.

»Tut mir leid, dass Sie den ganzen Weg hergekommen

sind«, sagte sie. »Das hätte ich Ihnen auch am Telefon erzählen können. Jack Murray wohnt hier nicht mehr. Nach dem Sturm hat er wieder mit dem Trinken angefangen, wissen Sie, und da … Es lag nicht daran, dass er mit der Miete im Rückstand gewesen wäre. Auch wenn er es war. Nein, viele meiner Jungs hier sind auf Entzug, und das konnte ich einfach nicht riskieren, bei Gott. So was kann einen Dominoeffekt haben.« Sie lachte und kippte die Hände, um fallende Dominosteine anzudeuten. »Ich wollte ihn bitten auszuziehen, aber das war gar nicht nötig. Er ist einfach auf und davon, und das war's. Einer meiner Jungs hat mir erzählt, er würde jetzt auf dem Congo Square schlafen, was hoffentlich nicht stimmt. Aber gehört habe ich das.«

»Hat er irgendwas dagelassen?«, fragte ich.

»Ja«, sagte sie misstrauisch, »woher wissen Sie das?«

»Die meisten Leute lassen etwas da«, sagte ich. »Darf ich es mal sehen?«

Marsha warf Leon einen Blick zu. Er zuckte die Achseln.

»Es war nicht viel«, sagte sie zögernd. »Aber es war alles, was er besaß.«

»Er hat es zurückgelassen«, sagte ich, »und nicht abgeholt. Im juristischen Sinne handelt es sich um Abfall.«

»Kann sein«, sagte sie. Die Vorstellung schien sie traurig zu machen. »Kommen Sie.«

Leon und ich folgten Marsha zu einer Abstellkammer unter der Haupttreppe. Sie war vollgestopft mit unterschiedlich großen, schlampig übereinandergestapelten Kisten. Marsha mühte sich ab, eine Kiste aus der Mitte des Stapels zu ziehen. Leon und ich eilten zu Hilfe. Aus irgendeinem Grund endete das Ganze damit, dass die beiden plauderten und ich die Kisten allein heruntershievte und wieder aufstapelte.

»Ich weiß nicht, wozu ich das alles aufbewahre«, seufzte Marsha. »Das Zeug ist teilweise über zwanzig Jahre alt. Aber weißt du, es fühlt sich ja sonst niemand zuständig.«
Während die beiden plauderten und ich mich abrackerte, kam einer der Mieter vorbei. Ein Kreole, der früher einmal wohl ganz passabel ausgesehen hatte, der früher einmal glücklich, gesund und stark gewesen war. Jetzt war er nichts mehr davon, nur alt.
Er schlug die Augen nieder und wollte etwas sagen.
»Ist schon okay«, sagte Marsha. »Nächste Woche.«
Er nickte. Er sah aus, als würde er gleich zu weinen anfangen.
»Danke«, sagte er.
Marsha nickte lächelnd, so als sei es nicht der Rede wert. Der Mann machte kehrt und ging.
»Hast du mit Mark Dylan gesprochen?«, fragte Marsha. »Ich habe nichts von ihm gehört.«
»O ja«, sagte Leon. »Er ist in Dallas. Es geht ihm gut. Aber er hat schlimmes Heimweh.«
Beide lachten. »Und Jesse?«, fragte Leon.
»Die habe ich lange nicht gesehen«, antwortete Marsha. »Sie hat mir geschrieben. Eine Rundmail. Ich glaube, sie ist in New York. Ihre Kinder leben da und ihre Enkel.«
»Warum auch nicht«, sagte Leon, »hier ist ihr nichts geblieben.«
»Nein«, sagte Marsha, »weniger als nichts. Wusstest du, dass sie sich ihr Haus nicht einmal mehr angesehen hat? Ich meine, die Stelle, wo das Haus stand. Sie hat gesagt, sie möchte es lieber so in Erinnerung behalten, wie es war.«
»Wer könnte es ihr verübeln?«, sagte Leon. Sie schwiegen eine Weile. Dann sagte Leon: »Ich habe das von Brad gehört.«
Marsha sagte nichts.

»Es tut mir so leid«, sagte Leon.
»Er fehlt mir jeden Tag«, sagte Marsha. »Ich muss ständig an ihn denken. Immerzu. Jeden Tag.«
Alle schwiegen.
Zum ersten Mal, seit ich hergekommen war, hörte ich Menschen über den Sturm sprechen. Die Leute redeten viel über die Reaktionen auf den Sturm, über die Folgen und die Auswirkungen auf die Zukunft. Aber über die Katastrophe an sich redeten sie kaum.
Endlich hatte ich Jack Murrays Kiste freigelegt. Sie war fast leer. Ein paar verdreckte Kleidungsstücke. Eine Ausgabe von Tante Sallys *Methodik der Traumdeutung*, ein Buch, das Traumbilder in Lottozahlen übersetzte. Ein Zweidollarchip aus dem Casino in der Innenstadt. Mardi-Gras-Glasperlen.
Und eine Postkarte. Sie kam vom Ort der Wunder in Kalifornien. Auf der Vorderseite war das Haupthaus abgebildet, eine große, einladend wirkende Hütte unter Mammutbäumen.
»Scheiße«, sagte ich.
»Wie bitte?«, sagte Leon.
»Verdammt«, sagte ich, »habe ich das eben laut gesagt?«
Marsha und Leon nickten besorgt.
»Was ist denn?«, fragte Marsha. »Haben Sie einen Hinweis gefunden?«
»Und ob« sagte ich, »einen sehr wertvollen sogar. *Sehr* wertvoll. Zum Glück bin ich *persönlich* hergekommen. Auf diesen wichtigen Hinweis hätte ich *ungern* verzichtet.«
»Oh«, sagte Marsha, »das ist irgendwie aufregend.«
»Es ist immer aufregend«, sagte ich selbstzufrieden.
Leon lächelte höflich. Er sah angespannt und unglücklich aus.

Ich drehte die Postkarte um. Sie war an Jack adressiert, unter dieser Anschrift. Der Poststempel war vom 1. Januar. Ich war nur wenige Tage später in New Orleans eingetroffen. Neben die Adresse hatte jemand mit schwarzem Kuli eine Nachricht geschrieben:
Der Fall des grünen Papageien.

28

In unserem Viertel in Brooklyn war meine Familie eher unbeliebt. Wir waren arm, weiß und merkwürdig, und wir hatten für nichts davon eine Entschuldigung. Ringsum wohnten nur Afroamerikaner, Puerto-Ricaner, Dominikaner und Haitianer und Jamaikaner, von denen sich nur wenige noch darum bemühten, der Arbeiterklasse anzugehören. Die meisten hatten sich längst aufgegeben. Der Umstand, dass Mutter und Vater farbige Menschen verachteten, machte es nicht besser.

Die Villa war seit vielen Generationen im Besitz der Familie väterlicherseits gewesen. Es hatte ein paar Anwärter gegeben, die in der Erbfolge vor meinem Vater standen; aber wie so oft hatte er es geschafft, sich irgendwie vorzudrängeln. Allerdings hatte niemand das Haus wirklich gewollt; es hatte jahrelang leer gestanden. Die Garage war zu einem Pissoir und das Gartenhäuschen zu einem Schießstand verkommen. Die Nachbarhäuser rechts und links hatte man schon vor langer Zeit in Mietshäuser umgewandelt, und auf der gegenüberliegenden Straßenseite erstreckte sich, soweit das Auge reichte, eine Sozialsiedlung aus hässlichen Backsteinblöcken. Soweit ich wusste, hatten Mutter und Vater es jahrelang auf das Haus abgesehen, bis sie es endlich in die Finger bekommen hatten. Ich dachte oft, dass sie nur wegen des Hauses noch verheiratet waren. Keiner gönnte es dem anderen.

Meine Eltern waren beide gleichermaßen gutaussehend und intelligent und, soweit ich es beurteilen konnte, gleichermaßen lebensunfähig. Mein Vater verjagte die Hausbesetzer mit einer Schrotflinte, unternahm danach aber nichts weiter, um den Zustand des heruntergekommenen

Gebäudes zu verbessern. Warmwasser gab es nur sporadisch, und selbst auf das kalte Wasser war nicht immer Verlass. Die Heizungsleistung in den Schlafzimmern reichte gerade aus, um einen Warmblüter am Leben zu erhalten; andere Stockwerke, ja ganze Gebäudeflügel, mussten ohne Heizung auskommen. Die rückwärtige Treppe war so morsch, dass man sie nicht betreten konnte. Das original erhaltene Geländer aus abgegriffenem Holz machte das Besteigen der Vordertreppe zu einem Abenteuer, aber niemand machte sich die Mühe, es zu ersetzen.

Meine Eltern richteten sich in ihrer kleinen Privathölle ein und umgaben sich mit entthrontem Adel und zwielichtigen Hausierern, falschen Doktoren und Ouijabrett-Experten – in anderen Worten: mit ihresgleichen.

»Halt den Mund und hör zu, *Liebes*«, fuhr Mutter mich an, wenn ich mich einem Gast gegenüber nicht aufmerksam genug zeigte. »Hier geht es um deine *Bildung.*« In ihrem österreichischen Akzent klang das Wort so gedehnt und verzerrt, als bezeichne es eine Obszönität.

Es gab den Gesundheitsfanatiker, der auf Apfelessig schwor; den Hellseher, der meinen Eltern baldigen Reichtum in Aussicht stellte; den Astrologen, der meine Mutter überzeugte, eine Reinkarnation der Isis zu sein; den Cousin dritten Grades, der eigentlich ein Graf war und damit das passende Gegenstück zu meiner Mutter, der Marquise.

O ja, wir waren adelig – zumindest bestand meine Mutter darauf, genauso, wie sie darauf bestand, dass Apfelessig sich hervorragend zur Kinderernährung eigne. Wenngleich sie der Königin von Habsburg genau genommen weniger nah stand, als sie glaubte, floss doch blaues Blut in ihren Adern. Sie war schön, elegant und fast berühmt.

Meine Eltern waren mit Andy Warhol und den Betreibern des Studios 54 befreundet; sie kannten Grafen und Herzoginnen und Filmstars; meine Mutter fuhr in einem offenen Sportwagen durch die Stadt und warf die Knöllchen auf den Rücksitz; mein Vater sammelte seltene Bücher, die ihm die Antiquariate aufgrund seines Namens auf Rechnung schickten. Vor dem Umzug in die Villa hatten sie im Chelsea Hotel gelebt, im El Quijote anschreiben lassen und die legendär hohe Rechnung nie beglichen.

Meine Eltern stammten beide aus alten, wohlhabenden Familien. Meine Mutter war Österreicherin, mein Vater gebürtiger Amerikaner. Mutter verachtete Vaters Familie dafür, ihr Geld mit ehrlicher Arbeit verdient zu haben – sein Großvater war im Stahlgeschäft gewesen –, und sie erinnerte ihn bei jeder Gelegenheit daran.

»Niemals hätte ich einen Amerikaner heiraten dürfen!«, schrie sie bei jedem Streit. »Sieh mal, dem klebt der Dreck noch an den Fingern. Der hat *Schwielen!*« Wenn sie wütend war, kam ihr österreichischer Akzent besonders durch.

»Sieh dir die *Prinzessin* an«, konterte Vater. »Sieh dir bloß die *Prinzessin* an! Madame ist heute wieder mit dem Personal unzufrieden, was?«

»Nein, ist sie nicht!«

Dabei waren die Vorwürfe meiner Mutter vollkommen unbegründet. Mein Vater hatte keinen einzigen Tag in seinem Leben gearbeitet. Das jeweilige Familienvermögen war viele Male aufgeteilt worden, und obwohl beider Erbanteile zusammengenommen uns einen angenehmen Lebensstandard hätten sichern können, war es meinen Eltern nie angenehm genug. Sie hatten weder Interesse daran zu sparen, noch, sich einen Job zu suchen.

Sie wollten wieder zu den Reichen gehören, und sie waren davon überzeugt, sich eines Tages durch die Hintertür wieder einschleichen zu können. Eine Dividendenausschüttung, von der wir ein Jahr hätten leben können, verwandelte sich im Handumdrehen in eine Tüte Lebensmittel, eine Zahlung an den »Chakrologen« Dr. Bradley, eine Pelzstola für Mutter sowie eine Investition in ein Geschäftsmodell, das den Import ätherischer Öle aus Bayern vorsah, schockierenderweise aber nie Gewinn abwarf. Soweit ich es beurteilen konnte, waren meine Eltern nur an Geld und Glamour interessiert. Was sie an Ersterem nicht hatten, kompensierten sie mit Zweiterem. Keiner von beiden verließ je das Haus, ohne vorher eine Stunde vor dem Spiegel verbracht zu haben. Sie ließen keine gute Party aus und taten nicht einmal so, als interessierten sie sich für die Grundsteuer oder unbezahlte Rechnungen und all die anderen Langweilereien des Alltags.

Als wir einzogen, türmte sich im Haus der Abfall und der Ramsch der Familie DeWitt, nur dass alle Gegenstände von Wert schon vor langer Zeit entfernt und verkauft worden waren: Kunstwerke, Tafelsilber, Porzellan, Haushaltsgeräte. Die Buntglasscheibe im Salon war ausgebaut und durch eine Spanplatte ersetzt worden. Kronleuchter, Türklinken und ganze Kaminsimse waren der Geldgier der DeWitts zum Opfer gefallen. Übrig gebliebenen waren alle wertlosen Bücher und Alben, Truhen voller alter Kleider und kistenweise angeschlagenes Geschirr. Wie ein Abhängiger, der im Notfall versucht, Maisstroh zu rauchen, durchwühlte meine Mutter Dachboden und Kleiderschränke, wenn sie Bares brauchte. Manchmal überraschte sie uns mit einer silbernen Gabel oder einem Satz Perlmuttknöpfe.

Alte Villen stecken voller Geheimnisse; hier schichten sich die Leben und die Jahre übereinander und hinterlassen ihre Spuren. Als Kind grübelte ich über jedem Zentimeter des verfallenen Herrenhauses. Wer war Großtante Eve, und warum fehlten in ihrer Ausgabe von *Das Kapital* die ersten drei Seiten? Warum gab es im Erdgeschoss einen Schalter für das Licht im zweiten Stock? Wer hatte Wert auf eine direkte Verbindung vom Schlafzimmer zur Gesindekammer gelegt, und wer ließ den Gang Jahre später zumauern? Warum weinte Mutter so oft? Warum brüllte Vater? Warum war genug niemals genug?

Und das größte Rätsel von allen: Warum waren wir so unglücklich?

Bis ich Kelly und Tracy kennenlernte, war ich diesen Geheimnissen ganz allein auf der Spur. Aber dann schlossen wir uns zu einem Team zusammen und ermittelten gemeinsam.

Am ersten Tag des vierten Schuljahres setzte ich mich neben Tracy. Sie war mir schon früher aufgefallen, ebenso wie ihre Freundin Kelly. Keine der beiden hatte mich sonderlich beeindruckt, und ich hatte den Platz nur gewählt, weil er frei war und ich mir sicher sein konnte, dass von Tracy keine physische Bedrohung ausging. Ich war nie ernstlich verletzt worden, aber Klapse und Haareziehen, eher ärgerlich als wirklich bedrohlich oder schmerzhaft, gehörten in unserem Viertel zum normalen Umgang.

Dann entdeckte ich Tracys offiziellen Cynthia-Silverton-Dechiffrier-Ring für Detektivinnen. Sie trug ihn am Ringfinger der linken Hand, als wäre sie verheiratet.

»Du hast ihn«, flüsterte ich.

Ich hatte eine Anzeige für diesen Ring auf der Rückseite des letzten Cynthia-Silverton-Mystery-Sammelbandes

gesehen. Die jugendliche Detektivin und Studienanfängerin Cynthia Silverton wusste genau, dass Tante Agnes den Bangkok-Smaragd nicht gestohlen hatte. Aber wer dann?
Ohne den Ring würde ich es nie erfahren.
Tracy sah mich an und lächelte. Ringsum schien es mucksmäuschenstill zu werden, als sie die Hand vorstreckte wie eine junge Braut, und ihren Ring präsentierte.
»Ich habe ihn«, flüsterte sie. Wir bestaunten den Ring ehrfürchtig. Ich war mir sicher, nun würde sich der Schleier lüften. Alle Geheimnisse würden offen vor uns liegen, alle Rätsel würden gelöst.
»Wer war es?«, fragte ich. »Wer hat den Smaragd gestohlen?«
Tracy sah mich an und biss sich nachdenklich auf die Unterlippe. Sie schaute sich um; da wir nicht allein waren, beschloss sie, den Namen des Schuldigen auf einen Zettel zu schreiben. Sie schob ihn zu mir hinüber, als die Lehrerin nicht herschaute.
Duane Edwards, hatte sie geschrieben, *der Butler.*
Ich schnappte nach Luft und konnte es nicht glauben.
Der Butler? *Wirklich?*
Ich starrte aus dem Fenster und fing an zu träumen. Mir dämmerte eine Erkenntnis: Das Leben war unberechenbar. Man konnte niemandem trauen.

Fünf Jahre später waren Kelly, Tracy und ich keine Freundinnen mehr. Wir waren Schwestern. Wenigstens bildeten wir uns das ein. Zu jener Zeit, wir waren etwa vierzehn Jahre alt, verpassten wir uns gegenseitig mit einer in schwarze Tinte getauchten Nadel die Tätowierungen und ließen uns vor der Bar an der First Avenue fotografieren. Ich hatte ein T und ein K, Trace ein C und

ein K und Kel ein T und ein C. Wir schworen uns ewige Freundschaft. Schwestern bis in alle Ewigkeit.
Aber meistens dauert die Ewigkeit viel weniger lang, als man denkt. Zwei Jahre später verschwand Tracy. Kurz darauf hörte Kelly auf, mit mir zu sprechen, und ich gab nach knapp einem Dutzend Kontaktversuchen auf.
Nun sah ich es in aller Deutlichkeit: Das Leben war unberechenbar. Man konnte niemandem trauen.

29

Den Rest des Nachmittags verbrachte ich im Coffeeshop und las alles, was ich online über Vic Willing finden konnte. Es war nicht viel. Hier und da ging es um seine Gerichtsprozesse, die übliche Litanei von Morden, Überfällen und Drogendelikten. Allein die Vorstellung, diese Fälle zu recherchieren und die jeweiligen Hauptpersonen ausfindig machen zu müssen, bereitete mir Kopfschmerzen. In New Orleans war die Aktenarchivierung ein seit langem ausgestorbenes Handwerk, und im Sturm war ein Großteil der Aufzeichnungen im wahrsten Wortsinn vom Winde verweht worden. Ich entdeckte Vic in den Klatschspalten. *Mr. Willing begleitet Mrs. Branford Stepman zu einer Spendengala zugunsten unserer Streitkräfte. Staatsanwalt Vic Willing und Ms. Stephanie Ludwig amüsieren sich bei der Buchvorstellung von »Das war New Orleans«.*

Mein Handy klingelte. Mick war dran.

»Bist du beschäftigt?«, fragte er.

»Sehr«, sagte ich, »was willst du?«

»Ich bin bei Coops«, sagte er. Er klang unterkühlt. Unterkühlt und einsam. »Hast du Hunger? Wollen wir zusammen zu Abend essen?«

Ich sagte zu. Ich lief zu Coops hinüber. Mick war schon da und aß eine frittierte Hauptspeise mit frittierter Beilage. »Wie kommt es, dass du keine fünfhundert Kilo wiegst?«, fragte ich.

»Und du?«, fragte er zurück. »Du inhalierst das Essen nur, seit du hier bist.«

»Wo ich wohne, ist es verboten zu essen«, erklärte ich. »Wenn man in San Francisco zunimmt, fliegt man raus.«

Ich bestellte Kaninchenjambalaya. Gerade als ich loslegen wollte, klingelte Micks Handy. Ich hörte eine hohe, dünne, hysterische Stimme am anderen Ende der Leitung, konnte aber kein Wort verstehen.
»Nein«, sagte Mick entschieden, »rufen Sie keinen Notarzt und auch nicht die Polizei. Rufen Sie niemanden an ... Nein ... Ich bin sofort da.« Er stand auf und zog seine Jacke an. »Ich bin gleich da. Warten Sie auf mich.« Er beendete das Gespräch.
»Tut mir leid«, sagte er, »ich habe da einen kleinen Notfall. Wenn das Mädchen eingelocht wird, wäre es eine Katastrophe.«
»Macht nichts«, sagte ich, warf zwei Zwanziger auf den Tisch und schlüpfte in meinen Mantel. »Was ist passiert?«
»Da ist dieses Mädchen«, sagte Mick, »sie heißt Diamond. Süße Kleine. Heute musste ihre Mom ins Gefängnis. Sie haben nicht zusammen gewohnt, aber trotzdem. Sie hat sonst niemanden. Manchmal übernachtet Diamond in einem leerstehenden Haus im Neunten Bezirk. Da wohnt eine ganze Mädchenbande, die sich mit Betrügereien durchschlägt. Na ja, vor einer Weile hat sie eins der Opfer bis nach Hause verfolgt, deswegen haben sie sich bewaffnet. Was nicht weiter schlimm wäre, außer dass ich mir Sorgen mache, Diamond – die Kleine – könnte sich selbst was antun. Anscheinend flippt sie gerade aus. Keiner kann sie beruhigen.«
Die Drogenberatungsstelle war in einem großen, tristen Raum an der Canal Street nahe der Claiborne untergebracht. Früher war hier ein Supermarkt gewesen, man sah immer noch die Abdrücke von Kühlschränken und Eistruhen im Linoleumboden. In einer Ecke war ein Rohr undicht, und das Wasser lief zu einer Pfütze zusammen. Überall standen Tische und billige Plastikstüh-

le herum, die schon zu viele Vorbesitzer gehabt hatten. Es gab Kaffee, gefärbtes Zuckerwasser und Donuts. In einer Wanne in der Ecke, in der zwei junge Mädchen wühlten, lagen alte Klamotten und Schuhe. Die Mädchen kicherten und begutachteten die Stücke, als wären sie beim Shoppen.

Die Jugendlichen hatten sich zu Grüppchen zusammengeschlossen: weiße Punks, schwarze Gangster, weiße Gangster, Transen und Schwule, dazu eine Gruppe Mädchen verschiedener Hautfarben, die offenbar auf den Strich gingen. Einige hatten Kinder dabei, Kleinkinder und Säuglinge. Als wir eintraten, winkte die Hälfte der Kids Mick zu, einige kamen angelaufen.

Eine der Jugendlichen, ein Strichmädchen, kämpfte mit den Tränen. Als Mick ihr eine Hand auf die Schulter legte, brachen alle Dämme. Alle blickten sie an.

»Oh, Mister Mick«, schluchzte sie, »Mister Mick.«

Mick zog das Mädchen an seine Brust. Sie lehnte sich an und schluchzte laut. Die anderen Jugendlichen wichen zurück, um sie nicht zu bedrängen. Vermutlich war das Diamond.

Mick führte das Mädchen an einen der Tische. Ich holte mir einen Kaffee. Die Jugendlichen hörten sich an wie überall auf der Welt – laut, albern, aufgedreht. Und doch waren sie anders. Diese Jugendlichen lebten so, wie Mick einst gelebt hatte. Kein Erwachsener auf der Welt schien genug Liebe oder Geld oder Verantwortungsbewusstsein aufzubringen, um sich um sie zu kümmern. Immer schon waren vernachlässigte Jugendliche in New Orleans ein Problem gewesen, aber seit dem Sturm machten sie sich breit wie eine Seuche. Tausende von Eltern waren dort geblieben, wo die Flucht sie hingeführt hatte, und sie hatten ihre Kinder nach New Orleans zurückge-

schickt mit dem Versprechen, sie *so bald wie möglich* nachzuholen.
Als Mick mit Anfang zwanzig Constance kennenlernte, war er schon jahrelang auf sich selbst gestellt gewesen. Er hatte den Supermarkt überfallen, in dem sie gerade eine Flasche Evian kaufen wollte. Mick hatte Constance ausrauben wollen. Aber sie hatte etwas in ihm erkannt, und nach einer langen Unterhaltung hatte er ihr das Evian gekauft und sich daraufhin zum Detektiv ausbilden lassen. Constance brachte, um bei Silette zu bleiben, den Detektiv in ihm zum Vorschein.
Ich nahm meinen Kaffee und setzte mich zu einer Gruppe von Jungen, die wie Andray aussahen – jung, schwarz, arm und so voller Leben, dass sie all ihre Kraft aufbringen mussten, um es zu unterdrücken und cool zu bleiben. Ich wollte sie belauschen, aber ihr Akzent war so stark, dass ich nur jedes dritte oder vierte Wort verstand, und das war immer *nigga.* Nach einer Weile bemerkte mich einer, dann ein zweiter Junge. Ganz offenbar empfanden sie meine Anwesenheit, die ihnen genauso unerklärlich war wie mein Interesse an ihnen, als unangenehm.
Ich aber wusste, ich war nicht ohne guten Grund hier. Es gab keine Zufälle. Es gab nur Gelegenheiten, die man aus Dummheit nicht ergriff, und Türen, die man vor lauter Blindheit nicht sah.
»Verzeihung«, sagte ich zu dem Jungen, der mir am nächsten saß. Er war klein und kaum älter als zwölf oder dreizehn. Er hatte ein rundes, süßes Gesicht. »Darf ich mal was fragen?«
Er sah mich an und nickte verunsichert. Seine Freunde verstummten und starrten mich an.
»Kennst du einen jungen Mann in etwa deinem Alter,

der Lawrence heißt? Seine Mutter heißt Shaniqua und arbeitet bei LaVanna.«

Lawrence war der Junge, dem Vic Willing aus reiner Gutherzigkeit aus der Patsche geholfen hatte. Ich hatte versucht, die zahlreichen Nummern anzurufen, die seine Mutter mir gegeben hatte und die alle entweder abgeschaltet oder erfunden waren.

»Klar«, sagte einer der Jungen vorsichtig. Er war älter und größer und sah ernst aus. »Ich kenne ihn.«

»Weißt du, wo ich ihn finden kann?«, fragte ich.

Die Jungen schwiegen und wandten sich ab.

»Ich bin nicht von der Polizei«, erklärte ich hastig, »ich bin Privatdetektivin. So wie im Fernsehen. Schaut her.« Ich zog meine kalifornische Zulassung heraus und zeigte sie ihnen. »Ich ermittle in einem Fall. Lawrence könnte ein wichtiger Zeuge sein.«

Alle Jungen lachten verwundert.

»Wie bei *Magnum*«, sagte einer.

»Genau«, sagte ich, »nur ohne Chef.«

»Ach was«, sagte der erste Junge, den ich angesprochen hatte, der süße. »Sie sind keine Detektivin.«

»Bin ich doch«, sagte ich, »ich kann es beweisen.«

»Los«, sagte er. Die anderen lachten wieder.

»Okay«, sagte ich, »verrate mir irgendwas über dich.«

»Was denn?«, fragte er.

»Egal«, sagte ich. »Nur eine Sache.«

»Okay«, sagte er. Seine Stimme klang rauh und ein bisschen heiser, als hätte er zu laut geschrien. »Also gut. Lassen Sie mich nachdenken … Okay. Als ich klein war, hat meine Schwester mich NeeNee genannt. Das war mein Spitzname.«

Die Jungen lachten und redeten durcheinander. Ich musterte den Jungen; seine Größe, sein Gewicht, die Tattoos, der leicht überentwickelte Muskel am rechten Unterarm. Ich lauschte den verschiedenen Abstufungen seines Akzentes, während er mit seinen Freunden sprach. Seine Schuhe waren abgetragen, seine Jeanshose weit und ungewaschen. Ich beobachtete seine Körperhaltung, die Gefühlskurve seiner Wirbelsäule, die Stellung von Schultern und Unterkiefer, den leichten Überbiss, die Fältchen in seinem Gesicht, die angespannte Bauchmuskulatur. Er blinzelte zwanzig Prozent häufiger als nötig. Als ich alle Informationen gesammelt hatte, schloss ich die Augen, damit sie sich zu einem Gesamtbild zusammenfügten.

Nach zwei Minuten war ich fertig.

»Du bist in Atlanta, Georgia, zur Welt gekommen«, sagte ich und schlug die Augen auf. Die Jungs hörten nacheinander zu lachen und zu reden auf und drehten sich zu mir um. »Du bist 1992 geboren. Du bist mit deiner Mutter hergezogen, als du vier oder fünf Jahre alt warst. Du heißt Nicholas, Nicholas Soundso. Letzten Sommer, vor dem Sturm, hast du im French Quarter auf der Straße Eis verkauft. Deine Mutter ist abgehauen, als du acht warst. Du hast bei deiner Tante und deinem Onkel in Houston gewohnt und bist vor drei oder vier Monaten allein nach New Orleans zurückgekommen.«

Jetzt hörten alle zu. »Dein Vater sitzt im staatlichen Gefängnis von Louisiana in Angola ein«, fuhr ich fort. »Du vermisst deine Schwester. Du hast nach ihr gesucht. Du hattest eine Freundin, aber … na ja, darüber sage ich lieber nichts. In der Schule bist du besser, als es nötig wäre. Und du magst Flugzeuge. Irgendwann«, sagte ich, »wirst du mit einem fliegen.«

Die Jungen sahen Nicholas an und warteten auf eine Bestätigung. Er hatte die Augen aufgerissen und nickte.

»Der Eisladen«, sagte er langsam, »war in Uptown. An der Carrolton.«
»Heilige Scheiße«, sagte einer der Jungen.
»Verdammt«, ein anderer.
»Wie haben Sie das gemacht?«, fragte ein dritter. »Ich meine … Teufel noch mal.«
»Ich hab's euch doch gesagt«, sagte ich, »ich bin Detektivin. Und jetzt«, fügte ich hinzu, »könnt ihr mir helfen. Es geht um einen sehr wichtigen Fall.«
Ich holte das Bild von Vic Willing aus meiner Handtasche.
»Kennt einer von euch diesen Mann?«
Ich reichte Nicholas das Bild. Er verneinte. Ich beobachtete sein Gesicht, während er das Bild studierte. Er sagte die Wahrheit. So wie der nächste Junge und der übernächste.
Der Große mit dem ernsten Gesicht nahm das Bild und schüttelte so wie die anderen den Kopf.
»Nee«, sagte er und schaute kurz nach links, »nie gesehen.«
Er log. Er kannte Vic Willing.

Als wir mit dem Bild fertig waren, scharten die Jungen sich wieder zusammen. Nur Nicholas, der Hübsche, setzte sich zu mir.
»Das war ja verrückt!«, sagte er und lachte angestrengt.
»Danke«, sagte ich.
»Also«, sagte er und starrte zu Boden, »meine Schwester. Wissen Sie vielleicht, wo sie ist?«
Ich betrachtete ihn. Plötzlich sah er nicht mehr wie ein Junge aus. Er sah aus wie ein kleiner, alter Mann, der die ganze ungerechte Bürde eines glücklosen Lebens trug.
»Hast du nach ihr gesucht?«, fragte ich.

Er nickte. Er sah unglaublich erschöpft aus.
»Seit ein paar Jahren«, sagte er leise.
»Ihr habt euch nicht beim Sturm verloren?«, fragte ich.
Er schüttelte den Kopf.
»Pflegefamilie?«, tippte ich.
Er nickte. »Ich habe sie seit fünf Jahren nicht mehr gesehen«, sagte er.
»Ich weiß nicht, wo sie ist«, sagte ich, »aber ich kann dir sagen, wie du sie finden kannst. Es ist nur so ... Menschen verändern sich. Das ist dir klar, oder?«
Er nickte wieder, sein Altmännergesicht war vollkommen ernst.
»Okay. Siehst du den Mann da drüben? Mister Mick?«, fragte ich und zeigte auf Mick.
»Ja.«
»Tja, du sagst ihm alles, was du über Rosie weißt – ihr vollständiger Name, das Geburtsdatum, die Sozialversicherungsnummer, falls du die weißt –, und dann macht er sich auf die Suche. Er wird nicht länger als einen oder zwei Tage brauchen. Aber wahrscheinlich kann er sich erst darum kümmern, wenn er den Job erledigt hat, bei dem er mir gerade hilft. Ich halte ihn ziemlich auf Trab. Sag ihm, ich hätte es dir versprochen, okay? Sag ihm das.«
Der Junge nickte und bedankte sich. Ich wusste nicht, ob er meinen Vorschlag annehmen würde. Ich hätte ihm auch selbst helfen können, aber Mick würde es viel schneller hinkriegen als ich – er kannte die Besonderheiten des Systems in Louisiana. Warum sollte ich ihm außerdem die Gelegenheit nehmen, den Gutmenschen zu spielen?
Der Junge ging, und ich tat für eine Weile so, als lese ich in einer Zeitschrift. Währenddessen ließ ich den großen Jungen, der mich über Vic angelogen hatte, nicht aus den

Augen. Nach einer Weile stand er auf und ging zur Toilette. Als er wieder herauskam, erwartete ich ihn.
»Hallo«, sagte ich.
Der Junge zuckte zusammen.
»Himmel«, sagte er, »warten Sie auf mich?«
»Du kanntest Vic also«, sagte ich.
Sein ganzer Körper versteifte sich. Man musste keine Detektivin sein, um zu bemerken, dass hier etwas nicht stimmte. Der Junge runzelte die Stirn.
»Sie machen einen netten Eindruck«, sagte er, »aber hier wissen alle Bescheid. Wer mit der verrückten Lady über den Staatsanwalt spricht, ist tot.«
»Tatsächlich?«, fragte ich. »Wer hat das gesagt?«
Der große Junge lachte und schüttelte den Kopf.
»Sorry«, sagte er. »Auf den Scheiß lass ich mich nicht ein.«
»Danke trotzdem«, sagte ich. Er nickte.
Ich drehte mich zum Gehen um, als ich den Jungen einatmen hörte. Er wollte mir noch etwas sagen.
Ich sah ihn an. Sein langgezogenes, ernstes Gesicht wirkte müde. Er hatte es wohl satt, immer zu kämpfen und dichthalten zu müssen, in einer Welt zu leben, in der man starb, bloß weil man das Falsche gesagt hatte.
»Wenn Sie Lawrence suchen«, sagte er, »gehen Sie am besten in den Park in Irish Channel. Ecke Third und Annunciation. Kleiner Typ, lange Dreads. Wenn er nicht da ist, gehen Sie einfach am nächsten Tag noch mal hin.« Er sah mich an. »Er ist da immer. Sie werden ihn finden. Es ist ganz leicht.«
Er hoffte, dass Lawrence mir alles über Vic erzählen würde, was er mir verschwieg.

30

Der Congo Square war ein kleiner Kopfsteinpflasterplatz am Louis-Armstrong-Park und berühmt für seine Vergangenheit. Hier hatten sich im achtzehnten Jahrhundert afrikanische, haitianische und westindische Sklaven getroffen, die in New Orleans größere Freiheiten genossen als im Rest der Südstaaten, um zu beten, zu tanzen und zu musizieren. Der Platz galt gemeinhin als Geburtsort der amerikanischen Musik, als der Ort, an dem die Grundsteine des Jazz gelegt wurden, aus dem sich später Rhythm and Blues, Rock 'n' Roll und alles Weitere entwickeln sollte.

Der Platz war erhalten worden, doch man bewahrte ihn nicht. Eine eingeschworene Clique von Trinkern und Drogenabhängigen hielt ihn besetzt und unter Kontrolle. Wer sich hierher verirrte, tat das auf eigenes Risiko. Die Polizei ließ sich hier nicht blicken, genauso wenig wie die Heilsarmee oder die Nationalgarde.

Rings um den Platz standen ein paar Parkbänke. Drei waren leer, auf zweien lagen schlafende Gestalten. An der Rampart Street stand ein fest einzementierter Picknicktisch, an dem fünf Männer saßen, allesamt über fünfzig, arm und obdachlos und in Klamotten, die in diesem Jahr noch nicht gewaschen worden waren. Diesen Typ Mann findet man in den abseits des Stadtzentrums gelegenen Parks jeder amerikanischen Stadt. Auf halbem Weg in die Gosse. Ich glaube, solche Männer werden seit dem Ende des Bürgerkriegs produziert; Veteranen, die erst den Krieg verloren haben und dann den Kampf. Sie zählen sogar dann zu den Verlierern, wenn ihre Seite siegreich war.

Einer von ihnen war Jack Murray. Eine dicke Schicht aus Dreck, verschüttetem Schnaps und Verzweiflung ließ alle Männer gleich aussehen, trotzdem erkannte ich ihn sofort als den Mann, den ich auf Constances Veranda kennengelernt hatte. Bestimmt würde er sich nicht an mich erinnnern.

Der Privatdetektiv Jack Murray war in Uptown als Mitglied der gehobenen Mittelschicht ins Leben gestartet. Wie Vic Willing hatte er an der Tulane studiert und war voller Ambitionen ins Berufsleben eingestiegen. Jack Murray hatte sich vorgenommen, der beste Ermittler der Welt zu werden, und zunächst sah es gut aus für ihn. Im Alter von sechsundzwanzig Jahren klärte er den Mord im Blauen Zimmer in weniger als zehn Minuten auf. Mit dreißig löste er das Rätsel um den Mord im Wachsmuseum, der noch vor Jacks Geburt verübt worden war. Im Alter von fünfunddreißig befreite Jack Murray James »Slim« McNeil von dem Verdacht, für das Massaker in Abita Springs verantwortlich gewesen zu sein, und brachte stattdessen den wahren Schuldigen – McNeils eigenen Bruder! – hinter Gitter. Im Jahr 1979 musste sich jeder Detektiv an Murray messen lassen. Nicht weniger als fünf Mal zierte er das Cover des *Detective Quarterly.* Er war bereit für die Weltherrschaft – oder zumindest für die Herrschaft über diesen kleinen Teil der Welt.

Aber im Alter von vierzig Jahren entdeckte Jack Murray die Schriften von Jacques Silette. Alles änderte sich.

Ich hatte Interviews aus jener Zeit gelesen. Jack schien ehrlich erschüttert zu sein. Aus *International Detection,* 1988:

> Frage: Wie haben die Schriften Silettes Ihre Herangehensweise an Kriminalfälle beeinflusst?

Murray (schweigt lange): Ich glaube, inzwischen bin ich mehr an der Enträtselung meiner eigenen Geheimnisse interessiert.

Kurze Zeit später begann Jack, alle vielversprechenden Fälle abzulehnen, die ihm angeboten wurden. Er verzichtete auf den Fall der Bagdad-Banditen, auf dessen Aufklärung fünfzigtausend Dollar ausgesetzt waren. Er versuchte nicht einmal herauszufinden, wer die Geliebte des Polizeichefs erschossen hatte. Und den Mord in der Rue Royale ignorierte er, obwohl ihn der Herausgeber der *Times Picayune* persönlich um Hilfe bat.
Stattdessen schien er sich nur noch auf möglichst unlukrative Angebote einzulassen, allesamt unbezahlt. Er verbrachte Monate damit, den Mord an einem Obdachlosen an den Bahngeleisen in Metairie aufzuklären. Er entlarvte einen Serienkiller, der sich seine Opfer jahrelang unter den Prostituierten der Stadt gesucht hatte. Niemand interessierte sich für Obdachlose und Prostituierte, höchstens die Opfer selbst.
Murray verdiente kein Geld, und nach etwa einem Jahr wurde er aus seiner Wohnung geworfen. Er fing an zu trinken. Alle wollten ihm helfen, Freunde, Kollegen, Angehörige. Er aber sagte immer wieder, nicht er sei es, der Hilfe benötige.
Nach mehreren Jahren auf der Straße machte ihn ein ehrgeiziger Redakteur des *Journals für Silette-Studien* für ein Interview ausfindig. Weil sich die Welt nicht für das Thema interessierte, wurde das *Journal* leider nach zwei Ausgaben eingestellt.

Frage: Was bedeutet es für Sie, nach Silette zu ermitteln?

Murray (überlegt): Es bedeutet, dass ich blind war. Heute kann ich sehen.
Frage: Und der Alkohol?
Murray: Tja. Manche Menschen sehen durch Glas besser.

Murray weigerte sich, weitere Fragen zu beantworten. Ich hatte während meiner Zeit bei Constance von ihm gehört, wenn auch nicht von Constance selbst. Die älteren Detektive erwähnten seinen Namen nie; der klatschsüchtige Nachwuchs hingegen war fasziniert von ihm. Der brillante, zu einem Penner und Trinker heruntergekommene Detektiv. Ich hatte ihn für eine Legende gehalten. Ich wusste ja nicht, wie kompliziert das Leben spielen konnte. Und dann eines Tages stand er vor Constances Tür und drückte auf die Klingel.
Ich öffnete ihm, bedeutete ihm mit erhobenem Zeigefinger zu warten und machte mich auf in Constances Arbeitszimmer. »Constance«, sagte ich, »ich glaube, da …« Aber sie war schon aufgestanden und zur Tür gegangen. Als er sie sah, fing der hünenhaft große Mann, der im Gesicht nicht weniger grau und schmutzig war als sein Lumpenmantel und sein kaputter Hut, breit zu grinsen an. Die beiden fielen sich in die Arme, und der Mann führte Constance im Walzerschritt über die Veranda.
Ich stand daneben und schaute zu, bis das Telefonklingeln mich ins Haus rief. In Constances riesigem Haus in der Prytania Street war immer etwas los. Am Vortag war Constances Meditationscoach Dorje da gewesen. Er hatte in seiner safrangelben Robe in der Küche gestanden und Pilztee gekocht. Am Tag davor hatten wir einen Deutschen Schäferhund verhört. Mit Constance wurde es nie langweilig.

Ich machte mich wieder an die Arbeit und sah Constance tagelang nicht. Bei unserer nächsten Begegnung fragte ich nach dem Mann an der Tür.

»Jack Murray«, antwortete sie. »Claire, wenn er das nächste Mal kommt, bittest du ihn herein oder gibst ihm Geld, wenn er welches möchte, ja?«

»Selbstverständlich«, sagte ich. Ich brannte vor Neugier, traute mich aber nicht, Fragen zu stellen.

»Jack hat einen seltsamen Weg beschritten«, erklärte sie, als sie mein fragendes Gesicht sah. »Aber er hat seinen Platz gefunden. Um ihn brauchen wir uns keine Sorgen zu machen. Und wenn er Hilfe braucht, weiß er, dass er sich jederzeit an uns wenden kann.«

Sie sah, dass ich immer noch verwirrt war.

»Manchmal muss man die Dinge, die man nicht begreifen kann, einfach akzeptieren, Claire«, sagte sie.

Ich runzelte die Stirn. Constance auch.

»Nun gut, vielleicht muss man sie nicht unbedingt *akzeptieren*«, stellte sie richtig. »Aber sie sind dennoch da.«

Jack verschwand wieder im Schattenreich aus Obdachlosenheimen und Hotels, Parkbänken, Bushaltestellen, Schnapsläden und Privatpensionen. Ich sah ihn niemals wieder. Constance wahrscheinlich auch nicht.

Sechs Monate später war sie tot.

Am benachbarten Picknicktisch war ein Platz frei, und ich setzte mich. Sogar hier draußen, an der frischen Luft, stanken die Leute. Mit denen war offensichtlich nicht zu spaßen. Aber bis jetzt hatte ich mich noch von keinem unterkriegen lassen, und ich hatte nicht vor, es heute zu tun.

Die Männer ignorierten mich und ließen eine Literflasche Malt Liquor kreisen.

»Man könnte hier glatt verdursten«, sagte ich mit einem kleinen Lächeln.
Sie ignorierten mich. Sie ignorierten mich weiter.
Sie ignorierten mich, bis ich ging.

Am Nachmittag fuhr ich an dem Park an der Ecke von Third und Annunciation Street vorbei. Ich entdeckte eine Gruppe von Jugendlichen, die wichtig und unheimlich beschäftigt taten. Ein kleiner Typ mit Dreadlocks war nirgends zu sehen. Niemand, auf den die Beschreibung von Lawrence gepasst hätte. Ich fuhr zu dem Sandwichladen an der Ecke von Magazine und First und kaufte mir einen Poor Boy mit Shrimps und ein Rootbeer, dann fuhr ich zurück. Immer noch kein Lawrence. Auf der Jackson Avenue, zwischen der Magazine und der Constance, entdeckte ich wieder den Kranwagen, der im Halteverbot neben einem Hydranten stand. Niemand saß in der Kabine.

Wasch mich, hatte jemand mit dem Finger in den Staub an der Heckscheibe geschrieben.
Erschieß mich, stand darunter.

Ich arbeitete seit zwei Wochen an dem Fall. Ich hatte Hinweise, ich hatte Spuren, ich hatte Fragen. Was mir fehlte, waren Antworten.
»Nur ein Tor sucht nach Antworten«, schrieb Silette. »Der Weise sucht nach Fragen.«
Silette hatte keinen Auftraggeber, der tageweise zahlte und ständig auf die Uhr schielte. Er hatte Buchtantiemen und den Treuhänderfonds von seinem Vater, der mit Textilien ein Vermögen verdient hatte.

31

Am selben Abend besuchte ich ein Restaurant an der Ecke von Frenchman Street und Chartres Street, das kreolische Küche anbot und erst vor kurzem wiedereröffnet hatte. Wie in den meisten Restaurants lief es auch hier noch nicht wieder rund. Das Essen wurde in Schlaraffenlandportionen serviert und der Eistee in einem Schnapsglas. Der Haufen frittierter Okraschoten war größer als mein Kopf.

Ich hatte eben gezahlt und trat nach draußen in die kühle, klamme Abendluft, als ich es spürte.

Zunächst den Druckabfall. Dann war es, als hätte jemand einen Schalter umgelegt und die ganze Welt auf Zeitlupe geschaltet, so dass die Energieströme sichtbar wurden. Die Angst stieg aus meinen Beinen in meinen Bauch auf und mischte sich dort mit Magensäure.

Jemand würde sterben.

Ich sah mich um. Ich sah, wie jemand es noch vor mir hörte.

Ich sah ins Gesicht einer Frau, die auf der anderen Straßenseite stand. Sie öffnete den Mund in Zeitlupe, um einen Schrei auszustoßen. Dann – weniger als eine Sekunde war vergangen, die sich aber anfühlte wie eine Stunde – hörte ich Schüsse aus einem Maschinengewehr rattern.

Ich drehte mich um und sah, wie eine Panikwelle durch die Straße schwappte, wie jemand schrie, ein anderer den Mund aufriss und zu Boden sank oder weglief oder schreiend stehen blieb.

Ich hörte die Schüsse, aber ich konnte den Schützen nicht sehen.

Ich sprang hinter einen Zeitungskasten und duckte mich, bedeckte meinen Kopf mit den Armen und krümmte mich zusammen. Ich hörte Schreie und sah Füße in alle Richtungen laufen. Das Schaufenster hinter mir barst, als die Kugeln die Scheibe trafen.
Dann war es vorbei.
Ich öffnete die Augen und entwirrte meine Glieder. Alles war still.
Ich stand auf. Alle waren weg oder lagen am Boden. Alle außer mir. Ich rannte zur Straßenecke und konnte gerade noch einen schwarzen Hummer ohne Nummernschild davonfahren sehen, während ein langer, brauner Arm eine AK-47 ins Wageninnere zog.
Ich sah eine verschnörkelte Tätowierung auf dem Handrücken. Es gelang mir nicht mehr, sie zu lesen.
Ich sah mich um. Neben dem Lieferanteneingang des Lokals in der Chartres stützte sich ein Junge halb sitzend, halb liegend an die Wand. Er hatte die Augen nach oben verdreht, seine Lippen formten ein entsetztes O. Ich dachte, er sei angeschossen.
Dann rollte er die Augen herunter. Er lächelte.
Wir sahen einander an. In der Wand hinter ihm sah ich einen Schweif von Einschusslöchern.
Sein Gesicht glühte. Wir lachten.
»Scheiße!«, rief er.
»Mann«, sagte ich, »wow. Alles in Ordnung?«
Er nickte lachend.
»Ich glaube«, sagte er, »ich lebe noch.«
Er stand auf, und gemeinsam suchten wir seinen Körper nach Verletzungen ab. Es gab keine. Die Leute verließen nacheinander ihre Verstecke und kamen heran, um die Löcher in der Hauswand zu bestaunen.
Ich wusste nicht, ob die Kugeln mir gegolten hatten.

Vielleicht. Vielleicht auch nicht. Unmöglich war es nicht; ich hatte viele Fragen gestellt.
Der Junge, der nicht erschossen worden war, führte grinsend ein Freudentänzchen auf.
In New Orleans war es manchmal schwer zu sagen, wo ein Mordfall endete und der nächste anfing.

32

Die meisten gingen davon aus, dass Constance bei Ermittlungen in einem wichtigen und gefährlichen Fall ermordet wurde. Was nicht stimmte. Constance saß mit einer Freundin in einem Restaurant im French Quarter beim Abendessen, als sie getötet wurde. Zwei Jugendliche, beide mit einer AK-47 bewaffnet, betraten das Lokal und erschossen alle Anwesenden. Acht Gäste, drei Kellner und einen Polizisten in Zivil, der den Laden bewachen sollte. Er hatte sein Bestes gegeben. Als man seine Leiche fand, hielt er einen Revolver vom Kaliber .22 in der Hand, ein Spielzeug im Vergleich zur Ausrüstung der Angreifer. Zu einem Sturmgewehr hat noch keiner nein gesagt. Die Jugendlichen hätten Constance nicht erschießen müssen, um an ihr Geld zu kommen. Sie taten es trotzdem.

Constance war Millionärin. Ich hatte gesehen, wie sie Obdachlosen tausend Dollar gab. Sie hatte ihrem Dienstmädchen ein Haus geschenkt. Die Kinder ihrer Köchin studierten in Harvard. Sie hätte diesen Jugendlichen alles gegeben, worum sie gebeten hätten, freiwillig. Aber sie baten nicht, sie schossen einfach.

Viele Leute glaubten, hinter der Sache stecke mehr. Eine Verschwörung. Ein Plan. Geheime Zusammenhänge. Constance hatte nie aufgehört, nach Silettes Tochter Belle zu forschen. Einige der Kollegen waren der Ansicht, sie müsse etwas gefunden haben – einen Hinweis, einen Zeugen, einen Verdächtigen. Silette hatte mehr als einen Anhänger, und nicht alle waren damit einverstanden, wie Constance sein Andenken hochhielt. Nicht alle waren der Meinung, dass sie seine rechtmäßige Erbin war.

Diese Leute hatten keine Ahnung vom Leben in der Stadt der Toten. Sie ahnten nicht, wie schnell es sich hier starb.

Mick hatte viele Jahre damit zugebracht, Constances Ermordung zu untersuchen. Er hatte jede Einzelheit studiert und war jedem noch so kleinen Hinweis nachgegangen. Andere Detektive hatten ihn unterstützt. Kevin McShane war eigentlich schon in Rente, half Mick aber trotzdem. Der Rote Detektiv hatte die Hügel von Oakland verlassen, um mir Theorien einzuflüstern. Das Orakel von der Broad Street bot ihre kostenlose Hilfe an. Sämtliche Ermittler der Welt waren erpicht darauf, den Fall zu lösen.

Aber am Ende gab es keinen Fall. Es gab kein Rätsel. Bloß einen verdammten Überfall. Es steckte nicht mehr dahinter als zwei abgebrannte Jugendliche, die Geld brauchten und sich nicht darum scherten, wen sie dafür töteten. Ihnen war egal, wie weise oder glamourös oder großzügig das Opfer war.

Die große Verschwörung, die Constances Tod herbeigeführt hatte, war nicht von der US-Notenbank oder vom »Kraken« oder den Anti-Silettisten ausgeheckt worden. Es war die größte und älteste Verschwörung der Welt, jene Verschwörung, die die zwei Jugendlichen hervorgebracht hatte, die Constance für ein bisschen Wechselgeld erschossen. Es war jene Verschwörung, die ihren Anfang nahm, als der erste Mensch zu seinem Nachbarn hinübersah und sich dachte: Hey, so eine Höhle hätte ich auch gern!

Constance war immer bemüht gewesen, mich vom Guten im Menschen zu überzeugen, das uns alle ein Stück weit erhebt. Ich konnte es nicht sehen.

»Eigentlich war die Erde als Paradies geplant«, sagte sie einmal an ihrem Küchentisch und biss in einen Apfel. »Wenn die Leute endlich aufwachen würden, wäre es immer noch möglich.«
»Ich weiß nicht, was geplant war«, entgegnete ich, »aber ich finde, es ist ziemlich nah an der Hölle. Hör mal.«
Eine Sirene jagte am Haus vorbei, die fünfte an diesem Abend. Irgendwo in Uptown fand ein Straßenkrieg statt; vier Morde an drei Tagen.
Constance lächelte. »Claire, eines kannst du mir glauben: Wenn du in die Hölle kommst, wirst du es merken. Es ist dort beispielsweise sehr viel wärmer als hier. Und dunkler – dort gibt es keine Glühbirnen, wenigstens habe ich das gehört.«
Constance bekam eine Kugel in den Kopf, mitten in ihr drittes Auge. Ihr Tod machte mich zur besten Detektivin der Welt.

33

Zum Handwerk eines Detektivs gehört auch die Tarnung, und wie sehr viele detektivische Fertigkeiten gerät auch sie in Vergessenheit. Der durchschnittliche Möchtegerndetektiv von heute glaubt, es reiche aus, in einen Secondhand-Anzug zu steigen und sich die Haare schneiden zu lassen. Nein, das reicht nicht. Genauso wenig reicht es, sich Schminke ins Gesicht zu klatschen und eine Perücke aufzusetzen, obwohl gewisse Fähigkeiten auf dem Gebiet der Kostümierung sicher hilfreich sind. Aber sich zu tarnen bedeutet mehr als neue Kleidung und eine veränderte Gesichtsbehaarung. Soll eine Tarnung überzeugen, muss die Detektivin nicht nur anders *aussehen,* sondern sich tatsächlich für eine andere Person *halten.* Ihr Ego muss in der Lage sein, sich im Äther aufzulösen, damit sie das kollektive Unbewusste anzapfen und eine neue, durch und durch entwickelte Person hervorbringen kann, um sie für unbestimmte Zeit zu bewohnen. Sie muss sich gewissermaßen von dieser neuen, anderen Person besetzen lassen, egal, wie unsympathisch sie ihr ist. Aber das ist nicht die größte Herausforderung. Für die Detektivin besteht die größte Herausforderung nicht in der Aneignung der neuen Persönlichkeit, sondern im Loslassen der alten. Das eigene Selbst loszulassen ist die anspruchsvollste aller Aufgaben, und nur wenige werden ihr gerecht. Gleichzeitig strebt das Selbst, auch wenn es ihm nicht bewusst ist, genau danach.

Nachmittags fuhr ich zum Congo Square zurück. Diesmal war ich Elmyra Catalone, genesene Cracksüchtige mit italienischen und afrikanischen Wurzeln, geboren in Memphis, Tennessee, und von Baptisten getauft, Gelegenheitspfingstlerin, Gelegenheitsprostituierte, sexuell missbraucht vom Cousin und Mutter von vier Kindern, von denen eines gestorben, eines in der Obhut einer Pflegefamilie, eines in Angola und eines verheiratet und Vater von zwei Kindern in Celebration, Florida, war. Elmyra hatte Kokain und Crack entsagt, trank aber gern mal ein Gläschen und griff zum Schnaps, weil es so gesellig war.

Elmyra näherte sich dem Park ein wenig schüchtern. Sie war auf der Suche nach einer alten Freundin aus Tallahassee, die sich angeblich hier aufhielt. Ihre Freundin fand sie nicht, dafür aber offenbar einen Ort, an dem man einen Schluck trinken konnte, ohne gleich Ärger zu bekommen. Wenn Elmyra von irgendwas im Leben genug hatte, dann von Ärger. Sie zog eine kleine Flasche Pfefferminzschnaps aus ihrer Plastiktüte, nahm einen kräftigen Schluck und suchte sich eine freie Bank. Elmyra trank ihren Schnaps, um sich aufzuwärmen, und wartete auf ihre Freundin.

Die Männer am Picknicktisch waren unfreundlich zu Elmyra.

»Sieh mal, schon wieder diese weiße Nutte von eben, nur mit dreckigen Klamotten.«

»Hat sich was ins Gesicht geschmiert und denkt, wir würden es nicht merken.«

»Nutte.«

»Blöde Sau.«

»Weiße Nutte.«

Jack Murray schwieg.

Ich trank einen Schluck Schnaps, warf meine Perücke in den Mülleimer und ging. Auf dem Weg zu meinem Truck sah ich Leon in der North Rampart aus einem Plattenladen kommen. Ich wollte ihm aus dem Weg gehen, aber

er wurde auf mich aufmerksam, weil die Fernbedienung meiner Zentralverriegelung ohrenbetäubend laut war.
»Claire?«, fragte er. »Sind Sie das?«
Wir plauderten. Er erkundigte sich nach meinen Fortschritten. Ich log ihn an und sagte, es laufe prima.
»Ist alles in Ordnung?«, fragte er. »Alles in Ordnung mit Ihnen?«
»Klar«, sagte ich. »Danke der Nachfrage.«
Leon machte einen seltsam verwirrten Eindruck. Als ich ins Hotel kam, fiel mir auf, dass ich noch Elmyras Klamotten trug, die ich teilweise in einem Ramschladen gekauft und teilweise im Müll gefunden hatte. Außerdem hatte ich mich vor meinem Gang in den Park mit Schnaps eingerieben, des Effekts wegen, und ehrlich gesagt war ich inzwischen recht angetrunken. Vermutlich roch ich zudem nach dem Crack aus der Pfeife, die auf dem Congo Square herumgereicht worden war.
Der Tag verlief weniger gut, als ich gehofft hatte.

34

Das Schwierigste am Waffenkauf in Louisiana ist die riesengroße Auswahl. Ich wusste gar nicht, wo ich anfangen sollte. Mindestens einmal täglich hörte ich Schüsse. Die Hälfte aller Männer in der Stadt trug weit geschnittene Klamotten, unter denen ein halbes Arsenal Platz gefunden hätte. Unten am Flussufer knirschten die Patronenhülsen unter meinen Sohlen wie Crackampullen oder trockenes Laub. In der Vorstadt westlich des Zentrums reihten sich die Pfandleiher aneinander und warben mit SONDERANGEBOT: NEUNMILLIMETER NUR 99 $ und SCHUSSWAFFENAUSVERKAUF und UZIS HEUTE BILLIGER.

Doch ich hielt die Leihhäuser für zu riskant. Es wäre von Nachteil, eine registrierte Waffe zu besitzen, außerdem war ich mir nicht sicher, was in meinem polizeilichen Führungszeugnis stand. Ich hatte Dokumente für zwei weitere Identitäten dabei, wollte sie aber nicht vorschnell aufbrauchen.

Also kurvte ich durch Central City. Wie immer lungerten an jeder dritten oder vierten Ecke junge Männer herum. Es war wie an den Highway-Ausfahrten, an denen sich unzählige Fast-Food-Läden und Tankstellen aneinanderreihten. Alle Angebote sahen gleich gut oder gleich schlecht aus. Die Transaktion war unkompliziert, dennoch konnte jede Menge schiefgehen. Möglicherweise würde man mich ausrauben. Die Polizei könnte dazukommen. Vielleicht wollten die Jugendlichen mit mir keine Geschäfte machen.

Ich nahm zwei Würfel aus einem Fach in meiner Handtasche. Einer war aus Lapislazuli, einer aus Jade. Sie hatten Constance gehört. Ich hielt die Würfel in der Hand, um sie anzuwärmen. Dann warf ich sie auf den Beifahrersitz.

Ich hatte eine Sieben gewürfelt. An der nächsten Ecke bog ich nach links und dann nach rechts auf die Seventh Street ab. Zwei Häuserblocks weiter entdeckte ich eine Gruppe von Jugendlichen, die größer war als die anderen Ansammlungen. Acht oder zehn junge Männer standen lachend auf den Stufen eines Holzhauses. Sie lachten über etwas, das der Junge ganz oben auf der Treppe gesagt hatte. Der Junge stand oben und verzog keine Miene, obwohl er alle anderen zum Lachen gebracht hatte. Als ich näher kam, sah ich, dass der Junge oben auf der Treppe Andray Fairview war.

Ich hielt an. Zwei der Jungen auf dem Gehsteig steckten die Hände in den Hosenbund und starrten mich an. Ich ließ die Seitenscheibe herunter und lehnte mich hinaus.

»Hey, Andray«, rief ich. »Kennst du mich noch?«

Während die anderen amüsiert zuschauten, kam er herunter und lehnte sich an mein Auto.

»Was gibt's, Miss Claire?«, fragte er. Sein Blick sah nicht viel anders aus als im OPP: leer, deprimiert, so ganz ohne *Qi.* Er hatte wieder mal alle Schotten dicht gemacht und keine Absicht, mich einzulassen. Ich nahm es ihm nicht übel.

»Komm«, sagte ich, »steig ein. Du kannst mir einen Gefallen tun, dann hast du was bei mir gut.«

Er kletterte, ohne zu protestieren, auf den Beifahrersitz und schlug die Tür zu.

»Was gibt's?«, fragte er noch einmal und starrte geradeaus.

Ich spielte kurz mit dem Gedanken, ihm einen Ich-bin-auf-deiner-Seite-Vortrag zu halten, aber dann fiel mir

ein, dass das nicht stimmte. Ich mochte Andray irgendwie, aber auf seiner Seite war ich nicht. Ich konnte nicht ausschließen, dass er Vic Willing getötet hatte.
»Hör mal«, sagte ich, »ich brauche eine Waffe.«
Andray drehte sich zu mir um, sein Gesicht ein einziges Fragezeichen.
»Ja«, sagte ich, »es ist schockierend. Eine so nette Lady wie ich.«
Er lachte. »Ich habe keine mehr«, sagte er, »aber wenn Sie eine kaufen wollen, zeige ich Ihnen, wo.«
»Danke«, sagte ich. »Im Ernst, zur Selbstverteidigung.«
»Klar«, sagte Andray. Er lüpfte sein T-Shirt und zeigte mir seinen schmalen Waschbrettbauch, auf den eine ordentlich im Bund der Boxershorts verstaute Neunmillimeterpistole eintätowiert war. »Von wegen man soll immer die andere Wange hinhalten und so … das ist ganz schön mühsam.«
»Du sagst es«, stimmte ich zu. »Schon mal ans Umziehen gedacht? Anderswo erschießen sich die Leute weit seltener.«
Wir lachten. Ich weiß nicht, warum. Am Vortag waren in New Orleans mehr Amerikaner umgekommen als im Irak. Und wenn man die erschossenen Kids aus allen amerikanischen Städten zusammenrechnete, wären es bestimmt mehr als die toten Iraker.
»Verdammt«, sagte Andray lächelnd, »ich geh von hier nicht weg. Ich liebe diese Stadt. Ich liebe New Orleans.«
»Woher willst du das wissen?«, fragte ich. »Du warst nie woanders.«
Andray schüttelte lächelnd den Kopf. »Ich könnte keine andere Stadt mehr lieben.«
»Andray«, sagte ich, »wie oft bist du angeschossen worden?«

»Drei Mal«, sagte er, »und Sie?«

»Vier Mal«, sagte ich. »Na ja, eigentlich viereinhalb. Aber darum geht es nicht. Ich bin Privatdetektivin. Du bist ein Kind. Bitte nimm es mir nicht übel, aber du solltest in der Schule sein, statt Kugeln auszuweichen.«

Andray lachte. »Da, schauen Sie«, sagte er und zeigte auf die Narbe an seiner Brust, die ich schon im Ausschnitt seiner Gefängniskleidung bemerkt hatte. »*Die* habe ich aus der Schule.«

Ich schüttelte den Kopf. Ich kam mir vor wie eine Oma, die Vorträge über Rock 'n' Roll hielt. Wir weißen Ladys mittleren Alters hatten unser Pulver vor hundert Jahren schon verschossen mit unseren Vorträgen und unserem Genörgel und unserem Blaukreuzlertum. Ich wusste nicht, wie ich diesem jungen Mann erklären sollte, dass es diesmal tatsächlich ernst war.

»Das wäre dir anderswo nicht passiert«, sagte ich.

Andray schüttelte den Kopf. »Als ich das letzte Mal angeschossen wurde«, fing er an, mir seine Liebe zu New Orleans zu erläutern. »Wollen Sie wissen, wie viele Leute mich im Krankenhaus besucht haben? Mein Onkel, meine Tante, alle meine Freunde und Cousins. In meinem Zimmer herrschte Hochbetrieb, verdammt! Hier kenne ich alle – das hätte ich woanders nicht.«

»Ich dachte, du bist bei Pflegeeltern groß geworden«, sagte ich. »Woher kommen diese ganzen Verwandten?«

»Oh, das waren keine leiblichen Verwandten«, erklärte Andray. »Da war dieser Mann, Mr. John.«

»Der Indianer?«, fragte ich.

»Ja«, sagte Andray mit einem schwachen Lächeln. »Stimmt, ich habe Ihnen von ihm erzählt. Ich war mit Mr. John nicht verwandt oder so. Er war einfach nur ein Mann. Er wohnte in der Chippewa Street. Manchmal zog er nachts los und ging in die leerstehenden Häuser, wo die Kids schliefen. Er brachte ihnen Decken, Sandwiches und so was. Manchmal habe ich ihn begleitet. Er hatte bei sich zu Hause ein Zimmer mit lauter Stockbetten, wie im Kinderheim sah es da aus.« Er lachte leise. »Manchmal nahm er mich zu den Indianern mit. Hat mich seinen Freunden vorgestellt, so als …«

Andray unterbrach sich. Er lächelte nicht mehr. Er hatte mir erzählt, John sei auf dem Heimweg von der Arbeit erschossen worden. Andray schüttelte den Kopf und zwang sich, zu lachen und so zu tun, als wäre alles in Ordnung. »Ich habe auch echte Verwandte. Meine Mom lebt noch. Sie ist bloß, na ja, sehr beschäftigt. Ich habe Cousins, Tanten, Onkel.« Er lachte wieder. »Mist, Sie sind schon verrückt, Miss Claire, wissen Sie das?«

»Das höre ich öfter«, sagte ich. »Andray, warum erzählst du mir nicht mehr über Vic Willing?«

Andray lächelte gequält und presste die Lippen aufeinander. »Ich habe Ihnen alles gesagt, Miss Claire. Ich habe ein paar Mal seinen Pool sauber gemacht, er hat mich raufgebeten, wir haben über Vögel und so geredet, und dann …« Er runzelte die Stirn. »Das war alles.«

Er verschwieg mir etwas. Möglicherweise verschwieg er mir eine ganze Menge. Ich wusste aber nicht, wie ich es aus ihm herausbekommen sollte.

»Also«, sagte Andray, »brauchen Sie eine Neunmillimeter? Eine Uzi? Oder was? Der Boss dahinten kann Ihnen ein M16 besorgen. Der hat auch einen Flammenwerfer zu Hause. Das Ding haut echt rein!«

Ich musterte Andray. Dann sagte ich, eine einfache Pistole genüge mir.

Andray lehnte sich aus dem Fenster und rief Terrell ans Auto, den Jungen mit den Dreadlocks. Die jungen Männer, die an den Straßenecken von New Orleans herumhängen, sind so dürr, dass man sich fragen muss, ob es sich um eine Mode handelt oder ob sie versuchen, sich noch unsichtbarer zu machen, als sie in den Augen der Welt ohnehin schon sind. Terrell trug ein schwarzes Sweatshirt mit weißem Skelettaufdruck auf dem Rücken, so als wäre er schon tot.

Er lächelte mich an. »Was gibt's?«, fragte er. Dass sich jemand freute, mich zu sehen, kam so selten vor, dass ich gleich misstrauisch wurde.

Dann fiel mir wieder ein, dass ich ihm das Leben gerettet hatte. Egal.

»Warum bist du nicht im Hotel?«, fragte ich.

Terrell lachte. »Ich habe jede Menge zu tun. Ich kann es mir nicht erlauben, mich da draußen zu verkriechen!«

Ich wollte widersprechen, ließ es aber bleiben. *Iss dein Frühstück. Hör bloß keinen Jazz, der ist des Teufels. Stell dich nie an eine Straßenecke, an der jemand versucht hat, dich zu erschießen.*

»Hast du noch die .38er?«, fragte Andray.

Terrell sah ihn an, als hielte er ihn für verrückt. Andray nickte. Terrell warf ihm einen Musst-du-selber-wissen-Blick zu und nickte schließlich.

»Ich kann sie holen«, sagte er.

»Gut«, sagte Andray und stieß die Tür auf. »Los, steig ein. Wir müssen Miss Claire helfen.«

Andray rutschte in die Mitte, und Terrell stieg ein und zog die Tür zu. Terrell wollte wieder anfangen, sich für neulich zu bedanken. Ich schnitt ihm das Wort ab. Andray und Terrell fingen an zu kichern. Wenn sie miteinander redeten, war ihr Akzent so stark und der Dialekt so fremd, dass ich nichts verstand als *mothafucka* und *nigga.*

»Was ist mit dir?«, sagte ich zu Terrell. »Kanntest du Vic Willing?«
Terrell war damit beschäftigt, eine Zigarettenschachtel aus seiner weiten Jeans zu fingern und sich eine Zigarette anzuzünden.
»Verdammte Scheiße«, lachte Andray, »Terrell war das ganze Wochenende bei mir, von Freitagabend bis wir nach Texas gefahren sind. Lassen Sie den bloß in Ruhe, Lady. Der kennt keinen Anwalt. Der Junge hat kaum mal einen Cop aus der Nähe gesehen.«
Beide Jungen lachten, dabei war es gar nicht witzig.
»Wo warst du an dem Wochenende?«, fragte ich Terrell. »Während des Sturms?«
Terrell lächelte weiterhin, aber es wirkte aufgesetzt. Er hielt die Zigarette fest und fuhr sich mit der freien Hand in die Dreadlocks, hob sie an, hielt sie für einen Moment in der Luft und ließ sie schließlich auf seinen Rücken zurückfallen.
»Wir sind zum Superdome gelaufen«, sagte er auf, »und dann zum Convention Center. Dann haben wir die anderen getroffen, Peanut, Lali und so.«
Terrell beobachtete Andray, als wolle er sichergehen, dass er das Richtige erzählte. Andray starrte geradeaus und ignorierte ihn.
Andray hatte recht. Terrell war kein gewiefter Krimineller. Er war ein lustiger, aufgeweckter Junge, der, wäre er woanders auf die Welt gekommen, wohl nichts Schlimmeres verbrochen hätte, als mit einem gefälschten Schülerausweis Bier zu kaufen. Mir fiel kein anderer Umstand ein, als in New Orleans geboren zu sein, der Terrell dazu gebracht hätte, jemals eine Waffe in die Hand zu nehmen.
»Und dann sind wir nach Houston gefahren«, fuhr Ter-

rell fort. »Zum Astrodome, aber die wollten uns nicht reinlassen.«

»Und dann?«, fragte ich. »Was habt ihr gemacht, als man euch den Zutritt verwehrte?«

Terrell erstarrte. Zweifellos versuchte er, sich an die Geschichte zu erinnern, die Andray ihm vorgebetet hatte, um ein Alibi zu haben. Dann brach er in Gelächter aus.

»Hey, Lady«, sagte er, »ich helfe Ihnen gern. Aber ich will das vergessen. Ich will da nicht mehr dran denken.«

Ich gab es auf. Diese Jungen zum Reden zu bringen war nicht weniger schwierig, als Katzen mit dem Lasso zu fangen. Terrell wies mir den Weg zu einem halb verfallenen, leerstehenden Haus in der Nachbarschaft. Im Vorgarten steckte das Schild einer Baufirma, halb unter Geröll und Müll vergraben. Vermutlich war das Haus zur Hälfte renoviert gewesen, als der Sturm alle Mühen zunichtegemacht hatte.

Hier renoviert Frank von
Bauen im Neunten Bezirk
Rufen Sie Frank an!! Frank kann helfen!!

Über die Schrift hatten sich transparente, gelbbraune Wasserflecken gelegt.

Ich parkte vor dem Haus, und Terrell rannte hinein, während Andray und ich im Auto sitzen blieben. Ein paar Minuten später kam Terrell wieder heraus, und wir fuhren zu einem anderen leerstehenden Haus. Terrell zog die Waffe aus der Hose und legte sie aufs Armaturenbrett.

»Darf ich?«, fragte ich. Die Jungen nickten. Ich nahm die Waffe, betrachtete sie und hantierte damit herum. Sie war geladen. Sie sah gut aus.

»Wie viel willst du dafür?«, fragte ich.

Terrell sah erst Andray an und dann mich und zuletzt die Waffe. »Nichts«, sagte er. »Sie haben mir das Leben gerettet. Ich will an Ihnen nichts verdienen.«

»Dann lass mich dir wenigstens geben, was du dafür bezahlt hast«, sagte ich. Normalerweise kaufte ich keine Hehlerware von Kindern, aber wenn es schon sein musste, wollte ich mich nicht auch noch bereichern.

Wir stritten über den Preis und einigten uns auf hundert. Ich steckte die Waffe ein und gab Terrell fünf Zwanziger. Terrell griff in die endlos tiefen Taschen seiner Riesenjeans und zog einen Plastikbeutel mit den kleinen, braunen, handgedrehten Zigaretten heraus und dann ein dickes Geldbündel. Er steckte die fünf Zwanziger dazu und machte sich daran, Geld und Beutel einzustecken, als Andray seinen Arm festhielt.

»Gib eine aus«, sagte er.

Terrell sah mich an.

»Los«, sagte ich. Terrell zog eine der langen, dünnen, schrumpeligen Zigaretten aus der Tüte und zündete sie an. Er reichte sie weiter. Als ich an der Reihe war, nahm ich einen tiefen Zug und behielt das Gift so lange wie möglich in der Lunge.

Drogen entführten in andere Welten – manche davon waren schön, andere furchtbar. Das Entscheidende war aber nicht, ob sie schön waren oder nicht. Entscheidend war, dass man in manchen Welten Hinweisen begegnete. Nach kurzer Zeit war ich hundemüde und überzeugt, der Truck habe Schlagseite. Dabei war ich mehr oder weniger wach. Die Jungs unterhielten sich. Ich verstand kaum ein Wort. Ich schaute ihnen beim Reden zu: Zu zweit waren sie andere Menschen als allein. Zu zweit waren sie lebendig und hoffnungsfroh, vielleicht sogar glücklich. Sie sprachen ihre eigene Sprache, die sich in vielen Jahren des Teilens von Wahrheiten und Geheimnissen herausgebildet hatte.

Während ich sie beobachtete, fiel mir ein bislang übersehenes Detail auf. Terrell und Andray trugen die gleiche Tätowierung an der Innenseite des rechten Unterarms, fast in der Armbeuge, drei ineinander verschlungene Buchstaben in fast keltischer Anmutung, zwei Ts und ein A.

»Wer ist der andere T?«, fragte ich und unterbrach damit ihre Unterhaltung.

Keiner der beiden gab eine Antwort, aber ich spürte die Stimmung im Wagen umschlagen. Ihr Gelächter war verflogen, weit, weit weg.

»Ihr kennt euch sicher schon lange, hm?«, fragte ich, um einen anderen Zugang zu finden.

»Unser ganzes Leben lang«, sagte Terrell. »Andray ist mein Bruder.«

Die Jungen vollführten einen besonderen Handschlag und lächelten. Aber etwas fehlte. Man konnte die Traurigkeit im Wagen förmlich spüren.

»Wer ist der andere T?«, fragte ich noch einmal.

Keiner sagte etwas. Die Zigarette ging reihum. Inzwischen war ich überzeugt, dass wir an einem steilen Hang geparkt hatten, so sehr hing der Truck nach links. Ein Wunder, dass ich noch auf meinem Platz saß. Ich fragte mich, ob es ein Fehler gewesen war, die Airbags zu deaktivieren.

Nach einer langen Weile sagte Andray: »Trey war das. Der andere T.«

»Wo ist er?«, fragte ich.

Wieder saßen wir lange Zeit rauchend und schweigend da.

»Ich habe ihn erschossen«, sagte Andray schließlich.
»Du hast ihn erschossen?«, wiederholte ich. Er reichte mir die braune Zigarette, ohne mich anzusehen. Ich nahm einen tiefen Zug.
Andray nickte. »Ja. Hab ihn erschossen.« Er war so verstockt – oder so high –, dass ich seine Gedanken unmöglich erraten konnte. Er lehnte sich zurück und schloss die Augen. Terrell tat es ihm gleich.
»Was ist passiert?«, fragte ich.
»Na ja, als wir zurückkamen …«, fing Terrell an.
»Nein, nein«, ging Andray dazwischen. »Lass mich von vorn anfangen. Wissen Sie, wir drei, wir sind zusammen aufgewachsen. Wir waren die dicksten Freunde.«
»*Echte* Freunde«, sagte Terrell, »nicht so wie die anderen hier, die immer sagen, sie wären dein Freund, und sich einen Scheiß drum kümmern, ob du lebst oder tot bist. Nein, nicht wir, wir waren wie Brüder.«
»Ich weiß nicht mal mehr, wie wir uns kennengelernt haben«, sagte Andray. »Ich weiß nicht mehr, wie es ohne die beiden war. Dabei haben wir nicht mal zusammen gewohnt, Terrell war in einer Pflegefamilie, Trey in einer anderen und ich in meiner. Aber irgendwie haben wir uns immer wiedergefunden. Wir sind uns ständig über den Weg gelaufen. Und dann haben wir zusammen gearbeitet. Im Alter von elf oder zwölf haben wir angefangen, für dieselben Leute zu arbeiten. Das war … das war gut.« Er lächelte. »Ich meine, aus heutiger Sicht war es nichts. Wir haben wenig verdient. Aber wir konnten uns CDs davon kaufen und Turnschuhe. Treys Mom hat gut verdient, die war auch ein Slinger« – ich vermutete, das bedeutete Dealer, war mir aber nicht sicher –, »und sie hat uns ein Auto gekauft. Eine verbeulte Schrottkiste, einen uralten Mercury. Mann, was waren wir stolz! Wir

sind damit rumgefahren und haben Musik gehört und Mädchen mitgenommen. Wir haben Blödsinn gemacht. Wir hatten Spaß. Wir waren wie Brüder. Immer zusammen. Wir wussten alles übereinander. Einfach alles. Wir haben uns gegenseitig Geld gegeben und füreinander Deals abgemacht. Wir hatten Vertrauen, verstehen Sie? Die hier haben wir uns in der achten Klasse stechen lassen.« Er betrachtete seine Tätowierung.

»Trey, der Penner, war so was von ungeschickt«, lachte Terrell. »Der verdammte Clown. Hatte immer nur Quatsch im Kopf. Einmal …«

»Einmal«, unterbrach ihn Andray, der selbst lachen musste, »einmal hatte er Ärger mit einem Typen, der hieß Deuce …«

»Und Deuce steht hinter ihm und drückt ihm eine Knarre in den Rücken …«

»Eine verdammte Knarre!«

»Und Trey sagt: ›Deuce, Mann, du freust dich wohl sehr, mich zu sehen.‹«

Wir lachten. Der Spruch war uralt und von Mae West, aber immer noch lustig.

»Kalt«, sagte Andray, was eindeutig ein Kompliment war.

»Eiskalt«, pflichtete Terrell ihm bei.

»Aber dann«, fuhr Andray fort, »wurde alles anders. Wissen Sie, vor drei oder vier Jahren haben wir Karriere gemacht. Wir haben mehr verdient, neue Leute kennengelernt. Irgendwann haben wir dann nicht mehr zusammen gearbeitet. Wir waren Konkurrenten. Am Anfang war das egal. Der Kuchen war groß genug für alle. Aber wissen Sie, dann fing es an … mit ganz kleinen Sachen. Damals hatte jeder von uns eigene Jungs, die für uns gearbeitet haben, und zwischen denen gab es manchmal

Streit. Das mussten wir dann klären. Aber wir haben das immer geschafft. Es zu klären.«

Terrell nickte ernst. »Bis der Sturm kam«, sagte er.

»Ja, der Sturm«, bestätigte Andray nickend. »Da wurde alles anders. Wissen Sie, Trey und Terrell sind nach Houston abgehauen, und ich nach Dallas. Wir waren ungefähr drei Monate weg, und als wir wiederkamen, hatte sich alles verändert. Was das Geschäftliche anging. In Texas hatten wir uns jeweils anderen Leuten angeschlossen. Wir hatten also nicht mehr mit denselben Leuten zu tun. Und so wurden wir *echte* Konkurrenten. Damals war kaum jemand zurückgekommen. Nicht bloß die Kunden, auch die Verkäufer. Wissen Sie, die meisten hingen in Kalifornien fest oder in Wisconsin, so was halt. Sie saßen da fest, wo immer der Sturm sie hingetrieben hatte. Deswegen waren hier nach dem Sturm bloß ich und Terrell und Trey und noch ein paar Typen.«

»Aber eigentlich«, sagte Terrell, »waren es nur wir drei.«

Andray nickte. »Nur wir drei. Und wir hatten die Chance, richtig viel Geld zu verdienen, bevor die ganzen anderen Penner wieder in die Stadt kamen. Und ich … na ja, ich glaube, ich war damals nicht ganz klar im Kopf. Wegen dem Sturm und so. Wissen Sie, ich habe da Sachen gesehen … ich war die ganze Zeit so wütend. Es war wie …«

»Wie eine Krankheit«, sagte Terrell. »Es ist wie eine Krankheit, wenn man die ganze Zeit so wütend ist.«

Andray nickte. »Ja, und Trey war einer der Gründe, wütend zu werden. Er hat mir die Hälfte von meinen verdammten Kunden geklaut. Ich wurde jeden Tag wütender. Und Trey machte das große Geld, *mein* Geld. Aber das war es nicht. Es war … es war was anderes. Scheiße, ich kann es nicht erklären.«

Die lange, braune Zigarette wanderte herum. »Hattest du Angst?«, fragte ich.
»Nein«, sagte Andray empört. Fast musste er lachen. Dann überlegte er. »Ja, vielleicht«, gab er zu. »Aber nicht vor Trey. Vor niemandem eigentlich. Da war einfach nur diese Angst. Ich dachte zum Beispiel immer, da schleicht sich einer von hinten an und so einen Mist.«
»Das nennt man posttraumatische Belastungsstörung«, erklärte ich. »Wenn einem etwas ganz Schlimmes zustößt, glaubt man, es könnte jederzeit wieder passieren. Man hat Angst, auch wenn es dafür keinen Grund gibt.«
Die Jungen sahen einander nickend an. Das musste ich ihnen nicht erklären.
Andray runzelte die Stirn. »Ja, so war es, mehr oder weniger. Immer diese Angst, diese Angst vor nichts. Ohne Grund. Jedenfalls«, fuhr er fort, »sage ich mir eines Tages: Okay, das reicht. Jeden anderen Wichser, der mir den Umsatz kaputt macht, hätte ich längst umgenietet. Und jetzt ist Trey dran. Ich sage ihm also: Wir treffen uns um Mitternacht unten an der Calliope. Das war im Januar – letzten Januar, ist genau ein Jahr her. Ich hab das ganz normal gesagt: Wir treffen uns an der Calliope.« Er sprach den Namen der Sozialsiedlung, die so hieß wie die Muse, *Kalli*-ope aus. »Also bin ich mit ein paar von meinen Jungs nach elf zur Calliope. Trey war schon da. Allein. Er hatte wohl nicht mal eine Waffe dabei. Nichts. Einfach nur Trey. Als hätte er es gewusst. Da stand er nun. Ich und meine Jungs am einen Ende der Straße, Trey am anderen. Die Häuser standen leer, weit und breit war niemand zu sehen. Wir waren allein. Trey hat kein Wort gesagt, als er mich gesehen hat. Hat einfach nur dagestanden und mich angesehen. Und dann hat er die Arme hochgehoben, so als wollte er mich von weit weg

umarmen. Hat die Arme ausgebreitet. Das leichteste Ziel der Welt. Und dann taucht Terrell auf. Steht wie ein bekloppter Irrer zwischen uns auf der Straße.« Andray schüttelte den Kopf. Terrell schwieg. »Aber ich hatte meine Entscheidung getroffen. Meine beschissene Entscheidung. Ich hab Terrell aus dem Weg geschubst und Trey eine Kugel verpasst. Ich habe Trey erschossen.
Ich habe ihn erschossen.
Ich konnte nicht sehen, wo ich ihn getroffen hatte, aber ich hatte getroffen. Und eine Sekunde stand er still da. Weniger als eine Sekunde, ganz kurz nur stand er still da und hat mich angesehen. So als wollte er sagen: Andray! Und da, genau in dem Moment, habe ich sein Gesicht gesehen – und begriffen, was ich getan hatte. Ich hatte meinen besten Freund ermordet. Wissen Sie, er war ja noch nicht tot, aber er würde sterben. Das habe ich gesehen. Ich hatte ihn umgebracht – den einzigen Menschen, der je gut zu mir gewesen war. Der einzige, der mich wirklich geliebt hat. Meinen Bruder. Ich hatte nur ihn und Terrell. Ich hatte ihn umgebracht, und ich wusste nicht mal mehr den Grund. Aus Wut. Ich war immer so verdammt wütend. Wissen Sie, es war so, wie Sie gesagt haben: Ich dachte, er legt mich zuerst um. Ich wusste nicht mal, wofür. Aber ich war überzeugt, der Wichser wollte mir was antun. Und dann ist Trey umgekippt, also ganz normal. Überall kam Blut raus – aus seiner Brust, seinem Mund, seinen Ohren und Augen. Ich bin hingerannt. War mir doch egal, ob mich jemand sah. Mir war plötzlich alles egal. Alles! Ich hatte keine Angst, wie eine heulende Tunte auszusehen. Ich wusste nämlich, dass ich den größten Scheißfehler meines Lebens gemacht hatte. Ich habe ihm gesagt, wie sehr ich ihn liebe und dass es mir leidtat. Ich habe geheult … Scheiße, ich habe geheult

wie zuletzt als kleiner Junge. Ich habe mich richtig gehenlassen. Ich habe gesehen, wie das Blut aus ihm rauslief. Sein Herz hat immer weitergepumpt, als wüsste es nicht, dass es das ganze Blut rauspumpt, auf die Erde. Ich habe ihn festgehalten, und sein Blut ist über mich gelaufen, auch in mein Gesicht und meine Augen. Ich habe gesagt: Ich liebe dich. Ich habe alles falsch gemacht, und ich weiß das jetzt, aber ich liebe dich. Ich liebe dich so sehr.«

Andray hielt inne und lachte, um zu überspielen, dass er weinte.

»Und dann war es auf einmal, als würde die Zeit langsamer vergehen. Als würde die Zeit stehenbleiben. Und dann fühlte ich etwas, es war wie … na ja, ich kann es nicht erklären. Irgendwas ist passiert. Es war wie ein Windstoß, warm und gleichzeitig kalt. Und dann setzt Trey sich plötzlich auf und sagt: ›Andray, warum weinst du?‹«

Wieder lachte Andray, aber das mit dem Überspielen funktionierte nicht mehr. Er beugte sich über Terrell, um aus dem Fenster zu spucken.

»Hat mich zu Tode erschreckt«, fuhr er fort, »ich bin fast umgekippt. Aber es ging ihm gut. Er ist aufgestanden und war okay. Wir waren beide voller Blut, aber er war heile. Keine Verletzungen am ganzen Körper, nicht einen Kratzer.«

Ich sah Terrell an. Er erwiderte meinen Blick und nickte feierlich. »Bei Gott, das stimmt«, sagte er, »ich habe es selbst gesehen. Der Wichser ist einfach aufgestanden und weggegangen, der Trottel war genau wie immer.«

Beide Jungen lachten nervös.

»Ich habe wieder zu heulen angefangen«, sagte Andray kopfschüttelnd. »Bis Trey mir gesagt hat, ich soll damit aufhören. Er hat gesagt: ›Es ist vorbei. Du musst nirgendwohin. Also hör auf zu heulen und halt die Klappe.‹ Er hatte es gewusst. Ich … na ja, ich hätte nicht damit leben können. Wenn er gestorben wäre, hätte ich gleich da mit ihm sterben wollen. An seiner Seite. Er hat mich umarmt, und wir waren beide so … glücklich.«

»Und dann fing es zu regnen an«, sagte Terrell lächelnd.

»Einfach so«, sagte Andray und schnipste mit den Fingern. »Einfach so bricht ein Riesengewitter los und spült das Blut ab. Wir waren beide klatschnass und sauber, als hätten wir geduscht. Und das Wasser war nicht so dreckig wie sonst. Es war ganz sauber, wie aus der Flasche. Und dann hat es ganz plötzlich wieder aufgehört.« Er schnipste noch einmal.

»Danach«, schloss Andray, »war alles anders. Trey hat nie ein Wort drüber verloren. Hat mir nie verraten, wie er das gemacht hat. Ich habe ja schon so einiges gesehen, aber das war echt die Höhe.«

»Aber Trey«, sagte Terrell ernst, »war nicht mehr der Alte.«

»Na ja, immerhin wurde er angeschossen«, sagte ich.

»Nein«, sagte Terrell kopfschüttelnd, »so meine ich das nicht. Sein Körper war derselbe, keine Narbe und gar nichts. Aber im Kopf war er anders.«

»Er hing nicht mehr mit uns rum«, sagte Andray. »Wir haben ihn kaum noch zu Gesicht bekommen.«

»Er ist auf Güterzügen mitgefahren«, sagte Terrell, »wie ein Landstreicher.«

»Zusammen mit ein paar weißen Jungs«, sagte Andray, »heruntergekommene Typen mit Dreadlocks und so. Punks. Er blieb jedes Mal länger weg.«

»Hat im ganzen Land Leute kennengelernt«, sagte Terrell. »Einmal ist er sogar in die Bücherei gegangen, um einem Mädchen aus Portland zu mailen.«

»Oregon«, erklärte Andray in der Annahme, ich könnte mit der Ortsbezeichnung Portland ebenso wenig anfangen wie er.
»Portland, Los Angeles – verdammt, der war einfach überall«, sagte Terrell. »Per Güterzug. Und eines Tages ist er gar nicht mehr wiedergekommen.«
»Vor sechs Monaten«, sagte Andray.
»Vor sieben«, sagte Terrell. »Vor sieben Monaten.«
»Eine lange Zeit«, sagte Andray.
Wir saßen im Auto, und ich rauchte die braune Zigarette zu Ende.
Andray sah mich an.
»Warum atmen Sie so komisch?«
»So atme ich immer«, sagte ich.
Ich fühlte mich wie im freien Fall und fragte mich, ob der Truck nun endgültig umgekippt war. Immerhin hatte die Neigung einen unmöglichen Winkel erreicht. In Physik konnte mir keiner was vormachen.
»Hey, Lady!«, hörte ich es von weit weg.
Im Fallen sah ich Trey, wie er in Portland die Mädchen zum Lachen brachte und die sauberen Straßen und unbeschädigten Gebäude bewunderte. Trey, der in Los Angeles in einer Brown-Derby-Filiale sitzt und Klienten empfängt. Trey, wie er in Boston den Harvard-Campus erkundet. Trey, wie er in Miami mit Alligatoren ringt. Trey in Alaska, wie er Yukon Jack das Schießen und Steinschleudern beibringt. Trey, der sich lachend einen Weg durchs ganze Land bahnt, der alles sieht und auf der Sonnenseite lebt.
»Sie heißt Miss Claire. Yo, Miss Claire!«
»Scheiße. Hey, Lady, aufwachen!«
»Hey, CLAIRE. Claire-de-was-auch-immer. AUFWACHEN!«

Plötzlich packte mich jemand an den Schultern. Trey?
»Oh, Lady, bitte wachen Sie auf, verdammt, BITTE wachen Sie auf.«
Ka-wumm. Ka-wumm.
Ich spürte das Herz in meinem Brustkorb schlagen. Meine Augenlider klappten auf. Ich war high und vollkommen lebendig.
Terrell beugte sich über mich, Augen und Mund weit aufgerissen. Andray war weg.
»O Mann«, sagte er, »ich dachte schon, Sie wären hinüber.«
Er lachte. Nichts war lustig, er war einfach nur froh, dass ich nicht gestorben war.
Ich bemerkte, dass ich vom Fahrersitz gerutscht war und mein Kopf fast die Fußmatte berührte. Ich setzte mich auf.
»Hey«, sagte ich. Mein Hals brannte und war ausgetrocknet. »Kriege ich noch mehr?«
Terrell schüttelte den Kopf und ignorierte meine Bitte. Er war den Umgang mit zugedröhnten Idioten gewohnt.
»Lady, Sie sahen wirklich tot aus. Sie waren ganz weiß, und Ihre Augen waren nach oben verdreht, so wie im Film.«
»Ich sehe immer so aus«, krächzte ich.
Er dirigierte mich zu der durchgehend geöffneten Tankstelle an der Ecke von Magazine Street und Washington Avenue. Er hüpfte aus dem Auto und kam mit einem Plastikfläschchen zurück, in dem eine gezuckerte, gefärbte Flüssigkeit schwappte.
»Saft«, erklärte er. »Trinken Sie das, ist gut für Sie.«
Ich trank das Zuckerwasser und fühlte mich gleich besser. Ich begriff, warum er und Andray befreundet waren. Er war wirklich ein netter Junge. Ich fuhr ihn an seine

Straßenecke zurück. Einen Block davor hielt ich an, um ihn aussteigen zu lassen.
»Sicher, dass Sie das allein schaffen?«, fragte er. »Brauchen Sie Hilfe?«
»Es geht schon«, sagte ich. »Danke für den Saft.«
Er nickte, gab mir die Hand und stieg aus.
Seine Hand fühlte sich hart und ledrig an, so als sei er harte Arbeit gewohnt.

35

Es war Nacht. In der Bar war es dunkel, es roch nach Bier und fühlte sich vertraut an. Vielleicht war ich schon einmal hier gewesen. Über der Theke hing eine Lichterkette, und in der Jukebox lief Tom Waits. Ich befand mich im French Quarter am Ende der Decatur Street, die tagsüber für ihre Antiquitätenläden bekannt ist und nachts für die Kellerbars. Ich konnte mich nicht daran erinnern, wie ich hergekommen war, aber da saß ich nun.

Tracy und Andray saßen an der Bar.

Andray trank einen Martini aus einem überdimensionierten Glas und rauchte Zigarre. Tracy trank ein Bier und rauchte eine Zigarette. Andray musste direkt hierhergekommen sein.

Hier hat Tracy also all die Jahre gesteckt, dachte ich. Und ich hatte immer gedacht, sie wäre gestorben. Dabei war sie die ganze Zeit in New Orleans gewesen. Auf seltsame Weise ergab das sogar Sinn. Tracy hätte New Orleans geliebt – das Mörderische, die Musik, die Leute hier. Sie war in meinem Alter – in ihrem Alter –, ihre Haare waren gebleicht, und sie sah verhärmt und ein bisschen unheimlich aus. Ich hatte es immer geahnt. Sie trug einen schwarzen Pelzmantel, der sich an den Säumen aufzulösen begann, und schwere Klunker an allen Fingern. Ich konnte die eintätowierten Buchstaben an ihrem Handgelenk sehen: C und K. Drum herum hatten sich neuere Tattoos angesammelt: Schlangen, Rosen, die Namen ehemaliger, flüchtiger Liebhaber.

Ich wollte die beiden ansprechen, aber sie hörten mich nicht, obwohl ich sie hören konnte.

»Es ist bloß so«, sagte Andray gerade, »die Leute kommen her und meinen, dass es sein wird wie in einem Damon-Runyon-Roman. Die wollen Umzüge sehen ...«
»Und diese ganze Voodoo-Kacke«, pflichtete Tracy ihm bei, »und schwarze Straßenkinder, die durch die Pfützen steppen. Und einen alten Schwarzen, der im French Quarter Gitarre spielt.«
Andray lachte.
Natürlich hätten sie einander gemocht! Natürlich wären sie die besten Freunde gewesen.
»Aber wenn sie dann kommen«, sagte Andray, »merken sie schnell, dass das hier nichts mit Damon Runyon zu tun hat.«
Tracy lachte.
»Eher mit Jim Thompson«, sagte sie.
»Oder Donald Goines«, schlug Andray vor.
»Vielleicht sogar Chandler«, sagte Tracy. »Bei dem ergibt auch nie etwas einen Sinn.«
»Ja«, sagte Andray, »du sagst es. Wenn einer *so* eine Geschichte hören will, wo am Ende alles nahtlos aufgeht, sollte er lieber im Zug sitzen bleiben und bis nach Texas weiterfahren.«
»Er sollte am besten gar nicht erst aussteigen«, sagte Tracy, »sondern einfach im Zug sitzen bleiben. *Miss, wie ich hörte, haben sie in Oxford die tollsten Geschichten.*«
Andray lachte.
»Und in Miami auch, hab ich gehört«, fügte er hinzu.
»In Kalifornien, jede Menge«, sagte Tracy. Sie lachten wieder.
»So ist es in dieser Stadt«, sagte Andray. »Sie weiß die schönsten Geschichten zu erzählen, wirklich. Aber wer auf ein Happy End hofft, sollte sich lieber woanders umsehen.«

Tracy kicherte.
»Kumpel, du sagst es«, murmelte sie und zündete sich eine Zigarette an. »Diese Stadt hat viele liebenswerte Seiten, aber sie ist nichts für schwache Nerven. Hier gibt es viel Gutes«, sie blies eine Qualmwolke in die dunkle Bar, »aber es ist keine Stadt für ein Happy End.«

36

Ich wachte auf, griff zum Handy und rief Kelly an. Ich hatte seit fünf Jahren nicht mehr mit ihr gesprochen. Ich erreichte ihren Anrufbeantworter. Ihre Stimme klang schnippisch und knapp wie bei unserer letzten Begegnung. »Sie haben die Nummer der Privatdetektei McCallen gewählt. Bitte hinterlassen Sie eine Nachricht.«
»Ich bin es«, sagte ich. »Ich hatte einen Traum.«
Ich legte auf.

Unsere Karrieren als Detektive begannen wir damit, die Rätsel unserer Elternhäuser zu lösen. Wo ging Kellys Mutter jeden Tag um 13:15 Uhr hin? Zum Schnapsladen, wie wir herausfanden. Was bewahrte Tracys Vater in der geheimnisvollen Kiste unter seinem Bett auf? Bondage-Pornos und Fotos, von denen ich wünschte, ich hätte sie nie gesehen. Und wen rief meine Mutter heimlich an, sobald mein Vater eingeschlafen war? Ihren Schwager, den Bruder meines Vaters, wie wir feststellten.
Es dauerte nicht lange, bis wir die Gültigkeit von Silettes oberster Ermittlungsregel bewiesen hatten: Die meisten Leute möchten gar nicht, dass man ihr Rätsel löst. Was auch uns selbst betraf. Aber es war zu spät – wir konnten nicht mehr aufhören.
Als Nächstes wandten wir uns den Geheimnissen in der Nachbarschaft zu. Verbrechen gab es zuhauf, doch deren Aufklärung stellte keine große Herausforderung dar. Alle wussten, wer Dwayne erschossen hatte. Alle wussten die Wahrheit über LaTishas Dad. Das Problem war nicht, das Verbrechen aufzuklären. Das Problem war, dass es keinen interessierte.

Später, als wir älter wurden, verbrachten wir Stunden in der U-Bahn. New York gehörte uns, von The Cloisters bis Coney Island. Der U-Bahn-Chip kostete fünfundsiebzig Cent, eine Dose Krylon zwei Dollar. Dabei ließen sich die Drehkreuze in der U-Bahn mühelos überspringen und die Sprühfarbe problemlos stehlen. Wir fuhren U-Bahn und hinterließen unser Zeichen, wo immer wir konnten. Für manche Jugendliche ging es beim Sprayen um Leben oder Tod; wir hingegen wollten einfach nur dokumentieren, dass wir da gewesen waren.

New York war unser privates Rätsel. Wie Kinder, die sich im Wald verlaufen hatten, orientierten wir uns an unseren eigenen Spuren. Niemand suchte uns. Niemand vermisste uns. Erwachsene Autorität trat uns nur in Form von Polizeigewalt entgegen, und selbst die Cops sagten nie mehr als *Kipp das weg, Steck das in eine Papiertüte* oder *Mach das aus.*

Wir sprühten gemeinsam, gemeinsam kauften wir Platten, gemeinsam durchkämmten wir die Billigläden nach Klamotten und Büchern, gemeinsam kauften wir in der Myrtle Avenue Tütchen mit Gras und Flaschen mit Wodka, gemeinsam fälschten wir unsere Schülerausweise, um ins Kino zu gehen, gemeinsam blieben wir bis zur Endhaltestelle in der U-Bahn sitzen, gemeinsam lernten wir Jugendliche kennen, die so waren wie wir – eine ganze Stadt voller Jugendlicher wie wir, die von ihren Elternhäusern und Wohnvierteln so weit weg sein wollten wie möglich.

Aber zwischen uns und den anderen gab es einen Unterschied. Wir hatten *Détection* gelesen, sie nicht.

Im Jahr 1985 lasen wir Zeitung und sahen fern und versuchten, Verbrechen aufzuklären, von denen wir gehört hatten. In dem Jahr wurden in New York City über tausend Menschen ermordet. Allein in unserem Viertel kam es ein oder zwei Mal pro Woche zu einer Schießerei. Und die Stadt im Großen war, wie wir bald herausfanden, gar nicht so anders als unsere Straße. Manchmal bestand das Problem nicht darin, den Fall zu lösen. Es bestand darin, jemanden zu finden, der sich dafür interessierte.

»Der Hinweis, der sich benennen lässt, ist nicht der ewige Hinweis«, schrieb Silette. »Das Rätsel, das sich benennen lässt, ist nicht das ewige Rätsel.«

37

Am nächsten Tag fuhr ich wieder zum Park an der Annunciation Street. Vor mir entdeckte ich den weißen Kranwagen, der mir schon seit Tagen aufgefallen war. Ich wusste immer noch nicht, wozu er herumfuhr. Ich warf einen Blick auf das Nummernschild. Es war von Schlamm bedeckt. Ich versuchte, die Leute im Wageninnern zu erkennen, konnte aber nicht mehr sehen als zwei Gestalten in weißen Overalls. An der Josephine Street bog der Kranwagen nach rechts ab. Ich folgte ihm nicht.

Eigentlich war der Park an der Annunciation ein Kinderspielplatz. Aber niemand kam zum Spielen her. Ich sah die gleichen Jungen wie beim letzten Mal, die die gleichen Drogen verkauften. Einer war klein und hatte lange, dicke Dreadlocks. Ich wusste gleich, das war Lawrence.

Ich parkte den Truck, lief zu ihm hin und stellte mich vor. Lawrence hatte eine glatte, ebenmäßig schwarze Haut und ein ganz hübsches Gesicht, aber das Schönste an ihm waren seine Haare, die sich in langen, gepflegten Kringeln um seinen Kopf legten wie bei Shiva, dem Hindugott. Er trug übergroße Jeans, in deren Bund eine ebenso überdimensionierte Schusswaffe steckte. Auf sein T-Shirt war das Bild eines toten Jungen aufgedruckt. *Hustler 4 life*, stand unter dem Bild. Es war kalt, und ich sah die Gänsehaut an Lawrence' braunen, makellosen Armen.

Wir standen uns fröstelnd gegenüber. Seine Freunde standen in der Nähe und beobachteten uns. Unter ihren T-Shirts hatten sie genug Waffen versteckt, um Fallud-

scha einzunehmen. Ich war froh, dass im Bund meiner Jeans die .38er steckte.
Lawrence musterte mich spöttisch. Nur eine liebende Mutter konnte Lawrence für so etwas wie unschuldig halten. In meinen Augen waren alle schuldig, und Lawrence ganz besonders.
»Darf ich dich zum Mittagessen einladen«, sagte ich. »Hier draußen ist es ganz schön kalt.«
Lawrence schüttelte stumm den Kopf. Er machte einen auf harte Nuss. Aber ich war härter.
»Es geht um Vic Willing«, sagte ich leise. »Den Staatsanwalt.«
Lawrence kniff die Lippen zusammen. Er schwieg immer noch.
»Ja, ich weiß«, sagte ich, »keiner darf mit der Verrückten über den Staatsanwalt reden.«
Er sagte nichts, aber die Augen gingen ihm über. Was er zu erzählen hatte, war stark, aber er war stärker.
»Dann muss ich raten«, sagte ich. »Ich muss raten, was zwischen dir und Vic Willing vorgefallen ist.«
Lawrence schaute zur Seite, ignorierte mich und schob den Unterkiefer vor. Aber er rührte sich nicht vom Fleck. Ich beobachtete ihn. Er stand aufrecht da, doch sein Rücken war steif durchgedrückt. Er stand aus Angeberei so gerade, nicht aus Stolz. Seine Schultern waren wie zur Selbstverteidigung nach vorn gekrümmt. Er hatte die Hände in den Taschen vergraben, damit ich sie nicht zittern sah. Ich maß seine Atemfrequenz und -tiefe; schnell und flach. Ich blickte ihm in die Augen und deutete die Irisflecken. Ich studierte seine Tätowierungen. Zusätzlich zu den üblichen Gangsymbolen und Revierzeichen hatte er sich einen Reißverschluss an den Hals stechen lassen. Das Ganze schrie nach Selbstmordgedanken.

Das Bild zu deuten, war nicht schwer. Es war dieselbe alte, traurige Geschichte. Ich kannte sie besser, als mir lieb war.
»Deine Mutter Shaniqua hat Vic von dir erzählt«, riet ich. »Sie hat ihm Fragen gestellt und ihm alles erzählt. Und er hat ihr seine Hilfe angeboten. Er hat euch tatsächlich geholfen, nicht wahr? Hat dafür gesorgt, dass die Anklage fallengelassen und die Vorstrafen aufgehoben wurden. Und er war immer so nett! Der netteste, coolste Typ der Welt, richtig?«
Lawrence schwieg.
»Es war so, wie alle sagten«, fuhr ich fort, »und nachdem die Sache überstanden war, blieb Vic in der Nähe. Nicht wie … nicht wie alle anderen außer deiner Mom, stimmt's? Vic blieb in der Nähe. Am Anfang gab er sich als guter Freund. Er interessierte sich für dich, hörte zu, gab gute Ratschläge.«
Lawrence starrte einen Punkt hinter dem Spielplatz an. Sein Kiefer arbeitete. Seine Brust hob und senkte sich schnell. Er war kampfbereit.
»Aber dann eines Tages«, sagte ich zitternd, »war er nicht mehr so nett, oder? Er wollte mehr. Er hat dir gesagt, es wäre okay, alle würden es machen. Er wollte … tja, er wollte Sex. Und als du abgelehnt hast, war das okay, anfänglich. Er sagte, er hätte damit kein Problem. Du brauchtest nichts zu tun, was du nicht tun wolltest. Ihr könntet trotzdem befreundet sein. Stimmt's?«
Lawrence rührte keinen Muskel, aber in seinen Augenwinkeln bildeten sich kleine, glänzende Seen.
»Aber er versuchte es immer wieder. Er ließ nicht locker. Er führte dich aus. Machte dir Geschenke. Und hörte nicht auf. Angeblich könntet ihr trotzdem Freunde sein. Und das wolltest du auch, du wolltest mit ihm befreun-

det sein. Bloß dass er nicht lockerließ. Er ließ einfach nicht locker. Und dann eines Tages hat er Klartext geredet. Er hat dich nicht mehr gebeten, er hat dir Anweisungen erteilt. Entweder du machst mit, oder es wird erneut Anklage gegen dich erhoben. Fahrlässige Tötung – das ist keine Bagatelle. So lange will niemand nach Angola.« Dass eine einmal fallengelassene Anklage wiederaufgenommen würde, war natürlich höchst unwahrscheinlich. Doch es hatte keinen Zweck, Lawrence das nun zu erklären. »Also hast du es getan«, sagte ich, »du hast …«

Lawrence schüttelte den Kopf.

»Nein«, sagte er mit vor Aufregung brüchiger Stimme, »wir haben nicht … nein!«

Er machte eine seltsame Kopfbewegung und verstummte. Er drehte den Kopf in Richtung Park und mied meinen Blick.

Ich sagte nichts.

»Ich habe nur zugeschaut«, murmelte Lawrence. »Er mochte es, wenn man zuschaute. Die anderen Jungen haben … Sie wissen schon.«

»Wie alt warst du?«, fragte ich.

»Vierzehn«, murmelte er. »Dreizehn, dann vierzehn.«

Sein Blick klebte an einem Punkt in der Ferne. Es fing zu regnen an, so als hätte er es allein durch sein Starren bewirkt. Dass er nur zugeschaut hatte, glaubte ich ihm nicht.

Wir standen im Regen und versuchten, mit dem, was er gerade gesagt hatte, zu leben.

Wir konnten es beide kaum ertragen.

Gäbe es ein Heilmittel gegen Selbstverachtung, ich hätte es Lawrence, nachdem ich selbst ein Schlückchen genommen hätte, eingeflößt. Aber diesen Zaubertrank gab es nicht. Jeder musste den Weg hinaus allein finden. Jeder musste sich selbst einen Pfad durchs Dickicht schlagen.

Aber manchmal konnte man jemandem einen Hinweis geben.

»Als mir das passiert ist«, sagte ich, »wollte ich sterben.«

Lawrence starrte in die Ferne.

»Wirklich«, sagte ich, »ich wollte einfach nur sterben, verstehst du? Ehrlich gesagt habe ich es nur deswegen nicht getan, weil ich zu große Angst hatte. Angst vor dem, was danach kommt. Angst vor dem Sterben. Und für die Angst habe ich mich natürlich noch mehr gehasst. Aber dann habe ich dieses Buch entdeckt. Der Mann in dem Buch sagt etwas, das ich wirklich clever fand. Für mich hat sich dadurch etwas geändert. Irgendwie veränderte es alles, mein ganzes Leben.«

Ich betrachtete Lawrence. Er schaute immer noch weg. Im Innenwinkel seines linken Auges zitterte eine Träne, riss sich los und lief ihm übers Gesicht. Er erstarrte und tat so, als bemerke er es nicht. Der Wind trieb Fast-Food-Verpackungen und leere Dosen vor sich her, die gegen unsere Füße schlugen.

»In diesem Buch«, sagte ich, als würden wir nicht beide weinen, »schreibt der Mann: ›Sei dankbar für jede Wunde, die dir das Leben zufügt.‹ Er schreibt: ›Dort, wo wir unverletzt sind, sind wir nicht authentisch. Wo wir verletzt und vernarbt sind, zeigt sich unsere wahre Natur.‹ Nur so kann man zeigen, woraus man gemacht ist.«

Lawrence sah mich an. Er sagte nichts, aber er sah mich an wie ein Ertrinkender, während ich den Rettungsring in Händen hielt.

»Von nun an«, sagte ich vorsichtig, »kannst du gehen, wohin du willst. An jeden Ort der Welt. Du musst nicht mehr der sein, der du gestern warst. Dir ist immer noch dasselbe zugestoßen, aber du bist ein anderer.«

Lawrence lachte und tat so, als verstehe er kein Wort.

»Diese Geschichte«, sagte ich, »*deine* Geschichte braucht nicht damit zu enden, dass das Opfer allein und pleite in einem Hotelzimmer in der Canal Street verreckt. Oder in Angola. Die Geschichte kann davon handeln, dass dieser Mist, der dir zugestoßen ist, dass deine Narben dir die Stärke verleihen, dein Leben zu leben, ein Leben so wunderbar, wie du es dir heute nicht vorstellen kannst. Kein Tag muss je wieder so langweilig sein. Denn nur Menschen wie du und ich wissen, dass uns *nichts* umhauen kann. Wir haben das denkbar Schlimmste schon hinter uns, und nun sind wir frei zu tun, was wir wollen. Nichts hält uns zurück.«

Wir starrten einander lange an.

»Sie sind ja verrückt«, sagte Lawrence schließlich und schluckte die Tränen hinunter.

»Das stimmt«, sagte ich, »das ist ärztlich bestätigt. Komm, ich lade dich zum Mittagessen ein und erzähle es dir.«

»Ja«, sagte Lawrence, »okay.«

Wir setzten uns ins Parasol's und bestellten Roastbeefsandwiches und Rootbeer und lachten, bis wir beide nicht mehr weinen mussten. Über Vic und den Fall redeten wir nicht mehr. Ich erzählte Lawrence Geschichten. Ich erzählte ihm, wie mich der Staat Utah ganz offiziell für geisteskrank erklären ließ. Ich erzählte ihm von Brooklyn und dann vom Rest der Welt: Paris, Buenos Aires, Mexico City, San Francisco. Ich erzählte ihm von meinen Ermittlungen und vom Verrücktwerden, wie man mich einmal in Los Angeles aus einer Tätowiermesse geworfen hatte und dass ich im *Sands* in Las Vegas lebenslanges Hausverbot hatte.

Es gibt keine Zufälle. Nur Gelegenheiten, die zu ergreifen wir zu dumm sind, und Türen, die wir vor lauter Blindheit nicht sehen. Und hinter jeder steht ein Mensch, der sehnlichst darauf wartet, dass jemand den ersten Schritt tut. Man kann nur zu Gott beten, dass er den Hinweis erkennt und den Heimweg findet.

38

Einmal, als ich noch für Constance arbeitete, stand einer ihrer Freunde mit mindestens einem Dutzend kleiner Kinder vor der Tür. Er war ein Indianer, er war der Medizinmann der White Hawks. Er trug kein Kostüm, aber ich erkannte ihn vom Josefstag, als wir ihn im Park hatten auftreten sehen. Er hatte eine weiße Robe getragen und einen meterhohen Kopfschmuck. Lange Zöpfe aus Kunsthaar hatten sein Gesicht umrahmt. Der Mann war um die fünfzig und sah fies aus. Wäre er nicht in Begleitung kleiner Kinder gekommen, die ihn offensichtlich vergötterten, hätte er mir Angst gemacht. Aber die Kinder beteten ihn an, sie hüpften und kletterten auf ihm herum. Sie nannten ihn Onkel, aber ich war mir ziemlich sicher, dass es sogar in New Orleans, wo es keine Seltenheit war, sechs oder sieben Geschwister zu haben, niemanden mit so vielen gleichaltrigen Nichten und Neffen gab. Die Kinder waren frech und nicht allzu gepflegt, woraus ich schloss, dass sie in staatlicher Obhut lebten – bei Pflegeeltern, in Heimen und auf der Straße.
Ich wusste nicht, warum sie gekommen waren. Sie liefen in den Garten, wo Constance Kräuter züchtete. Die giftigen waren abgezäunt. Die Kinder versammelten sich um den Mann, der ein Tamburin herausholte und ihnen Lieder beibrachte. Ich hatte lange genug in New Orleans gelebt, um die Musik der Indianer zu erkennen, auch wenn ich kein Wort verstand. Zu meiner großen Überraschung kannte Constance alle Texte und sang mit.
Ich schaute eine Weile zu und ging dann wieder ins Haus, um ein paar Akten durchzusehen. Wir bearbeiteten gerade den Fall der verschollenen Bergleute, und ich beschäf-

tigte mich mit der Genealogie des Minenbetreibers Alfred Stern – was sich als reine Zeitverschwendung erwies, weil die Bergleute letztendlich gar nicht verschollen waren. Sie hatten sich bloß verlaufen. Als ich eine Pause brauchte, ging ich in die Küche, um etwas zu trinken. Constance saß mit einem der kleinen Jungen am Tisch und las in seinen Teeblättern. Der Junge strahlte. Ihre Aufmerksamkeit traf ihn wie Wasser eine verdorrte Pflanze.

»Wenn die Zeit gekommen ist«, sagte sie gerade zu dem Kind, »wirst du es wissen. Okay?«

Der Junge nickte lächelnd. Constance fuhr ihm mit der Hand durchs Haar.

»Denk immer daran«, sagte sie, »vergiss es nicht.«

Ich machte mich wieder an die Arbeit. Der Mann und die Kinder blieben, bis es Abend wurde. Nachdem sie gegangen waren, räumten Constance und ich auf und sammelten überall im Haus halbleere Limonadengläser, Teller und Krümel ein. Constance beantwortete meine Frage, noch bevor ich sie gestellt hatte.

»Man kann das Leben eines anderen nicht ändern«, erklärte sie, »man kann sein Karma nicht auslöschen.«

»Aber …«, fing ich an.

Constance unterbrach mich kopfschüttelnd. »Man kann nur Hinweise streuen«, sagte sie, »und hoffen, dass sie verstanden und verfolgt werden.«

39

Als ich am Nachmittag wieder in meinem Hotelzimmer war, rief ich Leon an.
»Wurde Ihr Onkel als Kind missbraucht?«, fragte ich.
»Hä?«, machte Leon. »Missbraucht? Nein. Ich meine, er verstand sich nicht besonders gut mit seinem Vater, aber misshandelt? Nein. Und seine Mom war recht kühl, aber …«
»Nein«, unterbrach ich ihn, »ich meine missbraucht. Sexuell missbraucht.«
»Du lieber Gott«, sagte Leon, »nein. Ich meine, nicht dass ich wüsste. Du lieber Gott. Nein.«
Ich legte auf. Ich rief Mick an, um ihm zu erzählen, was ich erfahren hatte. Noch während des Telefonats warf ich das I Ging.
»Du liebe Güte«, sagte Mick. »Himmel. Darauf wäre ich nie gekommen.«
Ich zählte die Werte zusammen und schlug in meinem Büchlein nach. *Hexagramm fünfundfünfzig: der einsame Rauch.*
»Ich weiß«, sagte ich. »So ist das mit der Wahrheit. Es ist wie mit verlorenen Autoschlüsseln, die liegen auch immer da, wo man zuletzt nachschaut. Hat Vic jemals gegen Andray prozessiert?«, fragte ich. »Oder es versucht?«
»Nein«, sagte Mick. »Das habe ich längst überprüft. Hat er nicht.«
Rauch ohne Feuer vermisst seine Schwester. Der weise Mann verfolgt den Rauch bis zum Funken zurück. Der einsame König kann das Volk nicht regieren. Liebe verdirbt den Reis und lässt die Wolken sauer werden.

»Bist du noch dran?«, fragte Mick.
»Ja«, sagte ich.
»Und was machen wir jetzt?«, fragte er. »Meinst du, er wurde aus dem Grund ermordet? Ich habe mir seine Kontoauszüge angesehen, und ich glaube …«
»Vergiss die Auszüge«, sagte ich. »Das war's.«
»Was soll das heißen? Du glaubst, Lawrence …«
»Nein, nicht Lawrence«, sagte ich. »Aber das ist es – unser Rätsel. Das muss es sein.«
»Wie kannst du dir so sicher sein?«, fragte Mick misstrauisch wie immer.
»Ich bin mir niemals sicher«, sagte ich. »Aber ich bin mir verdammt sicher, dass seine, nennen wir es *Vorliebe,* der Grund für den Mord an Vic war.«
»Na ja, ich finde, wir sollten seine Unterlagen trotzdem prüfen«, sagte Mick. »Wer weiß …«
»Tu, was du nicht lassen kannst«, sagte ich. »Ich werde derweil versuchen, mich mit einem Alkoholiker vom Congo Square anzufreunden.«

Ich war schon auf dem Weg hinaus, als Leon noch einmal anrief.
»Hallo, Claire«, sagte er.
»Hallo, Leon.«
»Ich habe noch mal nachgedacht. Meine Mutter hat mich nie mit Vic allein gelassen.«
»Nie?«, fragte ich. »Kein einziges Mal?«
»Kein einziges Mal«, sagte Leon gequält. »Ich meine, das heißt ja noch nichts. Es heißt ja nicht, dass … Ich weiß noch, wie sie einmal meinte, ach, Onkel Vic hat keine Ahnung von Kindern. Sie meinte das ganz unschuldig.«
»Kein einziges Mal?«, fragte ich. »Nicht mal ganz kurz, um Zigaretten zu holen?«

»Nein«, sagte Leon. »Sie hat mich immer mitgenommen. Immer. Ausnahmslos.«

Die meisten Menschen, die als Kind missbraucht wurden, tun im Erwachsenenalter keiner Fliege was zuleide. Aber fast allen Fliegenmördern wurden einst selbst die Flügel gebrochen.
Sie hatte es gewusst. Leons Mutter hatte es gewusst.

40

An dem Nachmittag fuhr ich zum letzten Mal zum Congo Square. Ich machte mir nicht die Mühe, freundlich aufzutreten oder mich zu verkleiden. Ich versuchte gar nichts. Stattdessen setzte ich mich hin und schaute den Männern dabei zu, wie sie mich ignorierten. Jack Murray saß wie immer am Picknicktisch. Ich hatte drei Zigarettenschachteln dabei. Die erste wurde ich binnen zehn Minuten los.

»Haben Sie eine Zigarette?«, fragte mich ein Mann. Er war mindestens fünfzig und trug Klamotten, die ein Jahr lang nicht mehr gewaschen worden waren.

»Klar«, sagte ich.

Als ich die Packung aus meiner Handtasche zog, um ihm eine Zigarette anzubieten, riss er sie mir aus der Hand und lief davon. Ich hätte ihn erschießen können, aber das schien nicht der Mühe wert. Zigaretten sind billig in Louisiana.

Ich hörte jemanden lachen. Ich drehte mich um und sah eine Frau im Gras sitzen. Sie strahlte eine königliche Würde aus, wie sie da hockte, eine Literflasche Bier in der Hand, einen grünen Turban auf dem Kopf und alle Habseligkeiten in dem Einkaufswagen neben sich. Sie lachte mich aus.

Ich drehte mich wieder um.

Der nächste Besucher war ein alter, längst vergessener Mann, der jene Sorte zerschlissenen Trenchcoat trug, die sich jeder Penner irgendwann zwischen Gefängnis und Heilsarmee, zwischen Schnapsladen und offenem Strafvollzug zulegt.

»Haben Sie mal einen Dollar?«, fragte er.

»Nein«, sagte ich, »sorry.« Ich hätte kleine Scheine und Wechselgeld griffbereit halten sollen, hatte es jedoch vergessen.
Der alte Mann griff nach meiner Handtasche. Ich riss die Tasche an mich und legte ihm eine Hand an die Brust. Die Männer am Picknicktisch schauten gelangweilt zu, auch Jack Murray.
Meine schwarze Krokohandtasche hatte einmal Constance gehört. Angeblich hatte Mademoiselle sie in Paris persönlich für Constance genäht. Sie war von innen größer als von außen und brachte fast alles durch Röntgenkontrollen oder vorbei an Geigerzählern. In den Innentaschen waren weitere Innentaschen, in den Geheimfächern Geheimfächer. Aus dieser Tasche ließen sich jederzeit die Lösungen zu mindestens siebzehn Rätseln ziehen. Im Notfall verwandelte sie sich in ein Zelt, in dem ich Unterschlupf fand, bis die Lage sich beruhigt hatte.
»Nein«, sagte ich.
Er schlug meine Hand weg und kämpfte weiter um die Tasche.
»Stopp«, sagte ich, »Schluss jetzt. Stopp!«
Er schob meinen Arm weg und griff wieder nach meiner Tasche.
»Im Ernst«, sagte ich, »hören Sie auf. Ich will Ihnen nicht weh tun.«
Die Frau hinter mir fing wieder zu lachen an. Eigentlich war es mehr ein Gackern. Der Mann und ich lieferten uns ein mehrminütiges Handgemenge. Wir rangen um die Tasche, mehr als uns darum zu schlagen.
»Kommen Sie«, sagte ich, »hören Sie auf.«
»Her mit der Tasche!«, keuchte der Mann erschöpft.
»Nein«, sagte ich verärgert. »Schluss jetzt!«

Aber er hörte nicht. Stattdessen rangen wir weiter, bis ich die Geduld verlor, innehielt, mich losmachte und ihm mein linkes Knie in die Hüfte rammte. Als er sich wie vorausgesehen vor Schmerz zusammenkrümmte – er war vorzeitig gealtert und kein echter Gegner –, schlug ich ihm erst mit der rechten und dann mit der linken Faust ins Gesicht.

Ich verletzte ihn nicht schwer, zumindest nicht körperlich. Aber offenbar war er in anderer Hinsicht verwundet. Mit offenem Mund und völlig geknickt sah er mich an.

»Leck mich!«, sagte er empört, so als hätte ich angefangen. Inzwischen schauten alle zu.

»Leck mich!«, wiederholte er.

»Okay«, sagte ich leise.

Er blieb stehen und starrte mich eine weitere Minute lang an. Vielleicht wartete er auf eine Art Auflösung. Er sollte keine bekommen. Nach einer Weile schlurfte er davon.

Ich beschäftigte mich wieder mit Nichtstun. Ich hatte mir vorgenommen, für den Rest meines Lebens täglich hier zu erscheinen, falls es nötig war. Zum Glück war ich keine Schönheit mehr. Derlei Unternehmungen fielen einem so viel leichter, wenn man nicht schön war. Ich würde herkommen und Leute verprügeln, bis Jack Murray mit mir redete. Natürlich würde es mich Unmengen von Zigaretten kosten, aber wenigstens würde ich in Form bleiben. Ich hatte jahrelang Kampfsport trainiert – Constance hatte darauf bestanden –, hatte aber seit Ewigkeiten kein Studio mehr betreten und hatte nichts mehr drauf. Durch die ständigen Raubüberfälle würde sich meine Beintechnik stark verbessern. Ich hing meinem Tagtraum nach und stellte mir vor, wie es wäre, tatsäch-

lich in diesem Park zu leben, als vor mir ein Fahrrad hielt. Auf dem Fahrrad saß ein Junge. Er war weiß, hatte schmutzige, blonde Dreadlocks und eine Tätowierung im Gesicht. Anscheinend fielen Leute wie er in letzter Zeit massenhaft in New Orleans ein. Vermutlich hatten sie den Eindruck, es gäbe hier noch nicht genug arbeitslose, soziophobe Taugenichtse, die sich um die letzten Krumen schlugen.
»Haben Sie mal eine Zigarette?«, fragte er.
Ich hörte es hinter mir gackern. Ich drehte mich um und sah die königliche Frau, die über allem thronte.
»Junge, du bist wohl verrückt«, sagte sie. Sie hatte einen kreolischen Akzent und stammte vermutlich von den Sea Islands vor Georgia. »Lass das und verschwinde.«
Der Junge auf dem Fahrrad lachte. »Ich habe keine Angst«, sagte er.
»Dann bist du ein dummes Stück Scheiße«, sagte die Lady. Sie gackerte laut los, und diesmal gackerte ich mit. Der Junge fuhr davon, und wir gackerten weiter.
»Soll ich dir was verraten?«, sagte die Frau.
»Okay«, sagte ich.
»Gut«, sagte sie. »Geh, hol mir eine Flasche Malt Liquor, dann verrate ich dir was.«
Ich trabte über die Straße zum nächsten Lebensmittelgeschäft und kaufte ihr eine Literflasche Starkbier. Als ich zurückkam, saß sie auf meiner Bank. Ich setzte mich dazu und gab ihr die Flasche.
»Also los«, sagte ich.
Sie nahm einen tiefen Schluck aus der Bierflasche. »Du verrücktes Huhn«, sagte sie.
Wir gackerten wieder.
»Das wusste ich schon«, sagte ich. Sie trank noch einen Schluck und bot mir die Flasche an. Ich trank und gab sie

zurück. Nach einer Weile kramte ich einen Joint aus meiner Handtasche, zündete ihn an und reichte ihn ihr.
»Gott segne dich«, sagte sie lächelnd und gab mir die Flasche.
Wir gackerten los wie die Irren. Ich konnte nicht sagen, was ich eigentlich so lustig fand, aber es war so.
»Du verrücktes Huhn«, sagte sie liebevoll.
»Das weiß ich längst, hab ich doch schon gesagt«, sagte ich noch einmal. Wir kicherten.
Wir teilten uns das Starkbier und den Joint und gackerten, bis die Sonne unter- und der Mond aufging. Als die erste Literflasche leer war, rannte ich zu einem Laden an der North Rampart und kaufte eine zweite, und als die leer war, eine dritte.
»Gott segne dich«, sagte die Frau, die Sandra hieß, wieder und wieder. »Gott segne dich.«
Wir rauchten und tranken und redeten über unsere Kindheit und über Männer und Alkohol und Drogen und den Job und über Vögel. Jack Murray ignorierte mich, bis ich bei Sonnenaufgang zu seinem Platz hinübersah und feststellen musste, dass er gegangen war.

41

Vic saß in seinem Sessel. Der Sessel, von dem aus er die Vögel beobachtete. Er schaute aus dem Fenster, und sein Gesicht sah friedlich und verträumt aus. Zwischen dem Sessel und dem Fenster war das Fußende des Bettes zu sehen. Auf dem Bett lag ein Junge oder junger Mann falsch herum, mit dem Kopf am Fußende. Er hatte dunkle Haut und Dreadlocks. Ich konnte sein Gesicht nicht sehen.

Ich war mir nicht sicher, ob er am Leben war. Vielleicht schlief er.

Ich drehte mich zu Vic um. Tränen strömten über sein Gesicht. Er sah durchs Schlafzimmer auf den Balkon hinaus. Der Balkon war leer. Keine Vögel heute.

Ich hörte Geheul. Vic schluchzte. Er schrie.

Draußen wurde der Himmel schwarz. Es fing zu regnen an. Der Regen kam zur Balkontür hereingerauscht, der Blitz zuckte bis ins Wohnzimmer.

Vic heulte und schrie. Sein Schmerz war greifbar. Er riss mich zu Boden wie eine Welle, er erdrückte mich. Der Sturm peitschte durch die Wohnung und zerriss das Haus.

Ich wachte schreiend auf.

42

Am nächsten Morgen hatte ich gerade meinen Kaffee ausgetrunken, als mein Handy klingelte.

Es war Kelly. Ich nahm den Anruf an. Sie sagte nicht *Hallo* oder *Hey* oder *Wie geht's.*

Sie sagte: »Erzähl mir von deinem Traum.«

Ich erzählte ihr von dem Traum, in dem ich Tracy und Andray in der Bar gesehen hatte. Ich war mir nicht sicher, was er zu bedeuten hatte. Träume waren eine heikle Angelegenheit. Von jener Welt in diese ließ es sich nicht so leicht übersetzen.

»Was hatte sie an?«, fragte Kelly.

Ich erzählte es ihr.

»Hm. Wie alt war sie?«

»Unser Alter. So alt, wie sie jetzt wäre, wenn …«

»Hm.« Mehr sagte sie nicht dazu. »Wo ich dich gerade am Telefon habe«, sagte sie. »Kannst du dich an den Jungen erinnern, der Junge, der das Bier gezapft hat bei der, bei der Broadway-Houston-Party in der … hm, warte, Mist, nun ist es mir runtergefallen.« Ich hörte Papier rascheln. Dann hörte ich, wie der Hörer zu Boden fiel. Als sie ihn wieder aufhob, knackte es in der Leitung.

»30. Dezember 1984«, sagte sie, »er trug Jeans und ein schwarzes T-Shirt und schwarze Schuhe mit dicker Kreppsohle. Etwa eins fünfundsiebzig groß, dunkles Haar. Ach ja, am Ellbogen hatte er einen kleinen, eintätowierten Stern. Neben dem Ellbogen, seitlich am Arm. Ich glaube, du hast ihn zum letzten Mal im Julian's gesehen, am 11. Juni 1986. In dem Billard-Schuppen«, präzisierte sie für den Fall, dass ich es vergessen hatte. Hatte ich nicht. Broadway-Houston-Partys waren in den achtziger Jahren und wahrscheinlich auch davor der letzte Schrei gewesen: Man mietete in Manhattan einen der Tanzsäle an der Kreuzung Broadway und Houston an, besorgte ein paar Fässer Bier und nahm vier oder fünf Dollar Eintritt. Julian's war ein Billardsalon in der 14. Straße. Einer der Getränkeautomaten dort hatte abends auch Bierdosen ausgespuckt.

Inzwischen zählte die Gegend an der Kreuzung von Broadway und Houston zu den teuersten Wohnvierteln der Welt. Das Julian's war schon vor langer Zeit abgerissen worden, und an der Stelle waren NYU-Studentenwohnheime mit Backsteinfassade entstanden.

Ich hörte in der Ferne einen Schuss.

»Julian's«, sagte ich, »lass mich nachdenken.« Damals waren Tätowierungen in New York eine Seltenheit gewesen, besonders an jungen Leuten. Als wir uns die Handgelenke tätowierten – ein K für Kelly, ein T für Tracy, ein C für Claire –, wussten manche Leute das nicht einzuordnen. Sie dachten, die Farbe ließe sich abwaschen.

»Ich glaube, ich kann mich an ihn erinnern. Ich glaube, er hieß Oscar. Nein, warte. Oliver? Den Nachnamen weiß ich nicht mehr. Ich bin mir ziemlich sicher, er wohnte in Manhattan. Oder Queens. Auf keinen Fall Brooklyn. Er hatte viele Freunde an der Stuyvesant Highschool, aber ich weiß nicht mehr, ob er da selber hinging. Aus irgendeinem Grund würde ich ihn der Bronx Science zuordnen. Weiß auch nicht, warum.«

»Freunde und Bekannte?«, fragte sie.

»Hm … Hannah. Kannst du dich an Hannah erinnern? Livie. Todd. Nakita. Rain. Rain von der Stuyvesant, nicht der Rain von der Midwood.«

»Bevorzugter Aufenthaltsort?«

»Julian's Pool Hall. Maude's. Cherry Tavern. Blanche's.

Auf der Sheep's Meadow im Central Park – da habe ich ihn mindestens ein Mal gesehen.«

»Noch etwas?«, fragte sie.

Ich dachte nach. Eine zweite Schusswaffe antwortete der ersten, es war eine Halbautomatik, deren *Pop-pop-pop* ich rattern hörte.

»Er war süß«, sagte ich, »und er war mit diesem Mädchen aus der Mod-Szene zusammen. Sie hatte rotes, langes Haar und einen Pony.«

»Du meinst knalliges Neonrot?«

»Nein, eher so ein dunkelblondes Rot. Gefärbt, aber fast natürlich aussehend. Fast. Manchmal trug sie einen schwarz-weißen Minirock mit Schachbrettmuster. Dazu schwarze Strümpfe und Schuhe mit Kreppsohle, die hohen.«

»Sechs Zentimeter?«

»Vielleicht sogar sieben«, sagte ich. »Und sie hatte einen weißen Mantel. Diesen tollen, alten Ledermantel mit schwarzem Kunstfellbesatz. Kunstfell, das aussah wie ein ausgestopftes Tier. Ein Männermantel aus dem Jahr 1973, vielleicht '74, in der Art. Der war todschick.«

»Warte«, sagte sie. Ich hörte Papier rascheln, als sie in ihren Aufzeichnungen wühlte. »Ich wusste es«, sagte sie. »Der weiße Mantel. Ich glaube, wir meinen Nicole Abramowitz. Ich bin mir fast sicher. Hm, ging sie auf die Packer? Meinen Recherchen zufolge war sie unter anderem mit einem Oscar Goldstein befreundet. Ich …«

»Nein«, unterbrach ich sie, »ich kannte Oscar Goldstein. Er war nicht der Junge mit dem Tattoo.«

»Hm«, machte sie wieder. »Tja. Na dann stehe ich wohl mit leeren Händen da.«

»Was ist denn?«, fragte ich. »Hast du etwas herausgefunden?«

Aber ich kannte die Antwort.
»Nein«, sagte Kelly.
Dann legte sie auf.
In der Ferne hörte ich Polizeisirenen jaulen. Ich fühlte einen pochenden Kopfschmerz, und mein Mund war ausgetrocknet.
Ich setzte mich im Bett auf und schaute aus dem Fenster.
Ein Leichenwagen fuhr vorbei.
Heute würde es kein Happy End geben.

43

Am frühen Morgen des 11. Januar 1987 standen Kelly, Tracy und ich in Lower Manhattan auf dem U-Bahnsteig der Haltestelle Brooklyn Bridge. In wenigen Stunden würden sich die Kids hier versammeln, um die Graffiti der letzten Nacht zu bestaunen. Nachts schlichen sich die Graffitikünstler in die Depots, um ganze Waggons zu besprühen, und die anderen warteten auf dem Bahnsteig, um die Züge herausfahren zu sehen, bevor sie gereinigt wurden. Wir waren die ganze Nacht unterwegs gewesen, erst bei einer Broadway-Houston-Party, dann in der U-Bahn, wo wir Züge beschriftet hatten, und zuletzt im Square Diner in TriBeCa, wo wir mit ein paar Freunden gefrühstückt hatten. Wir waren betrunken und high gewesen, aber inzwischen waren wir nur noch müde, oder zumindest Kelly und ich waren müde. Tracy wollte unbedingt noch bleiben, bis die Züge kamen. Ein Junge, für den sie schwärmte, war am Vorabend im Depot gewesen, und sie wollte sehen, ob und was er zustande gebracht hatte.

»Macht doch, was ihr wollt«, sagte ich. »Ich gehe nach Hause.«

»Ich auch«, sagte Kel. »Kommst du mit?«, fragte sie Tracy.

»Ihr blöden Zicken«, sagte Tracy, »ich will den Waggon von Marcus sehen. Ich bleibe hier.«

Wir zündeten uns Zigaretten an. Niemand war da, um es uns zu verbieten. Regeln und Gesetze galten anderswo und für andere Menschen; wir hingegen taten, was uns gefiel. New York lag uns zu Füßen, aber im Moment fiel uns nichts Besseres ein, als auf dem U-Bahnsteig zu rauchen.

Wir hörten Metall gegen Metall schlagen und spürten den Luftzug. Ein Zug fuhr ein. Wir würden mit der Linie 4 bis zum Union Square fahren und von dort mit der L bis nach Brooklyn. An der Lorimer Street würden wir in die Linie G umsteigen und bis nach Hause fahren.

Als sich der Zug aus dem Tunnel schlängelte, umarmte ich Trace. »Nacht, Zicke«, sagte ich. »Ruf mich morgen an!«

Sie roch nach Zigaretten und nach der U-Bahn und nach dem billigen Leder ihrer Jacke, auf deren Revers sie mit einem silberfarbigen Stift *Tod den Scheiß-Yuppies* geschrieben hatte. Sie hatte blondes Haar und trug einen Pony, ein grünes Sixties-Lamékleid aus einem Ramschladen, schwarze Strümpfe und echte Doc Martens, die ihr Vater ihr nach monatelangem Sparen zu Weihnachten geschenkt hatte. Ihre Stimme klang jung und rauchig zugleich. Schon damals rauchte sie etwa eine Packung Zigaretten täglich. In dieser Momentaufnahme ist sie für immer gefangen. Sie ist erstarrt, eingefroren im Jahr 1987 auf Plattform 4 / 5 / 6. Hier wird sie die Ewigkeit verbringen.

»Nacht, du Schlampe«, antwortete sie. »Hab dich lieb. Bis morgen.«

Kelly und Tracy umarmten einander und tauschten ähnliche Worte aus. Eine U-Bahn der Linie 4 rauschte in den Bahnhof, und Kelly und ich stiegen ein. Wir winkten Tracy durch die Fensterscheibe zu. Als wir anfuhren, hob sie die rechte Hand an die Lippen und warf uns eine Kusshand zu.

Niemand sah Tracy jemals wieder. Niemand fand eine Spur, einen Verdächtigen, einen Hinweis.

Niemand, nicht einmal ich.

Ganz besonders ich nicht.

Tracy war schon einen ganzen Tag lang verschwunden gewesen, als ihr Vater mich anrief. Ihre Mutter war bei einem Autounfall ums Leben gekommen, als Tracy zwei war. Ihr Vater war ein armer, heruntergekommener, irisch-italienischer Alkoholiker, der sein ganzes Leben im sozialen Wohnungsbau zugebracht hatte. Aber Tracy liebte ihn, und er wünschte sich nichts sehnlicher, als seine Tochter aus Brooklyn herauskommen zu sehen. Ein knappes Jahr später starb er an Alkoholvergiftung und gebrochenem Herzen.

Ich hatte mich schon gewundert, dass Tracy mich nach dem Frühstück nicht angerufen hatte, wollte der Sache aber nicht zu viel Bedeutung beimessen. Ich rief bei Kel an, aber die Leitung war belegt. Bestimmt hatte auch sie mit Tracys Vater telefoniert. Niemand hatte von Trace gehört. Kel und ich dachten, sie wäre bei dem Jungen, dessen Graffiti sie hatte anschauen wollen.

Wir verbrachten einen müden, verkaterten Tag im Coffeeshop an der Myrtle Avenue. Um vier wurde es schon dunkel. Wir nahmen die Linie G nach Williamsburg und liefen zu Domsey's, um uns nach Secondhand-Klamotten zum Preis von zwei Dollar pro Kilo umzusehen. Ich kaufte ein lila Minikleid, Kel ein Bowlinghemd. *Lydia*, stand auf die Brusttasche des Hemds gestickt, *Police Athletic League Bowling Team* auf dem Rücken. Wir aßen in einem kleinen polnischen Diner am Broadway zu Abend und fuhren mit der U-Bahn nach Hause. Wir gingen zu mir, um uns den Film der Woche im Fernsehen anzuschauen. In meinem Zimmer stand ein kleines Schwarzweißgerät, das ich bei Goodwill an der Fifth Avenue ergattert hatte. Valerie Bertanelli wurde von ihrem besessenen Ex-Mann gefangen gehalten. Würde sie entkommen? Oder würde sie für immer in dem Haus eingesperrt sein, das früher einmal ihr Heim gewesen war?

»Ich frage mich, was mit Trace los ist«, sagte ich, als ich mich mit einem Wangenkuss von Kel verabschiedete. »Wo sie wohl steckt?«

»Bestimmt bei einem Jungen«, lachte Kel.

»Bestimmt«, pflichtete ich ihr bei.

Als wir am nächsten Morgen immer noch nichts von ihr gehört hatten, fingen wir an, uns Sorgen zu machen. Ihr Vater rief wieder an. Wir versicherten ihm, dass alles in bester Ordnung sei. Dabei wussten wir es selbst nicht. Sie hätte anrufen können. Wir gönnten ihr das Abenteuer, in das sie da offenbar hineingeraten war, aber sie hätte wenigstens anrufen können.

Am Nachmittag besuchte Kel mich zu Hause. Wir tranken Kaffee, rauchten und telefonierten in der Gegend herum. Wir riefen Freunde, Bekannte und Jungen an, die Tracy kannten. Niemand hatte sie gesehen. Um acht legten wir eine Pause ein und gingen nach draußen, um Cheeseburger und Poutine zu essen. Nach dem Essen machten wir uns auf die Suche nach Tracy. Wir entdeckten Marcus, den Jungen, auf dessen Graffiti Tracy gewartet hatte, im Mona's an der Avenue A. Das Mona's war eine der vielen Bars im East Village, die selbst einem Kleinkind mit gefälschtem Ausweis Alkohol verkauft hätten. Marcus hatte sie nicht gesehen. Er wusste nicht einmal, dass sie für ihn schwärmte. Wir durchkämmten alle Bars im East Village, die damals für Vierzehnjährige interessant waren: Lizmar Lounge, Alcatraz, Downtown Beirut, Mars Bar, Blue & Gold, Cherry Tavern, Holiday, International.

Niemand hatte Tracy gesehen.

Ein weiterer Tag verstrich. Ihr Vater verständigte die Po-

lizei. Er rief andere Eltern an. Er rief Kel und mich täglich an. Wir sagten ihm, wir wären überzeugt, dass alles in Ordnung sei. Wobei wir inzwischen vom Gegenteil überzeugt waren.
Wir weiteten den Radius unserer Telefonermittlungen aus. Wir durchsuchten Tracys Zimmer, ihren Spind in der Schule, ihre Manteltaschen. Wir untersuchten alles, das Tracy je besessen oder berührt hatte oder dem sie nahe gekommen war. Eine flüchtig notierte Telefonnummer, eine Notiz in einem Roman von V. C. Andrews, ein Fleck auf einem T-Shirt, ein einzelner High Heel, ein zerknittertes Poster an der Wand: unserem kritischen Blick entging nichts.
Aber es half alles nichts. Wochen vergingen, und immer noch keine Spur von Tracy. Die Polizei hatte sich eingeschaltet, aber bald das Interesse verloren. Die Zeitungen und Lokalsender hatten sich zunächst überschlagen, aber je mehr sie über Tracys Familie und ihre – kurze – Vergangenheit erfuhren, desto gleichgültiger wurden sie. Trotz ihrer blauen Augen und der blonden Haare war Tracy kein medientaugliches Opfer.
Wir wurden immer erfinderischer. Wir machten die U-Bahn-Fahrer ausfindig, die in jener Nacht Dienst gehabt hatten. Wir spürten Jugendliche auf, die wir nur vom Sehen kannten. Wir lernten, Leute auszufragen, die eigentlich nicht mit uns reden wollten. Bei den Eltern eines Jungen traten wir überaus glaubwürdig als Schülervertreterinnen der Stuyvesant High auf; bei anderen versuchten wir es, weniger glaubwürdig, aber überzeugend genug, als Sozialarbeiterinnen, die unterwegs waren, um über Geschlechtskrankheiten aufzuklären.
Wir gingen nicht mehr zur Schule. Wir besuchten keine Partys und sprühten keine Graffiti mehr. Tracys Ver-

schwinden, ihre Abwesenheit, wurde zu unserem Lebensinhalt. Wir umkreisten die Lücke, die Tracy hinterlassen hatte. Wir interpretierten Silettes *Détection* nur noch in Bezug auf ihren Fall. Wir ermittelten in Vollzeit. Wir beschäftigten uns mit Spurensicherungstechniken und nahmen Fingerabdrücke von ihrem Zimmer, ihren Sachen, ihren Büchern. Wir brachen ins Schulsekretariat ein, um ihre Schülerakte zu stehlen. Wir redeten mit ihren Lehrern, und wer sich weigerte, wurde zum Reden gezwungen. Wir untersuchten jedes Streichholzbriefchen in ihrer Schultasche und jedes Zettelchen, jeden Vogel am Himmel und jede Blume im Vorgarten. Ringsum nichts als Zeichen. Nichts als Hinweise.
Aber aus irgendeinem Grund konnten wir sie nicht deuten.

»Geheimnisse existieren unabhängig von uns«, schrieb Silette. »Ein Rätsel lebt im Äther; der Wind trägt es heran wie einen Regenschirm, und es landet dort, wo die Schwerkraft zu groß wird. Und nun ordnen sich die Elemente ringsum neu an und werden zu den Elementen des Rätsels, zu einem fest gewebten Netz aus Spuren und Detektiven, Bösewichten und Opfern. Das friedliche Landhaus von gestern ist heute Schauplatz eines Mordes. Das unauffällige Buttermesser auf dem Küchentresen wird zur geheimnisvollen Waffe. Der mausgraue, stets übersehene Portier wird zum Verdächtigen.
Wer mit diesem Muster konfrontiert wird, oft ohne eigenes Zutun oder Verschulden, hat keine Wahl, als den Spuren bis zum Schluss, bis zur Lösung zu folgen. Tut er das nicht, bleibt er lebenslang im Netz gefangen. Es geht nicht um verdient oder unverdient, gut oder schlecht. Es geht nur um die Fakten und darum, was sie uns sagen.«

In einem Interview von 1979 ergänzt Silette seine Worte: »Vielleicht sind es nicht die Rätsel selbst, die das Netz weben«, sagte er, »vielleicht lassen die Rätsel es nur hervortreten. Vielleicht war der Portier immer schon zu allem fähig. Vielleicht war das Buttermesser immer schon ein gefährlicher, unheilbringender Gegenstand. Und nur die Nähe zu einem Rätsel lässt uns diese Wahrheit erkennen.«

Monate vergingen. Tracys Vater hatte sie offiziell für tot erklären lassen. Kurz darauf starb er selbst. Wir hatten nicht herausbekommen, was Tracy zugestoßen war. Wir waren von der Wahrheit noch genauso weit entfernt wie am Tag ihres Verschwindens.

Wochenlang hatten wir nichts zu tun. Ich hatte eine Liste von gleichermaßen wahrscheinlichen Möglichkeiten angelegt. Im Grunde war ich von einer Variante überzeugt: Sie hatte Graffiti sprayen wollen, war vor einen Zug gestolpert und überfahren worden. Ihre Leiche war nicht gefunden worden, aber vermutlich hatten wir einfach noch nicht an der richtigen Stelle gesucht. Das New Yorker U-Bahn-Netz war Hunderte von Kilometern lang. Einige der Tunnel hatte die Transportgesellschaft längst aufgegeben und den Sprayern und Obdachlosen überlassen. Wir hatten viele davon von innen gesehen, aber kein Mensch kannte sie alle. Es würde Jahre dauern, sie zu durchkämmen. Was mich betraf, so löste sich das Rätsel kampflos auf. Ich wusste keine bessere Antwort.

Ich vermisste sie jeden Tag. Der Fund ihrer Leiche würde daran nichts ändern.

Vielleicht wollte ich es gar nicht wissen. Vielleicht war ich nicht anders als all die Auftraggeber und hatte an der Lösung meines eigenen Rätsels gar kein Interesse. Viel-

leicht wollte ich Tracy so in Erinnerung behalten, wie sie war, blond, mit Pony und Secondhand-Kleid und Doc Martens, nach U-Bahn und Zigaretten riechend. Vielleicht wollen nicht einmal Detektivinnen ihre eigenen Fälle lösen. Denn sobald ein Fall gelöst ist, wird die Akte geschlossen, und man muss sein Leben weiterleben.
Aber Kelly gab nicht auf. Niemals. Sie hörte nicht auf, Leute zu befragen, U-Bahn zu fahren und nach Hinweisen zu suchen. Als Tracys Vater starb, brach sie in die Wohnung ein und vermauerte Tracys Zimmer, um die Spuren zu sichern. Sie verputzte die Wand und bearbeitete den Putz, bis er alt aussah. Die Hausverwaltung dachte, ein Akteneintrag habe die Einzimmerwohnung fälschlicherweise als Zweizimmerwohnung ausgewiesen. Man konnte den Verwaltern kaum vorwerfen, die Wahrheit nicht zu ahnen.

»Vielleicht«, sagte ich eines Tages beim Kaffeetrinken zu Kelly, »sollten wir eine Pause machen.« Wir tranken literweise Kaffee; wir wohnten praktisch im Coffeeshop.
»Wie bitte?«, fragte Kelly in scharfem Ton. »Eine Pause wovon?«
»Du weißt schon«, sagte ich nervös, »der Fall. Tracy. Ich glaube, vielleicht haben wir alles gemacht, was möglich …«
»Wenn wir sie gefunden haben«, sagte Kelly, »dann haben wir alles getan, was möglich war.«
Ich sagte nichts mehr. Ich zupfte an meinem Bagel herum. Ich war vor ein paar Monaten siebzehn geworden. Ich hatte vor über einem Jahr die Schule abgebrochen. Ich hasste Brooklyn mit seinen verdreckten Straßen und abgestorbenen Bäumen, ich hasste die farblosen Sandsteinfassaden, die gedrängte Bauweise, die einen erstick-

te, und ich hasste die Yuppies, die einen Straßenzug nach dem anderen an sich rissen und die letzten Überreste liebenswerter Kleinigkeiten zum Verschwinden brachten. Brooklyn war ein armer, trauriger Ort gewesen, dessen Bewohner miteinander geredet hatten. Inzwischen war es ein reicher, trauriger Ort, dessen Bewohner alle, die nicht zu ihrer Clique gehörten, wie Luft behandelten. Die Kinder, die mich früher geschlagen und an den Haaren gezogen hatten, hatten mich wenigstens wahrgenommen. Die Yuppies hingegen setzten einen Walkman auf und sahen durch einen hindurch. Sie führten teure Hunde spazieren und schoben teure Babys in Designerkinderwagen durch die Gegend, und sie töteten einen mit Blicken, wollte man das eine oder andere streicheln. Ich wollte weg hier.

Nicht ich hatte meine Heimat verlassen, meine Heimat hatte mich verlassen, Block für Block.

Auch Kelly hatte fortziehen wollen. Das war unser Plan gewesen, damals. Wir hatten vor, mit sechzehn zu dritt zu verschwinden. Egal wohin. Wir wollten nirgendwo *hin,* wir wollten von hier *weg.*

»Ich dachte, wir wollten hier weg«, sagte ich schließlich.

Kelly blätterte in einem Aktenordner und glich ihre Aufzeichnungen mit der Aussage eines Wachmannes ab, der zehn Minuten nach unserer Verabschiedung am Bahnsteig möglicherweise eine Person gesehen hatte, die möglicherweise wie Tracy ausgesehen hatte. »Ich möchte hier nicht ewig bleiben.«

Kelly sah mich an, als könnte sie es nicht fassen.

»Ja«, sagte sie, »genau, wir wollten von hier weg. Zusammen. Wir drei.«

»Selbst, wenn wir sie finden«, sagte ich, »wird sie nicht mitkommen.«

Den restlichen Tag über schwiegen wir uns an.
Nach diesem Tag war mir klar, dass ich mich entscheiden musste. Ich fing an, meinen Besitz zu verkleinern und Sachen wegzugeben. Kelly sprach immer weniger mit mir. Zwischen uns hatte sich eine Lücke aufgetan, die bald zu einem Abgrund anwachsen sollte. Ich stahl meinen Eltern noch mehr Geld als früher, um Rücklagen zu bilden. Sie bemerkten es nicht, weil sie noch mehr tranken als früher. Ich fing außerdem an, Dinge zu stehlen, die sich weiterverkaufen ließen, Bücher zum Beispiel, die man problemlos einstecken und im *Strand Book Store* zu Geld machen konnte.
Ich erzählte Kelly nichts davon. Sie wusste ohnehin Bescheid.
Als ich ein ordentliches Sümmchen beisammenhatte, packte ich meine wenigen Habseligkeiten ein und teilte meinen Eltern mit, dass ich ins Feriencamp führe. Sie nahmen es kaum wahr.
Ich ging zu Kelly, um mich zu verabschieden.
Sie öffnete die Tür. Als sie meinen Koffer sah, schlug sie die Tür wortlos wieder zu.
Ich fuhr zum Busbahnhof am Hafen und kaufte eine Fahrkarte für den nächsten Bus, der weit wegfuhr. Der Bus fuhr nach San Francisco. In Cleveland warf man mich hinaus.
Wäre ich in Brooklyn geblieben, hätte ich den Rest meines Lebens in diesem Zimmer zugebracht, so wie Kelly und Tracy, eingemauert und langsam erstickend. Der Fall des verschwundenen Mädchens hätte mich mit sich in die Tiefe gerissen, wenn ich nicht losgelassen hätte.
Aber Kelly blieb. Sie ließ nicht los. Und langsam, Stück für Stück, ging sie unter. Sie gründete eine Detektei, aber das war nur eine Nebenbeschäftigung, um die Suche

nach Tracy zu finanzieren. Alles andere war ihr egal. Sie hatte die Möglichkeit, über einen Lüftungsschacht in Tracys Zimmer einzusteigen, und sie war mehrfach festgenommen worden bei dem Versuch, in das Haus einzubrechen; das Zimmer allerdings entdeckte man nie. Zwanzig Jahre Arbeit an diesem einen Fall hatten eine gute Detektivin aus ihr gemacht. Und hatten sie gebrochen. Nichts von dem, was hätte sein können, war passiert, und nichts von dem, was hätte sein sollen. Wir hätten zu dritt die Welt bereisen, Rätsel lösen und Unmengen von Geld verdienen sollen. All das tat ich allein. Jeden Moment meines Lebens lebte ich für uns drei. Es war nicht die richtige Art zu leben, aber ich wusste es nicht besser. Ein Bissen für mich genügte nicht; immer musste ich auch für Kel und für Trace abbeißen. Ich konnte nicht zurück, aber genauso wenig konnte ich loslassen. Es hätte sich angefühlt, als würde ich sie ein weiteres Mal verlieren.

Kelly und ich telefonierten alle paar Jahre einmal, wenn eine von uns von Tracy geträumt hatte oder auf einen neuen Hinweis gestoßen war. Selbst heute, zwanzig Jahre danach, rechnete ich manchmal mit einem Anruf von Tracy: *Was geht ab, sehen wir uns heute um zehn in der Mars Bar?* Ich rechnete damit, Kel zum Graffitisprühen an der Linie G zu treffen. *Was ist denn, du Zicke, du kommst zu spät!*

Nicht die Toten sollten wir bemitleiden, sondern die Lebenden.

Ich wusste nicht, wie der Fall des verschwundenen Mädchens zu lösen war. Ich kannte auch nicht die Auflösung des Falles der gebrochenen Dämme. Ich wusste nicht, wie man eine Stadt vor dem Ertrinken rettet, meines Wissens wusste das niemand. Ich schaffte es mit knapper

Not, den Kopf über Wasser zu halten. Das Wasser reichte mir bis zu den Augen, und es würde in absehbarer Zeit nicht sinken. Am liebsten hätte ich beide Geschichten umgeschrieben und ihnen ein Happy End verpasst. Aber das konnte ich nicht. Ich konnte nicht mehr tun, als Rätsel zu lösen und weiterzuleben.

»Manche Momente im Leben sind wie Treibsand«, schrieb Silette. »Ein Schuss löst sich. Ein Damm bricht. Ein Mädchen verschwindet. Diese Augenblicke unterscheiden sich von den anderen. Der Treibsand ist ein gefährlicher Ort. Wenn man ihm nicht entkommt, geht man unter. Der Treibsand täuscht uns; er täuscht uns Sicherheit vor. Zunächst hat man das Gefühl, auf festem Boden zu stehen. Aber dann sinkt man langsam ein. Man kommt nicht vorwärts. Und nicht zurück. Man versinkt ganz langsam im Treibsand, bis man untergeht. Je tiefer man einsinkt, desto schwieriger wird es, sich zu befreien. Der Treibsand ist ein ungelöstes Rätsel. Nur dem Detektiv kann es gelingen, lebend aus dem Treibsand herauszukommen. Nur der Detektiv kann Menschen und Gegenstände aus dem Sand ziehen und auf festen Boden stellen.«
Wie er das tat, schrieb Silette nicht. Ich weiß es bis heute nicht.

44

Nach dem Telefonat mit Kelly pochte mein Kopf zu laut, um mich schlafen zu lassen. Ich hatte noch eine Reihe anderer Symptome, die ich aber problemlos überschlafen hätte. Nach etwa tausend Tassen Kaffee und einer Vicodan aus Vics Wohnung fühlte ich mich kräftig genug, meine Mailbox abzuhören. Während ich geschlafen hatte, hatte Leon angerufen.

Ich duschte, trank noch mehr Kaffee und rief Leon zurück. Ich schilderte ihm in unverbindlichen Worten, was ich herausgefunden hatte. Er klang unglücklich. Die meisten Auftraggeber sind unglücklich. Ganz besonders, wenn sie hören, dass ihr Onkel möglicherweise pädophil war und der Mörder noch auf freiem Fuß. Da sind sie empfindlich.

»Meinen Sie wirklich?«, fragte Leon. »Ganz sicher?« Er bat mich, später bei ihm vorbeizukommen. Mir war ziemlich klar, was da auf mich zukam, aber ich hatte keine andere Wahl, als es auf mich zukommen zu lassen.

Gegen drei fuhr ich zu Leon. Wir setzten uns ins Wohnzimmer. Er schenkte mir sofort einen Drink ein. Eines war klar, *das* war zu schön, um wahr zu sein.

Er setzte sich mir gegenüber. »Wir müssen reden«, sagte er.

Ich verdrehte die Augen. Typisch.

»Ich finde, es läuft nicht besonders gut«, sagte er sanft, als wolle er eine Liebesbeziehung beenden. »Ich hatte mir etwas anderes erhofft. Ich hatte wirklich gehofft, wir hätten inzwischen Fortschritte gemacht.«

Ich seufzte und setzte zu meinem Standardvortrag für

ungeduldige Klienten an. »Leon«, sagte ich, »in diesen hektischen, schnelllebigen Zeiten haben die meisten Leute unrealistische Vorstellungen davon, wie eine Privatdetektivin arbeitet. Wir sind hier nicht bei *Matlock*, Leon, und auch nicht bei *Magnum* …«

Leon runzelte die Stirn und fiel mir ins Wort: »Ich schaue *Matlock* nie. Ich habe unsere Lage nicht mit *Matlock* verwechselt.«

»Also schön«, fuhr ich fort, »Sie schauen *Matlock* nie. Niemand will Ihnen Vorwürfe machen. Leon. Ich habe versucht, Ihnen zu erklären, dass Detektivarbeit kein Sprint ist. Eher ein Marathonlauf. Vorschnell Schlüsse ziehen kann jeder. Dafür brauchen Sie keinen Privatdetektiv. Sie wollen die Wahrheit wissen, so wie ich. Wir sind vereint in …«

»Danke«, sagte Leon und runzelte wieder die Stirn, »danke, nein. Ich fürchte, es funktioniert einfach nicht.«

»Leon«, sagte ich, »das Verhältnis zwischen Auftraggeber und Ermittler erreicht unweigerlich irgendwann den Punkt, an dem der Auftraggeber den Detektiv feuern will. Das gehört dazu und ist völlig okay. Aber wir sollten uns nicht zu lange damit aufhalten und mutig voranschreiten – immer auf die Gesundung zu, wenn Sie so wollen.«

Ich glaubte kein Wort davon. Normalerweise wurden Privatdetektive nicht gefeuert. Bloß ich, ich wurde gefeuert. Mich wollte man fast immer feuern. Eigentlich sogar jedes Mal. Es gab nur eine einzige Ausnahme, das war in Dallas gewesen, wo ein Typ seine Mutter ermordet und mich auf den Fall angesetzt hatte, weil er nicht wusste, dass eine seiner multiplen Persönlichkeiten der Täter war. *Der* hatte mich nicht gefeuert.

»Nein«, sagte Leon, »das sehe ich anders. Ich glaube, es

ist vorbei. Ich werde Sie für alles, was Sie bis jetzt geleistet haben, bezahlen und …«
»Leon«, sagte ich, »Sie können mich gar nicht feuern. Ich werde trotzdem an dem Fall weiterarbeiten. Und dann, wenn ich ihn gelöst habe, werden Sie sehen, was für ein zauberhafter, intelligenter Mensch ich bin. Dann werden Sie mich für die komplette Zeit bezahlen, und Sie werden es gern tun. Mit Freuden. Wir sollten also …«
Leon atmete frustriert aus.
»Nein«, wiederholte er, »nein. Ich … ich möchte wirklich nicht … ich meine, ich kann es mir einfach nicht vorstellen. Nein. Es ist vorbei. Aus und vorbei. Ich bin mit Ihrer, äh, mit Ihrer Leistung nicht zufrieden. Zunächst einmal melden Sie sich nicht oft genug. Und soweit ich es beurteilen kann, haben Sie bis jetzt noch gar nichts erreicht. Und …«, er warf einen Blick auf mein Glas und deutete eine kippende Geste an, »… die Trinkerei und der ganze Rest, den Sie da nehmen, diese Blumensamen, die Sie rauchen …«
»Oliloquili«, korrigierte ich ihn, »ist streng genommen keine Blume, sondern …«
»Und das ganze Voodoo-Zeug …«
»Ich bitte Sie!«, rief ich. »Als ob es hier um Besessenheit ginge!«
»Nein«, wiederholte er stirnrunzelnd, »nein. Damit wir uns nicht missverstehen. Bitte sehr.« Er reichte mir einen Scheck für die bislang geleistete Arbeit und einen getippten Brief, ein formelles Kündigungsschreiben. In der unteren Ecke klebte ein Siegel; er hatte das Schreiben von einem Notar beglaubigen lassen. Er wollte kein Risiko eingehen.
»Tja, damit ist es wohl offiziell«, sagte er und stand auf. »Ich denke, wir sind fertig.«

Ich stand auch auf. »Sie werden schon sehen«, sagte ich.
»Klar«, sagte Leon. »Okay. Ich glaube, Sie sollten jetzt besser gehen.«
Ich ging.
»Ich habe recht«, sagte ich an der Tür. »Ich habe immer recht.«
»Ja, klar«, sagte Leon und machte die Tür vor meiner Nase zu. »Schön für Sie.«
»Sie werden sehen«, sagte ich. »Sie werden sehen!«
Er schloss die Tür ab und antwortete nicht. In dem Moment wusste ich, ich hatte recht.
Und noch etwas anderes wusste ich: Wenn ein Auftraggeber dich feuert, bist du dabei, der Wahrheit näher zu kommen.

»Der Auftraggeber ist nicht Teil des Ganzen, sondern die externe Energiequelle«, schrieb Silette. »Wenn das Rätsel Shiva ist, ist der Klient Shakti. Der Klient initiiert das Hinabsteigen in das Rätsel, wird danach aber nicht mehr gebraucht, denn der Detektiv macht aus freien Stücken weiter. Der Detektiv wird den Fall meistens nicht wegen, sondern trotz des Auftraggebers lösen.
Der Auftraggeber ist die verirrte Ziege, die Persephone an jene Stelle führt, an der Hades sie in die Unterwelt einlässt.
An den Namen der Ziege erinnert sich niemand. An den Namen der ersten Detektivin erinnert sich jeder: Persephone.«

45

Ich fuhr ein paar Straßen weiter und parkte, obwohl ich dort nichts zu suchen hatte. Ich wollte nicht aufdringlich erscheinen. Ich hatte keinen Plan. Ich hatte nicht einmal Hunger. Ich hatte genug von Schnaps und Drogen. Ich hatte keine Lust, mir Museen oder Einkaufszentren oder Touristenattraktionen anzusehen, von denen die meisten ohnehin geschlossen waren. Es gab niemanden in New Orleans, den ich treffen wollte.

Ich wollte wissen, wer Vic Willing ermordet hatte. Mehr nicht.

Ich fuhr zum French Quarter und parkte schräg gegenüber von Vics Wohnung. Jackson, der Obdachlose, der Vic gekannt hatte, saß ein paar Hauseingänge weiter auf einer Treppe. Sein Stammplatz, der Jackson Square, war nur wenige Blocks entfernt.

Ich stieg aus.

»Hey, Jackson«, sagte ich.

Er nickte würdevoll. »Hallo, Ma'm.«

»Wie geht's?«, fragte ich.

»Ausgezeichnet«, antwortete er, »und selbst?«

»Weniger ausgezeichnet«, sagte ich. »Ständig wollen alle mich auszeichnen, aber irgendwie bleibt nichts davon haften.«

Er lachte. »Da steht der Wagen«, sagte er und schaute zu Vics Haus hinüber.

Ich folgte seinem Blick. Vor dem Gebäude stand derselbe weiße Kranwagen, den ich an allen möglichen Orten in der Stadt bemerkt hatte.

»Was tun die da?«, fragte ich.

Jackson schüttelte den Kopf. »Keine Ahnung«, sagte er.

»Ich weiß es nicht. Ich dachte, *Sie* sind hier die Detektivin.«

»Das stimmt«, sagte ich, »das bin ich.«

Ich überprüfte meine Waffe und versicherte mich, dass sie geladen und griffbereit in meinem Hosenbund steckte. Jackson zog die Augenbrauen hoch, sagte aber nichts. Wollte man mit Angestellten der Stadt New Orleans verhandeln, brauchte man möglicherweise schweres Geschütz.

Ich überquerte die Straße, und im selben Moment stieg ein Mann in einem weißen Overall aus dem Kranwagen und stellte sich unter die Lebenseiche vor Vics Haus. Die Eiche, in der Vics Vögel lebten.

Der Mann hielt ein Klemmbrett aus Aluminium in der Hand und schaute zu Vics Balkon hinauf.

»Hallo«, sagte ich.

Der Mann zuckte zusammen und drehte sich um.

»Sie haben mich erschreckt«, sagte er verärgert. »Gehört die Wohnung Ihnen?«

»Nein«, sagte ich, »meinem Freund. Was ist denn?«

Er griff in seinen Overall, zog eine Brieftasche heraus und zeigte mir flüchtig einen Ausweis und eine Dienstmarke. Ein hässlicher Mann, gedrungen, mit unfreundlichem Gesicht und wenig Haltung. Er hatte schwarzes Haar, seine braune Gesichtshaut war von Aknenarben überzogen, und er runzelte die Stirn.

»Umweltamt«, sagte er und ließ die Brieftasche zuschnappen.

»Immer mit der Ruhe, Kumpel«, sagte ich. »Dürfte ich das bitte noch mal sehen?«

Er zuckte die Achseln und warf mir die Brieftasche zu. Ich klappte sie auf und schaute hinein. Der Ausweis sah echt aus. Ich gab ihm die Brieftasche zurück.

»Was wollen Sie hier?«, fragte ich.
»Uns wurde berichtet, dass hier eine invasive Art gefüttert wird«, sagte er. »Quäkerpapageien. Die sind verboten, wissen Sie.«
»Wie kann ein Vogel verboten sein?«, fragte ich. »Was wirft man ihm vor? Drogenhandel? Hausfriedensbruch?«
Der Mann zuckte die Achseln. »Da müssen Sie meinen Boss fragen. Ich habe nur die Aufgabe, sie zu eliminieren.«
»Eliminieren?«, wiederholte ich.
Er nickte. Wir sahen einander an.
»Sind Sie von hier?«, fragte ich.
»Von hier?«, fragte er verwirrt und schüttelte den Kopf. »Nein, ich komme aus D. C. Ich bin nur wegen der Eliminierungsaktion hier.«
»Tja, wir sind hier in New Orleans, Kumpel«, sagte ich, »und hier wird niemand eliminiert.«
Er funkelte mich an. »Als Behördenvertreter bin ich befugt …«
»Du bist befugt, deinen Arsch aus der Schusslinie zu nehmen«, sagte ich und legte eine Hand an meinen Revolver. »Indem du sofort von hier verschwindest.«
Der Mann sah kein bisschen schockiert oder überrascht aus, nur resigniert. Vermutlich war er derlei Reaktionen gewohnt. Er steckte das Klemmbrett in seinen Arbeitskoffer und entfernte sich.
»Ihr sammelt die Nester ein«, rief ich. Endlich war der Groschen gefallen. »Die Vögel mögen es warm, deswegen nisten sie auf den Transformatoren. Ihr habt ihr Zuhause zerstört.«
»Die sind gefährlich«, sagte der Mann. »Von ihnen geht eine Brandgefahr aus.«
»Genau«, sagte ich, »anders als von Menschen!«

»Sie fressen die Saat«, sagte der Mann.
»Genau«, sagte ich. »Die Weizenfelder von New Orleans werden es überstehen, das garantiere ich Ihnen.«
Der hässliche Mann musterte mich. Vielleicht war er gar nicht so hässlich. Möglicherweise konnte ich ihn nur nicht leiden.
»Was kümmert Sie das?«, fragte er. »Kann Ihnen doch egal sein.«
»Es ist mir egal«, sagte ich. »Scheißegal. Wichser.«
Ich sah nach oben. Im Baum saßen zwei dicke, plumpe Papageien. Ein Pärchen. Viele Vogelarten, die meisten sogar, gehen lebenslange Partnerschaften ein, länger zumindest als die meisten Menschen.
Der Mann stieg in den Kranwagen, machte sich eine Notiz und fuhr los. Ich sah hinauf. Die beiden Papageien schauten herunter. Einer von ihnen kreischte.
»Gern geschehen«, sagte ich.
Ich betrachtete den Baumstamm. Rings um die Wurzeln hatte jemand ein blaues Pulver gestreut, das mich an das Rattengift in New York erinnerte.
Den Rest des Vormittags verbrachten Jackson und ich damit, den Baum mit einem Wasserschlauch aus Vics Haus abzuspritzen. Wir spülten das blaue Gift weg und hofften, nicht erwischt zu werden, bevor wir fertig waren.

46

Am Abend fuhr ich durch die Gegend in der Hoffnung, irgendetwas würde passieren. Aber nichts passierte. Wenigstens nicht mir. Anderen Leuten passierte jede Menge; andere Leute lachten, schossen um sich, tranken, beteten vergeblich, zeugten neues Leben, verliebten sich. In der Josephine Street stürzte ein Haus ein. Ich war in der Magazine Street und hörte einen Knall, laut wie ein Kanonenschuss. Eine Kanone war nicht auszuschließen, aber als ich der Einsturzstelle näher kam, sah ich einen riesigen Wolkenpilz aus Staub und Asche. Das Haus war mir früher schon aufgefallen, es war hübsch, oder war hübsch gewesen. Der Sturm hatte das Dach abgedeckt. Ein Feuer hatte es entkernt und ein schwarzes Gerippe stehenlassen. Aber es hatte gestanden, immerhin, bis heute Abend. Um das eingestürzte Haus hatte sich eine Menschenmenge versammelt. Die Leute lachten und schüttelten verwundert den Kopf.

Auf dem Rückweg zu meinem Hotel in Downtown hielt ich an der durchgehend geöffneten Tankstelle an der Ecke von Magazine und Washington Avenue, um ein paar Wasserflaschen zu kaufen. Theoretisch war das Leitungswasser in New Orleans so sauber wie vor dem Sturm. Aber selbst, wenn das stimmte, war es nicht gerade ein Qualitätsmerkmal.
Der Tankstellensupermarkt war der einzige Laden weit und breit, der nachts geöffnet hatte, und der Parkplatz war voll. Ich stellte den Wagen an der Washington Avenue vor dem sogenannten Feuerwehrmuseum ab. Im Verkaufsraum der Tankstelle hatte sich ein Bevölkerungs-

querschnitt von New Orleans versammelt, wobei jeder Repräsentant einer bestimmten Gruppe die anderen misstrauisch beäugte: Der Punk starrte den Studenten an, der Schläger behielt den Punk wachsam im Blick. Der ägyptische Tankstellenpächter folgte der Cracklady durch die Regale, während die Cracklady auf eine Respektlosigkeit von Seiten des ägyptischen Pächters lauerte.
Auf dem Weg hinaus lief ich Terrell in die Arme, Andrays Freund. Er lungerte zusammen mit einem anderen Jungen neben einem höhergelegten Oldsmobile mit riesigen Reifen herum. Er hatte sein Handy gezückt und wollte gerade telefonieren.
»Hey, Miss Claire«, sagte er unsicher. Terrell sah angespannt aus, gar nicht so fröhlich wie sonst. Ich vermutete, dass er mit den coolen Kids rumhing und deswegen besonders abgebrüht aussehen wollte. Ich winkte ihm zu. Er winkte zurück und wandte sich wieder seinem Handy zu.
Ich lief zu meinem Truck. Ich war fast da, als ich hinter mir Schritte hörte. Ich drehte mich um.
Es war Andray. Er war nicht allein. Hinter ihm standen drei junge Männer, die ich noch nie gesehen hatte. Alle trugen die Uniform aus weiter Jeans und übergroßem Kapuzenpullover, dazu das übliche Hohnlächeln.
Terrell sah ich nicht. Sie hatten mich gesucht, das wurde mir plötzlich klar, und Terrell war die Vorhut gewesen.
Es wäre wirklich nützlich gewesen, hätte ich das fünf Minuten früher gemerkt.
»Wie geht's, Miss Claire?«, fragte Andray. Falls er sich daran erinnern konnte, dass wir uns so gut wie angefreundet hatten, ließ er sich nichts davon anmerken.
Ich tastete in meiner Handtasche nach dem Revolver – der Revolver, den Terrell mir besorgt hatte. Eine dumme

Geste. Der jüngste von Andrays Begleitern, ein Junge von etwa sechzehn Jahren, dessen Haut fast ebenso schwarz war wie seine Haare, richtete im selben Moment eine Neunmillimeter auf mich.
»Na super«, sagte ich, »Lucky Luke.«
Die Jungen lachten, aber der jüngste ließ die Waffe nicht sinken.
»Scheiße«, sagte Andray, »Sie sind immer so lustig, Miss Claire. Hören Sie mal, wir müssen reden. Sie machen jetzt eine kleine Spazierfahrt mit uns, okay?«
Ich sah Andray an. Ich suchte nach dem angelehnten Fenster, nach dem zu knackenden Türschloss, nach der Einstiegsmöglichkeit in seine Psyche.
Nichts. Er hatte die Schotten dicht gemacht.
»Du bist der Boss«, sagte ich.
Andrays Freunde blieben etwas zurück, als wir zur Prytania liefen. Wir schwiegen. Andrays Turnschuhe machten kein Geräusch, und sein Atem hing in der stillen Abendluft als weiße, weiche Wolke vor seinem Gesicht.
An der Straßenecke sah ich, was ich befürchtet hatte.
Einen schwarzen Hummer. Genau wie der, von dem aus neulich auf den Jungen vor dem Restaurant geschossen worden war.
Oder auf mich.
Wir blieben neben dem Auto stehen.
»Willst du mich umbringen, Andray?«, fragte ich. Ich konnte mein eigenes Herz wummern hören.
Andray schüttelte schweigend den Kopf, als hätte ich etwas besonders Dummes gesagt.
In dem Moment bekam ich Angst.

Die anderen Jungen hatten uns eingeholt, und der jüngste warf seine Neunmillimeter einem der beiden anderen

mittelgroßen, mittelschweren, nicht weiter bemerkenswerten jungen Männer zu. Der fing die Waffe am Griff auf. Es war wie im Zirkus. Der Jüngere öffnete den Hummer mit einem Schlüssel, und wir alle stiegen ein. Ich saß vorn zwischen Andray und dem Fahrer, die beiden wenig bemerkenswerten Jungen auf der Rückbank.
»Hast du keine Fernbedienung?«, fragte ich.
»Ich habe das blöde Teil verloren!«, rief der Fahrer. »Gleich am ersten Tag habe ich das verdammte Teil verloren. Und haben Sie eine Ahnung, was die Dinger beim Händler kosten?«
»Kann ich mir vorstellen«, sagte ich. »Ich würde es mal bei ebay probieren.«
»Ja«, sagte er und warf beim Losfahren einen Blick über die Schulter. »Ich muss mich drum kümmern.«
Er schaltete das Radio ein. Zu meiner Überraschung lief nicht einer der zehn Millionen Hip-Hop-Sender der Stadt, sondern WWOZ. Die Oak Street Brass Band gab ein Studiokonzert.
Als die Band die ersten Takte von *Eliza Jane* spielte, brachen die Jungen auf der Rückbank in Gejohle aus.
»Unsere Freunde spielen in der Band«, erklärte mir der eine.
»Ihr macht Musik?«, fragte ich und drehte mich um.
»O ja!«, sagte der unauffällige Junge auf der Fahrerseite. »Tuba. Ich spiele manchmal bei denen mit. Vor ein paar Monaten sind wir im Maple Leaf aufgetreten. Als Vorgruppe von Bo Dollis«, fügte er stolz hinzu.
»Das ist nicht dein Ernst«, sagte ich und drehte mich wieder um. »Ich habe Bo Dollis, na wie oft, also mindestens fünf Mal gesehen. Und du?«, sagte ich zu dem anderen. »Was spielst du?«
»Scheiße, ich spiele gar nichts«, lachte er. Er hatte hellere

Haut, Sommersprossen und ein lustiges, freundliches Gesicht. »Ein bisschen Schlagzeug. Aber nicht besonders gut. Wenn ich bei den Red Eagles bin, spiele ich Tamburin.«

»Du bist bei den Red Eagles?«, fragte ich ungläubig. Die Red Eagles waren eine der spektakulärsten Indianergangs von New Orleans. »Himmel, ich habe euren Umzug gesehen – du liebe Güte, das ist über zehn Jahre her. 1995.«

Der Junge johlte. »Fünfundneunzig«, rief er, »war ich dabei! Ich war vier. Es war mein erster Umzug.«

Ich konnte mich noch an den Tag erinnern. Constance hatte mich in den Park mitgenommen, in dem die Indians probten. Die Männer mit den perlenbestickten Kostümen und dem Kopfschmuck kauerten beisammen, sangen und tranken, während die Unkostümierten ringsum ihre Rhythmusintrumente schlugen: Tamburin, Klangholz, Kuhglocke. Daneben hatte ein kleiner, vollständig kostümierter Junge gestanden, der mir kaum bis ans Knie reichte. Er hielt einen kleinen Schellenkranz in der Hand, tanzte herum und stieß gelegentlich eine Art wilden Indianerschrei aus. Die Mutter des Kleinen war mit Constance befreundet, und sie rief ihn herbei, damit er uns begrüßte. Sie nahm ihn auf den Arm, damit Constance ihn küssen konnte; ein kleiner Klumpen Babyspeck mit zwanzig Kilo Federn und Pailletten drum herum.

Alle kannten Constance. Neben uns schwitzte der Chief in seinem Kostüm und sang. Er verdrehte die Augäpfel und gab sich einer Art Trance hin.

New Orleans war der erste Ort für mich, an dem die Magie etwas Reales war.

»Verdammte Scheiße«, sagte ich zu dem Jungen auf der

Rückbank, »ich kann mich an dich erinnern. Ich kenne deine Mutter.«
»Scheiße«, sagte der Junge.
»Ja«, sagte ich. »Deine Mutter war eine Freundin meiner Freundin. Eine ältere Lady, für die ich gearbeitet habe.«
Die Jungen auf der Rückbank sahen einander schweigend an. Jetzt lachte niemand mehr.
Wir fuhren weiter.
In Central City verließen wir die Washington Avenue kurz vor der Dryades Street und hielten vor einer Baulücke.
Niemand sprach ein Wort. Die Band spielte eine interessante Version von *Iko Iko.* Als das Stück zu Ende war, schaltete der Fahrer das Radio aus.
Ich atmete langsam und ruhig und betete. Constance hatte mich für zwei Monate zu einem Lama nach Santa Cruz geschickt, und plötzlich, in der Not, fielen mir seine Gebete wieder ein, genau so, wie er es vorausgesagt hatte.
Om dum durgeya namaah.
Der Fahrer betätigte die Zentralverriegelung und ließ die Türschlösser aufspringen. Alle außer mir legten eine Hand an einen Griff.
Om gum gunaputayi swaha, wiederholte ich in Gedanken.
»Wartet mal«, sagte Andray mit lauter Stimme. »Ihr Nigger, wartet mal.«
Alle warteten.
Aham prema. Dein Wille geschehe.
»Es braucht keine vier Leute für den Job. Ich kümmere mich um sie.«
Im Rückspiegel sah ich die Augen des Jungen, den ich bei den Indianern gesehen hatte. Er schaute beiseite.

Om shanti shanti shanti. Dein Reich komme, dein Wille geschehe.
Der Fahrer sah Andray an. »Sicher?«, sagte er.
Andray nickte.
Heiliger Judas Thaddäus, erhöre meine Gebete.
»Hey, Quan«, sagte der Fahrer zu dem Jungen mit der Neunmillimeter. »Gib sie Andray.«
Quan zog die Waffe aus der Hose und reichte sie Andray.
»Igitt«, sagte Andray, »die ist ja ganz warm.«
Alle lachten.
Heiliger Josef, beschütze mich.
»Sicher?«, wiederholte der Fahrer. »Du machst das?«
Herr, vergib mir meine Sünden, so zahlreich, dass sich das Zählen nicht lohnt, verdammt.
Andray nickte.
»Na gut«, sagte der Fahrer. Andray stieß die Tür auf und sprang aus dem Hummer. Ich sprang hinterher.
»Hey, mach die Tür zu!«, rief der Fahrer, verärgert über meine schlechten Manieren.
Ich schlug die Tür zu. Der Hummer fuhr weg.
Ich drehte mich zu Andray um. Wir standen uns in der Kälte gegenüber. Andray schüttelte den Kopf, als sei er von mir enttäuscht.
»Irgendwie mag ich Sie, Miss Claire«, sagte er.
»Danke, Andray«, sagte ich. »Ich mag dich irgendwie auch.«
Manche Leute werden mutig, sobald man ihnen eine Waffe gibt. Der Machtrausch kann sehr intensiv sein. Das galt nicht für Andray. Er sah aus, als habe er nicht wirklich Lust auf die Aufgabe, die ihm bevorstand.
Ich hoffte bei Gott, dass ich ihn richtig einschätzte.
»Ich mag Ihre Tattoos«, sagte er und schaute auf meine Handgelenke. »Wofür stehen die Buchstaben?«

»Meine Freundinnen«, sagte ich. »Ich war damals noch sehr jung. Jünger als du heute.«
»Sind die immer noch Ihre Freundinnen?«, fragte Andray.
»Nein«, antwortete ich, »die eine ist tot, und die andere hasst mich.«
Andray runzelte die Stirn, als hätte er eine bessere Geschichte erwartet. Auf der einen Seite wurde die Baulücke von einer leerstehenden Lagerhalle aus Backsteinen begrenzt, an deren Seitenwand noch eine alte Werbeaufschrift zu erkennen war. *New Orleans wacht auf mit COMMUNITY COFFEE!*
»Haben Sie noch mehr?«, fragte er. »Tätowierungen.«
»So ungefähr zehn Stück«, sagte ich. »Vielleicht auch zwanzig. *Freiheit oder Tod.* Das hast du noch nicht gesehen, es steht auf meinem Rücken.«
»Was ist das da, am Arm?«, fragte er und zeigte mit der Pistole darauf.
Ich schaute nach. Ich schob den Ärmel hoch, damit er besser sehen konnte. Eine Lupe, darüber ein Fingerabdruck.
Om shanti shanti shanti.
Andray nickte.
»Das gefällt mir. *Freiheit oder Tod.* Lass dir nichts gefallen. Aber zuerst«, sagte er, »muss ich was erledigen.« Er stampfte auf den Boden und sah sich frierend um.
»Hören Sie mal, Miss Claire«, sagte er und sah mir direkt in die Augen, »Sie vergessen am besten alles, was Sie in New Orleans gesehen haben, okay?«
»Schon passiert«, sagte ich. »Dann könnten wir ja jetzt …«
»Ich meine, Sie müssen es *wirklich* vergessen, okay?«, sagte Andray.
»Okay«, sagte ich. Ich hatte keine Ahnung, wie er das

meinte. Vielleicht bezog er sich auf Vic oder auf die Schießerei vor dem Restaurant. Dann fiel mir ein, dass er sich vielleicht wünschte, ich würde *alles* vergessen – die Ruinen, die Verzweiflung, das Blutvergießen. Vielleicht gehörte er einem Komitee an, das daran arbeitete, die Erinnerung an das alte New Orleans zu bewahren und alle Eindrücke vom heutigen New Orleans zu löschen.

»Diese Leute«, sagte Andray, »bestehen darauf, dass Sie das Vergessen nicht vergessen. Und um ganz sicherzugehen, wollen sie, dass Sie New Orleans sofort verlassen, verstanden?«

»Ich habe alles vergessen«, sagte ich, »und nehme den nächsten Flieger.«

»Sie müssen verschwinden«, sagte Andray ernst. »Sie müssen raus aus der Stadt, so wie im Kino. Haben Sie verstanden?«

»Ich habe verstanden«, sagte ich. »Ich bin schon weg. Und ich werfe keinen Blick zurück.«

»Es ist nur so«, sagte Andray, »ich muss dafür sorgen, dass Sie wirklich alles vergessen. Es tut mir leid. Sie sind eine nette Lady. Ich kann Sie ganz gut leiden. Aber es muss nun mal sein.«

»Ist schon okay«, sagte ich, »aber wenn du …«

Ich konnte den Satz nicht beenden, der so weitergegangen wäre: *Aber wenn du mich erschießt, werde ich es dir nie verzeihen.* Andray hob die Neunmillimeter über seinen Kopf, und mir blieb das Herz stehen.

Dann ließ er die Pistole auf meine Stirn herunterkrachen. Ich sah tausend kleine Lichterkettenlichter am Himmel glühen. Ich kippte um und fühlte meine Knochen auf die kalte Erde schlagen.

Während ich umkippte, entdeckte ich den Hummer auf der anderen Seite der Dryades. Wir wurden beobachtet.

»Das wird schon wieder«, hörte ich Andray aus der Ferne sagen. »Diesmal kommen Sie mit einem blauen Auge davon. Sie sind nicht tot. Wenn Sie Ihren Arsch aus New Orleans schaffen, wird Ihnen nichts passieren, Miss Claire DeWitt.«

Als ich zu mir kam, war es immer noch dunkel. Andray und ich saßen auf einem Deich und überblickten den Mississippi, der sich langsam vorbeischob wie klebriger Sirup.

»Verdammt«, sagte Andray, »er hat von Ihnen erzählt, wissen Sie.«

Er reichte mir einen dicken, bräunlichen Joint.

Ich griff zu und nahm einen Monsterzug. Als ich ausatmete, legte sich die Qualmwolke über den Mississippi wie Nebel.

»Ich soll Ihnen ausrichten, dass Sie sich keine Sorgen machen müssen«, sagte er.

»Das sagt er immer«, sagte ich.

»Er weiß, wie schwierig das ist«, fuhr Andray fort und nickte. »Das weiß er auch. Aber Sie müssen geduldig sein, Miss Claire. Seine Uhren gehen anders. Das sollten Sie eigentlich wissen.«

»Es ist ja nur so, dass ...«, fing ich an. »Weißt du, er sagt mir das schon seit langer Zeit, und inzwischen ...«

»Er sagt, er hält Ihnen einen Platz frei«, sagte Andray, »den Platz direkt neben ihm. Er sagt, alle Detektive kommen nach Hause, wenn die Flut einsetzt. Die echte Flut. Und Sie werden für Ihre Mühen belohnt. Weil Sie seine Bürde getragen haben und so. Alle werden belohnt, aber Leute wie wir, die eine Bürde getragen haben, dürfen an seiner Seite sitzen. Das hat er mir versprochen.«

Andray nahm den Joint, kniff die Augen zusammen und

nahm einen tiefen Zug. Er atmete aus wie ein Drache, und die ganze Stadt füllte sich mit Rauch.

»Die Heiligen erwarten uns«, sagte er lächelnd. »Und alle Vögel werden singen, wenn wir nach Hause kommen. Die Hunde werden heulen und die Katzen lachen. Sie alle erwarten uns oben im Schloss. Und alle werden sagen: *Vielen Dank.* Das wird schön. *Vielen Dank.* Wissen Sie, die erinnern sich an Leute wie Sie und mich, Miss Claire. Die haben uns nicht vergessen. Wir arbeiten hier unten für sie. Das wissen sie. Er hat uns gebeten, unseren Teil zu tun, und genauso haben wir es gemacht. Wir haben es vergessen, aber er nicht, er hat nichts vergessen. Er weiß, warum wir hier sind. Er erinnert sich für uns. Er hat uns gebeten, hier unten für ihn zu arbeiten, und wo wird das wohl am nötigsten sein? Verdammt, die glücklichen Menschen brauchen unsere Hilfe nicht! Sie haben, was sie brauchen. Das ist nicht unsere Klientel, Miss Claire. Leute wie Sie und ich kommen traurig auf die Welt. Daran erkennen wir einander.«

Meine Lider wurden schwer. Ich döste ein.

»Du bist meine Schwester«, sagte Andray lächelnd. »Wir sind im selben Team. Und wir werden uns wiedersehen.«

Wir standen in einer Straße in Central City. Niemand war zu sehen, und ich konnte das Wasser durch die Straßen rauschen hören. Es stieg rings um uns an, hüllte uns ein, ohne uns zu benetzen. Über unseren Köpfen flogen Vögel: Papageien, graue und weiße Tauben, Stare und Blauhäher. Alle zwitscherten wild durcheinander, während der Sturm sie mitriss. Andray beugte sich vor und flüsterte mir ins Ohr. Ich fühlte seinen heißen Atem.

»Deine Freundin wartet da oben auf dich. Das soll ich dir sagen. Sie hat dich nie vergessen. Sie weiß, dass du sie immer im Herzen trägst. Sie ist da drin und flattert herum wie ein kleiner Vogel. Sie wartet da oben auf dich. Sie hält dir einen Platz frei. Sie sagt, du kämst immer näher. Bald ist es so weit. Bald, Kleines, ganz bald. Und deine Freundin sagt, die Welt ist seltsamer, als du glaubst. Und sie sagt, manchmal, wenn sie dir so zuschaut, fällt sie vor Lachen fast von ihrem Thron runter, zurück auf die Erde.«

Ich schnappte nach Luft und riss die Augen auf. Ich lag in einer dreckigen Baulücke in Central City. Über mir schwebte das Gesicht eines Mannes, dessen Alter und Aussehen unbestimmbar waren. Er stupste mich mit den Füßen an. Andray war weg. Wie lange schon, wusste ich nicht zu sagen.

Ich setzte mich auf. Der alte Mann wich murmelnd zurück. Sein Atem stand als weiße Wolke vor seinem Mund.

»Tja, Pech gehabt«, krächzte ich. Mein ausgetrockneter Hals schmerzte. »Ich bin noch nicht tot.«

Der Mann verzog sich. Ich blieb ein paar Minuten lang still liegen, vielleicht schlief ich auch ein. Irgendwann stand ich auf und suchte mich nach Verletzungen ab. Wahrscheinlich hatte ich keine Gehirnerschütterung, aber selbst in dem Fall wollte ich nirgends weniger hin als in eine Notaufnahme in New Orleans. Ich überprüfte meine Handtasche und meine Manteltaschen. Allem Anschein nach waren sämtliche wichtigen – und tödlichen – Utensilien noch da. Ich warf einen Blick auf mein Handy. Es war drei Uhr morgens. Ich war stundenlang bewusstlos gewesen.

Ich holte einen Taschenspiegel heraus und begutachtete die Beule an meiner Stirn. Eine ordentliche Schwellung,

aber die Haut war fast intakt. Ich wischte das wenige Blut ab, das ich sah, und stand auf.
Wieder sah ich die Lichterkette funkeln. Ich setzte mich hin.
Ich wiederholte den Versuch einige Male, bis ich irgendwann auf die Beine kam. Dann ging ich los. Ich schaffte es bis zur Kirche an der Dryades Street, setzte mich auf die Treppe und versuchte, bei Bewusstsein zu bleiben. Ich fühlte mich wie betrunken. Die kalte Luft half ein bisschen.
»Hey, Miss«, hörte ich hinter mir jemanden sagen, »Miss.« Ich drehte mich um. Hinter mir saß ein Mann. Mehrere Männer, wie ich nach einer Weile sah. Nur wenige Meter von mir entfernt vor der Kirchentür lagen sie in Schlafsäcke und Lumpen und Zeitungen gewickelt, um zu schlafen und sich warm zu halten.
»Hey, Miss, Verzeihung.« Einer rutschte heran und setzte sich neben mich. Er war dünn und klein und alt.
»Ja?«, sagte ich.
»Haben Sie was zu rauchen?«, fragte er. »Ich will Sie ja nicht stören. Aber vielleicht haben Sie was zu rauchen? Ich möchte nur eine Zigarette.«
Ich schüttelte den Kopf. »Nein«, sagte ich, »sorry. Ich habe keine.«
Er sah mich zweifelnd an.
»Ehrlich«, sagte ich.
Er murmelte etwas Unverständliches.
»Möchten Sie einen Dollar?«, fragte ich. Ich fürchtete, die Männer auf der Kirchentreppe könnten ungemütlich werden. »Denn ich habe wirklich keine Zigaretten.«
Er lächelte. »Ja«, sagte er, »das wäre nett. Danke.«
Ich fischte einen Fünfdollarschein aus der Hosentasche, den ich ihm gab.

»Danke«, wiederholte er, »Gott segne Sie.«
»Sie auch«, sagte ich.
Ich stand auf, und alles drehte sich. Ich setzte mich wieder hin.
»Hey«, sagte der Mann, »was ist mit Ihnen, möchten Sie eine Zigarette?«
»Klar«, sagte ich, »gerne.«
Er griff in seine Tasche und zog eine halb gerauchte 100er heraus. Ich nahm sie, und er gab mir mit einem Streichholzbriefchen Feuer.
Als das Streichholz aufflammte, sah er die Beule an meiner Stirn.
»Das sieht nicht gut aus«, sagte er stirnrunzelnd.
»Es geht mir nicht gut«, sagte ich.
Die Zigarette schmeckte gut. Ich blieb sitzen und rauchte. Der Mann zog eine Schnapsflasche aus seinem Mantel, drehte den Schraubverschluss ab und bot sie mir an.
»Danke«, sagte ich. Ich nahm einen tiefen, brennenden Schluck und gab ihm die Flasche zurück.
»Gern geschehen«, sagte der Mann lächelnd. Während ich ihn betrachtete, fing sein Mantel an zu zittern und sich auszubeulen. Ich dachte schon, ich würde unter Halluzinationen leiden, als etwas aus dem Mantel heraus und auf die Schulter des Mannes kroch.
Eine Ratte. Eine hübsche, saubere, braun-weiße Ratte.
»Oh!«, sagte ich.
»Das ist Boo«, sagte der Mann. Er hob eine Hand, um die Ratte zu streicheln.
»Hey, Boo«, sagte ich. Ich wollte sie ebenfalls streicheln, aber Boo wich zurück.
»Sorry«, sagte ich.
»Ist schon gut«, sagte der Mann. »Er ist schüchtern.«
Wir teilten uns den Schnaps, keine gute Idee für jeman-

den, der möglicherweise eine Gehirnerschütterung hatte, aber umso besser für jemanden, der sich einsam und deprimiert um vier Uhr morgens am gottverlassensten Ort der USA wiederfand und schrecklichen Durst hatte.
Wir tranken und rauchten noch mehr halbe Zigaretten. Schließlich zog der Mann einen langen, braunen Joint aus seiner Manteltasche, und wir rauchten auch den.
Wir redeten über den Sturm. Der Mann erzählte mir, wie er sich versteckt hatte. Er wollte mir nicht verraten, wo. Von seinem Unterschlupf aus hatte er den Wahnsinn in der Stadt beobachten können, ohne von der Polizei entdeckt zu werden.
»Wäre alles prima gelaufen, hätte man die Leute bloß in Ruhe gelassen«, erklärte er. »Aber sobald die Polizei und die Nationalgarde da waren, brach das Chaos aus.«
»Ich glaube fest daran«, sagte ich, »dass die Leute das Chaos auch ohne Polizei hingekriegt hätten.«
Der Mann lachte.
Ich und Boo hatten einander die ganze Zeit beäugt. Nun endlich beugte er sich zu mir herüber. Ich hielt ihm meine Hand hin, damit er daran schnuppern konnte. Seine spitze, kleine Nase zuckte. Er verzog das Rattengesicht, so als rieche er etwas Faules. Und das soll was heißen, wenn es von einer Ratte kommt.
»Ich weiß«, sagte ich, »ich habe eine anstrengende Nacht hinter mir.«
Die Ratte sah mich an und wackelte mit den Barthaaren, so als wäge sie meine Antwort ab. Ich hielt ganz still. Schließlich setzte sie sich wieder hin. Der Mann lächelte.
»Das bedeutet, dass er Sie mag«, meinte er. »Er mag nicht jeden. Sie dürfen ihn streicheln.«
Mit einem Finger strich ich über den kleinen, sauberen Rattenkopf. »Hey, Boo«, sagte ich. »Braver Junge!«

»Das ist er wirklich«, sagte der Mann stolz. »Er ist wirklich ein braver Junge.«
Ich kratzte ihm den Kopf, was er zu mögen schien.
Boos Besitzer drehte sich zu den anderen um. »Hey, Jack«, sagte er, »sieh dir das mal an. Sieh es dir bloß an.«
Ein großer, bedrohlicher Schatten näherte sich. Die Lichtverhältnisse und meine Kopfverletzung und der Schnaps ließen ihn wie einen von hinten beleuchteten Riesen aussehen. Als sich das Bild scharf stellte, erkannte ich einen Mann in einem zu großen Mantel.
»Boo mag nicht jeden«, sagte der Schatten. Die Stimme klang vertraut, aber ich konnte sie nicht …
»Nein, auf keinen Fall«, sagte Boos Besitzer.
Der Schatten kam näher, und ich spürte seinen Blick.
Alles drehte sich. Ich sah den Schatten, der nun kein Schatten mehr war.
Es war Jack Murray.
»Komm, DeWitt«, sagte der Schatten, »du und ich, wir machen einen Spaziergang.«

Ich folgte Jack schweigend. Er trug denselben zerknitterten Mantel wie auf dem Congo Square und darunter einen Anzug, der früher einmal jede beliebige Farbe gehabt haben mochte, inzwischen aber zu Grau verblasst war. Wir gingen zum Moonwalk, einen Spazierweg unten am Fluss. Wir setzten uns auf eine Bank. Jacks Gestank sorgte dafür, dass wir ungestört blieben. Ich war alles andere als nüchtern, doch es gelang mir, ein paar Fragen herauszubringen; und ich war nüchtern genug, mich am nächsten Tag an seine Antworten zu erinnern. Ich erinnerte mich an sein waberndes, in der Dunkelheit schwebendes Gesicht, wenigstens sah es für mich so aus, das nur von unseren Zigaretten erhellt wurde. Oder waren es Joints? Hatten wir Kokain inhaliert oder jene langen, braunen, in Gift getränkte Zigaretten geraucht? Ich war mir sicher, dass wir beide etwas Kleines, Brennendes in der Hand gehalten hatten, wusste aber nicht mehr, was. Ich hatte meine Fragen vergessen, erinnerte mich aber an Jacks Antworten.

»Ich kannte Vic von früher«, sagte Jack Murray. »Er und ich, wir gingen zusammen in den Kindergarten und später an die Tulane University. Zwei brave Jungs aus Uptown, ich und Vic.« Er lachte. »Ja, ich weiß, was ihm zugestoßen ist. Aber du musst es selbst rausfinden, DeWitt. Du hast alle Hinweise. Du musst sie nur richtig zuordnen. Du versuchst, mit dem Kopf zu denken, aber du solltest dich an die Worte des Mannes erinnern: Es gibt keine Zufälle. Glaube nichts. Hinterfrage alles. Folge den Hinweisen. Besonders dem ersten.«

Später, als wir zu viel von der unbekannten Substanz geraucht und doppelt so viel, wie verträglich war, getrunken hatten, sagte er: »Tja, ich bin mit meinem Schicksal zufrieden.« Ich sah sein entspanntes Gesicht über der Zigarette, seinen klaren, aufmerksamen Blick. »Ich habe mein Rätsel gelöst«, sagte er. »Ich habe meine Antwort gefunden, sie geht nur mich und Gott etwas an. Mich und Gott und niemanden sonst. Ich weiß, es sieht danach aus, als hätte ich nichts, dabei habe ich alles. Ich habe meinen Frieden gefunden, und mehr wollte ich nie. Dich, DeWitt, dich beneide ich nicht. Du hast noch einen weiten Weg vor dir. Du tust mir leid, denn du wirst einmal durch die Hölle müssen, um dein Rätsel zu lösen. Die Hälfte des Weges hast du hinter dir, aber das war noch gar nichts.«

Ich war nüchtern genug, um zu wissen, dass ich ihm nie meinen Namen gesagt hatte.

»Weißt du, die Leute denken, wir hätten es leichter, bloß weil wir gute Detektive sind«, erklärte er. »Dabei macht es alles nur komplizierter. Manches fliegt dir einfach zu, aber das bedeutet, dass du umso härter arbeiten musst. Weil man von dir mehr erwartet. Es bedeutet, dass du einen Platz im Leben hast, wo du gebraucht wirst. Du hast eine Aufgabe. Eine Aufgabe, die nur du allein erfüllen kannst. Ein Buch, das du allein lesen kannst. Constance hat es gewusst«, sagte er, »sie wusste, dass die Wahrheit nicht immer im Buch steht. Sie steht in keiner Akte und auf keinem Blatt Papier. Sie lässt sich vergraben wie ein Schatz. Sie kann in den Himmel fliegen und sich im Wasser auflösen. Vielleicht steckt sie da drin.« Er zeigte auf seine mit Angel Dust verfeinerte Zigarette. »Vielleicht steckt sie in dir, in deinem Herzen. Wenn du weißt, wie es funktioniert, kannst du sie verstreuen, Stück für Stück. Entdeckt wird sie nur von jenen, die den Blick dafür haben. Das Gehör. Du tust den Leuten keinen Gefallen damit, wenn du es ihnen zu leicht machst. Das hatte sie verstanden. Man kann einem anderen seine Aufgabe nicht abnehmen. Man kann sein Rätsel nicht für ihn lösen. Nicht einmal nach seinem Tod. Es bleibt ungelöst, bis der Mensch wiederkommt. Du kannst nicht mehr tun, als das Rätsel zu bewahren, bis er wieder da ist. Sie hat dir bei weitem nicht alles verraten. Du hast noch eine Menge zu lernen, DeWitt. Sie lehrt dich immer noch, aber du machst die Augen zu. Du verschließt deine Ohren. Die ganze Welt will dich lehren. Die Welt ist deine Schule. Aber du hörst nicht mehr zu, bloß weil du deine Lieblingslehrerin verloren hast.«
Und später sagte er: »Wir Detektive werden im Himmel entlohnt. Hier auf Erden dürfen wir nicht zu viel erwarten, aber wenn wir aufsteigen, werden wir belohnt. Man

hat es mir versprochen, ich glaube fest daran. Leute wie Vic haben keine Ahnung. Er meinte, er müsse seine Belohnung schon hier unten bekommen. Und was war seine Belohnung?«

»Ich verstehe nicht«, sagte ich. »Woher soll ich das wissen?«

»Ich habe dir schon viel zu viel verraten«, sagte Jack und verzog das Gesicht im Schein der roten Glut seiner unbekannten Rauchware. »Und mehr werde ich nicht sagen. Mehr *kann* ich dir nicht sagen. Den Rest musst du selbst herausfinden. Du musst deinen Schatz selbst heben, Mädchen. Löse dein Rätsel. Ich habe meins gelöst. Ich bin durch die Hölle gegangen, aber ich habe es geschafft.«

Es fiel mir nicht leicht, wach zu bleiben. Aber ich war nicht zu betrunken, um die Tätowierung oberhalb seines Herzens zu erkennen, als er eine Kippe aus seiner Brusttasche fingerte.

Constance.

»Noch etwas, DeWitt«, sagte Jack, bevor er verschwand und mich allein zurückließ. »Falls du ein Happy End suchst, suchst du in der falschen Stadt.«

47

Ich wachte auf einer Parkbank auf dem Congo Square auf. Ich keuchte. Ich hatte einen schrillen Ton im Ohr. Mein Handy klingelte. Ich zog es heraus und sah aufs Display. Mick rief an. Es war ein Uhr mittags. Ich ging nicht ran.

Ich stand auf, klopfte mir den Staub von den Klamotten und winkte ein Taxi heran, um mich nach Uptown zu meinem Truck bringen zu lassen.

Ich hatte Andray angelogen. Auf gar keinen Fall würde ich New Orleans verlassen.

»Nur einer von tausend Detektiven wird meine Worte lesen«, schrieb Silette, »und von diesen wird nur jeder Hundertste sie verstehen. Für diese Menschen schreibe ich.«

Detektive sind abergläubische Menschen, und im Laufe der Jahre fingen sie an, *Détection* verschiedentlich auszulegen. Es sei der Code zu einem Geheimplan. Sagte man ihn einmal auf, ganz ohne Pause, könnte man jeden Fall lösen. Reihte man jedes siebte oder neunte oder vierundvierzigste oder hundertachte Wort aneinander, erhielte man einen Text mit neuer, anderer Bedeutung. *Détection* sei nicht von einer Einzelperson, sondern von einer geheimen Verschwörergruppe verfasst worden. Es sei eine Botschaft aus dem Jenseits, die Silette ebenso wenig begriffen habe wie jeder andere.

Das alles dachten die Leute nur, weil sie das Buch nicht verstanden. Sie waren nicht der Hundertste aus den Tausendsten.

Silette hatte nicht für sie geschrieben, sondern für mich.

48

Ich fuhr zum Hotel und legte mich schlafen. Als ich wieder aufwachte, war es dunkel. Ich ging in ein Restaurant an der Frenchman Street und bestellte Spiegeleier. Als sie serviert wurden, sahen sie so gar nicht wie Spiegeleier aus. Sie sahen furchterregend und ungenießbar aus. Sie sahen aus wie eine Strafe.

Es ist eine tolle Sache, den absoluten Tiefpunkt erreicht zu haben, sagte ich mir. Es kann nur aufwärtsgehen.

Nach dem Frühstück – beziehungsweise Abendessen – rief ich Mick an. Ich hatte nicht vor, ihm von dem Zwischenfall mit Andray zu berichten. An einem anderen Tag hätte es mir Freude bereitet, ihm das Herz zu brechen, aber nicht heute. Ich erzählte ihm, ich sei gestern Abend früh eingeschlafen und hätte nichts Neues in Erfahrung gebracht.

Dann erzählte ich ihm, mein Truck sei hinüber. Ich bat ihn, mir sein Auto zu leihen, einen dunkelgrauen, sportlichen Nissan aus den neunziger Jahren.

»Hinüber?«, fragte er.

»Na ja, hoffentlich nicht für immer«, sagte ich. »Das wäre traurig. Aber im Moment läuft er nicht.«

»Dann soll die Autovermietung einen Ersatz anbieten.«

Ich stöhnte genervt auf.

»Dann ruf *du* sie an«, sagte ich. »Vielleicht haben sie ja für dich vor morgen Mittag, also ab vier oder fünf Uhr, einen Ersatzwagen. *Dir* überlassen sie vielleicht ein Ersatzfahrzeug aus jeder beliebigen Kategorie, denn *mir* …«

»Schon gut«, sagte Mick, »okay. Nimm ein Taxi und komm her. Aber ich hätte mein Auto gern morgen früh wieder.«

Ich ging zum Hotel zurück und holte meinen Revolver aus dem lustigen Schlitz im Badezimmer, in dem in den Hotels immer die Papiertücher stecken, so als sei eine nackte Papiertücherpackung etwas Unanständiges. Ich überprüfte ihn kurz auf seine Einsatzbereitschaft und winkte mir auf der Decatur ein Taxi heran, um nach Uptown zu fahren. Mick wartete vor dem Haus auf mich. Er überreichte mir die Autoschlüssel und erteilte mir Instruktionen: *Manchmal klemmt der Lichtschalter, dann musst du dran rütteln. Manchmal säuft der Motor an der roten Ampel ab. Das Fenster auf der Fahrerseite lässt sich nur bis zur Mitte runterkurbeln, du musst es mit Gewalt runterdrücken, aber am besten lässt du es, weil es dann kaum wieder raufgeht.* Ich hatte vergessen, wie es war, kein Geld zu haben.
»Wo willst du hin?«, fragte Mick. »Hast du eine Spur oder …«
»Nein«, log ich. »Keine Spuren und keinen Plan. Ich wollte einfach nur ein bisschen rumfahren und abwarten, was passiert.«
Mick nickte, als hielte er das für eine gute Idee. Dabei wusste ich genau, dass er das Gegenteil dachte.
Die Wahrheit hätte ihm noch weniger gefallen.
Von Micks Haus benötigte man weniger als fünf Minuten nach Central City. Andray und Terrell standen an der üblichen Ecke. Da waren auch noch andere Jungen, von denen ich aber keinen kannte.
Terrell bemerkte mich als Erster. Er stieß Andray an und zeigte in meine Richtung. Natürlich hielten sie mich für Mick. Ich fuhr vorbei und parkte am Ende der Straße. Andray kam langsam herangeschlendert, um zu erfahren, was ich – Mick – von ihm wollte.
Er trat an das Auto und beugte sich herunter.

Ich kurbelte die Seitenscheibe runter und zielte mit dem Revolver auf ihn.
»Überraschung!«, sagte ich.
Andray rannte los. Er sprang in den nächsten Hauseingang, vermutlich, um durch den Hinterausgang auf die Parallelstraße zu fliehen. Ich fuhr einmal um den Block und sah ihn durch einen Vorgarten rennen. Ich trat auf die Bremse, stieg aus und nahm die Verfolgung auf. An der nächsten Ecke hatte ich ihn eingeholt, und als es so weit war, hatte ich die Waffe im Anschlag. Ich packte Andray an der Schulter und hielt ihm den Revolver ins Gesicht. Wir keuchten beide, unser Atem hing sichtbar in der kalten Luft.
Andray verdrehte die Augen und bemühte sich, unbeeindruckt und gelangweilt auszusehen. Aber eine Sekunde lang sah er aus wie bei unserer ersten Begegnung. So als sei er am Ertrinken. So als hoffte er, ich würde dem Ganzen ein Ende bereiten und ihn einfach erschießen.
Der Ausdruck verflog so schnell, wie er gekommen war.
»Scheiße«, sagte er.
Ich hielt ihm die Waffe ins Gesicht und tastete ihn ab. Ich fand eine Neunmillimeterpistole und ein Jagdmesser und ließ beides in meiner Handtasche verschwinden.
»Wir gehen jetzt zum Auto«, sagte ich.
Andray schüttelte den Kopf.
»Ich will dir nicht weh tun«, sagte ich. »Ich will nur reden.«
Er schüttelte wieder den Kopf und rang um Fassung. »Wenn Sie mich erschießen wollen«, sagte er, »können Sie es gleich hier tun. Dann sterbe ich hier.«
Ich sah seine Todesangst. Er dachte wirklich, ich würde ihn töten. So wie die meisten Menschen, die Selbstmordgedanken mit sich herumtrugen, wollte auch Andray

eigentlich nicht sterben. Das Sterben war das Problem. Er wäre lieber schon tot gewesen.
Inzwischen waren ein paar der anderen Jungen um die Ecke gekommen. Sie behielten uns im Blick, aber keiner kam näher, um Andray zu helfen. Ich verstand, was er und Terrell mir über Freundschaft erzählt hatten. Die anderen Jungen schienen in erster Linie belustigt zu sein.
»Ich will dir nicht weh tun«, wiederholte ich sanft, »aber ich …«
»Ich steige nicht zu Ihnen ins Auto, Lady«, sagte er, »auf keinen Fall!«
Ich schaute mich um. Ich hätte den Revolver einstecken können, war mir aber wegen der anderen Jungs nicht sicher.
Ich hatte schon öfter Dummheiten gemacht, aber diese hier war besonders dumm.
»Okay«, sagte ich zu Andray, »sag deinen Freunden, dass alles okay ist. Wenn du das tust, nehme ich die Waffe runter. Wir steigen nicht ins Auto. Vergiss das Auto. Okay?«
Er nickte und schluckte.
»Sag deinen Freunden, alles ist okay!«
»Hey, G«, schrie Andray. »Ist schon gut. Sie ist eine Bekannte, Mann. Sie ist bloß sauer auf mich.«
Der Junge namens G sah uns misstrauisch an.
»Ist schon okay«, rief Andray. »Bleib, wo du bist, G. Wir klären das. Sie muss sich bloß beruhigen.«
G betrachtete uns eindringlich. Dann drehte er sich um und führte die anderen an die Ecke zurück.
Ich holte tief Luft und steckte den Revolver wieder in meine Tasche.
Mit weit aufgerissenen Augen trat Andray von einem Fuß auf den anderen. Er war so wie alle anderen in New

Orleans – er fürchtete sich grundlos und nahm andererseits klaglos hin, was ihn hätte erschrecken müssen.
»Wo können wir uns unterhalten?«, fragte ich.
Er zuckte die Achseln. Er versuchte vergeblich zu schlucken und spuckte schließlich aus.
»Hör mal«, sagte ich, »ich will dir nichts tun. Ich will nicht auf dich schießen. Und ich will dich *wirklich* nicht umbringen. Aber wenn du mir noch mal weh tust, wenn du noch ein Mal *versuchst,* mir weh zu tun, kann ich für nichts mehr garantieren. Okay?«
Er nickte.
»Und wenn du mir nichts tust, dann passiert auch dir nichts«, sagte ich. »Andray, ich mag dich. Ich wünschte mir, wir könnten Freunde sein. Oder zumindest eine Waffenruhe beschließen. Wäre das okay?«
Er nickte wieder.
»Steigst du jetzt ein?«, fragte ich.
»Auf keinen Fall, verdammt«, sagte er kopfschüttelnd.
»Okay«, sagte ich, »dann gehen wir zu Fuß.«

Der Daiquiri war das Nationalgetränk von New Orleans. Es gab verschiedene Ketten, die das Zeug verkauften wie Milchshakes und die Daiquiris aus riesigen Maschinen in Plastikbechern zu einem halben, einem oder zwei Litern abfüllten. Es gab sogar Daiquiri-Drive-ins, wenn auch nicht in dieser Gegend. Der nächste Daiquiri-Laden in Andrays Viertel lag an der Kreuzung von St. Charles und Josephine. Wir liefen schweigend dorthin.
Innen war der Laden schwarz gestrichen. Wir setzten uns in eine Ecke, und ich holte zwei Daiquiris, Erdbeer für Andray und Kokos für mich. Aus den Lautsprechern drang alte Soulmusik, was dem Publikum, meistenteils

in meinem Alter oder darüber, gut gefiel. Ein paar angetrunkene Paare tanzten, aber die meisten Gäste saßen herum, unterhielten sich lautstark und lachend oder leise und ernst.

Ich hatte Andray eine verdammt harte Stunde bereitet, und als ich ihn nun betrachtete, sah ich, was alle Pflegeeltern und Drogendealer schon vor mir gesehen haben mussten: einen Schmerz, gegen den es kein Heilmittel gab, den er aber um jeden Preis in der Welt für eine Weile betäuben wollte. Er starrte mich aus großen, hübschen Augen an. *Du hast mir das angetan,* sagten diese Augen, *nun mach es wieder gut.*

»Andray«, sagte ich, »ich weiß, dass du Vic Willing nicht umgebracht hast. Ich glaube, ich weiß, was mit ihm passiert ist. Ich muss aber wissen, warum du mich bedroht hast und was du über Vic weißt. Ich weiß, dass du mich belogen hast, und ich will die Wahrheit herausfinden. Das ist mein Beruf. Und egal, was es ist, ich verspreche dir, nicht zur Polizei zu gehen, okay?«

Er nickte. Ich wusste nicht, was er dachte.

»Glaub mir nicht, weil ich eine Autoritätsperson bin«, sagte ich. »Glaub mir, weil ich Micks Freundin bin, und der hat dir immer nur Gutes gewollt. Glaub mir, weil du mich kennst, ein bisschen wenigstens, und auch ich dir nur Gutes will.«

Andray schaute zur Seite, dann sah er mir ins Gesicht und nickte. Er atmete durch und entspannte sich ein wenig. Ich auch. Wir hatten eine Abmachung.

»Was, zum Teufel«, sagte ich, »sollte das gestern Abend?«

»Scheiße«, sagte er, »tut mir echt leid, Miss Claire.«

»Jaja«, sagte ich. »Aber wieso, zum Teufel? Warum hast du das getan?«

Andray seufzte. »Verdammt«, sagte er. »Ich war mit ein

paar Jungs zusammen, die Sie gesucht haben. Die hatten gehört, dass Sie neulich mitbekommen haben, wie Deuce fast erschossen wurde. Die waren das, wissen Sie. Als ich hörte, wie die sich über eine verrückte weiße Lady unterhalten haben, wusste ich sofort, was Sache war. Ich habe denen erzählt, ich würde mich drum kümmern.«

»Du meinst, die wollten mich umbringen«, sagte ich. »Die hielten mich für eine Zeugin und wollten mich deshalb aus dem Weg räumen.«

Andray nickte.

»Und du hast sie aufgehalten«, sagte ich.

»Das ist ja so verdammt nobel von dir!«, sagte ich. »Das Herz geht mir auf, Andray. Es *platzt,* jetzt und hier. Wow …« Ich hielt inne. »Hast du das gehört? Das war mein Herz, es ist zerplatzt und runtergefallen.«

Er lachte. Er sah mich an, und zum ersten Mal kam er mir vor wie ein ganz normaler Junge mit einem ganz normalen Lachen. Ich hatte eine blitzartige Vision von Andray, wie er sein könnte, wenn er irgendwo anders als hier zur Welt gekommen wäre. Endlose Möglichkeiten zogen an meinem geistigen Auge vorbei. Keine davon beinhaltete Schusswaffen, Pflegeeltern oder Gefängnisaufenthalte.

»Andray«, sagte ich, »ich will die Wahrheit wissen. Was ist zwischen dir und Vic Willing vorgefallen?«

Er seufzte und sah sich um.

»Hör mal«, sagte ich, »ich hätte dich schon zwei Mal verhaften lassen können – ein Mal wegen Vic und ein Mal wegen letzter Nacht. Ich habe es nicht getan. Denk nach. Kannst du mir vertrauen oder nicht?«

Er seufzte wieder. Ich konnte geradezu sehen, wie er innerlich schwankte. *Ja, nein, ja,* zurück auf *nein.*

»Hör mit dem Geseufze auf«, sagte ich, »das nervt.«

Ja, nein, ja, nein.
Er seufzte wieder.
Ja.
»Okay«, sagte Andray schließlich entschieden. Er sah mir in die Augen. »Ich war da. Ich wusste, der Wichser hat Bier da und Wasser und so. Also bin ich hin, um mir was zu holen. Ich … ich war da nicht zum ersten Mal.«
Ich wartete, aber er sagte nichts mehr. »Wann?«, fragte ich leise. »Wann bist du dort gewesen?«
»Mr. Vic«, sagte er und schlug die Augen nieder, »hat bezahlt. Wenn er einen wegen einer Strafsache kennengelernt hat, hat er … Sie wissen schon. Man konnte es abarbeiten. Und manchmal hat er auch dafür bezahlt, dass Jungs ihn in seine Wohnung begleiten und, Sie wissen schon.« Ich nickte. Ich wusste schon. »Also bin ich ein paar Mal hin – ich meine, ich habe da nichts gemacht. Wirklich nichts. Aber er hatte es gern, wenn einer zusah, also schaute ich zu. Das war leicht verdientes Geld. Ich war aber nur ein paar Mal da. Ich mochte das nicht. Nicht, weil es zwei Männer waren. Ich … ich weiß auch nicht. Es war einfach nur traurig. Von vorne bis hinten. Also, da ist einer, der ganz dringend etwas braucht, nämlich Geld, und ein anderer, der was anderes braucht. Also ich … ich weiß auch nicht. Es war traurig.«
Ich nickte. Ich zweifelte daran, dass er bloß zugeschaut hatte, aber es war egal. Es ging mich nichts an.
»Warum hast du den anderen gesagt, sie dürften nicht mit mir reden?«, fragte ich.
»Weil ich wusste, Sie würden mir nicht glauben«, sagte er. »Sie hatten sich schon eine Meinung gebildet. Ich hab allen gesagt: Wenn ihr der helft, seid ihr tot. Die meisten Leute wissen ohnehin Bescheid, ohne dass ich was sagen muss. Die wissen, man redet nicht mit der Polizei.«

Ich dachte nach. Was er sagte, ergab Sinn.
»Wie hast du Vic kennengelernt?«, fragte ich.
»Zuerst habe ich seinen Pool sauber gemacht«, sagte Andray. »Das ist die Wahrheit. Und dann hat er mich eingeladen, das habe ich doch schon gesagt. Er hat mich zum Mittagessen eingeladen, mir von den Vögeln erzählt und so. Am Anfang dachte ich … ich dachte, er wollte bloß nett sein. Er hat gesagt, ich würde ihn an einen alten Freund erinnern. Wir haben uns ein paar Mal getroffen. Ich fand ihn in Ordnung. Aber dann sagte er irgendwann, wenn ich Geld brauchte, könnten wir. Danach habe ich mich nicht mehr mit ihm getroffen. Nur einmal, da habe ich das Geld wirklich gebraucht. Ich hatte Hunger. Ich hatte nichts mehr. Also. Ich glaube … ich glaube, er hat gewusst, dass er was Unrechtes tat. Das glaube ich.«
»Warum?«, fragte ich.
»Weil er sich hinterher immer entschuldigt hat«, sagte Andray. »Und mehr bezahlt hat, als vereinbart war.«
Ich nickte.
»Als der Sturm kam«, sagte Andray, »sind ich und Peanut und Slim und ein paar Jungs – Sie kennen die nicht – los, um Wasser und Essen und so zu besorgen. Wir sind zu Vics Wohnung gefahren und einfach eingebrochen.«
»Wann war das?«, fragte ich. »Wann genau?«
»Mittwochabend«, sagte Andray. Er schluckte. »So gegen zehn oder zwölf. Wissen Sie, die meisten Leute aus der Gegend waren schon weg. Da war Tag der offenen Tür. Ich bin rein, um zu holen, was ging. Vic war nicht da. Das Haus war menschenleer, das ganze Viertel fast leer. So war es. Das ist die Wahrheit.«
Ich sah ihn an. »Bist du sicher«, sagte ich, »dass es am Mittwochabend war? Bist du ganz sicher?«

Andray nickte und hob die rechte Hand, wie um zu schwören oder zu zeigen, dass er unbewaffnet war. Er sah mir in die Augen. »Ich habe Sie angelogen, Miss Claire. Ich schwöre bei Gott, ich habe Sie angelogen. Deswegen waren meine Fingerabdrücke überall. Ich habe alles durchsucht.«

»Hast du was gefunden?«, fragte ich.

»Nur Bier und Wasser«, antwortete er. »Wie ich schon dachte. Aber, Mann, wir haben das gebraucht! Ich wusste, dass er eine ganze Abstellkammer voll mit Wasserflaschen hatte, die wollten wir uns holen. Die Leute mit Kindern, mit kleinen Babys, hatten nichts mehr zu trinken. Die Leute haben Wasser gebraucht, und was zu essen für die Kinder und so. Ich habe Bier und Wasser mitgenommen, solche Sachen. Aus Vics Wohnung und aus der seiner Nachbarin. Aus beiden. Ich habe mitgenommen, was ich tragen konnte. Und ich hab die Vögel gefüttert.« Er lachte leise und schüttelte den Kopf. »Ich hab Grund genug, ein schlechtes Gewissen zu haben, aber nicht deswegen. Damals bin ich in viele Häuser eingebrochen. Es tut mir kein bisschen leid.«

Ich sah ihn an. Langsam dämmerte mir, was er da sagte.

»Wo bist du sonst noch eingebrochen?«, fragte ich.

»Ich und ein paar von den Jungs«, sagte er. »Bei Walgreen's in der Magazine Street. Ins Sav-A-Center und in den Biosupermarkt – mein Gott, was für ein verrückter Laden! Wir haben Wasser, Saft, Essen, Babyzeug mitgenommen. Wir haben uns jeder einen Einkaufswagen geschnappt und bis nach Downtown geschoben. Einer von den Jungs hatte ein Auto, das haben wir beladen, aber irgendwann hat er die Stadt verlassen, und uns blieben nur die Einkaufswagen. Wir hätten Autos knacken können, aber es gab ja kein Benzin mehr. Als die Supermärkte leer waren, sind wir in die Häuser eingestiegen – Wohnungen, von denen wir wussten, dass es einfach wird, so wie bei Vic. Die Leute brauchten was zu essen – die Alten, die Kinder. Die Leute waren am Verhungern. Wir konnten doch nicht zusehen …«

Er schüttelte den Kopf und schluckte und sagte nichts mehr.

»Das hast du also getan«, sagte ich. »Andray, das war kein Diebstahl, so was nennt man …«

Ich wusste nicht, wie man das nannte. Andray zuckte die Achseln.

»Warum hast du Vics Vögel gefüttert?«, fragte ich.

Andray verzog das Gesicht, als hätte ich etwas besonders Dummes gesagt. »Das sind nicht *seine* Vögel«, sagte er, »das sind einfach Vögel. Ich meine, die müssen schließlich auch was essen.«

Er hatte recht. Ich hatte etwas Dummes gesagt.

»Wer war der Junge vor dem Restaurant?«, fragte ich. »Warum wollten die Typen ihn umlegen?«

Andray zuckte die Achseln. »Das war niemand. Ich meine, ich weiß zwar, wie er heißt, aber er hat mit Ihnen nichts zu tun. Warum die das gemacht haben, weiß ich auch nicht. Ich glaube, die denken, er wäre ein Polizeispitzel. Das gibt es hier tatsächlich. Manche Leute kriegen einen Job und so und vergessen plötzlich, wo sie herkommen. Man denkt, man käme hier raus, aber das geht nicht. Nie.«

»Was ist mit dir?«, fragte ich. »Willst du hier raus?«

Er nickte. »Echt«, sagte er, »ich habe die Schnauze voll. Wirklich.«

»Du könntest ihn mitnehmen«, schlug ich vor. »Terrell. Du müsstest ihn nicht alleinlassen.«

Andray nickte. Er glaubte mir kein Wort.

Ich glaubte mir selbst kaum.
»Mick will dir helfen«, sagte ich. »Du brauchst seine Hilfe bloß anzunehmen.«
Andray zuckte die Achseln. Ich spielte mit dem Gedanken, ihm Micks individuelles wie kollektives Schuldgefühl zu erklären, dachte mir dann aber, dass er darüber längst Bescheid wusste.
»Hör mal«, sagte ich. »Mick geht es gerade nicht so gut. Depressionen. Aber es würde ihm helfen, wenn ihr euch helfen lasst. Ich weiß auch nicht, warum das so ist, ich habe solche Leute nie verstanden. Aber wenn du ihm erlaubst, dir einen Job zu suchen oder so was, würdest du ihm einen Riesengefallen tun.«
»Ja, okay.« Andray nickte. »Er möchte, dass ich bei diesem Programm für Schulabbrecher mitmache. Ich habe drüber nachgedacht. Manchmal …« Er hielt inne. »Manchmal habe ich bei Mister Mick das Gefühl … Ich weiß auch nicht. Es ist so, als wäre ich für ihn ein Versuchskaninchen oder so. Als müsste er sich was beweisen oder so. Nicht, dass ich ihm nicht dankbar wäre …«, fügte er hastig hinzu.
»Nein, ich weiß sehr gut, was du meinst«, sagte ich. »Aber weißt du, du könntest ihm genau das sagen. In netten Worten, so, wie du es mir gesagt hast. Sicher hätte er Verständnis.«
Andray nickte. »Ja. Okay.«
»Du bist ein cleverer Junge«, sagte ich. »Es wäre ein Kinderspiel für dich, den Schulabschluss nachzuholen. Du solltest Lesen üben, der Rest kommt dann von ganz allein.«
»Ich kann lesen«, verteidigte Andray sich. Das stimmte, ich hatte das beobachtet, aber er las langsam und mit Mühe.

»Wie ist das Buch, das Vic dir gegeben hat?«, fragte ich.
»Okay«, sagte er. »Ich meine, es ist schwierig. Das muss ich zugeben. Aber – ich weiß auch nicht. Ich mag es.«
»Hast du es wirklich von Vic?«, fragte ich skeptisch.
»Klar«, sagte er. »Einmal hat er gesehen, dass ich mich dafür interessiere. Ich weiß auch nicht. Der Umschlag hat mir gefallen.« Er zog *Détection* heraus und bog es zwischen den Händen hin und her. Ich hatte an der Beule in seiner Hosentasche gesehen, dass er das Buch ständig bei sich trug.
»Jedenfalls«, fuhr er fort, »hat Mr. Vic mich damit gesehen, und er meinte, ich könne es behalten. Er meinte, ich könne mehr damit anfangen als er.« Andray zuckte die Achseln. »Keine Ahnung, was er damit sagen wollte.«
»Was denkst du«, fragte ich, »über das Buch?«
Andray lächelte. »Ganz ehrlich, es ergibt überhaupt keinen Sinn«, sagte er, »und es ist schwer zu lesen. Aber irgendwie … ich weiß auch nicht. Ich mag es trotzdem. Er sagt eine kleine Sache, die gefällt mir am besten. Er sagt an einer Stelle, wenn man sich an einem Rätsel festklammert, wird man es nie lösen. Man muss es durch die Finger rutschen lassen, dann kommt es zurück und offenbart sich. Ich weiß auch nicht … das gefällt mir. Nicht, dass ich viele Rätsel zu lösen hätte«, sagte er, als schäme er sich ein bisschen. »Es ist nur … Sie wissen schon. Eine kleine Lebenshilfe.«
»Wer sich am Rätsel festkrallt, wird es niemals lösen«, zitierte ich erstaunt. »Nur derjenige, dem es durch die Finger rinnt, wird es in seiner Gänze erblicken und sein Geheimnis erfahren.«
Tracys Lieblingszitat aus *Détection.*
»Rede mit Mick«, sagte ich, »lass dir helfen.«
Er nickte und sah mich an.

»Tut mir leid«, sagte ich. »Tut mir leid, dass ich dich verdächtigt habe, Vic umgebracht zu haben.«
Er sah mich an und nickte.
»Ich weiß«, sagte er, »tut mir leid, dass ich Sie angelogen habe.«
»Ist schon okay«, sagte ich. »Nur eins zählt: dass am Ende die Wahrheit herauskommt.«
Aber die Wahrheit war noch lange nicht draußen.
Andray holte uns zwei weitere Daiquiris, während ich am Tisch sitzen blieb. Er hatte mir viel Wahres erzählt, aber im wichtigsten Punkt hatte er gelogen.
Er wusste, wer Vic Willing ermordet hatte. Er war am Mittwochabend nicht wegen der Lebensmittel in Vics Wohnung gewesen. Ich wusste nicht, warum er dort gewesen war, aber bestimmt nicht aus diesem Grund.
Niemand schaut einem direkt in die Augen, wenn er die Wahrheit sagt.
Wir tranken noch ein paar Daiquiris, und gegen drei Uhr morgens murmelten wir ein paar unaufrichtige Freundschaftsbekundungen, klopften einander in einer männlichen, aufgesetzten Geste auf die Schulter und gingen getrennter Wege in die Nacht hinaus.

49

In jener Nacht legte ich mich nur mit T-Shirt und Unterhose bekleidet ins Bett und zündete mir einen Joint an, was mir einige Schwierigkeiten bereitete, wollten Joint und Feuerzeugflamme partout nicht zusammenfinden.
Es war fast vier Uhr morgens. Ich hatte mit Andray in der Bar gesessen und Daiquiris getrunken und so getan, als kaufe ich ihm seine Lügengeschichten ab. Ich hatte darauf gehofft, er würde sich irgendwie verplappern, aber nichts war passiert.
Ich hatte ihn gelockt, beschimpft und ihm einen Revolver an den Kopf gehalten.
Wenn er mir die Wahrheit bis jetzt nicht erzählt hatte – was der Fall war –, würde er es auch zukünftig nicht tun, egal was ich versuchte. Mir fielen keine neuen Tricks mehr ein. Ich hatte mein letztes Kaninchen aus dem Zylinder geholt.
Leon hatte mich gefeuert. Jemand hatte vergeblich versucht, mich umzubringen, ein paar andere standen vermutlich schon mit ähnlicher Absicht bereit. Micks Vertrauen in mich war von Anfang an gering gewesen und mittlerweile erschöpft. Niemand bezahlte mich, niemand konnte mich leiden. In New Orleans nicht und auch nirgendwo sonst.
Der Fall verlief ausgesprochen typisch.
Ich setzte mich auf und kramte nach der Akte, die ich für den Fall des grünen Papageien angelegt hatte.
Ich fing noch einmal von vorn an, mit den ersten Informationen, die ich über Vic gesammelt hatte, und las mir alles bis zum Schluss durch, alle Zeugenaussagen, alle

Tatsachen und Zahlen, jedes Omen und jedes Zeichen. Was ich nicht aufgeschrieben hatte, ging ich in Gedanken durch.

Als ich gegen fünf Uhr eindöste, wusste ich nur eins. New Orleans war keine Stadt für ein Happy End.

50

Ich war in der New Yorker U-Bahn. Es war Nacht. Aus irgendeinem Grund merkt man beim U-Bahn-Fahren immer, welche Tageszeit gerade ist.
Tracy saß neben mir. Sie war wieder vierzehn. Auf ihren Knien balancierte sie ihren alten Kassettenrekorder, kleiner als ein Ghettoblaster und größer als ein Walkman.
»Das Wichtigste hast du übersehen«, sagte sie. »Dabei habe ich versucht, es dir zu zeigen.«
Ich streckte eine Hand nach ihr aus, aber als ich sie berühren wollte, entglitt sie mir.
»Das Wichtigste«, sagte sie, »habe ich dir zeigen wollen, aber du hast nicht hingeschaut.«
Ihr blonder Pony fiel ihr über die Augenbrauen. Sie roch nach Zigaretten und abgestandenem Bier. Damals rochen wir alle so.
»Kannst du nicht einfach zurückkommen?«, fragte ich. »Ich vermisse dich. Wir könnten im Holiday was trinken. Keiner wird …«
»Ich wollte es dir zeigen«, sagte sie und ignorierte meine Bitte. »Schau nach oben.«
Ich schaute nach oben. An die Decke des U-Bahn-Waggons hatte jemand eine Straßenszene gemalt. Ich sah New Orleans, das Wasser stand in den Straßen, alles war friedlich abgesoffen. Ein Taubenschwarm flog über die Häuser. Die Tauben verließen das Wandgemälde und ließen sich auf Tracy nieder, auf ihren Schultern und ihrem Schoß. Es waren nicht mehr nur Tauben; ich sah weiße Turteltauben, Rotkardinäle und grüne Papageien.
Auf Tracys Schulter saß eine graue Taube.

»Wir wollten es dir zeigen«, sagte die Taube, »gleich am ersten Tag. Wir haben dir alle Hinweise gegeben.«
»Aber du hast nicht hingeschaut«, fuhr ein Star fort. »Wir wollten es dir zeigen, Claire, aber du wolltest es nicht sehen.«
»Nein«, sagte Tracy, »sie wollte es nicht sehen. Sie …«

Ich wurde von schrillem Handyklingeln geweckt. Ich lag in meinem Hotelzimmer im Bett, die Blätter aus dem Aktenordner waren überall verstreut. Es war elf Uhr.
Ich sah aufs Display. Mick.
»Ich brauche mein Auto«, sagte er.
»Und ich brauche was zu essen«, sagte ich. »Aber zuerst muss ich baden. In Kaffee.«
Ich konnte hören, wie Mick die Augen verdrehte. Ich sagte ihm, ich wäre in einer oder zwei Stunden bei ihm. Wir legten auf. Meine Schläfen pochten, und mein Genick fühlte sich an, als hätte jemand versucht, es zu brechen. Ich ging in die Lobby und holte mir zwei Pappbecher verbrannten Kaffee, den ich während eines heißen Bades trank. Nach dem Kaffee gönnte ich mir etwas Gras und drei Ibuprofen. Dieser Fall ging mit zu viel Alkohol und zu wenig Sonnenschein einher.
Um zwei war ich bei Mick. Er kam herunter und stieg ins Auto, und zusammen fuhren wir zu Casamento's in der Magazine Street. Während meiner Zeit in New Orleans war es mein Lieblingsrestaurant gewesen; es hatte sich kaum verändert.
Ich bestellte ein Austernsandwich, unterhielt mich mit der Kellnerin über Shrimppreise, lachte, als ein Kleinkind an den Tisch kam und mir eine Flasche mit scharfer Sauce anbot und dann mit den zwei fetten Katzen im Hinterhof spielte.

Als ich sah, wie schön es in New Orleans sein könnte, ging es mir nicht besser. Es ging mir schlechter.
Der Hilfskellner war freundlich und witzig. Er war etwa siebzehn und ging wahrscheinlich zur Schule. Nur Schüler arbeiteten als Hilfskellner. Mick und er begannen ein Gespräch. In New Orleans kannte jeder jeden, auch wenn man manchmal einen Moment brauchte, um sich zu erinnern, warum und woher man jemanden kannte. Der Junge hieß DeShawn.
»Wie geht es deiner Mom?«, fragte Mick.
»Ganz okay«, sagte DeShawn. »Sie hat's nicht leicht.«
»War sie inzwischen mal bei einem Therapeuten?«, fragte Mick.
DeShawn schüttelte den Kopf. »Nein, das will sie nicht. Sie geht viel in die Kirche und betet und so.«
»Sie sollte es versuchen«, sagte Mick, »mir hat das damals sehr geholfen.«
»Ich weiß«, sagte DeShawn. »Ich hab's ihr auch gesagt.«
Während sie sich unterhielten, schaute ich nur selten von meinem Austernsandwich auf. Ein Austernsandwich ist eine anstrengende Angelegenheit, und ich achtete nicht mehr auf mein Umfeld.
Erst nach und nach bildete ich mir ein Bild von dem Jungen. Er war groß und schlaksig und immer noch dabei, den letzten Wachstumsschub zu verkraften. Er hatte kurzes Haar, einen Diamantohrring und ein paar Tätowierungen, wenn auch weniger als jeder andere Junge, dem ich hier begegnet war. New Orleans war die Stadt mit den meisten Tätowierungen. Auf einem Unterarm des Jungen stand, langweilig und vorhersehbar, ein Mädchenname. Auf dem anderen waren gefaltete Hände mit Kruzifix, ebenso langweilig.
Über dem Kruzifix war ein Tattoo, wie ich es noch nie

gesehen hatte. Es zeigte einen Papageien in einer Lebenseiche.
»Der Papagei ist von hier, oder?«, fragte ich. »Einer von den grünen?«
DeShawn lächelte. »Ja«, sagte er. »Hab ich mir nach der Evakuierung stechen lassen, in Kalifornien. Ist ganz gut geworden, was?«
»Wirklich toll«, sagte ich. Das stimmte nicht, aber ich hatte schon schlechtere Tätowierungen gesehen. *Ich* hatte schlechtere Tätowierungen. »Den meisten Leuten fallen sie nicht einmal auf«, sagte ich. »Wie bist du auf die Idee gekommen?«
»Ich weiß«, sagte er lächelnd. »Die meisten Leute wissen nicht mal, dass sie hier leben. Die schauen nie nach oben«, sagte er. »Der hat mich wohl an zu Hause erinnert. Daran, dass ich irgendwann zurückkomme.«
»Dann warst du während des Sturms hier?«, fragte ich. »Du und deine Mom?«
Er nickte. »Klar. Wir haben drei Tage auf dem Dach gesessen.«
»Du liebe Güte«, rief ich, »das ist ja schrecklich. Hör mal, darf ich dich was fragen? Kennst du einen Jungen namens Andray Fairview?«
»Claire«, sagte Mick verärgert, »ich bitte dich …«
»Sorry«, sagte ich zu beiden, »aber …«
DeShawn schüttelte den Kopf. »Nein, leider nicht«, sagte er.
»Wie wäre es mit dem«, sagte ich und zog das Bild von Vic heraus, noch bevor Mick einschreiten konnte. »Kennst du den?«
»Claire!«, rief Mick. »Das ist ja wohl die …«
Als DeShawn das Bild von Vic sah, wurde er schlagartig kreidebleich.

Mick fand wohl, es war die Höhe, DeShawn nach Vic zu fragen, und vermutlich hatte er recht. Aber es wäre unverzeihlich gewesen, einen Hinweis vorbeirauschen zu lassen, bevor er sich mir offenbaren konnte.

Man braucht nichts weiter zu tun, als zuzuhören. Man darf ihnen nicht über den Mund fahren, wenn sie sprechen wollen. Dann werden die Hinweise einem verraten, was man wissen will. Und wenn man sich von einem Hinweis zum anderen hangelt, egal in welcher Richtung, kommt man irgendwann bei der Wahrheit an.

Auch wenn die Wahrheit manchmal sehr schmerzlich ist.

»Tut mir leid«, sagte ich, »ich hätte später wiederkommen sollen, nach deiner Schicht. Ich weiß, er …«

»Ja«, sagte DeShawn. Er hielt sich an der Tischkante fest, als sei ihm schwindelig. »Du lieber Gott. Tut mir leid, aber ich muss …«

»Bitte«, sagte ich und schob ihm einen Stuhl hin. Der Junge setzte sich.

»Tut mir leid«, sagte er, »aber die Erinnerungen kommen zurück, verstehen Sie?«

»Ja«, sagte ich, »natürlich. Ich meine, immerhin hat Vic … na ja.«

»Vic?«, sagte DeShawn. »Ich wusste seinen Namen nicht. Kennen Sie ihn?«

Ich war verwirrt.

»Du kennst ihn nicht?«, fragte ich.

»Doch«, sagte DeShawn, »ich meine, nein, eigentlich nicht. Er …«

»Er?«, fragte ich.

DeShawn sah verwirrt zwischen mir und Mick hin und her.

»Tut mir leid«, wiederholte ich. »Woher kennst du diesen Mann?«

»Er hat mir das Leben gerettet«, sagte DeShawn, »der Mann hat mir das Leben gerettet, und meiner Mom auch. Er hat uns von unserem Dach im Neunten Bezirk geholt. Er hat uns gerettet.« Er fing zu weinen an. »Er ist gekommen, um uns zu retten, als die ganze verdammte Welt uns vergessen hatte. *Er* hat uns geholt. *Er* allein.«

»Er?«, fragte Mick und runzelte verwirrt die Stirn. »Bist du sicher?«

»Er«, sagte DeShawn und zeigte auf das Foto. »Ja, ich bin mir sicher.«

51

DeShawn hörte zu weinen auf und starrte wie hypnotisiert auf das Bild.

»Ich und meine Mom«, sagte er, »saßen drei Tage auf dem Dach. Drei verdammte Tage. Kein Essen, kein Wasser, nichts. Die Küchenschränke waren voll gewesen, aber die Flut hatte alles weggespült. Über uns flogen die Helikopter, wir haben geschrien wie die Irren. Am Anfang. Es sind sogar ein paar Boote vorbeigekommen, aber die waren alle voll. Und die Helikopter haben nichts für uns hinuntergeworfen. Ich weiß nicht, wozu die da rumgeflogen sind. Jedenfalls nicht, um uns zu helfen.«

Er schüttelte den Kopf.

»Ich verstehe es bis heute nicht«, sagte er. »Warum keiner kam, meine ich. Ich habe alles nachgelesen, ich weiß, was passiert ist. Aber ich kann es immer noch nicht verstehen. Meine Mom … wird damit nicht fertig. Sie wird nicht damit fertig, dass keiner uns geholfen hat.«

Er saß für eine Weile mit verzerrtem Gesicht da.

»Bis er kam«, sagte er dann und zeigte auf das Foto. »Am dritten Tag. Genau genommen war es Nacht. Wenn es dunkel wurde – das war gut, denn dann war es nicht mehr so heiß. Das war angenehm. Aber es war so dunkel. So eine Dunkelheit haben Sie noch nicht gesehen. So dunkel, dass man Angst kriegen konnte. *Richtige* Angst. Die Leute saßen schreiend und weinend auf den Dächern. Das Geschrei kam von überall, aber man konnte nichts sehen. Man hörte das Wasser spritzen und Sachen vorbeischwimmen, aber man konnte sie nicht sehen. Man wusste nicht, sind das Menschen oder Ratten. Und manchmal strahlte von oben ein Flutlicht runter, und dann sah man alles, nur eine Sekunde lang. Es war wie in der Disco. Es war beängstigend. Richtig beängstigend. Und dann, in der dritten Nacht, hatten wir genug. Meine Mom hat gebetet, ich habe gebetet, aber es fiel uns nicht leicht, wissen Sie. Ist ganz schön schwer, nicht den Glauben zu verlieren. Wir dachten, die Welt hat uns vergessen. Und da sehen wir plötzlich ein kleines Licht. Dieses winzige Licht von ganz weit weg. Und dann kommt ein Boot heran, wie im Film oder wie in einem Traum. In dem Boot sitzt jemand mit einer Taschenlampe. Es sah aus wie eine kleine Wolke, wie eine Lichtwolke, die auf uns zugeschwebt kam.«

DeShawn lachte, aber seine Augen waren feucht.

»Nach allem, was wir wussten, hätte es auch der liebe Gott sein können. Ich meine, da oben auf dem Dach hat man sich gefühlt wie zu biblischen Zeiten, verstehen Sie? All diese verrückten Sachen, die man in der Bibel gelesen und die man sonst wo gehört hatte, waren plötzlich real. Es war wie eine Prüfung. Alles war möglich. Jedenfalls«, fuhr er fort, »saßen in dem Boot eine Mutter mit ihrem Sohn und ein Mann. *Dieser* Mann. Die Frau und ihr Kind haben gezittert und geheult, so als müssten sie gleich sterben, es war total verrückt. Und der Mann, dieser da«, er zeigte auf das Bild von Vic, »hat gelächelt. Er sah glücklich und zufrieden aus, so als sei es der schönste Tag in seinem Leben. Außerdem hatte er einen Hund dabei.«

»Einen Hund?«, fragte ich. »Sicher?«

DeShawn nickte. »Ein Hund. Ich glaube, der gehörte dem kleinen Jungen. Ein riesengroßer Schäferhund. Meine Mom hat sich kaum getraut, ins Boot einzusteigen. Ich weiß nicht, wie der Mann uns gefunden hat. Vielleicht hatte er in einem der Boote gesessen, die vorher an uns vorbeigefahren sind. Die Boote, die zu voll waren. Ich weiß es auch nicht. Ich habe mich oft gefragt, wie er uns gefunden hat. Wie dem auch sei. Er half uns beim Einsteigen. Wir wollten noch mehr Leute retten – unsere Nachbarn waren direkt nebenan –, aber wir hatten keinen Platz. Der Mann sagte, das Boot würde umkippen, wenn noch mehr Leute zustiegen. Er hat uns ans Ufer gebracht. Er hat uns auf dem Trockenen abgesetzt, als sei nichts dabei. Meine Mom und ich sind als Erste ausgestiegen, weil wir vorn saßen. Wir wurden von Leuten mit Decken und so Zeugs in Empfang genommen. Als wir uns umdrehten, war das Boot weg.«

»Mein Gott«, sagte Mick.

»Er hat mir das Leben gerettet«, sagte DeShawn, »echt. Ich und meine Mom, wir wären gestorben. Wissen Sie, als wir später unser Haus anschauen gingen, war das Dach eingestürzt. Wir wissen nicht, wann es passiert ist, aber so war es.«

»Er hat dir das Leben gerettet«, wiederholte ich.

DeShawn nickte. »Kennen Sie ihn?«, fragte er.

»Nein«, sagte ich. »Er ist kurz darauf gestorben. Irgendwann während des Sturms. Wir wissen nicht genau, wann. Wir versuchen, es rauszufinden.«

»O Gott«, sagte DeShawn. Er sah geknickt aus. »O Gott, das ist so schrecklich.«

»Hast du ihn danach noch einmal gesehen?«, fragte ich nach einer Weile. »Weißt du, was er getan hat, nachdem er euch abgesetzt hat?«

»Na ja«, sagte er, »ich glaube … ich glaube, er ist nicht mehr zurückgekommen. Wahrscheinlich ist er ertrunken.«

»Wie kommst du darauf?«, fragte ich.

»Weil ich unseren Nachbarn getroffen habe«, erklärte er,

»viel später, in Houston. Wir haben uns unterhalten und Geschichten ausgetauscht. Er hat erzählt, dass der Mann nicht zurückkam. Niemand kam, bis zum nächsten Morgen.«

Wir saßen uns schweigend und mit gesenktem Blick gegenüber.

»Ich dachte immer«, sagte DeShawn schließlich, »ich würde ihn irgendwann finden. Und dann hätte ich mich bedankt.«

»Das kannst du immer noch«, sagte ich.

Er sah mich an. »Meinen Sie, er kann mich hören?«

»Keine Ahnung«, sagte ich, »aber du hast nichts zu verlieren.«

Wir saßen eine Weile stumm da.

Und dann fiel mir ein, was Tracy gesagt hatte.

Der allererste Hinweis.

Plötzlich war mein Kater verflogen. Ich blickte lächelnd auf.

Mick sah mich an.

»Was ist?«, fragte er.

»Nichts«, sagte ich, konnte aber nicht aufhören zu lächeln.

»Was ist?«, fragte DeShawn.

»Ich muss los«, sagte ich. »Ich muss sofort los.«

Ich bedankte mich bei DeShawn und bezahlte die Rechnung, und Mick und DeShawn versprachen einander, in Kontakt zu bleiben und sich um DeShawns Mutter zu kümmern. Mick fuhr mich nach Downtown zurück. Er glaubte immer noch, mein Truck sei kaputt. Er hielt vor dem Hotel.

»Dann war es das wohl«, sagte er. »Ich denke, nun wissen wir, was Vic Willing zugestoßen ist.«

Ich betrachtete Mick. Er sah beinahe glücklich aus. Wenn

Vic sich von seinen Sünden reingewaschen hatte, konnte jedermann erlöst werden, sogar Mick mit seinen Schuldgefühlen und der endlos langen Liste vermeintlicher Sünden. Sogar die Kinder, die er betreute und die aus nichtigstem Anlass zu Mördern wurden und sich einen Dreck um die Zukunft kümmerten. Sogar ich mit meinen schlechten Angewohnheiten und meinem verlotterten Wesen.

Ich wusste, er wollte zu gern daran glauben. Er war darauf angewiesen.

Aber es war nicht die Wahrheit.

Mick sah mich an. »DeShawn hat es uns eben erzählt«, sagte er. »Vic ist ertrunken. Er hat versucht, Leute zu retten, und ist dabei verschollen.«

Ich nickte. Mick musterte mich.

»Claire«, sagte er. Er sah unglaublich enttäuscht aus. »Claire. Das kann nicht dein Ernst sein!«

Ich schwieg.

»Du hast deine Antwort«, sagte er, »du hast die Lösung gefunden. Die Lösung, die du gesucht hast. Das ist sie!«

Ich schüttelte den Kopf. »Mick«, fing ich an und unterbrach mich sofort. Normalerweise hätte ich jetzt gesagt: *Du irrst dich,* oder *Du bist ein Idiot,* oder *Du hast nie ein besonders gutes Auge für die Hinweise gehabt.*

Aber nicht heute. Mick hielt es für ein Happy End, das sogar noch die Möglichkeit eines größeren, allumfassenden Happy Ends beinhaltete. Er hielt diesen Fall für den Mikrokosmos, exemplarisch für den Makrokosmos der Stadt und ihrer Bewohner.

Ich betete zu Gott, dass er sich täuschte. Denn hier gab es kein Happy End.

Ich wusste immer noch nicht genau, was Vic Willing zugestoßen war. Aber ich hatte eine ziemlich genaue Vorstellung, und ich wusste, wo der Rest der Geschichte zu finden wäre.

»Mick«, sagte ich sanft, »ich weiß ja, du denkst, De-Shawn hätte uns eben die Auflösung der Geschichte verraten. Was er uns erzählt hat, war wirklich wichtig. Aber es ist noch nicht das Ende. Es ist keine Auflösung.«

»Was dann?«, fragte Mick gereizt.

»Es ist wie immer«, sagte ich, »es geht um den allerersten Hinweis, den du gleich zu Beginn übersehen hast. Derselbe Hinweis, den du jetzt in diesem Moment übersiehst.«

Wir starrten beide geradeaus.

»Verdammt, Claire«, sagte Mick, »kannst du nicht ein einziges …«

»Nein«, sagte ich, »niemals.«

Mick schüttelte den Kopf, ohne mich anzusehen. Ich stieg aus.

»Selbstverständlich kann jeder erlöst werden«, sagte Silette im *Interview* von 1978. »Egal, welches Verbrechen er begangen hat. Was hingegen keiner versteht, ist, dass die Erlösung der Verbrechensaufklärung gleicht; man muss es persönlich tun, aus eigenen Motiven und in der eigenen Zeit, und nicht aus einem dummen Ideal einer besseren Welt heraus, oder weil man einer kindischen Vorstellung von Gut und Böse anhängt. Es gibt nur einen Weg, nämlich sich ganz auf sich selbst zu besinnen, was natürlich für die meisten von uns das Letzte ist, was sie möchten. Man muss tauchen, bis auf den Grund. Erst dann kann man ein neues Leben beginnen.«

Ich saß in meinem Zimmer auf dem Hotelbett, drehte die Heizung voll auf und warf das I Ging.

Hexagramm vier: Wolken über Feuer. Die Wolken umgeben das Feuer, ohne es zu löschen. Manche Feuer brennen wahr, andere falsch. Wahres Feuer wärmt die Hände. Falsches Feuer brennt, ohne je zu wärmen. Die besten Feuer verbrennen alles in ihrem Umkreis, um das vollkommene Nichts zu hinterlassen. Der Weise weiß, dies ist der beste Ort.

Ich setzte mich in meinen Truck und fuhr ins vollkommene Nichts.

52

Die Straßen des Neunten Bezirks waren von einer graubraunen Schlammkruste überzogen. Alles andere auch. Nichts war gesäubert worden. Zwischen den Schutthaufen lagen winzige Bruchstücke menschlichen Lebens: ein Schuh, ein Buch, ein BH. Es stank nach Müll und Moder und Tod. Einige Häuser waren ineinandergeschoben worden und bildeten unübersichtliche Geröllberge. Autos und Boote und Wohnwagen und Stücke von anderen Häusern thronten auf den Ruinen oder steckten seitlich darin, von der Gewalt des Wassers in seltsamen Winkeln verkeilt. Ich sah Boote auf Dächern und Autos auf Häusern. Einige Häuser waren ganze Blocks von ihrem Fundament entfernt, was man daran erkannte, dass jemand die ursprüngliche Adresse aufgesprüht hatte, so als wären diese Häuser entlaufene Welpen, die man abholen konnte. *Oh, sieh mal, unser Haus, ich hatte mich schon gefragt, wo es steckt.*

Es käme einem Wunder gleich, wenn hier noch jemand lebte.

Ich fuhr zu der Adresse auf der Visitenkarte. Rechts und links davon türmte sich gesplittertes Holz, aber das zu der Anschrift gehörige Haus stand noch. Zwei Außenwände waren durch blaue Plastikplane ersetzt worden, doch es war zweifellos ein Haus. Ein klassisches Kreolenhäuschen. Das Gras im Vorgarten wucherte unkontrolliert, aber die Zufahrt war freigeräumt. Jemand hatte mit einem Schlauch den Schlamm von den Wänden gespritzt. Die Außenwände waren rosa.

Manchmal geschahen Wunder.

Vor dem Haus hing eine schmiedeeiserne Blumenampel.

Von der Ampel hingen zwei Ketten, und an der intakten von beiden hing ein Schild:

Bauen im Neunten Bezirk
Wir schaffen das!

Neben die Schrift hatte jemand mit unbeholfener Hand einen grünen Papageien mit gespreizten Flügeln gemalt. Das war der Schlüssel zu dem Geheimnis. Das war mein erster Hinweis gewesen, und es würde auch mein letzter sein.

»Der Detektiv, der sich eine rasche Aufklärung seines Falles wünscht«, schrieb Silette, »braucht nichts weiter zu tun, als all das zu untersuchen, was ihn augenscheinlich der Wahrheit keinen Deut näher bringt, und jene Fakten zu verbinden, die seiner Ansicht nach in keinerlei Zusammenhang stehen. Denn die Wahrheit liegt, ob es uns gefällt oder nicht, genau dort, wo sich das Verdrängte und das Vernachlässigte begegnen, in Nachbarschaft zu all dem, was wir vergessen machen wollten.«

Ich parkte, lief zum Haus und klopfte an die Tür.
Und dann hörte ich plötzlich, wie in meinem Rücken eine Flinte durchgeladen wurde, und einen Augenblick lang dachte ich, ich hätte einen Riesenfehler gemacht.
Ich drehte mich langsam um, mit erhobenen Händen und gespreizten Fingern und einem möglichst entspannten Gesicht.
Hinter mir, genau zwischen mir und meinem Auto, war ein Mann. Neben ihm stand ein honigfarbener Pitbull in Habtachtstellung und starrte mir in die Augen. Der Mann hielt eine Flinte auf meinen Kopf gerichtet. Er war

um die fünfundvierzig, dünn, nicht besonders groß. Er hatte sein T-Shirt ordentlich in den Bund seiner strahlend blauen Jeans gesteckt und trug weiße Turnschuhe und einen braunen Ledergürtel. Er bemühte sich, böse oder wenigstens streng auszusehen. Es funktionierte ganz gut, immerhin hatte er das Gewehr.
»Falls CNN Sie schickt«, sagte er mit breitem Südstaatenakzent, »sagen Sie es gleich, dann mache ich kurzen Prozess und erschieße Sie auf der Stelle.«
»Nein«, sagte ich, »ich …«
»Und wenn Sie zu den Hippies gehören, sterben Sie noch schneller«, sagte er. »Was immer Sie wollen, machen Sie, dass Sie verschwinden, bevor ich Sie erschieße.«
Ich griff ganz langsam in meine Tasche und zog seine Visitenkarte heraus, die ich im Napoleon House gefunden hatte, an meinem ersten Tag in New Orleans.

Bauen im Neunten Bezirk
Wir schaffen das!
Frank. 555-1111
RUF AN ICH KANN HELFEN!

Frank betrachtete stirnrunzelnd das Stück Papier, das ich ihm hinhielt. Als er erkannte, was ich da hatte, schüttelte er den Kopf, als hätte er einen Geist gesehen.
»Ich habe versucht, Sie anzurufen«, sagte ich.
»Telefon funktioniert nicht«, sagte Frank. »Es gab hier … einen Sturm.«
»Ich weiß«, sagte ich. »Aber es ist immer noch möglich. Sie können immer noch helfen.«
Er ließ die Waffe sinken. Im selben Moment legte der Hund sich flach auf den Boden, streckte die Vorderpfo-

ten von sich und legte den Kopf dazwischen. Nun sah er aus wie eine Fußmatte.
Ich griff langsam in meine Handtasche und holte das Bild von Vic Willing heraus, um es ihm zu zeigen.
Frank nahm das Bild entgegen und studierte es. Dann zerfiel sein Gesicht. Alle weichen Stellen gaben nach.
»Heilige Scheiße«, sagte er. Er sah aus, als hätte ich ihn geboxt. Er taumelte zur Veranda und setzte sich.
Der Hund stand auf, lief zu ihm, setzte sich und sah ihn fragend an. Frank streichelte seinen Kopf.
»Kommen Sie rein«, sagte er schließlich. »Ich kann helfen. Ich kann das.«

Im Haus fehlten die Wände dort, wo die blaue Folie hing, aber die Stützpfeiler standen noch. Ich hörte einen Generator summen. Hier und da hing eine Petroleumlampe, und in einer Ecke stand ein riesiger Fernseher. Die Plastikplane tauchte alles in blaues Licht.
Frank setzte sich auf eine Kabeltrommel und bot mir eine zweite an. Ich nahm Platz. Der Hund setzte sich zu Franks Füßen hin. Ich erklärte ihm, ich sei Privatdetektivin und wolle das Verschwinden des Mannes auf dem Bild aufklären.
»Was möchten Sie wissen?«, fragte Frank.
»Alles«, sagte ich. »Alles, woran Sie sich erinnern.«
Frank nickte und ordnete seine Gedanken, bevor er sprach. Ich hatte den Eindruck, dass er nur selten Besuch bekam.
»Dieser Mann«, sagte Frank. »Er hat so viele Menschen gerettet. Ich weiß nicht, wie viele von uns nicht mehr am Leben wären, wenn er nicht gekommen wäre. Hat eine Bootstour nach der anderen gemacht.«
Ich nickte. Es gab keinen Grund, Frank über Vics Le-

benswandel aufzuklären. Vermutlich hatte er in seinem Leben genug Schmutz und Elend gesehen.

»Was ist dann passiert?«, fragte ich. »Nachdem er all diese Leute gerettet hatte?«

Frank sah mich an. »Das wissen Sie nicht?«

»Nein«, sagte ich. Ich konnte es mir denken, sagte aber nichts.

»Ich dachte …«, sagte Frank. »Ich dachte, Sie wüssten Bescheid. Ich dachte, Sie wären gekommen, um den Täter zu finden. So wie im Fernsehen.«

»Den Täter?«, fragte ich.

»Der ihn erschossen hat«, sagte Frank. »Der Mann wurde erschossen. Hab es mit eigenen Augen gesehen. Ich dachte, Sie wären gekommen, um den Mörder zu finden.«

»Bin ich auch«, sagte ich, »genau so ist es. Ich bin gekommen, um herauszufinden, wer Vic Willing erschossen hat.«

Ich verriet ihm nicht, dass ich eben erst davon erfahren hatte.

Frank machte uns Tee – in stilles Mineralwasser gemischtes Instantpulver – und fing von vorne an.

»Alles ging mit dieser Frau los, dieser dicken Lady. Sie steigt aus dem Boot. Wissen Sie, es gab da so eine Art Ufer, da haben wir gestanden und die Leute aus den Booten geholt, und die Boote sind wieder rausgefahren. Die Lady steigt also aus dem Boot und jammert: ›Claude, Claude, Claude!‹ Und dieser Mann – der Mann auf dem Bild – fragt: ›Wer ist Claude? Wer ist Claude?‹ Sie müssen sich vorstellen, es war dunkel, es herrschte das reinste Chaos. Überall Menschen, es war einfach verrückt. Es war die Hölle. Dieser Mann, Ihr Mann, sagt also: ›Wo ist Claude? Wo haben Sie ihn zurückgelassen?‹ Ich weiß nicht, woher und wie er an dieses Ufer gekommen war. Das kann ich Ihnen nicht sagen. Es war das reinste Chaos, es war heiß und dunkel. Die Leute sind umgekippt wie die …«

Frank machte eine Pause.

»Jedenfalls jammert diese Lady«, er imitierte ihre Stimme, »›Mein Vogel, mein Vogel, ich habe den Käfig auf dem Dach stehenlassen! Mein kleiner Vogel, ich muss zu ihm zurück. Er ist mein Baby. Sie haben mich ohne mein Baby in das verdammte Boot gezogen, aber ohne ihn gehe ich nirgendwohin. Ich lasse ihn nicht allein.‹ Alle ignorieren ihr Gejammer. Nur dieser Kerl sagt: ›Ein Vogel? Sie haben Ihren Vogel zurückgelassen?‹ Und sie antwortet: ›Meinen Vogel, ja. Ich habe ihn seit dreißig Jahren. Ich liebe ihn so sehr.‹ Sie weint und jammert. Sie sagt: ›Er braucht mich. Er braucht mich. Ich kann ihn doch nicht allein lassen. Ich kann ihn doch nicht im Stich lassen.‹ Da springt Ihr Mann in ein Boot – überall liegen von sonst woher angespülte Boote rum – und fährt raus und kommt mit dem Vogel zurück, einem kleinen Papageien. Und zwei Menschen hat er auch dabei, und Hunde. Zwei oder drei Hunde.«

Frank hielt inne und schaute zu Boden.

»Manche Leute«, sagte er, »weigerten sich, Tiere mitzunehmen. Die meinten es nicht …« Er betrachtete den Hund, als wolle er das Thema nicht in dessen Beisein diskutieren. »Die haben es einfach nicht verstanden. Die dachten, sie tun das Richtige. Die meinten das nicht böse. Aber manche Leute haben sich geweigert, ohne ihre Haustiere in die Boote zu steigen. Ich kann das gut verstehen, ehrlich. Einige wurden gerettet, andere nicht. Einige sind bei ihren Tieren geblieben und, na ja, Sie wissen schon. Und ich muss sagen, ich kann das verstehen. Wenn man etwas so sehr liebt. Tja. Aber viele Leute hatten dafür eben kein Verständnis. Jedenfalls fährt dieser Mann immer wieder raus und kommt jedes Mal mit einer Bootsladung von zwei oder drei Menschen und einem Haufen Tiere zurück. Hunde, Katzen, alles Mögliche. Er nimmt die Leute auf, die kein anderer retten wollte. Er bringt sie an Land und fährt sofort wieder raus. Er isst nichts, trinkt kaum mal einen Schluck Wasser. Wie ein verdammter Roboter«, sagte Frank. »Bootsladung für Bootsladung. Und dann kommt er von einer Tour zurück und steigt aus dem Boot. Und da höre ich einen Schuss, oder zumindest bilde ich es mir ein. Ich höre ein Geräusch, weiß aber nicht genau, was das ist. Ich sehe mich um, kann nichts erkennen. Aber er, Ihr Mann – er ist eben aus dem Boot geklettert und hält ein Kind im Arm, einen kleinen Jungen. Und dann – zuerst denk ich, vielleicht ist der Junge ihm zu schwer. Der Junge rutscht ihm aus dem Arm, und er stolpert und fällt hin, und dann …« Frank riss die Arme in die Höhe und deutete an, wie der Mann zu Boden ging.

»Er hat sich zusammengekrümmt«, sagte Frank. »Alles ging ganz schnell.« Er schnipste mit den Fingern. »So. Ich wusste natürlich, was Sache war. Ich drehte mich um und sah einen Jungen weglaufen, so einen Kriminellen mit langen Haaren. Dreadlocks. Weißes T-Shirt, weite Jeans. Sie wissen ja, wie die aussehen. Sein Gesicht konnte ich nicht erkennen. Ehrlich gesagt konnte ich in dem schwachen Licht nicht allzu viel sehen. Aber dann ging einer dieser Suchscheinwerfer über uns rüber, und für den Bruchteil einer Sekunde hatte ich ihn im Blick. Ich habe sein Gesicht nicht gesehen, aber das kann ich Ihnen sagen: Er war dünn, etwa eins siebzig groß, dunkelhäutig

und mit diesen Haaren, und dann hatte er noch Tattoos, wie diese Kriminellen sie alle haben. Sie wissen schon, welche ich meine.«
Frank schüttelte den Kopf. Er sah ratlos und wütend aus.
»Diese Kids. Erschießen sich grundlos, ballern alles über den Haufen, was ihnen in die Quere kommt. Ich meine, wohin soll das führen? Wann hört das endlich auf? Ein solcher Mann, ein Held. Und letzte Woche erst dieser Musiker, und die Frau mit ihrem Baby, da drüben war das, wie viele noch … sieben, acht? Oder zehn? Ich habe so viele Menschen sterben sehen. Ich bin vom Irak nach New Orleans gekommen, später musste ich noch mal hin. Aber so was – so was vergisst man nicht, verstehen Sie? Ich werde gerne aussagen und auch eine eidesstattliche Erklärung unterschreiben oder wie das heißt. Ich will denjenigen, der das getan hat, dafür bezahlen sehen. Ehrlich.«
Frank sah mich an. Ich wich seinem Blick aus.
»Ich weiß nicht, was schlimmer ist«, sagte ich schließlich.
»Schlimmer als was?«, fragte Frank verwirrt.
»Ich weiß nicht, ob es schlimmer ist, Ihnen die Wahrheit zu sagen«, antwortete ich, »oder Sie weiter anzulügen.«
Frank setzte sich stirnrunzelnd auf.
»Die Wahrheit«, sagte er.
Ich erzählte Frank die Wahrheit. Ich sagte ihm, wer Vic Willing erschossen hatte und warum.
»Wollen Sie immer noch gegen ihn aussagen?«, fragte ich.
Franks Gesicht verfinsterte sich, als sei ein Schatten darauf gefallen.
»Ich weiß nicht«, sagte er. »Darüber muss ich in Ruhe nachdenken.«

Ich nickte. Ich hoffte, er würde es lassen.

Wir saßen da und sahen einander nicht an.

»Mit der Wahrheit ist es so«, sagte Frank nach einer Weile, »sie ist leider nie so, wie man sie gerne hätte.«

»Nein«, sagte ich, »nie.«

Frank rührte uns noch einen Tee an. Wir tranken und unterhielten uns darüber, wie er sein Haus instand setzte: Stück für Stück und mit von den Nachbarn »geborgtem« Holz. Zum ersten Mal fiel mir auf, dass die wenigen erhaltenen Wände aus hochwertigem Zypressenholz bestanden und alle Fügestellen nahtlos ineinandergriffen. Auch die Träger, die ich für Überreste gehalten hatte, waren neu und aus solidem Zypressenholz, der Boden aus abgeschliffener Kiefer.

»Das wird ein anständiges Haus«, sagte ich.

Frank nickte und runzelte nicht länger die Stirn.

»Ja«, sagte er, »so sieht's aus.«

»Nun«, sagte ich, als ich meinen Tee ausgetrunken hatte. »Wissen Sie, was mit Vics … mit seinem Leichnam passiert ist?«

Frank schaute beiseite.

Er nickte.

»Es war ja leider so«, fing er an, »wir wussten nicht, wohin damit. Er war ja nicht der Einzige. Eine Menge Leute waren gegangen.« Damit meinte er *gestorben.* »Wir wussten nicht, wohin mit ihnen. Deswegen haben wir eines der anderen Rettungsteams gefragt, die Indianer, die schwarzen Indianer, die haben ihn mitgenommen, wir haben sie gebeten …«

Frank hielt inne und trank einen Schluck Tee.

»Die Indianer«, fuhr er fort, »haben sie in ein Boot geladen und dann nach – tja, ich weiß nicht, wohin gebracht.

Die haben die Leute mitgenommen und sie irgendwie bestattet. Jeden Einzelnen, das haben sie uns versprochen. Einen kannte ich aus Central City. Den Medizinmann der White Hawks. Die wissen, wie man so was macht. Die brachten die Leute dahin, wo sie hingehörten, jeden Einzelnen. Wie bei einer Seebestattung. Die kennen die richtigen Lieder und Gesänge. Die wissen, wie man so was macht. Die haben sich darum gekümmert, dass die Toten, nun ja, Ruhe finden. Damit sie nicht wieder auftauchen. Damit sie verschwinden. Nicht unseretwegen«, fügte er hastig hinzu, »es ging nicht um uns. Es war ihretwegen. Damit alles richtig ist.«

Ich nickte.

Wir waren fertig. Ich wollte Frank etwas Geld geben, aber er nahm es nicht an. Ich bedankte mich bei ihm und er sich bei mir.

»Wofür?«, fragte ich.

»Für die Wahrheit«, sagte er. »Ich weiß, wie schwer das ist.«

Er runzelte die Stirn.

»Leute wie Sie und ich«, sagte er. »Wir kommen damit zurecht. Nicht alle können das. Aber wissen Sie, ich ziehe die hässliche Wahrheit der allerschönsten Lüge vor. Denn ich habe gesehen, wohin die Lügen einen führen. Hier und da. Und manchmal denke ich, Leute wie wir, Leute wie Sie und ich, wir bewahren die Wahrheit stellvertretend für die anderen. Damit sie noch existiert, wenn die Welt für sie bereit ist. Und es ist nicht leicht, das Bewahren. Wo doch überall so viele wunderschöne Lügen lauern. Wo doch alle so fröhlich klingen mit ihrem *Schönen Tag noch* und *Vielen Dank für Ihren Anruf* und *Machen Sie sich wegen der Deiche keine Sorgen.* Es ist nicht immer leicht.«

»Aber es ist die Sache wert«, sagte ich.
»Ja«, sagte Frank, »das ist es.«
Draußen auf der kaputten Veranda, auf dem Weg zu meinem Auto, sah ich eine Ecke von *Détection* unter einem Zementeimer herausragen.

53

Als ich mit Frank und seiner Baufirma fertig war, war es schon nach sieben. Ich rief Mick an. Wir trafen uns in einem arabischen Restaurant in der Magazine Street zum Essen.

Ich erzählte ihm, ich hätte den Fall gelöst. Er runzelte die Stirn. Er war über die Auflösung nicht sehr froh.

»Das kann jeder gewesen sein«, sagte er. »Diese Beschreibung trifft auf tausend Jungen zu.«

»Es war aber nicht jeder«, widersprach ich, »und es waren nicht tausend Jungen. Es war ein einzelner Mensch, und du weißt es.«

»Ich weiß gar nichts«, knurrte Mick.

»Es gibt einen Unterschied zwischen nicht wissen«, sagte ich, »und nicht wissen wollen.«

Mick legte die Stirn in Falten. Wir aßen schweigend auf. Wir waren wie zwei Trauergäste nach der Beerdigung. Dabei war es für Mick viel schlimmer als eine Beerdigung. Es war ja nicht so, dass einer seiner Bekannten gestorben wäre. Jeder weiß, dass ihm das eines Tages passieren wird. Man bereitet sich darauf vor, man erwartet es geradezu. Nein, Mick hatte etwas verloren, von dessen Existenz er nicht einmal gewusst hatte. Er hatte auf ein Happy End gesetzt. Aber so etwas gibt es nicht. Es gibt nicht einmal ein Ende. Die dicke Lady wird niemals ihr letztes Lied anstimmen. Sie wechselt das Kostüm und tritt in der nächsten Show auf. Es kommt einzig darauf an, ab wann man nicht mehr zuschaut.

Schwierig wird es, wenn alle geköpft auf der Bühne liegen und man auf den Beginn der nächsten Vorstellung warten muss. Aber Mick würde es schaffen.

»Versprich mir, bis morgen nichts zu unternehmen«, bat er mich beim Abschied. »Schlaf einmal drüber. Denk drüber nach, okay? Versprich es mir.«

Ich versprach es.

Dann ging ich los, um etwas zu unternehmen.

54

Ich machte Andray an seiner üblichen Straßenecke ausfindig. Die Sonne war schon untergegangen. Er und ein paar andere Jungen hingen in verschiedenen Stadien der Erschlaffung auf den Verandastufen eines fliederfarbenen, leerstehenden Hauses im viktorianischen Stil herum. Ein langweiliger Tag in der Welt der Tieffinanz.

Andray kam zu meinem Auto geschlendert. Er lächelte gezwungen. Ich ließ die Seitenscheibe herunter, und er beugte sich herein.

»Was ist los, Lady?«, sagte er, ohne das gezwungene Lächeln abzusetzen. »Sie sind ja immer noch da.«

»Gut gemacht«, sagte ich. »Wirklich toll.«

Er schwieg. Das gezwungene Lächeln verschwand. Seine Miene verriet mir, dass er hoffte, ich spräche von etwas anderem.

Er schüttelte den Kopf und drehte sich um, wie um wegzulaufen. Ich legte eine Hand an meinen Revolver.

»Vergiss es«, sagte ich, »ich hole dich sowieso ein. Es ist vorbei.«

»Scheiße«, sagte Andray und schüttelte und wand sich, als schlage er sich mit der Luft. »Scheiße, Scheiße, Scheiße.«

»Du hättest mich fast reingelegt«, sagte ich. »Zuerst lenkst du die Aufmerksamkeit auf dich. Du hast deine Fingerabdrücke in Vics Haus hinterlassen und dafür gesorgt, dass ich von eurer Bekanntschaft erfahre. Du hast alles dafür getan, damit ich dich unter die Lupe nehme und nicht den wahren Mörder.«

Andray hörte auf, sich zu winden. Er schwieg und sah sehr böse aus.

»Wow«, sagte ich, »darauf muss man erst mal kommen. Ist ja geradezu brillant. Denn wer hätte das gedacht, hm? Du hast drauf gesetzt, dass man nicht genug Beweise für deine Festnahme finden würde. Und selbst wenn doch, wärst du nach wie vielen Tagen wieder draußen – dreißig? Schließlich sind wir hier in New Orleans. Hier wird ein Mörder nicht einmal verurteilt, wenn es zehn Augenzeugen gibt. Du hattest keine Angst davor, deine Fingerabdrücke in der Wohnung zu verteilen. Genug, um vom Täter abzulenken. Aber dann bin ich aufgetaucht«, sagte ich. »Und du hattest ja keine Ahnung, dass es Menschen wie mich tatsächlich gibt, was? Menschen, die Geheimnisse aufdecken.«
Andray kochte vor Wut.
»Du hast allen verboten, mit mir zu sprechen«, fuhr ich fort. »Du hast mich in die Irre geführt, wann immer sich die Gelegenheit ergab. Du warst an dem Abend gar nicht unterwegs, um Wasser und Windeln aufzutreiben, oder?«
Andray schüttelte den Kopf. »Das bin ich nicht«, sagte er verbittert, »ich riskiere mein Leben nicht, um anderen zu helfen.«
»Nein«, sagte ich, »auf die Idee kämst du niemals.«
Falls er meinen Sarkasmus bemerkte, ließ er es sich nicht anmerken.
»Du hast versucht, mich aus der Stadt zu jagen«, fuhr ich fort, »vielleicht hast du sogar die Schießerei vor dem Restaurant inszeniert, wer weiß. Ich würde drauf wetten. Hast du Vic überhaupt gekannt?«, fragte ich. »Oder war auch das gelogen?«
Andray gab keine Antwort.
»Mein Tipp ist, du kanntest ihn wirklich«, sagte ich. »Zumindest der Teil deiner Geschichte stimmt. Aber es ist gar nicht so wichtig. Eines aber weiß ich.«

Andray bemühte sich, Desinteresse vorzutäuschen. Es gelang ihm nicht.

»Du hast die Vögel tatsächlich gefüttert.«

Sein Gesicht entspannte sich, und er nickte.

»Wir werden ihm einen Anwalt besorgen«, sagte ich. »Ich kann es ihm nicht verübeln.«

»*Sie* nicht«, rief Andray, »aber was ist mit den Anwälten und Polizisten und diesen ganzen Leuten? Meinen Sie, die werden ihn verstehen? Mord – verdammt, Mord an einem Staatsanwalt! Einem weißen, reichen Staatsanwalt, verdammt! Wussten Sie, dass der Typ seine Knarre vorher kaum benutzt hat? Er macht einen auf abgebrüht, aber Scheiße, der kann nicht mal schießen! Der hat vom Schießen keine Ahnung. Und dann – ein Glückstreffer.« Andray lachte verbittert. »Ein einziger Glückstreffer. Scheiße, ich habe den Nigger zum Üben mitgenommen, der hat keine einzige Flasche getroffen, nicht eine, und dann …« Andray seufzte resigniert und stampfte mit dem Fuß auf.

»Du kannst was für ihn tun«, sagte ich. »Du musst Jungen finden, die aussagen, dass Vic ihnen dasselbe angetan hat. Du musst zeigen, dass der Staat ihn im Stich gelassen hat – Missbrauch, Verwahrlosung, den ganzen Mist. Und ich besorge ihm einen guten Anwalt. Ich glaube, unsere Chancen stehen nicht schlecht. Und ich glaube, wir können vor ein Bundesgericht ziehen oder wenigstens in eine andere Stadt, immerhin liegt hier ein Interessenkonflikt vor. Die Staatsanwaltschaft kann kaum gegen jemanden Anklage erheben, der einen ihrer eigenen Leute umgebracht hat. Das ist gut. Denn nirgendwo gibt es so viel Korruption wie hier. Außerdem sind die hiesigen Strafanstalten möglicherweise zu gefährlich angesichts der Tatsache, dass er einen echten Staatsanwalt umgebracht hat. Wahrscheinlich wird er ohnehin nicht verurteilt, aber bis zum Prozess hätte er im Gefängnis einiges auszustehen.«

Andray nickte, seine Augen füllten sich mit Tränen. »Vielleicht muss er auf den elektrischen Stuhl«, sagte er und versuchte, die Tränen hinunterzuschlucken. »O Gott. Oder lebenslang nach Angola. Verdammt.«

»Ich werde tun, was ich kann, um das zu verhindern«, sagte ich, »das schwöre ich.«

Andray sah mich an.

»Ich schwöre es!«, wiederholte ich.

Andray sah mich an und blinzelte die Tränen weg. Mein Schwur bedeutete ihm nichts, aber er wusste, er würde es überleben. Wie immer. Er hatte seine Freunde.

»Da ist noch etwas, das du mir verraten musst«, sagte ich. »Woher hast du *Détection?* Vic Willing hat das Buch nie im Leben besessen.«

Ein Lächeln zerrte an Andrays Mundwinkeln, aber er riss sich zusammen.

»Wenn ich es Ihnen sage«, meinte er schroff, »glauben Sie es mir sowieso nicht.«

»Doch«, sagte ich.

Andray sah sich um. Er kickte mit seinem teuren Turnschuh ein Steinchen weg und schaute zu Boden. Sein Gesichtsausdruck stellte klar, dass er mir, selbst wenn er sich dazu herabließe, mir die Wahrheit zu sagen, niemals verzeihen würde, sein mühsam gehütetes Geheimnis aufgedeckt zu haben.

»Einmal«, sagte Andray, ohne den Blick zu heben, »hat mich mein Onkel John – ich habe Ihnen doch von ihm erzählt?« Ich nickte. »Einmal hat mein Onkel John mich zu seiner Freundin mitgenommen. Zu einer alten Lady – eigentlich war sie ein bisschen so wie Sie. Irgendwie erinnern Sie mich an sie. Sie hat in dieser riesigen Villa in Uptown gewohnt. Eine Weiße, echt reich. Sie selbst war keine Indianerin, sie war eher so eine Art Sympathisantin. Sie war mit den Stämmen befreundet. Sie kannte alle Lieder und alle wichtigen Chiefs. Jedenfalls haben Onkel John und ein paar von uns Kindern sie besucht. Ich war damals vielleicht sieben oder acht Jahre alt. Da war dieses riesige Haus, und ich habe die anderen irgendwie verloren und mich verlaufen. Ich war in der Bibliothek. Da gab es eine eigene Bibliothek, können Sie das glauben?«

Ich nickte. Ich vermisste die Bibliothek jeden Tag.

»Und das Buch«, sagte Andray. »Ich weiß auch nicht. Es war, als würde ich plötzlich ein Licht sehen oder so. Ich weiß auch nicht. Mister John hatte uns verboten, irgendwas anzufassen, aber ich habe es wie unter Zwang aus dem Regal genommen. Es war so, als hätte das Buch darauf bestanden.« Andray sah mich an. »Kennen Sie das?«

Ich nickte. Ich hatte dasselbe gefühlt, als ich das Buch vor so vielen Jahren im Speisenaufzug meiner Eltern entdeckt hatte.

»Jedenfalls kommt genau in dem Moment die Lady rein. Ich dachte, Hilfe, jetzt kriege ich richtig Ärger. Ich dachte, Mister John würde ... aber dann hat die Lady mich mit dem Buch gesehen und *gelächelt.* Es war fast so, als würde sie sich freuen. Wissen Sie noch, dass man sich als Kind über die seltsamsten Dinge nicht wundert, weil man es einfach nicht besser weiß? Und wenn man dann später drüber nachdenkt, ergeben sie überhaupt keinen Sinn? So war das. Damals fand ich es kein bisschen seltsam. Sie hat nach meinem Namen gefragt und wo ich wohne und wer meine Eltern sind. Normales Zeug. Sie war echt nett. Nette Lady. Sie hat mich in die Küche mitgenommen und Tee gekocht. Danach hat sie sich die Teeblätter in meiner Tasse angesehen. So als könnte sie drin lesen. Und dann hat sie mir das Buch in die Hand gedrückt und gesagt …«

Andray verstummte und sah sich um. Er seufzte.

»Sie hat dir gesagt, dass du wissen wirst, wann die Zeit gekommen ist, das Buch einer anderen Person zu zeigen«, beendete ich den Satz für ihn. »Sie hat dir aufgetragen, das nicht zu vergessen. Du solltest es auf keinen Fall vergessen. Und du hast es nicht vergessen.«

Wir sahen einander an. Andray runzelte verwirrt die Stirn. Er ahnte noch nicht, wie seltsam und wunderbar die Welt sein konnte. Sogar heute, am schlimmsten Tag seines Lebens.

»Manchmal«, sagte Andray mit tränenüberströmtem Gesicht, »manchmal kommt mir die ganze Welt vor wie ein Schlammloch, und nichts ergibt einen Sinn. Alles ist so sinnlos. Alles ist so – böse. Einfach nur böse. Und dann wiederum ist es plötzlich so, als passe alles genau zusammen, wie bei einem Puzzle. Man hat ein kleines Teil gefunden, vor fünf oder zehn Jahren. Und eines Tages, Jahre später, erkennt man, wo es hineinpasst. Dann erkennt man, dass es von Anfang an seinen Sinn hatte. Man hat es bloß nicht gesehen. Man war zu klein, um es zu erkennen.«

Er schniefte. »Heute kommt mir das aber nicht so vor.«

Ich wollte ihn umarmen, aber womöglich würde er mich erschießen.

»Vielleicht irgendwann später«, schlug ich vor. »Vielleicht im Nachhinein. Und die Stückchen, die du jetzt hast, die vielen kleinen Teile, die du so schrecklich findest – vielleicht rutschen sie eines Tages alle an ihren Platz, und dann begreifst du den Sinn.«

Ich wusste selbst nicht, ob ich das glaubte. Andray zuckte die Achseln. Die Tür war ins Schloss gefallen; er hatte zu weinen aufgehört, und der freundschaftliche Augenblick war vorüber. Er drehte sich zu seinen Freunden um.

»Terrell!«, rief er. Terrell, der zusammen mit den anderen auf der Treppe des unbewohnten Hauses gesessen hatte, schaute hoch. Andray winkte ihn heran. Terrell kam mit seinem typischen, offenen Lachen näher. Die Dreadlocks wippten, das weiße T-Shirt strahlte im Mondlicht.

Beim Anblick von Andrays Gesicht hörte er zu lachen auf.

Als er neben dem Truck stand, nickte Andray ihm zu.

»Sie weiß Bescheid«, sagte er.

Terrells Gesicht fiel zusammen. »Mist«, sagte er.

»Komm«, sagte ich zu Terrell, »steig ein.«

Als wir losfuhren, warf Andray mir einen bitterbösen Blick zu. Ich war überzeugt, er würde es überleben. Wollte er ein Detektiv werden, so wie es ihm offenbar vorherbestimmt war, brauchte er Hilfe, eine Ausbildung und Unterricht, der in keiner Schule angeboten wurde. War man so talentiert wie er, gab es nicht viele Anlaufstellen. Mick würde ihn unter seine Fittiche nehmen – für etwa drei Monate. Danach würde er mich brauchen. Es gab niemanden sonst.

Zum ersten Mal verstand ich, was Constance gefühlt hatte, als sie mir begegnet war.

Es war, als hätte ich mein Leben lang in Dreck und Scheiße gewühlt und endlich, am Grund der Schlammgrube, ein strahlendes, wunderschönes Goldstück gefunden.

55

Ich fuhr mit Terrell zu einem Parkplatz. Erst als ich den Motor abgestellt hatte, erkannte ich die Baulücke, in der Andray mich beinahe umgebracht hatte. *New Orleans wacht auf mit COMMUNITY COFFEE!*
Terrell saß stumm auf dem Beifahrersitz, schaute aus dem Fenster und rutschte so weit wie nur möglich von mir weg. Wir schwiegen.
»Werden Sie zur Polizei gehen?«, fragte er nach einer Weile.
»Nein«, sagte ich. »Ich werde dich überreden, dich der Bundespolizei zu stellen.«
Er sagte nichts und starrte mit versteinertem Gesicht geradeaus.
»Es wäre das Beste«, erklärte ich. »So kannst du nicht ewig weitermachen. Du kannst doch nicht ständig darauf hoffen, nicht erwischt zu werden. Irgendwann würde es dich kaputtmachen. Ich habe es selbst erlebt.«
»Ich gehe nicht nach Angola«, sagte er, »auf keinen Fall.«
»Ich besorge dir einen Anwalt«, sagte ich, »einen guten. Mick wird dir helfen, Andray wird dir helfen, und ich auch. Du bist nicht allein.«
»Klar«, sagte er. »Ich werde ja sehen, wer mich besucht.«
Ich sah ihn an. Er sah aus dem Fenster. Wir saßen da, bis er bereit war zu reden.
»Es ist insgesamt nur so sechs Mal passiert«, sagte er. »Ich war … verdammt, ich war zwölf Jahre alt. Es war diese Patenschaft. So eine Art Beraterprojekt. Wir sollten … es ist alles so lange her. Ich weiß auch nicht, warum ich es nicht einfach vergessen konnte. Ich weiß auch nicht, warum. Ich wollte so gern. Aber ich hatte es im-

mer im Kopf. Die schlimmen Sachen, die wir gemacht haben, spukten mir immer im Kopf rum. Die lagen immer auf der Lauer, konnten jeden Moment rauskommen und alles kaputt machen. Zum Beispiel, wenn ich mit einem Mädchen zusammen bin und alles läuft prima, und dann fällt mir der ganze Mist wieder ein und macht alles kaputt. Und an dem Abend. Mist. Ich bin da runter, weil ich helfen wollte«, sagte Terrell verbittert. »Ich habe nicht mal an ihn gedacht. Ich habe keinen einzigen Gedanken an ihn verschwendet an dem Tag, keinen einzigen. Ich hätte nicht im Traum daran gedacht, jemanden zu erschießen. Ich und ein paar Jungs, wir waren bei diesem Mädchen, Shonda. Ständig kamen Leute vorbei, Bekannte. Leute wie wir, Leute ohne Möglichkeit, aus der Stadt zu kommen. Wir saßen fest. Und die Leute erzählten Geschichten, eine verrückter als die andere. Über das gestiegene Wasser und über die Leute, die auf ihren Dächern sitzen und denen niemand hilft. Die Leute sind ganz allein, und keiner kommt, um zu helfen. Also denke ich mir, sollen die anderen Nigger doch rumsitzen und sich den ganzen Tag bekiffen, wenn sie unbedingt wollen. Ich werde nicht tatenlos zusehen, wie da draußen Kinder umkommen. Die Leute saßen auf ihren Hausdächern fest und so. Da kann man doch nicht rumsitzen und nichts tun. Ich bin also runter ans Wasser. Ich komme dahin, und alles geht drunter und drüber. Ich meine, es ist die reinste Müllkippe, weil das Wasser Abfall und Dreck und alles anschwemmt. Es ist heiß, und die Leute führen sich auf wie die Irren und schreien rum und weinen. Und da sind ... Scheiße, da lagen überall Leichen rum. Ich hatte mir vorgestellt ... na ja, ich hatte gedacht, ich gehe dahin und spiele Matrose und ziehe Leute aus dem Wasser und so. Und dann das. Die Leute haben geweint, die Leute hatten Hunger, und einige waren von der Sonne total verbrannt, weil sie tagelang auf dem Dach gesessen hatten. Die Leute haben unter den Toten nach ihren Kindern gesucht. Es war so, wie wenn die in der Kirche von der Hölle erzählen. Es war heiß, und überall waren Tote und so. Es war der schlimmste Alptraum, nur war es kein Traum. So war das. Ich bin dahin, um zu *helfen.* Ich wollte Leute *retten.* Ich meine …« Terrells Stimme versagte, als könne er selbst nicht fassen, wozu das alles geführt hatte.

»Wie auch immer«, fuhr er fort, »ich bekam langsam das Gefühl, dass das alles ein riesengroßer Fehler war. Ein echter Fehler. Ich habe mich gefühlt wie … Ich wusste gar nicht, wo ich anfangen sollte. Ich bin also zum Ufer runtergelaufen und dachte, ich helfe einfach mit. Und dann …«

Er unterbrach sich und drehte sich zum Fenster. Tränen liefen über sein hübsches Gesicht.

»Und dann hast du ihn gesehen?«, fragte ich.

»Und dann habe ich ihn gesehen«, wiederholte Terrell leise. »Direkt vor mir, am Wasser. Er war nur ein paar Schritte entfernt. Er hat mich nicht gesehen. Er stieg aus einem Boot, mit diesem Jungen, einem kleinen Jungen, vielleicht zwölf Jahre alt. Ein schwarzer Junge, klatschnass und zitternd. Und er, er packt den Jungen und hält ihn fest, als …« Terrell schüttelte den Kopf. »Als würde er ihn von da wegtragen«, sagte er. »Als würde er ihn wegtragen und dann, Sie wissen schon. Mir brach der Schweiß aus. Ich hatte schon vorher geschwitzt, aber nun brach mir so richtig der Schweiß aus, und ich zitterte. Es war so, als ob …« Er fing an zu weinen. »Scheiße. Es war, als würde alles noch mal passieren. Als passierte es noch. Als hätte es nie aufgehört. So als wäre alles, was ich seither getan hatte und was aus mir geworden war, alle meine Freunde, meine Brüder – als wäre alles weg und ich für immer in dieser ekelhaften Zeit gefangen, für immer in diesem ekelhaften Augenblick. Es war so, als wäre ich bei ihm in diesem Zimmer, immer wieder, und käme da nicht mehr raus.«

Er hielt inne und weinte noch mehr.

»Aber diesmal«, sagte ich, »hast du dich gewehrt.«

Er nickte.

»Andray und Trey«, sagte er, »haben immer gesagt: Du hast eine Knarre, benutze sie auch. Ich hatte immer eine dabei, seit ich ein kleiner Junge war. Aber ich habe nie – ich meine, ich konnte schießen, und ich habe auch manchmal geschossen, aber ich hatte noch nie jemanden erschossen. Aber dieses eine Mal habe ich es getan. Alle sagen immer, wenn man es häufig macht, fällt es einem irgendwann leicht, es geht ganz automatisch, man denkt nicht mehr drüber nach. So war das. Ich war mit ihm in diesem Zimmer, in der Hölle, in diesem Schlafzimmer, überall lagen Tote, alle schrien und weinten, und er war dabei, sich noch einen Jungen zu holen. *Noch einen Jungen.* Das durfte nicht sein. Es ging ganz automatisch. Ich habe kaum drüber nachgedacht. Ich habe gar nichts gedacht. In meinem Kopf ging alles durcheinander. Die ganze Scheiße. Und dann fiel mir ein, dass ich eine Waffe hatte. Und da habe ich plötzlich den Ausweg gesehen, verstehen Sie? Ich habe nicht daran gedacht, jemanden zu ermorden, ich wollte bloß, dass es endlich aufhört. Für immer. Nicht bloß für den Moment, für dieses eine Mal. Sondern für immer. Es war so, als könnte ich ihn für immer aus dem Kopf bekommen, wenn ich ihn hier, im richtigen Leben, erschoss. Und so habe ich es gemacht. Ich habe meinen Revolver rausgezogen und ihn erschossen. Ich weiß auch nicht, wie, aber ich habe ihn genau getroffen, *peng*, mitten ins Herz.«

Er hielt inne, von seiner Erinnerung gebannt.

Sie reden einem ein, es sei ganz einfach. Automatisch. Sie sagen, man würde es bald vergessen. Aber man vergisst es nie. Manche Leute sind einfach nur besser darin, sich zu verstellen.

»Und dann?«, fragte ich sanft.

Terrell schüttelte den Kopf. »Keine Ahnung. Ich kann mich nicht erinnern. Ich bin einfach weggerannt. Ich weiß nicht mehr, wohin. Ich wollte einfach nur von da weg. Ich bin einmal durch die ganze verdammte Stadt gerannt. Ich bin erst im Audubon-Park stehen geblieben. Ich habe mir ein Versteck gesucht, so eine Art Höhle unter einem Baum. Da steht so ein riesiger Baum, dessen Äste bis auf den Boden hängen. Ich kannte das Versteck, früher habe ich da oft übernachtet. Da bin ich rein. Ich war da drinnen und habe nach Luft geschnappt.«

»Und dann hat Andray dich gefunden«, sagte ich.

Terrell nickte. »Er kannte mich, und er kannte das Versteck. Er wusste, dass ich da schon als Kind immer hin bin. Andray wollte die Stadt nicht ohne mich verlassen. Er hat mich entdeckt, und ich habe ihm alles erzählt, und er … er hat sofort losgelegt. Zuerst sind wir zu Vic Willings Wohnung, wo er alles angefasst hat. Andray. Weil, er wusste ja, er ist nicht der Täter. Er wusste, damit lockt er alle auf eine falsche Fährte. Bloß, dass man ihn deswegen nicht verurteilen könnte. Und dann erzählt er mir, was ich getan habe. Was *wir* getan haben. Dass wir die ganze Zeit zusammen waren, hier und dort hingefahren sind. Er dachte sich die ganzen Kleinigkeiten aus, weil er wusste, so eine Geschichte würde niemand anzweifeln. Nicht, wo er so viele kleine Details eingestreut hatte.

Dann haben wir uns ein Auto besorgt und gemacht, dass wir wegkamen. Wir sind nach Houston gefahren. Und die ganze Zeit fühle ich mich wie … wie hypnotisiert oder so. Aber Andray hat sich um alles gekümmert. Wie immer. Als wir zurückgekommen sind, hat er sich erkundigt, ob irgendjemand was wusste. Keiner hatte mich gesehen, wenigstens mein Gesicht nicht. Und als Sie angefangen haben rumzuschnüffeln, hat er alles getan, um Sie loszuwerden. Hat den Leuten verboten, mit Ihnen zu reden, hat versucht, Sie einzuschüchtern und aus der Stadt zu ekeln.«

»Für dich wäre er ins Gefängnis gegangen«, sagte ich.

Terrell nickte.

»Ich weiß«, sagte er. Er holte tief Luft. »Und was kommt jetzt?«

»Jetzt«, sagte ich, »überrede ich dich, dich zu stellen. Ich werde für deine Kaution aufkommen. Du wirst bis zur Gerichtsverhandlung eine, höchstens zwei Nächte hinter Gittern verbringen.«

Er schüttelte den Kopf. »Auf keinen Fall.«

»Hast du in letzter Zeit genug geschlafen?«, fragte ich.

Er antwortete nicht.

»Gegessen?«

Ich hatte bemerkt, wie spindeldürr Terrell war. Er sagte nichts.

»Du bekommst dein Leben zurück«, sagte ich. »Ich weiß, es ist schrecklich. Ich weiß, dass du große Angst hast. Aber danach kannst du einen Neuanfang machen.«

Er nickte.

Wir saßen eine Weile reglos da.

Manche hätten an seiner Stelle wunderbar geschlafen und gegessen. Manche hätten sich einfach verstellt. Aber er nicht. Nicht Terrell.

»An dem Abend«, sagte Terrell, »bevor es passiert ist, meine ich. Als ich auf dem Weg zum Ufer durch die Stadt gelaufen bin. An dem Abend habe ich mich gefühlt wie ein Held. Ich dachte, ich würde Menschenleben retten. Ich hatte im Kopf ein Bild von mir. Es war wie im Film, verstehen Sie? In dem Film bin ich mit einem Boot rumgefahren, so wie er. *Ich* habe die Kinder vor dem Wasser gerettet, die Jungen. Alles kam mir so wirklich vor. Ich dachte, ich sehe die Zukunft.« Tränen liefen über sein Gesicht. »Ich war so … Scheiße.«
Er wandte sich ab.
»Du warst so glücklich?«, fragte ich.
Terrell drehte sich wieder zu mir um und nickte weinend. »Ich habe mich richtig gut gefühlt, wissen Sie. So als hätte ich schon jemanden gerettet. So als wäre alles schon so gekommen, wie ich es in meinem Kopfkino gesehen habe, mit den geretteten Kindern und so. Ich verstehe nicht, wie …«
Er weinte. In diesem Augenblick verstand ich, wie Vic sich bei seinem Tod gefühlt haben musste. Stolz. Zufrieden. Ganz bei sich, vielleicht zum ersten Mal im Leben. Aber Terrell hatte nichts davon.
Im Truck war es kalt. Ich drehte die Heizung auf. Ich betrachtete den weinenden Terrell. Er ließ den Kopf hängen. Er wusste sich nicht mehr zu verteidigen. Er hatte seinen Stolz verloren.
Die Tür war schon aufgestoßen. Terrell fehlte nur noch der entscheidende Hinweis.
Es gibt keine Zufälle, nur Gelegenheiten.
»›Stellen Sie sich vor‹«, zitierte ich Silette, »›dass sich alles, was wir als zukünftig wahrnehmen, längst ereignet hat und unsere Intuition nichts anderes ist als ein gutes Gedächtnis.‹«

Terrell sagte nichts. Aber ich merkte, dass er zuhörte und sich beruhigte.
»Es wird immer Überschwemmungen geben«, sagte ich und ergriff seine kalte, rauhe Hand. »Es wird immer Leute geben, die man retten muss. Und es wird nie, niemals genügend Retter geben.«
Terrell nickte weinend. Er wusste, dass ich die Wahrheit sagte. Er wusste es, weil er immer wieder auf Rettung gehofft hatte und immer wieder ertrunken war. Niemand war je gekommen, um ihm zu helfen. Niemand außer Andray.

Ich rief Mick an. Er kam zum Parkplatz, und zusammen brachten wir Terrell zu einem Bekannten von Mick, der in der FBI-Zentrale in Metairie arbeitete. Wir übergaben Terrell erst, als man uns zugesichert hatte, ihn in Schutzhaft zu nehmen. Nicht vor den anderen Häftlingen brauchte er Schutz, sondern vor der örtlichen Polizei. Die Bundespolizisten verabscheuten die Polizei von New Orleans nicht weniger als Mick und ich und versprachen uns, gut auf Terrell aufzupassen.
Als sie ihn mitnahmen, sah er verängstigt aus. Er hatte Todesangt. Das war nicht unbedingt ein schlechtes Zeichen. Nun bekam er endlich die Gelegenheit, sich der schrecklichen Erinnerung zu stellen und ein für alle Mal damit abzuschließen. Er würde als ein besserer Mensch daraus hervorgehen, falls er überhaupt daraus hervorging. Aber eine bessere Chance hatte er nicht, zu dem Mann zu werden, der er sein wollte – ein Mann, der Kinder vor dem Ertrinken rettete.
Einer der FBI-Leute hatte Vic Willing gekannt.
»Vic Willing?«, fragte er ungläubig. »*Der* Vic Willing? Der hat … wirklich?«

»Wirklich«, sagte ich. »Terrell war nicht der Einzige.«
»Du liebe Güte«, sagte er, »man kann den Leuten immer nur vor den Kopf gucken.«
»Genau«, sagte ich, »so ist es.«

Als wir den Papierkram erledigt und Terrell abgegeben und den Agenten alles erklärt hatten, war es bereits Mittag des nächsten Tages. Wir ließen unsere Autos auf dem FBI-Parkplatz stehen und liefen die Straße hinunter – falls man in Metairie irgendetwas eine Straße nennen konnte – zu einem kleinen Sandwichladen, um zwei Poor Boys zu kaufen. Ich bestellte einen mit Krabben und Mick einen mit Austern, und sie entpuppten sich als die vielleicht köstlichsten Sandwiches der Welt. Wir redeten kaum ein Wort.

Nach dem Essen liefen wir zum Parkplatz zurück. Wir sahen einander an. Mick wirkte okay. Das war nicht das glückliche Ende, das er sich gewünscht hatte, aber im Grunde war es gar kein Ende. Es war nur die Pause, in der die dicke Lady das Kostüm wechselte. Vor der nächsten Show bliebe Zeit genug, Terrell wieder auf die richtige Bahn zu lenken.

»Tja«, sagte Mick zerknirscht, »du hattest wohl recht. Deine Methode hat schließlich doch funktioniert.«

»Meine Methode funktioniert immer«, sagte ich. »Trotzdem wirst du mir beim nächsten Mal wieder von Anfang an misstrauen. So als wäre das hier nie geschehen.«

»Du glaubst, es gibt ein nächstes Mal?«, fragte Mick. Ich konnte nicht sagen, ob in seiner Stimme Hoffnung oder Panik mitschwang.

Ich zuckte die Achseln. »Klar«, sagte ich, »natürlich gibt es ein nächstes Mal.«

Zum Abschied umarmten wir uns.

»Ruf mich mal an, okay?«, sagte ich. »Du könntest mir auch eine E-Mail schreiben.«
»Klar«, sagte Mick, »mach ich.«
Als ich mich von ihm losmachte, sah ich sein Lächeln.
Wir stiegen in unsere Autos und fuhren davon.

56

Auf dem Rückweg zum Hotel rief ich eine New Yorker Kanzlei an, in der jemand arbeitete, den ich um einen Gefallen bitten konnte.

»MacGowen, MacGowen und MacGowen«, flötete die Empfangsdame.

»Ich möchte mit dem mittleren MacGowen sprechen«, sagte ich. »Sagen Sie ihm, Claire DeWitt ist dran.«

Eine Minute später war MacGowen am Telefon.

»Claire DeWitt«, sagte er mit gespielter Freude. »Was kann ich für Sie tun?«

»Umgekehrt. Was kann ich für *Sie* tun?«, sagte ich. »Ich habe nämlich das größte Pro-bono-Mandat aller Zeiten für Sie aufgetan, mein Lieber.«

»Himmel, Claire«, sagte MacGowen. »Nächstes Jahr habe ich drei Kinder im College, und ich habe eine Ehefrau, die Geldscheine frühstückt. Ich habe eine Hypothek und …«

»Warten Sie«, sagte ich, »ich bin noch nicht fertig.«

Ich schilderte ihm den Fall. Ich erzählte ihm von dem Sturm. Ich erzählte ihm von Terrell und dem Missbrauch, mit dem er leben musste. Ich erzählte, wie sehr seine Freunde ihn liebten und dass er unter schlimmsten Bedingungen auf die Welt gekommen war, dass niemand ihn geliebt und sich niemand um ihn gekümmert hatte, dass er sich selbst großgezogen hatte und das Resultat erstaunlich war. Ich erzählte MacGowen, wie nett und clever Terrell war und dass es eine Schande wäre, ihn ins Gefängnis zu stecken. Eine verdammte Schande für uns alle.

MacGowen schwieg lange. Ich hörte ihn seufzen.

»Okay«, sagte er dann, »ich mach's.«
Wir besprachen die Details. Bevor wir auflegten, sagte ich: »Hören Sie, ich kenne da diesen Nachwuchsdetektiv. Er fängt eben erst an. Er kennt den Jungen, er kennt das Opfer und den gesamten Fall, und er würde fast umsonst arbeiten. Seine Mithilfe wäre für Sie von unschätzbarem Wert. Er heißt Fairview, Andray Fairview. Ich werde Ihnen seine Kontaktdaten mailen.«
»Ist er gut?«, fragte MacGowen. »Wird er mir wirklich eine Hilfe sein?«
»Und ob er gut ist«, sagte ich. »Er ist fast so gut wie ich.«
»Wow«, sagte MacGowen. »Das habe ich Sie noch nie sagen hören.«
»Tja, es ist die Wahrheit«, sagte ich. »Eines Tages wird er besser sein als ich.«

Nachdem wir aufgelegt hatten, machte ich einen zweiten Anruf.
»Claire DeWitt«, zischte eine Frau mit einem schweren, bhutanischen Akzent. »Sie rufen hier nie wieder an. Sehr klargemacht. Nie wieder anrufen.«
»Holen Sie den Lama ans Telefon«, sagte ich.
»Lama spricht nicht mit Sie«, sagte die Frau beharrlich. »Lama redet nicht mit Claire DeWitt. Nie wieder.«
»Doch, er wird mit mir reden«, sagte ich. »Sie werden sehen.«
Nach einer kurzen Diskussion gab sie nach und holte den Lama ans Telefon. Constance hatte mich vor vielen Jahren zu ihm geschickt, um von ihm zu lernen. Ich hatte mir viel gemerkt und das meiste vergessen.
»Claire DeWitt«, sagte der Lama mit seinem breiten kalifornischen Akzent, der ihn wie einen Surfer klingen ließ. »Mein größter Reinfall! Wie geht es Ihnen?«

»Ganz gut«, sagte ich. »Und danke für das Kompliment.«
»Ich hatte große Erwartungen in Sie gesetzt, Claire«, sagte er.
»Tja, ich bin auf Enttäuschungen abonniert«, sagte ich. »Hören Sie, arbeiten Sie immer noch als Gefängnisseelsorger?«
»Klar«, sagte er, »warum?«
»Da ist dieser Junge«, sagte ich, »ein Junge, den ich kenne. Er braucht unbedingt jemanden wie Sie.«
»Jemanden wie mich?«, fragte der Lama amüsiert. »Mein Gott, Claire, wenn ich mich recht erinnere, nannten Sie mich einen nutzlosen, erbärmlichen, gruseligen …«
»Das ist kein Widerspruch«, sagte ich. »Aber Sie sind besser als nichts, und wenn irgendjemand Ihren bescheuerten Rat braucht, dann dieser Junge. Er … er hatte wirklich Pech. Das war die Kurzfassung. Er hat gute Freunde, aber er muss noch viel lernen. Er muss lernen, mit seiner schlimmen Vergangenheit zu leben, und dabei können ihm seine Freunde nicht helfen. Das Zeug, das Sie mir beigebracht haben – das könnte er gut gebrauchen. Wirklich.«
Der Lama schwieg. Ich spürte etwas in meinem Schädel, es fühlte sich an wie eine Migräne, nur schmerzfrei. Ich wollte den Lama beschimpfen, riss mich aber zusammen.
»Claire DeWitt«, sagte er schließlich, »vielleicht gibt es noch Hoffnung für Sie.«
»Verlassen Sie sich nicht drauf«, sagte ich.
»Oh, nein«, sagte er lachend. »Auf keinen Fall. Aber ja, natürlich. Natürlich kann ich mit dem Jungen arbeiten. Stellen Sie den Kontakt her.«

57

Am Abend lief ich ziellos durch die Stadt. Ich fragte mich, ob es das letzte Mal war. Ich konnte mir nicht vorstellen, jemals wieder herzukommen. Aber genau das hatte ich schon einmal gedacht. Ich fuhr zu dem Park, in dem ich damals, an meinem letzten Abend in New Orleans, die Indianer beobachtet hatte. Heute war keiner von ihnen zu sehen. Stattdessen sah ich ein Dutzend Kinder, die mit kleinen Spielzeugautos und -motorrädern durch den Park knatterten. Die Dinger erinnerten mich an die kleinen Elektrofahrzeuge, mit denen die Typen von der Shrine-Bruderschaft an Paraden teilnehmen. Die Sozialsiedlung auf der anderen Straßenseite war menschenleer, aber jemand hatte ein Stromkabel herübergezerrt, damit der Park beleuchtet war und die Kinder hier spielen konnten, das Ganze vermutlich auf Kosten der Stadt. Die Kinder waren zwischen etwa acht und dreizehn Jahren, größtenteils Jungen. Sie fuhren Kreise und Achten mit ihren kleinen Flitzern, rammten einander, kippten um und stiegen wieder auf, lieferten sich Rennen bis zu einem toten Baum und zurück, kreischten und lachten im Schein der provisorischen Lichterkette.

Ich wollte nach Hause.

Auf dem Rückweg zum Hotel sah ich auf dem Bordstein vor einem unbewohnten Häuserblock einen Betrunkenen sitzen. Er weinte.

Ich dachte mir nichts dabei. Der Anblick war nicht ungewöhnlich, schon gar nicht in einer Stadt wie dieser. Beim Näherkommen aber erkannte ich seinen weißen Overall.

Es war der Mann vom Umweltamt. Der Papageienmörder.

Ich stellte den Motor ab, stieg aus dem Wagen und setzte mich neben ihn.

»Komm, Kumpel«, sagte ich, »ich bringe dich nach Hause.«

Er ließ sich nicht anmerken, ob er mich wiedererkannte. Er weinte immer weiter. Sein Gesicht war nass von Rotze und Tränen. Er sah mich an, als hätte ich die ganze Zeit schon neben ihm gesessen.

»Er hat mich angesehen«, brachte er zwischen zwei Schluchzern heraus. »Er hat mich angesehen, so wie: *Jorge.* Als würde er meinen Namen kennen. So als wäre er unendlich traurig.«

»Ist schon gut«, sagte ich, »ist schon okay. Wo wohnen Sie?«

Aber der Mann weigerte sich aufzustehen. »Er hat mich *angesehen*«, sagte er. »Er hat einfach nicht aufgehört, mich anzusehen. Ich hatte ihn in der Hand …«

»Okay, Junge«, sagte ich, »komm. Zeit, nach Hause zu gehen.«

»Ich hielt ihn in der Hand«, weinte der hässliche Mann, »ich habe sein kleines Herz klopfen gefühlt, und sein Blut – sein Blut war überall an meinen Händen. Sein Herz wusste nicht, dass es nicht mehr schlagen durfte, dass es das ganze Blut …«

»Wir alle haben Blut an den Händen«, sagte ich. »Aber nun ist es Zeit, nach Hause zu gehen.«

»Und da«, fuhr er fort, »wurde mir klar, was ich getan hatte. Er hatte bloß leben wollen. Er wollte leben und in Ruhe gelassen werden. So wie früher. Jetzt kann ich das nicht mehr tun.«

»Okay«, sagte ich, »wir sollten …«

»Ich kann das nicht mehr«, unterbrach mich der Mann, »ich habe ihm versprochen, dass er der Letzte war. Jetzt weiß ich nicht, was ich mit ihnen machen soll. Es sind so viele.«
Mir wurde ein bisschen schlecht.
»So viele?«, fragte ich.
Ich betrachtete ihn genauer. Er war gar nicht betrunken, er war einfach nur unglücklich.
»Ich weiß nicht weiter«, sagte er. »Ich brauche Hilfe.«
Sein hässliches Gesicht flehte mich an.
»Meine Hilfe?«, sagte ich. »Worum geht es?«
Er weinte immer weiter.
»Kommen Sie«, sagte ich, »ich werde Ihnen schon nichts tun. Versprochen.«
Er rappelte sich unter Mühen auf und ließ sich zum Kranwagen führen. Die Türen waren nicht abgeschlossen. Wir stiegen ein, und er fuhr weinend zum Industriekanal und über die Brücke. Im Neunten Bezirk hielten wir vor einem Haus, das unglaublicherweise noch stand. Ein rosagestrichenes, windschiefes Häuschen.
Der Mann stieg aus, und ich folgte ihm. Inzwischen hatte er zu weinen aufgehört. Wir schlichen über die Einfahrt zur Hintertür. Das Unkraut im Vorgarten war fast mannshoch. Hier wohnte niemand.
»Psst«, sagte er. »Sie dürfen sie nicht erschrecken.«
Er lächelte jetzt. Er zog ein Stück Draht aus seinem Overall und führte ihn ins Türschloss ein. Er bewegte den Draht hin und her, bis das Schloss aufschnappte.
»Kinderchen«, gurrte er leise und stieß die Tür auf. »Kinderchen! Hey, ihr Vögelein! Daddy ist wieder da. Er hat eine Freundin mitgebracht, die ist sehr nett. Wir können ihr vertrauen.«
Zuerst roch ich es nur, denselben sauber-schmutzigen

Geruch nach Erde und Samenkörnern, den ich schon auf Vics Balkon wahrgenommen hatte. Dann hörte ich das leise, tausendfache Gurren. Der Mann im Overall drückte auf den Lichtschalter, und ich sah sie.

Papageien, so weit das Auge reichte.

Das Haus war komplett eingerichtet, wir standen in der Küche. Eine ganz normale Küche armer Leute mit billigem PVC-Boden, einem Resopaltisch und übereinandergestapelten Holzkisten, die als Regale dienten. Nur hockte auf jeder noch so kleinen Fläche ein grüner Papagei. Allein in der Küche mussten es mindestens fünfzig sein. Und jeder einzelne Vogel schien erfreut, den hässlichen Mann zu sehen. Sie kreischten und flatterten und tanzten auf der Stelle. Zwei konnten es gar nicht erwarten, flogen ihm entgegen und landeten auf seiner Schulter.

Der Mann wirkte völlig verändert. Er lächelte. Er war gar nicht mehr so hässlich.

»Kinderchen«, sagte er nachsichtig, »ihr frechen, kleinen Kinderchen. Seid still! Keiner darf wissen, dass ihr hier seid!«

Er griff in seine Tasche und holte eine Handvoll Sonnenblumenkerne heraus, die er an die Vögel auf seiner Schulter verfütterte.

»Ihr dummen Vögelchen«, sagte er.

Ein Papagei flatterte auf meine Schulter. Ich musste lachen. Der Mann musste auch lachen, und wir lächelten uns an.

»Ark«, machte es dicht an meinem Ohr. »ARK.«

»Früher wusste ich nicht, wer ich bin«, sagte der Mann. Auf einmal war er Vic Willing.

»Ark! Ark!«

»Wissen Sie, Claire«, sagte er mit seiner samtweichen Südstaatlerstimme, »Sie werden es sehen, wenn Sie die Augen öffnen.«

»Ark!«

»Das Blut lässt sich abwaschen.« Er betrachtete seine sauberen, weißen Hände.

»Es ist«, sagte er, und ich merkte, dass er mir etwas Wichtiges mitteilen wollte, »es ist ja nicht so, als wäre es nie passiert.« Die Vögel kämmten mit ihren Schnäbeln sein weißes Haar. »Das wäre sinnlos. Es ist passiert, alles davon, aber aus irgendeinem Grund lebt man trotzdem weiter. Man erinnert sich bis ins kleinste Detail daran und lebt trotzdem weiter.«

Vic wirkte ganz zufrieden, ich hingegen wurde von einem bitteren Gefühl gepackt. Eifersucht.

Ich schlug die Augen nieder. Meine Hände waren blutverschmiert.

»Deine Zeit wird kommen«, sagte Vic. »Man hat dich nicht vergessen, Mädchen. Aber du musst Geduld haben. Mehr Geduld als alle anderen vielleicht. Am Ende erwartet dich eine Sensation, das verspreche ich.«

Als ich aufwachte, wusste ich, der Fall des grünen Papageien war abgeschlossen.

Und ich wusste auch, dass ich, genau wie Jack Murray gesagt hatte, einmal durch die Hölle musste, wollte ich mein eigenes Rätsel lösen.

58

Nach einer Tasse Kaffee fuhr ich zum Industriekanal, um meinen Revolver hineinzuwerfen und die Waffen, die ich Andray abgenommen hatte. Zurück im Hotel, verfasste ich einen Brief, in dem ich erklärte, wer was warum getan hatte, den ich zusammen mit einer Rechnung über meine Dienstleistung in einen an Leon adressierten Expressumschlag steckte.

Als ich meine Sachen gepackt hatte und reisefertig war, setzte ich mich noch einmal aufs Bett und rief in Washington, D. C. an.

Meinen ursprünglichen Flug nach New Orleans hatte ich verpasst wegen des Falles, den ich damals aufklärte. Es war um einen Mitarbeiter der nationalen Sicherheitsbehörde gegangen und um eine Frau, die nicht seine Gattin war.

Den Rückflug würde ich auf keinen Fall verpassen. Ich hatte mir einen Gefallen aufgespart für schlechte Zeiten, und die Zeiten waren grottenschlecht. Ich wollte so schnell wie möglich von hier weg und nach Kalifornien zurück.

»Tut mir leid«, sagte der Mann am Telefon gutgelaunt, »wenn Sie keinen Termin haben, kann ich Sie unmöglich mit der Frau Senatorin verbinden.«

Ich hatte seit drei Jahren nicht mehr mit der Senatorin gesprochen. Damals hatte ich ein Rätsel gelöst, das niemand sonst für sie hatte lösen können. Sie wollte mir nichts schuldig sein, aber sie war es dennoch.

»Würden Sie«, sagte ich, »ihr bitte sagen, dass ich am Apparat bin?«

»Tut mir leid, ich ...«

»Sie könnten es wenigstens versuchen«, sagte ich. »Sicher wird sie mit mir reden wollen. Schreiben Sie es einfach auf. Schreiben Sie es auf einen Zettel und …«
»Die Frau Senatorin kann wirklich nicht …«
»Doch, sie kann.«
»Sie wird nicht …«
»Doch, sie wird«, sagte ich.
Keine Minute später hatte ich die Senatorin am Telefon.
»Tut mir leid, Claire«, sagte sie. »Er ist eine Aushilfskraft.«
»Ist schon gut«, sagte ich. »Hören Sie, Sie müssen mir einen Gefallen tun.«
»Schießen Sie los«, sagte sie nüchtern.
Ich erzählte ihr von den Problemen, die ich beim Hinflug gehabt hatte.
»Und da dachte ich, vielleicht können Sie mir helfen?«, schloss ich. »Ich dachte, vielleicht kann ich einfach wieder ein Flugzeug besteigen, Sie wissen schon, so wie jeder andere auch.«
»Natürlich«, sagte sie, »kein Problem. Wird erledigt.«
»Danke«, sagte ich. »Vielen Dank. Ich bin Ihnen wirklich dankbar. Es ist leider nur so. Ich habe einen Flug für heute Abend gebucht. Einen Heimflug, von New Orleans aus. Vom Louis Armstrong Airport. Und den möchte ich wirklich nicht verpassen.«
Sie schwieg eine Sekunde zu lang, aber dann gab sie die richtige Antwort. »Selbstverständlich«, sagte sie. »Ich werde mich drum kümmern. Ich werde persönlich am Flughafen anrufen, gleich im Anschluss an unser Gespräch.«
»Danke«, sagte ich, »herzlichen Dank. Und eigentlich«, fügte ich hinzu, »eigentlich ist es ja wirklich nicht zu viel verlangt.«

Die Senatorin hatte sich an mich gewandt, als niemand sonst ihr helfen wollte, als sie niemandem mehr vertrauen konnte. Ist schon seltsam, wie schnell die Leute vergessen. Und wie wütend sie werden, wenn man sie daran erinnert. Man könnte meinen, *ich* wäre damals diejenige gewesen, die ihre Tochter in die Opiumhöhle verschleppt hatte.

»Sie haben recht«, sagte sie zähneknirschend. »Natürlich haben Sie recht, Claire. Ich werde mich drum kümmern. Auf der Stelle.«

Wir bedankten uns noch einmal, und dann legte ich auf. Ich nahm meinen Koffer. Ich fühlte mich, als wären meine Knochen aus Blei und mein Blut aus Öl.

Das ist der Nachteil des Detektivinnenlebens. Der Job saugt einen aus. Keiner kommt auf die Idee zu sagen, hey, die arme Ermittlerin braucht mal eine Pause. Hey, wir geben der Ermittlerin einen Drink aus. Keine Dankeskarten, keine Blumen, keine Musiktelegramme, und in der Hälfte der Fälle wird man nicht einmal bezahlt.

59

Eines Abends kurz vor Constances Tod blieben wir lange wach.

Wir lagen in ihrem Salon, jede auf einem der großen Samtsofas, und unterhielten uns.

Ich wusste natürlich nicht, dass sie bald sterben würde. Ich ahnte nur eine Veränderung. Ich spürte es im Blut und hatte im Schlaf Visionen.

An jenem Abend war sie in ungewöhnlich offenherziger Stimmung gewesen. Normalerweise lehrte sie anhand von Beispielen und Metaphern, von Träumen und Anweisungen, aber an jenem Abend tranken wir Wein, und sie beantwortete meine Fragen direkt. Ihr weißes Haar türmte sich auf ihrem Kopf, und sie trug einen schwarzen Seidenpyjama aus Hongkong. Sie roch immer nach Veilchen, manchmal auch nach einem besonderen Pariser Shampoo, das sie gern benutzte, und nach dem altmodischen Make-up, das sie in der Canal Street kaufte.

Bevor ich Constance begegnet war, hatte ich im Leben nur wenig Schönes erlebt.

Nachdem ich sie kennengelernt hatte, wusste ich das Schöne viel besser zu erkennen und mich für ein paar Minuten daran zu erfreuen, bevor es wieder davonflog und im Jenseits verschwand, wo immer das auch war. Das hier war einer der guten Momente, alles war so schön: ihre Frisur, ihr Duft, die Villa, der schlafende Mick im Gästezimmer.

Wir waren eine Familie.

Ich liebte New Orleans. Ich dachte, ich sei endlich angekommen. Ich liebte die Stadt so sehr, dass es weh tat.

»Die Wahrheit ist ein seltsames Geschöpf«, sagte Constance. »Just wenn man glaubt, man hätte sie erwischt, entschlüpft sie einem.«
»Wozu dann die Mühe?«, fragte ich. »Wozu immer neue Rätsel lösen? Hören sie denn nie auf?«
Constance lachte. »O nein«, sagte sie, »nein. Die Rätsel enden nie. Und manchmal denke ich, vielleicht haben wir noch kein einziges wirklich gelöst. Wir schützen vor, es zu verstehen, nur weil wir es nicht mehr ertragen können. Wir schließen die Akte und schließen den Fall, aber das bedeutet noch lange nicht, dass wir die Wahrheit aufgedeckt haben, Claire.«
»Was hat es dann zu bedeuten?«, fragte ich schließlich irritiert.
»Es bedeutet«, antwortete Constance, »dass wir diesen bestimmten Fall nur aufgeben, um die Wahrheit woanders zu suchen.« Sie gähnte. »Genug für heute, Liebes. Du solltest dich wirklich ein wenig ausruhen. Wir sehen uns morgen früh.«
Ich sah sie nie wieder.
»Gute Nacht«, sagte ich.
Ich stand auf und wollte gehen.
Aber dann packte mich ein fremdartiges Gefühl, und ich drehte mich noch einmal um. Tränen liefen mir übers Gesicht.
»Ich …«, fing ich an.
»Ja?«, sagte Constance.
Ich stand im Dunkeln. Sie konnte nicht sehen, dass ich weinte.
»Ich … ich möchte mich bedanken«, sagte ich. Mir wurde klar, dass ich das noch nie getan hatte. »Für alles. Herzlichen Dank.«
Constance sah mich lächelnd an.

»Gern geschehen, Liebes«, sagte sie. »Sehr, sehr gern geschehen.«
Ich nickte. Dann drehte ich mich um und ging zur Tür.
Ich sollte sie nie mehr lebend sehen.
»Und ja, Claire«, rief Constance mir nach, »ich liebe dich auch.«

DANK

Ich danke Dan Conaway, Andrea Schulz, Angus Cargill, Megan Abbott, Mark Levine, Suzanne Gran, Warren Gran, Dawn Asher und Bobby Urh für ihre Zeit, Großzügigkeit, Hilfe und Liebenswürdigkeit für dieses Buch – und für mich – während all der Zeit, die es zum Schreiben brauchte.

Ava McCarthy

PASSWORT: HENRIETTA

Thriller

»Das Leben macht keinen Spaß, wenn man nicht hin und wieder alles riskiert.« Nach diesem Satz lebt die junge Hackerin Henrietta, sogar in ihrem Job als Sicherheitsexpertin für Computernetzwerke – bis sie von einem Unbekannten auf die Gleise der einfahrenden Dubliner S-Bahn gestoßen wird. In letzter Sekunde kann sie sich retten, doch die Nachricht, die der Killer ihr im Gedränge zugeflüstert hat, setzt einen tödlichen Wettlauf in Gang …

Knaur